KB125093

시진핑주석이
연설속에
인용한 이야기

시진핑주석이
연설속에
인용한 이야기

초판 1쇄 인쇄 2019년 6월 14일
초판 1쇄 발행 2019년 6월 17일

지 은 이 인민일보 평론부
옮 긴 이 김승일(金勝一)

발 행 인 김승일(金勝一)
펴 낸 곳 경지출판사
출판등록 제2015-000026호

판매 및 공급처 도서출판 징검다리
주소 경기도 파주시 산남로 85-8
Tel : 031-957-3890~1 Fax : 031-957-3889 e-mail : zinggumdari@hanmail.net

ISBN 979 - 11 - 88783 - 40 - 3   03820

이야기로 통치의 방법을 말하다

시진핑 주석이 연설 속에 인용한 이야기

인민일보 평론부 지음·김승일(金勝一) 옮김

경지출판사
Korea Wisdom China

经典中国国际出版工程
China Classics International

머리말

이야기로 통치의 '도(방법)'를 말하다

양쩐우(楊振武)

능란한 화술은 동서고금의 유명한 정치가나 사상가들이 가지고 있는 공통된 특징이라 할 수 있다. 특히 중국공산당 영도자들은 이런 면에서의 재능이 출중하였다. 옌안(延安)에서 열린 중국공산당 제7차 전국대표대회 폐회식에서 마오쩌동 주석은 '우공이 산을 옮겼다(愚公移山)'는 고사를 인용하며 연설하였다.

우공은 집 앞의 산을 옮기려고 날마다 쉼 없이 일하였다. 그의 끈질긴 의지력은 나중에 하느님을 감동시켰다. 하느님은 두 신선을 보내 그의 집 앞을 가로막고 있던 두 개의 큰 산을 옮겨주게 했다. 마오쩌동은 이 고사(이야기)를 통해 중국공산당이 혁명정신을 계속 견지하기만 한다면 역시 하느님을 감동시킬 수 있다고 했다.

여기서 말한 하느님은 다름이 아니라 중국의 전체 인민으로, 이들의 힘을 빌린다면 제국주의와 봉건주의라는 두 개의 큰 산을 파 없앨 수 있다는 이치를 설명했던 것이다. 시진핑 총서기는 스토리텔링의 대가이다. 회의석상에서 한 발언이든, 조사연구 시의 담화이든, 외국방문 시의 연설이든, 간행물에 발표한 글이든 어디서나 고사를 능란하게 인용하여 사람들을 감화시켜 그 깊은 뜻을 전하였다.

'중국의 지혜'와 '중국의 파워'로 넘어서는 구체적이면서도 생동적이고, 통속적이면서도 인상적인 이런 이야기들은 시진핑의 깊고 두터운 인간애와 철학적 소양을 표현하면서 그의 뚜렷한 리더십의 하나로 자리매김하였다.

하나의 이야기(실질적인 예)는 거창한 이론보다 낫다고 하듯이, 시진핑은 2013년 '5·4'청년절과 2014년 '5·4'청년절을 맞으며 청년 대표들과 한 담화에서, 젊은 시절 산에 올라 양을 방목하던 이야기와 밭일을 하면서도 독서를 지속했던 이야기, 책을 빌리고자 30여 리를 다녀온 이야기를 들려주면서 청년들이 세월을 헛되이 보내지 말고, 서둘러 배움에 매진하라고 격려하였다. 자기가 몸소 겪은 이야기는 역사 속의 명인들이 배움에 노력했던 사례들보다 실감 나고 생동감이 있어서 감화력이 더욱 크다고 할 수 있다. 『인민일보』는 '신앙의 맛(信仰的味道)'이라는 글을 게재한 적이 있다. 이 글은 천왕다오(陳望道)가 「공산당선언」을 번역할 때, 정신을 너무나 몰두한 바람에 옆에 놓인 먹물을 흑설탕으로 알고 먹고도 전혀 느끼지 못한 이야기를 전하면서 신앙적 즐거움과 정신적 즐거움의 중요성을 역설했다. 시진핑은 연설에서 중국공산당 역사에서 사람들을 감동시킨 이 이야기를 여러 차례 인용하면서 모든 간부들이 이상을 간직하고 신앙을 굳게 지켜야 한다고 격려했다.

2014년 3월 27일 시진핑은 프랑스 파리에서 열린 중국-프랑스 수교 50주년 기념대회에서 한 연설에서 "중국은 깊이 잠든 사자다. 그 사자가 일단 깨어나기만 하면 세계가 진동할 것이다."라고 나폴레옹의 말을 인용한 적이 있다. 그러나 현재 중국이라는 이 사자는 이미 깨어나 있다. 하지만 "이 사자는 순하고 친절하고 문명의 소양을 지닌 사자이다."라고 밝혔다. 긴장감 넘치면서도 깊은 뜻을 내포하고 있는 이러한 연설 방법은 '중국 위협설'을 교묘하게 반박하면서 '중국의 꿈'이 가지고 있는 세계적 가치를 전달할 수 있었다.

"한 마디 말로 천 냥 빚을 갚는다(이야기를 잘하면 적은 노력으로 큰 효과를 거둘 수 있다([讲好故事，事半功倍])"라는 속담과 같은 것이다. 제자백가이든, 민간전설이든 중국의 우수한 전통문화 속에는 이러한 생동적인 이야기가 많이 있다. 이런 이야기들은 오랜 세월이 지나면서 새로운 의미가 첨가되면서 한 세대 또 한 세대 사람들의 관념과 생활에 영향을 미쳤다. 이처럼 이런 이야기가 엄청난 효과를 거둘 수 있는 것은, 이야기하는 사람과 청중 사이에 정서적 관계를 신속하게 구축하면서 사상적 공감대를 형성해주기 때문이다.

그 어떤 추상적 개념이든 간에 세부적인 이야기보다는 설득력이 약하며, 사람들의 마음을 감동시킴에 있어서 아무리 다양한 서술적 기교를 부린다 할지라도 진실한 감정보다는 못한 것이다.

옛사람들은 '문이재도(文以載道, 글로써 도리를 밝힘)'라고 했다. 시진핑이 국내에서 한 이야기든, 국외에서 한 이야기든 그의 이야기 속에는 중국의 역사 문화 속에 들어 있는 '도(道, 도리)'가 일관되게 들어 있고, 중국의 개혁과 발전에 대한 '도'가 일관되어 있으며, 중국이 세계 각국과 손잡고 국제적 정치에 참여하면서 운명공동체를 구축하려는 '도'가 일관되게 들어 있다.

그는 깊은 내용을 알기 쉽게 표현하는 방식으로 사람들을 '도'에 입문하게 하고 차근차근 유도하는 방식으로 '도'를 깨치게 했다. 국내에서는 당의 방침과 정책을 실제와 결부시키는 말(말, 학술이나 책의 내용을 강의하여 설명함) 방식을 가지고 사람들의 마음을 사로잡음으로써 개혁과 성장에 관한 공감대를 보다 깊이 있게 형성시켰다면, 국제무대에서는 중국과 외국의 새로운 개념, 새로운 범주, 새로운 서술방식을 조화롭게 구축함으로써 중국의 성장과 종합적인 국력을 논할 때 받을 수 있는 위협적인 느낌을 담론하는 듯이 편하게 느낄 수 있도록 전환시켰던 것이다. 시진핑의 이야기가 사람들을 매료시키면서 깊은 사색을 자아내도록 하는 원인이 바로 여기에 있다.

이야기를 통하여 중국의 역사 문화의 '도'를 말하는 방식의 시진핑의 연설 스타일은, 풍부한 역사자료의 보물고에서 능숙하게 자신의 경험을 연계시켜 자신의 집권 정신을 보여주면서 영도해 나가는 것이 시진핑의 중요한 집권 스타일이다.

그는 "역사는 현실적 근원으로서 어느 나라든 그 나라의 현재는 모두 과거에서 비롯되었다. 한 나라의 역사를 알아야 만이 오늘날 그 나라의 상황이 왜 그러하며, 그 나라의 미래가 어떻게 변화해 나갈 것인 지를 분명히 알 수 있다."고 말한 적이 있다.

그는 고대의 우화나 전설, 신화나 역사사건을 현실에 맞게 재치 있게 활용함으로써, 수양을 쌓고 업무능력을 향상시키는데 도움이 되는 지혜와 자양분을 흡수할 수 있기를 바랐다. 예를 들면, 버락 오바마 전 미국 대통과 중난하이(中南海)에서 '잉타이야화'(瀛台夜话)를 나눌 때, 그는 이곳에서 청나라의 강희 황제가 내란을 평정하고, 타이완을 수복할 수 있는 방략을 검토하고 채택했으며, 후에 광서 황제가 나라가 쇠약해가자 '백일유신(戊戌變法)'을 꾀했지만 실패하는 바람에 서 태후에 의해 유폐되었던 섬이라는 잉타이의 역사를 들려주었다.

　이야기를 듣고 난 오바마는 "개혁에는 언제나 걸림돌이 있기 마련이다. 이는 불변의 법칙이기에 우리에게 용기가 필요하다. 이 점은 역사적으로 미국과 중국이 비슷하다."고 감격해마지 않았던 것이다. 그러자 시진핑은 "중국 근대 이래의 역사를 파악하는 것은 오늘날 중국 인민들의 이상을 이해하고 진로를 이해하는데 아주 중요한 의미가 있다"고 보충 의견을 피력했던 것이다.

　그는 또 이야기를 통해 중국의 개혁과 발전의 '도'를 말했다. 중국공산당 18차 당대표대회 이후 시진핑을 중심으로 하는 당 중앙은 국정을 운영하는 새로운 이념, 새로운 사상, 새로운 전략을 마련하였다. 그리고 시진핑 총서기가 한 중요한 시리즈 연설들은 당 중앙의 국정운영의 새로운 이념, 새로운 사상, 새로운 전략을 가장 집중적으로 구현한 것이라고 할 수 있다.

　그는 연설에서 이야기를 인용하고, 사례를 들며, 사실을 열거하는 방식을 능란하게 활용하여 추상적인 이론을 통속화시키고, 심오한 이치를 평이화(平易化) 시킴으로써, 의혹이나 의심을 해소시키고, 공동적 인식을 구축하도록 하였다. 예를 들면, 1980년대 샤먼(廈門)에서 수영을 하던 이야기를 들려주면서 개혁을 하려면 "물의 성질을 알아야 한다"고 하면서 톱 레벨의 디자이너가 될 수 있는 방법과 일을 신중하게 처리하면서 경험을 모색하는 방법 등은 모두 개혁을 추진하는 주요 방법이라는 이치를 설명하였다.

그는 산뻬이(陝北)에 있을 때의 '량쟈허(梁家河)에서의 기억'을 되살리면서, 최하층 서민들에 대한 자신의 정을 표현하고, 개혁과 발전을 도모함에 있어서 초심을 잊지 말아야 한다는 도리를 설명하였다. "우리 공산당원들 입장에서 말한다면 서민들은 우리를 먹여 살리는 부모와 같다. 우리는 전심전력으로 인민들을 위해 봉사해야 한다는 종지(宗旨, 주장의 근본이 되는 중요한 뜻 – 역자 주)를 반드시 명심해야 한다. 우리는 자신이 인민의 공복이라는 사실을 언제나 명심해야 하며, 인민들이 먹고 사는 문제를 늘 마음 속에 아로새겨야 한다."

이야기를 통하여 중국이라는 대국의 외교적 '도'에 대해서도 말하였다. 시진핑의 연설은 소박하지만 높낮이가 있고, 간결하지만 깊이가 있다. 국제무대에서 한 그의 연설은 참신한 문풍과 특유의 매력으로 인해 국제 정계의 주요 '브랜드'로 부상했다. "중국의 꿈", "윈-윈 협력", "아시아의 안보관", "인류의 운명공동체", "평화 발전의 길"…… 등 중국 특색의 대국 외교이념은, 시진핑의 연설 가운데 하나하나의 생동적인 이야기를 통하여 이해하기 쉽고, 기억하기 쉽고, 전파하기 쉽고, 받아들이기 쉽게 변화하였다.

시진핑은 2014년 8월 22일, 몽골 국가대후랄(몽골의 단원제 입법부를 말하는데, 곧 국가대회의이다 - 역자 주)에서 다음과 같이 연설하였다. "중국은 몽골을 포함한 주변국들에게 공동적으로 발전할 수 있는 기회와 환경을 마련해주려 하므로 여러 분들이 급행열차에 탑승하든, 히치하이킹((Hitchhiking : 여행에서 어디론가 이동하기 위해 다른 사람의 차를 타려고 하는 행동 - 역자 주)을 하든, 발전하는 중국이라는 열차에 탑승하는 것을 환영한다. 말 그대로 '홀로 가면 빨리 갈 수 있지만, 함께 가면 멀리 갈 수 있다.'"

　'히치하이킹'은 원래 국제적으로 중국을 조롱하고 중국을 먹칠하던 한 가지 논조였지만, 시진핑이 절묘하게 인용하면서 변질한 '중국 책임론'을 유머적으로 반박했을 뿐만 아니라, 윈-윈 협력하려는 중국의 외교이념을 전하는 역할을 하였다.

　한 철학자(플라톤)는 이야기를 잘하면 청중들의 마음을 사로잡을 수 있고, 발언권을 얻을 수 있다고 말한 적이 있다. 역사든 현실이든 정치가는 본국의 역사와 문화에 정통하고 세계문명의 조류를 통찰함으로써 능숙하게 본국의 국민들과 외국 벗들에게 치국이념을 통속적으로 이해하기 쉽게 말하여 일반인들이 이해하고 공감할 때만이 나라를 이끌고 험난한 격류를 헤쳐 나아가 대안에 성공적으로 이를 수 있는 훌륭한 지도가 될 수 있다는 것을 입증하였다.

　과거를 얼마나 숙지하느냐에 따라 미래는 그만큼 열려 있다. 이론은 애매하지만 이야기는 생동적이고 다채롭다. "사물의 근본이 서면 도는 저절로 생겨난다(本立而道生)"는 말처럼 우리가 『시진핑 주석이 연설에 인용한 이야기』를 편찬한 취지는 독자들로 하여금 이 책을 통해 여론 작업을 잘

할 수 있는 예술을 터득하고, 이야기 배후에 깃들어 있는 국정운영의 도 (방법)를 이해하게 함으로써, 중국의 이야기를 더욱 훌륭하게 할 뿐만 아니라, 새로운 이야기를 지속적으로 훌륭하게 표현할 수 있게 하려는 데 있는 것이다. 이 글로써 머리말을 대신하고자 한다.

인민일보사 사장

CONTENTS

2. 품격에 관한 이야기 :

"마음을 닦고 수양을 쌓은 다음에야 (修其心治其身),

천하를 다스리는 정치를 할 수 있다(而后可以为政于天下)"

3. 격려에 관한 이야기 :

"재능을 키우려면 열심히 배워야 하고(學所以益才也),

칼날을 날카롭게 하려면 부지런히 갈아야 한다(礪所以致刃也)"

4. 통치에 관한 이야기 :

"문건에 근거하여 다스릴 것이 아니라(以实则治),

실재에 근거하여 다스려야 한다(以文则不治)"

대외편

1. 인민의 친선에 관한 이야기 :
"나라와 나라 간의 교류는 인민과 인민 간의
친선에 달렸다 (國之交在于民相親)"

2. 국가 간 교류에 관한 이야기 :

"예의 역할은 사람과 사람 사이의 조화로운

관계를 귀하게 여기도록 하는데 있다(禮之用, 和爲貴)"

3. 문화의 융합과 소통에 관한 이야기 :

"사물이 천차만별인 것은 자연법칙이다(物之不齊, 物之情也)"

대내편

1. 청렴한 정치에 관한 이야기:

   "관리가 청렴하고 공평하지 않으면(吏不廉平),

   국정 운영에 차질이 생긴다(則治道衰)"

2. 품격에 관한 이야기 :

   "마음을 닦고 수양을 쌓은 다음에야 (修其心治其身),

   천하를 다스리는 정치를 할 수 있다 (而后可以为政于天下)"

3. 격려에 관한 이야기 :

   "재능을 키우려면 열심히 배워야 하고(學所以益才也),

   칼날을 날카롭게 하려면 부지런히 갈아야 한다(礪所以致刃也)"

4. 통치에 관한 이야기 :

   "문건에 근거하여 다스릴 것이 아니라(以实则治),

   실재에 근거하여 다스려야 한다 (以文则不治)"

1. 청렴한 정치에 관한 이야기:

"관리가 청렴하고 공평하지 않으면(吏不廉平),

국정 운영에 차질이 생긴다(則治道衰)"

사지거금[01]

(四知拒金)

역사적으로 유명한 고사가 있습니다. 동한(東漢) 사람 양진(楊震)이 형주 (荊州) 자사(刺史)를 지내다 동래(東萊) 태수(太守)로 전임되어 부임하게 되었습니다. 그는 동래로 가는 길에 창읍(昌邑)이라는 고을에서 하룻밤을 묵게 되었습니다. 당시 창읍 현령 왕밀(王密)이라는 인물로 바로 양진이 천거로 현령이 된 사람이었습니다. 왕밀은 이번 기회에 자기를 이끌어준 양진의 은혜에 보답하려고 마음먹었습니다. 그는 남의 눈이 무서워 낮에는 빈손으로 양진을 만났다가 밤이 되자 황금 10근을 들고 양진의 처소를 찾아갔습니다. 왕밀이 "늦은 밤이라 아무도 모른다(暮夜無知)"고 하자 양진이 "하늘이 알고 땅이 알고 그대가 알고 내가 아는데 어찌 아는 사람이 없다고 하는가?"라며 화를 내며 꾸짖었습니다. 그러자 왕밀은 너무 부끄러워 쥐구멍에라도 들어가고 싶어 했습니다.

양진은 청렴한 관리였습니다. 친구나 윗사람이 "전답과 가옥을 마련해 자손들에게 물려주라"고 귀뜀하자, 그는 "후세 사람들에게 청백리(淸白

---

01) 사지거금 : 하늘이 알고, 땅이 알고, 그대가 알고, 내가 안다며 황금을 거절하다.

吏)의 자손이라는 명성을 물려주는 것이 가장 귀한 유산이 아니겠는가!"
하고 답했습니다. 이것이 바로 각오(覺悟, 도리를 깨닫는 것 - 역자 주)입니다.

- '중국공산당 제8기 중앙기율검사위원회 7차 전원회의에서 한 연설' (2017년 1월 6일)

연설내용의 배경 설명

예로부터 중국에는 청렴한 관리에 관한 미담이 많이 전해내려 오고 있다. 예컨대, "물고기를 걸어놓고 뇌물을 받지 않는다"는 양속(羊續), "탐욕스럽지 않음을 소중하게 여긴다"는 자한(子罕), "부유한 지위에 있으면서도 재물을 탐하지 않는다"는 공분(孔奮), "벼루 하나 집에 가져오지 않는다" 포증(包拯) 등의 미담이 그것이다. 양진의 '사지거금'과 '청백리 자손'이야기 역시 청사에 길이 남는 미담이다.

양진은 자가 백기(伯起)이고, 섬서(陝西) 화음(華陰) 사람으로, 동한시기의 유명한 학자이다. 그는 50세에 벼슬길에 올랐지만, 성품이 강직하고 담백해 청백리라고 널리 알려졌다. 후에 '삼공(三公)'의 자리까지 올랐다. '사지거금'이야기는 『후한서·양진전』에 처음 등장했다. 왕밀이 심야에 찾아와 "늦은 밤이라 아무도 모른다"며 금을 건네주자, 양진이 "하늘이 알고 땅이 알고 그대가 알고 내가 아는데 어찌 아는 사람이 없다고 하는가?"라며 화를 내며 꾸짖었다. 그러자 왕밀은 너무 부끄러워 쥐구멍에라도 들어가고 싶어 했다. 양진은 공정하고 청렴하여 뇌물을 절대 받지 않았다. 그의 자식들은 거친 음식을 먹고 외출할 때도 걸어 다녔다. 벗들이 "전답과 가옥을 마련해 자손들에게 물려주라"고 귀띔하자, 그는 "후세 사람들에게 청백리의 자손이라는 명성을 물려주는 것이 가장 귀한 유산이 아니겠는가!"하고 대답했다. '사지거금', '양사지(楊四知)', '사의 이야기'로 인하여 후세 사람들이 양진을 '사지 태수'라고 칭했는데, 명대의 내주 관청(萊州府署) 정문 안 쪽, 양공사당(楊公祠), 사지당(四知堂)에서 그 흔적을 찾아볼 수 있다. 당나라 사람 호증(胡曾)은 '영사시 · 관서(詠史詩 · 關西)'라는 시에서 '양진의 영혼이 북망산으로 떠나가니/ 관서의 발자취가 황량해지고 마네/ 사진의 아름다운 명예 인간 세상에 남겼으니/ 하늘과 더불어 길이 함께 해야 하리'라고 양진의 덕망을 노래했다.

양진은 세속에 물들지 않고 고고함을 지니고 있었을 뿐만 아니라, 과감히 나서서 관리들의 악폐를 꾸짖기도 했다. 그는 황제의 친척이나 인척들에게도 기탄없는 직언을 했다. 한안제(漢安帝)의 외숙 경보(耿宝), 황후의 오빠 염현(閻顯) 등이 양진에게 자기 친척이나 친구들을 조정의 관리로 천거했지만, 그는 그들이 덕도 없고 재능도 없는 것을 알고는 단호히 거절하였다.

이 같은 인품과 가풍은 자손들에게 가장 좋은 선물이 되었다. 사서에 따르면, 양진의 가문은 가풍이 사대에 걸쳐 청백하고 청렴했다고 한다. 그의 아들 양병(楊秉)은 시골에 은거하여 서당에서 글을 가르치다가 마흔이 넘어서야 벼슬길에 올랐는데, 부친의 성품을 그대로 닮았다고 했다. 그는 옛 부하가 백만전(百万钱)을 건네자 관리는 청렴해야 한다며 받지 않았다. 양병의 아들 양사(楊賜)는 태위(太尉)까지 했고, 양진의 증손자 양기(楊奇), 양표(楊彪) 또한 모두 청렴했다고 했다. 그리하여 양진의 '청백리 자손'이라는 가풍은 길이길이 칭송되었다.

시진핑은 중국공산당 18기 중앙기율검사위원회 회의에서 "당의 지도 간부는 각오(覺悟)를 논하고 각오를 갖추어야 한다. 각오를 갖추어야 각오할 수 있고, 자기 행위에 관한 준성(準星, 매우 먼 곳에 있으나 작고 뚜렷한 윤곽의 별처럼 보이며, 아주 센 전파를 쏘는 천체 - 역자 주)을 찾을 수 있다."고 역설하였다.

그가 양진의 '사지거금'이야기와 청렴을 자손들에게 물려준 이야기를 인용한 것은, 각오가 사람이 입신(立身)을 하고, 업적을 쌓고(立业), 입언(立言)을 하고, 덕을 쌓는(立德)데 중요한 의미를 가지고 있음을 설명하기 위해서였다. 각오를 갖춰야 시비를 가릴 수 있고, 공과 사를 알 수 있으며, 바른 기풍을 키우고 사악한 기풍을 제거할 수 있다. 각오는 한 사람의 사상과 품성을 검증하는 '시금석'으로서 공(公)과 사(私), 의(义)와 이(利), 시(是)와 비(非), 정(正)과 사(邪), 고(苦)와 낙(乐)에 직면했을 때, 전자를 택하느냐 후자를 택하느냐는 곧 각오에 의해 결정되는 것이다.

요언묘도

(要言妙道, 정교한 말과 현묘한 도리)

서한의 매승(枚乘)이 지은 「칠발(七發)」에는 깊은 사색을 하게하는 이야기가 들어 있습니다. 초(楚)나라 태자가 병이 났는데, 오(吳)나라에서 온 손님이 말하길, "정서가 소침한데서 비롯된 것이다"라고 하면서, 약물보다는 '요언묘도'라는 정신적인 치료가 치유에 도움이 된다고 진단을 내렸습니다.

그는 태자로 하여금 도덕성으로 몸을 조리하게 하자 점차 얼굴에 희색이 돌더니 나중에 병이 치유되었습니다. 당(党)을 전반적으로 엄하게 다스리려면, 응급치료나 극약을 가지고 혼란한 상황을 중점적으로 다스려야 하지만, 문화적 소양을 함양하여 정치적 바탕을 수호하는 것도 중요합니다.

– '중국공산당 제18기 중앙기율검사위원회 7차 전원회의에서 한 연설'(2017년 1월 6일)

연설내용의 배경 설명

「칠발」은 한(漢) 대의 사부가(辭賦價) 매승(枚乘)이 지은 풍유(諷諭, 슬며시 나무라며 가르치는 것 - 역자 주)성의 글이다. 이 글은 허구적인 이야기를 다루고 있다. 초나라 태자가 병에 걸리자 오나라 손님이 병문안을 갔다. 초나라 태자와 오나라 손님은 문답 형식으로 병세와 병이 생기게 된 원인 등을 옅은 데서부터 깊은 데에 이르기까지 대화를 나누었는데, 그 뜻이 일곱 가지 차원을 구성하였다.

오나라 손님은 태자의 병이 높은 지위와 풍족한 환경에서 무슨 일이든 시중을 받으며 기름진 음식에 안일하게 생활한데서 편안함과 즐거움이 도를 넘어 생긴 우울증(精神不振) 때문이라고 진단했다. 그는 이는 사실 몸으로 인한 병이 아니라 정신이 소침해지면서 생긴 병이기에 약이나 침구가 아니라 정교한 말과 현묘한 도리를 가지고 대화하는 것을 통하여 치료해야 한다고 밝혔다.

오나라 손님은 음악, 음식, 수레 타기, 유람, 사냥, 파도 구경 등 여섯 가지 재미있는 일들을 각기 묘사하면서 태자가 생활방식을 변화하도록 차근차근 깨우쳐주자 그의 얼굴에 점차 희색이 돌기 시작했다. 나중에 오나라 손님이 방술(方術, 방법과 기술 - 역자 주)에 능한 사람을 청하여 태자와 천하를 다스리고 몸과 마음을 다스릴 수 있는 도리('요언묘도')를 논하게 했다. 그 후 태자는 음탕하고 사치스러운 물질적인 향락 생활을 멀리하고 오묘하고 고상한 정신생활을 추구하게 되자, 드디어 정신적으로 감동한 나머지 땀을 흘린 뒤 병이 나았다.

「칠발」은 허구적인 인물 사이의 대담을 통하여 귀족 자제들이 방탕한 생활에 깊이 빠져 있으면서 향락과 안일함만을 추구하는 생활습관을 자제하라고 훈계하였다. 일곱 가지 즐거움은 사실 물질과 정신의 변증 관계를 논하고 있는 것이다. 만약 한 사람이 향락이나 방종한 생활에 빠져 있으면서 정신적인 추구와 도덕적 자율이 따르지 못한다면, 여러 가지 '병균'이 번식할 수 있다. 글에 나오는 초나라 태자처럼 "정신이 타락하면 할수록 온갖 병이 생길 수가 있다."그렇기 때문에 정신적인 영양분을 보충해야 만이 진정한 건강을 얻을 수 있는 것이다. 마오쩌둥도 '칠발'을 높이 평가했다. 그는 루산(廬山) 회의에서 이 글을 회의 참석자들에게 배포해주었을 뿐만 아니라 긴 평어(評語)까지 달았다.

「칠발」은 언어가 화려하고 아름다울 뿐만 아니라, 기세가 장관이고 뜻이 깊은 한대의 부(賦)에서 발단한 글로 후세에 큰 영향을 미쳤다. 유협(劉勰)은 『문심조룡(文心雕龍)』에서 "매승 역시 아름다운 언어적 표현들을 잘 활용하는 사람이다. 그는 「칠발」을 창작했는데, 거기에는 풍성한 미사여구들이 마치 구름처럼 결집돼 있고, 과장적인 아름다운 말들이 솟구쳐 오르고 있다."라고 기록했다. 후세 사람들은 이 문체를 모방한 글들을 내놓기도 했다. 예컨대 부의(傅毅)의 「칠격(七激)」, 장형(張衡)의 「칠변(七辯)」, 왕찬(王粲)의 「칠석(七釋)」, 조식(曹植)의 「칠계(七啓)」, 육기(陸機)의 「칠징(七徵)」, 장협(張協)의 「칠명(七命)」으로서 부(賦)의 「칠체(七体)」를 이루게 했다. 시진핑이 「칠발」 중의 이야기를 인용한 것은, 수양을 향상하여 신앙을 확고히 해야 만이 위정(爲政, 정치를 행하는 것 - 역자 주)의 근본을 지킬 수 있다는 도리를 설명하기 위해서였다. 이른바 "근본이 다스려지면 나라가 굳건하고(本理則國固), 근본이 어지러우면 나라가 위태롭다(本亂則國危)"는 뜻이었다.

시진핑은 "근본을 견고히 하고 정신(영혼)을 양성해야 한다(固本培元)"고

늘 강조하였다. 여기서의 본(本)은 근본으로, 이는 본심으로서 근본적 뿌리가 흔들리지 말아야 나무가 자양분을 흡수하고 가지와 잎이 무성할 수 있다는 것이고, 원(元)은 곧 영혼으로, 원기(元氣)로서 원기가 충족되어야만이 사악한 기운이 들어오는 것을 막고 왕성한 생명력을 유지할 수 있다는 것이었다. 그렇게 말한 근본 뜻은 바로 당성(黨性) 수양을 향상시켜 이상과 신념을 확고히 하라는데 있었던 것이다.

반부패 운동에는
'하우스 오브 카드(紙牌屋)'[02]가 없다

반부패와의 투쟁이 강화됨에 따라 사회적으로 여론이 한쪽으로 기울어지는 주목할 만한 분위기가 나타났습니다. 몇 가지 논조는 사람들의 관심을 꽤나 끌었습니다. 예컨대 반부패는 인민들의 이익과 무관하다느니, 반부패는 간부들로 하여금 부작위(배임)를 하게 한다느니, 반부패는 경제 성장에 영향을 준다느니, 반부패는 권력 쟁탈 싸움이라느니, 반부패 강도를 완화해야 한다느니 등의 논조였습니다.

이 같은 모호한 인식과 그릇된 언론에 대해 반드시 분석하여 판별하고 인도하여 그릇된 언론에 대해 반박하고, 소극적 정서를 해소시키며, 오해와 편견을 제거해야 할 뿐만 아니라, 당의 반부패 운동이 사람을 보고 대우하는 '세리점(勢利店, 사람의 지위 및 권세를 봐가며 요리를 내오는 가게 - 역자 주)'도, 권모술수와 협잡을 일삼는 '하우스 오브 카드(紙牌屋)'도, 시공을 하다가 만 '부실 건물'도 아니라는 점을 분명하게 설명함으로써 당내 간부의 부패를 척결하고 청렴성을 제창하는 운동을 심도 있게 전개할 수 있는 반

---

02) '하우스 오브 카드(紙牌屋)' : 카드로 만든 집이라는 뜻. 엉성한 계획이나 위태로운 상황을 의미하는 말로 쓰인다.

부패 투쟁의 양호한 여론 분위기를 조성해야 합니다.

-'중국공산당 제18기 중앙기율검사위원회 6차 전원회의에서 한 연설'(2016년 1월 12일)

연설내용의 배경 설명

「하우스 오브 카드(House of Cards)」는 정치적 제재를 다룬 미국의 드라마로서 무자비한 미국 국회의원과 남편 못지않게 야망이 큰 그의 아내가 미국 정계에서 수단과 방법을 가리지 않고 권력을 취하는 스토리를 다루고 있다. 드라마의 주인공 프랭크 언더우드는 최소한의 도덕도 없는 용의주도한 직업 정치인이다.

그는 곧 취임하게 될 국무장관을 넘어뜨리고자 부하를 보내 증인과 만취한 상태에서 마약을 흡입하게 한 후, 증인에게 위증을 서게 하는가 하면, 교육부장을 대처하고자 덕망이 높은 전 교육부장을 폄하하고서는 좋은 사람인 것처럼 꾸미는가 하면, 부하의 과거를 알아내 충성을 받아냈다가 일단 충성을 하지 않으면 즉시 미친 듯이 보복하기도 한다. 「하우스 오브 카드」는 이러한 비판적 사실주의 풍격으로 인하여 수많은 관객들의 호평과 지지를 얻어냈다.

「하우스 오브 카드」 시즌1은 2013년 2월 1일에 첫 회를 방송했는데, 미국 정치인들의 권력형 비리, 권력·성 거래라는 위험한 게임을 적나라하게 그려낸 데서 방영하자마자 각국의 정계와 시청자들의 주목을 받았다. 미국의 전 대통령 버락 오바마, 영국의 전 수상 카메론도 「하우스 오브 카드」를 보았다고 밝혔다. 기복이 심했던 2016년 50대 미국 대통령 선거를 현실판 「하우스 오브 카드」라 부르고 있다. 「하우스 오브 카드」 시즌 5는 이미 방영되었고, 시즌 6이 곧 방영될 예정이다.

「하우스 오브 카드」의 원작 소설의 작가 마이클 돕스는 1975년 정계에 입문한 영국의 정치인으로서 정부의 특별고문, 대처 수상이 재임하던 시절 정부의 수석 보좌관 등을 역임하다가 나중에 보수당 부의장에서 은퇴했다. 마이클 돕스가 서방 정계의 '내부 인사'였기에 그가 쓴 '관료 사회'에 대한 소설은 아주 다채롭고 진실감이 뛰어났다. 해외 매체는 "소설 『하우스 오브 카드』는 황홀한 경지로 이끄는 진실 되고 생동감 넘치고 자극적인 스토리로 세상에 대한 차가운 조소와 신랄한 풍자가 넘쳐나 사람들에게 강한 현장감을 준다."고 평가하였다.

중국공산당 제18기 중앙기율검사위원회 6차 전원회의에서 시진핑은 당의 반부패 운동이 사람을 보고 대접하는 '속물 상점(勢利店)'도, 권력과 이익을 다투는 '하우스 오브 카드'도, 시공을 하다가 만 '부실 건물'도 아니라는 점을 강조하면서 "반부패운동이 인민들의 이익과 관계없다", "반부패 운동은 권력 싸움이다"라는 등의 모호한 인식과 착오적인 여론을 강력하게 반박함으로써 강력한 수단으로 부패를 척결하려는 당 중앙의 단호한 결심을 보여주었다.

반부패 운동에 「하우스 오브 카드」가 없다는 비유는 시진핑이 제18기 중앙기율검사위원회 6차 전원회의에서 최초로 인용한 말은 아니다. 2015년 9월 미국을 방문하던 당시 한 기자가 "중국의 반부패 운동이 권력 싸움을 의미하지 않는가?"라는 물음에 대해 시진핑은 우리가 강력하게 부패사건을 조사하고 '호랑이'와 '파리'를 함께 잡아내는 것은 인민들의 요구에 순응하는 것이므로 권력싸움이나 「하우스 오브 카드」가 결코 없다고 답했다. 이야기에 능한 시진핑은 미국 문화 기호를 재치 있게 빌려 민감한 문제에 대답함으로써 현장의 청중들과 미국 매체의 폭 넓은 찬사를 이끌어냈다. 따라서 「하우스 오브 카드」가 없다는 은유는 중국공산당의 당의 부패를 척결하고 기풍을 바로잡으려는 단호한 입장을 대변한 것이라 할 수 있다.

백성들의 피와 땀

(民之脂膏)

란카오(蘭考)의 역사에는 장백행(張伯行)이라는 유명한 청백리가 있습니다. 그는 푸젠(福建) 순무(巡撫), 장쑤(江蘇) 순무, 예부상서(禮部尚書)를 역임하면서 각 분야에서 들어오는 선물(뇌물)을 거절했을 뿐만 아니라 「각증격문(却贈檄文)[03]」이라는 글을 써냈습니다. 그중에는 이런 말이 있습니다. "쌀 한 알에 나의 명예와 절개가 관련되고 티끌이라 할지라도 모두 백성의 피땀이거니, 한 푼을 받지 않을수록 백성은 한 푼 이상을 얻는 것이오. 내가 한 푼을 취한다면 사람들이 잃는 것 역시 한 푼뿐이 아닐 걸세. 교제는 인지상정이라 하지만 내력이 분명하지 않은 선물은 염치를 해칠 수 있네. 불의의 재물이 아니라면 이 같은 선물 또한 어디서 생기겠는가?" 저는 이 말 역시 하나의 거울로 삼을 만 하다고 생각합니다.

-'허난성 란카오현 상임위원회 확대회의에서 한 연설'(2014년 3월 18일)

---

03) 각증격문(却贈檄文) : 뇌물을 물리치는 데에 관한 격문

연설내용의 배경 설명

청대의 청백리를 꼽는다면 모든 사람이 다 알고 있는 우성룡(于成龍) 외에도 다른 한 사람을 언급하지 않을 수 없다. 바로 허난(河南) 란카오(蘭考)의 장백행이다. 장백행은 1652년에 태어나 1725년에 사망했다. 그는 푸젠 순무, 장쑤 순무, 예부상서까지 지냈다. 강희(康熙)제는 "백행이 청렴하고 강직한 관리임을 천하가 안다", "백행의 지조는 천하제일이다"라고 평가하였다.

장백행은 푸젠 순무로 부임한 후, 연이어 선물을 들고 찾아오는 사람들을 철저히 막고자 특별히 「각증격문」이라는 글을 써서 자기 처소의 문과 순무 관청의 문에 붙여놓았다. 격문의 말은 간결하나 뜻은 완벽하였다. 그는 글에서 "쌀 한 알에 나의 명예와 절개가 관련되고, 티끌이라 할지라도 모두 백성의 피와 땀이거니 한 푼을 받지 않을수록 백성은 한 푼 이상을 얻는 것이오. 내가 한 푼을 취한다면 사람들이 잃는 것 역시 한 푼뿐이 아닐 걸세. 교제는 인지상정이라 하지만, 내력이 분명치 않은 예물은 염치를 해칠 수가 있네. 불의의 재물이 아니라면 이 같은 예물 또한 어디서 생기겠는가?"라고 밝혔다.

선물을 건네려던 사람들은 예리한 격문을 보고 스스로 망신을 자초하지 않으려고 조용히 물러갔다. 이 격문은 날개나 돋친 듯이 광범위하게 퍼지면서 청렴한 관리의 '철통같은 규범'으로 불리었다.

그는 흉년이 들자 집의 돈과 식량을 가져오고, 옷을 만들어 이재민을 구제했을 뿐만 아니라, 곡물 창고를 열어 이재민들을 구제하였다. 그러자 관리들이 독단으로 전횡한다며 꾸짖고 고발하자, 그는 "곡물 창고가 주요한

가, 아니면 백성들의 목숨이 중요한가?"하고 날카롭고 엄중하게 질의했다. 백성들은 이러한 청렴하고 훌륭한 관리를 받들어 모시지 않을 수 없었다. 장백행이 장쑤 순무를 사임할 때 양저우(揚州) 백성들이 과일이나 채소를 가져오자 완곡히 사절하였다. 그러자 백성들이 울면서 "재임 시절에는 우리 강남 백성들한테서 물 한 바가지 밖에 받아 마신 적이 없으신데, 오늘 떠나면서 백성들의 조그마한 성의를 절대로 물리치시지 말아 달라!"고 애원하자, 장백행은 마지못하여 일청이백(一淸二白)의 뜻으로 대파 한 뿌리와 두부 두 모를 받았다고 한다.

제2회 당의 민중노선(방침) 교육실천 활동 중에서 시진핑은 허난성 란카오현과 연계를 가지게 되었다. 그리하여 시진핑은 중국공산당 란카오현 상임위원회 확대회의에 참석했는데, 이 때 장백행의 이야기를 언급하면서, 그의 사적은 "세부적인 사소한 일이 청렴을 엄수하는 첫 번째 방어선이며, 양호한 기풍은 세부적인 사소한 일을 통해 구축된다는 도리"를 말해준다고 연설했다.

시진핑은 연설 중에 「각증격」을 인용하여 "대다수 탐관오리들이 세부적인 사소한 일을 소홀히 한데서 점차 부패타락의 상황으로까지 이르게 된다"라고 하면서 "전체 당원들은 양적 변화로부터 질적 변화에 이르는 엄중한 이치를 명기해야 한다"라는 일깨움을 주었다.

시진핑은 장백행의 「각증격문」 "역시 하나의 거울로 삼을 만 하다"고 강조했다. 이 글은 권력을 남용하지 않고 스스로를 엄하게 통제하는 청렴한 관리의 이미지를 찾아보게 할 뿐만 아니라, 고대에 청렴한 정치를 주창했던 문화의 득실, 역사상의 부패를 반대하고 청렴을 제창하는 문화의 득실이, 청렴한 정치를 펼칠 수 있는 훌륭한 교재(富鑛)라는 점을 설명해주고 있다. 시진핑은 각기 다른 장소에서 연설할 때마다 여러 번 고대 청백리들의 이야기를 인용하거나 청렴한 정치와 관련된 격언을 인용하였다. 2013년 그의 주재 하에 중공중앙 정치국은 역사적으로 부패에 반대하고 청렴한 정치를 주장했던 인물들과 그들의 업적을 단체로 학습하기도 했다.

패왕별희

(霸王別姬)

우리 당은 중국 인민들의 옹호와 지지를 받고 있는데, 중국에서는 중국 공산당을 대체할 수 있는 어떠한 정치적 세력도 없습니다. 우리 당의 집정 기반은 아주 견고합니다. 하지만 기풍문제를 해결하지 않는다면 '패왕별희'⁰⁴와 같은 순간이 나타날 수도 있습니다. 우리는 반드시 위기의식을 가져야 합니다.

---

04)패왕별희 : 패왕(항우)과 우희(虞姬)의 이별이란 의미이다. 진시황이 여러 나라로 난립한 중국 대륙을 최초로 통일하였으나 통일 후 13년이라는 짧은 기간 동안 유지되다가 진승(陳勝)과 오광(吳廣)이라는 두 사람의 난을 시작으로 중국 전역은 많은 군웅들이 봉기하게 된다. 하지만 마지막 남은 두 영웅이 서로 맞붙게 되는데, 그 두 영웅이 바로 한나라 유방과 초나라 항우다. 우미인(우희)은 초나라 우공의 딸인데 항우의 황후다. 두 영웅의 접전은 처음에는 항우의 우세였지만 장량, 한신, 소하 등의 참모를 가진 유방이 결국 이 전쟁에서 이겨 한(漢)이 중국 전체를 통일한다. 항우는 일명 패왕(霸王)이란 이름으로 불리었는데 이는 '왕 중의 왕'이란 의미이다. 이 두 영웅의 천하쟁패를 다투던 전쟁의 끝마무리 즈음에 해하(垓下)라는 지역에서 한신이 항우군을 포위하게 되는데 항우군은 끝까지 대항한다. 이 때 장량은 농성 중인 초나라 군대의 사방에서 초나라의 슬픈 노래를 자기 군사와 항복한 초나라 군사들로 하여금 부르게 한다.(사면초가:四面楚歌) 항우는 "한나라 군대가 이미 초나라 땅을 얻은 것이냐. 어찌 초나라 노래가 사방에서 들린단 말이냐?" 주변의 사면(四面)에서 초나라 패잔병의 노래(楚歌)가 들리는 것을 보니 주위는 적군뿐이어서 항우 혼자만 남았다는 뜻이다. 항우는 밤이 되자 결별의 주연을 베풀면서 비분강개하여 시(해하가)를 읊는다.

연설내용의 배경 설명

진나라 말기 항우는 숙부 항량(項梁)과 진에 반란하여 거병한 후, 가는 곳마다 적을 무너뜨렸으며, 거록(巨鹿)대전에서 진나라 군대를 크게 격파

力拔山兮氣蓋世 힘은 산을 뽑아낼만하고 기운은 세상을 덮을만한데
時不利兮騅不逝 때가 불리하니 오추마도 나아가질 않는구나.
騅不逝兮可奈何 오추마가 나아가질 않으니 내 어찌할 것인가,
虞兮虞兮奈若何 우미인(애인 이름)아, 우미인아, 그대를 어찌할 것인가?

이 노래를 되풀이하자 우미인이 다음과 같은 시로써 화답하고 항우의 칼로 자결한다.

漢兵已略地 한나라 병사들이 이미 모든 땅을 차지하였고,
四方楚歌聲 사방에서 들리느니 초나라 노래뿐.
大王意氣盡 대왕의 뜻과 기운이 다하였으니,
賤妾何聊生 천한 제가 어찌 살기를 바라리오.

이별보다 차라리 죽음을 택한 한 여인의 갸륵한 용단이었다. 그것을 본 항우는 주먹으로 눈물을 닦으며 사력을 다하여 탈출에 성공한다. 드디어 오강(烏江)에 이르렀으나 그는 거기 주저앉고 마는데, 사랑하는 여인의 죽음 때문만은 아니었다. 고향을 떠날 때 데리고 온 경도(江都)의 청년 8,000을 다 죽이고 저 혼자 살아 돌아간들 그들의 부모를 볼 면목이 없었기 때문이었다. 그의 애마는 강물로 뛰어 들고, 그는 자기 목을 찔러 자진하고 만다. 항우가 죽고 난 뒤 유방은 천하를 재통일하고 나라를 세우니 바로 한(漢)나라이다. 그 후 우미인의 무덤 위에 예쁘고 가련한 꽃이 피었다. 사람들은 그것이 우미인의 넋이 꽃으로 화한 것이라 하여 그 때부터 『우미인초』라 부르게 되었다.

했다. 진나라가 망한 후 항우는 힘에 의지에 천하를 나누고 18명의 제후를 책봉(册封)했다. 세인들의 눈에 항우는 무예와 용기가 출중하여 기백이 세상을 압도하고 힘이 장사여서 만부(萬夫)를 억압할 수 있는 영웅호걸이었다. 거록대전에서 대승을 하면서 그 위세를 세상에 떨쳤으며, 스스로 '서초패왕(西楚霸王)'이라 칭하였다.

홍문연(鴻門宴)은 항우가 유방을 죽일 수 있는 절호의 기회였다. 하지만 교만하고 고집불통인 항우는 유방의 가련한 상에 미혹되고, 이유가 충분하고 날카로운 번쾌(樊噲)의 언사에 설득되어 범증(范增)과의 약속을 깨뜨렸다. 범증은 항우를 보고 유방을 죽여야 한다고 여러 번 눈짓했지만 항우는 본체만체했다.

유방이 볼일을 본다며 몸을 뺀 다음 항우는 유방이 선물한 한 쌍의 백옥을 기꺼이 받았다. 그러자 범증은 "어린애하고는 일을 도모하는 것이 아니다."라고 한탄하였다. 그래도 항우는 아무런 반응도 없었다. 항우는 유방과 천하를 다투다가 패하여 결국 자결하고 말았다. 향년 31세 밖에 안 되었다.

「사기·항우본기」에 따르면, 항우는 패망하게 될 무렵 우희와 이별하면서 침통한 심경으로 노래를 지어 불렀으니, 바로 '해하가(垓下歌)'이다.

사마천은 항우를 이렇게 평가했다.

"자신의 공을 자랑하고 사사로운 지혜만 앞세운 채 지난 일을 배우지 못했다.", "죽으면서도 여전히 깨닫지 못하고 자신을 나무랄 줄 몰랐으니 이게 잘못이었다." 대세가 기울었는데도 "하늘이 나를 망하게 하려는 것이지, 내가 싸움을 못한 죄가 아니다'

며 핑계를 댔으니 어찌 잘못이 아닐 손가!" 따라서 패배는 당연
한 일이었다.

마오쩌둥은 「칠언 율시·인민해방군이 난징을 점령하다」에서 "마땅히
남은 힘 다하여 궁지에 몰린 적을 추격해야지, 초패왕을 따라 배워서는 안
되리."라는 시구로 전 군 장병들이 자만하면서 현실에 안주하는 것을 경
계하였다. 1962년에 소집된 '7천명 대회'에서 마오쩌둥은 '패왕별희'라는
고전을 또 인용하면서, 지도층 간부들이 활달하고 넓은 도량으로 다른 사
람의 의견을 겸허하게 받아들여야지 항우처럼 받아들이지 않는다면 '우
희와 이별'하는 것과 같은 결과를 면치 못할 것이라고 충고했다.

시진핑은 당이 집권할 수 있느냐 없느냐 하는 생사존망의 차원에서 당
풍 문제를 대하면서, 사업이 성공하느냐 실패하느냐 하는 문제는 민심의
향배에 달려있다고 강조했다. 그는 '패왕별희'의 이야기를 하면서, "당풍
문제를 제대로 해결하지 못한다면, 인민들의 옹호를 잃어 당과 국가가 망
하는 비정한 순간이 나타날 수 있다"고 당원 간부들에게 경고했다.

그는 또 "부정적 기풍을 단호히 시정하지 않고 확장되게 방임한다면, 무
형의 벽이 우리 당과 민중을 가로 막으면서 우리 당은 토대를 잃고 혈맥
을 잃고 세력을 잃고 말 것이다."라고 지적했다. 이 같은 박력 있는 담론
은 역사적 경험과 교훈에 대한 심각한 종합일 뿐만 아니라, 전 당 동지들
이 기풍을 개진(改進, 낡은 기술이나 제도를 점차 개선하여 나아지게 하는 것 - 역
자 주)하여 인민들과 혈육의 관계를 긴밀히 하기를 바라는 간절한 마음을
담고 있다.

높이 올라갈수록 겸손해야 한다

(三命而俯)

　　물론 대담하게 책임지는 것은 개인의 공명주의를 위해서가 아니라 당과 인민의 사업을 위해서이며, 제멋대로 행하는 것은 대담하게 책임지는 태도가 아닙니다. 춘추시대 송나라의 대부 정고부(正考父)는 삼대의 왕을 보좌한 원로였지만, 자기에 대한 요구가 아주 엄격하였습니다. 그는 가묘(家廟)의 솥(鼎)에 다음과 같은 교훈을 새겨놓았습니다.

　　"처음에는 머리를 숙이고 명을 받았고, 두 번째는 허리를 굽히고 명을 받았고, 세 번째는 엎드리다 시피 하고 명을 받았다. 담장을 따라 걸어도 업신여기는 사람이 없었다. 범벅이라도 좋고 죽을 쑤어도 좋다. 내 입에 풀칠만 하면 된다."

　　그 뜻을 풀이하면 다음과 같습니다. 등용될 때마다 더욱 근신하게 되었는데, 처음 등용되었을 때는 머리를 숙였고, 재차 등용되었을 때는 허리를 굽혔으며, 세 번째로 등용되었을 때는 엎드리다 시피 하여 걸음조차 담장을 짚고 걸어야 했습니다. 이 솥으로 죽을 쑤어서 입에 풀칠만 하면 살아갈 수 있습니다.

　　저는 이 이야기를 읽은 후 큰 감명을 받았습니다. 우리 간부들 모두가 당의 간부들이고 모든 권력은 당과 인민이 부여한 것이기 때문에, 사업을 할 때는 반드시 과감하게 시도하고, 단호하게 밀고 나가야 하며, 처세에서는 겸손하고 신중하면서 교만함과 성급함을 경계해야 합니다.

-'전국 조직업무회의에서 한 연설'(2013년 6월 28일)

연설내용의 배경 설명

정치를 하는 관건은 청렴에 있고, 청렴의 근본은 자율에 있다. 2000년 전 공자가 "이익에 따라 행동하면 원망이 많아진다."고 말한 적이 있다. 그는 또 "군자는 먹는 것에 있어 배부름을 구하지 않고, 삶에 있어서 안락함을 구하지 않는다. 일을 처리하는 데 민첩하고 말하는 것에 신중하며, 도가 있으면 곧바로 나가서 자신을 바로잡는다면 그야말로 배움을 좋아하는 것이라고 말할 만 하다."고 말했다.

공자의 먼 조상 정고부(正考父)는 수백 년 전에 벌써 자신을 엄하게 다스려야 한다는 이 명제를 해석한 적이 있었다. 정고부는 춘추시대 송나라의 대부(大夫)로서 대공(戴公), 무공(武公), 선공(宣公) 등 세 임금을 보좌한 공자의 7대조이다. 정고부는 송나라의 삼대 임금의 두터운 신임을 받은 상경(上卿)으로 그야말로 "일인지하 만인지상"의 관직에 있었다. 하지만 그는 의연히 겸허한 군자의 자세를 유지하면서도 정중하고 낮은 자세로 사람들을 대하였다.

자손들이 스스로를 경계하며 근신하고 살라고 타이르고자 그는 특별히 가묘의 솥에다 가훈을 새겨두었다. 그리하여 "처음에는 머리를 숙이고 명을 받았고, 두 번째는 허리를 굽히고 명을 받았으며, 세 번째는 엎드리다시피 하고 명을 받았다."는 미담이 생겨났다.

명문 중의 '누(僂)', '구(傴)', '부(俯)' 세 개의 동사는 정고부가 지위가 높아질수록 남을 더 공경하는 모습을 생동적으로 나타내고 있다. 연결된 '세 가지 명령(命)'은 층층이 발전하면서 그야말로 겸허함이 흐르고, 공경함이 넘쳐난다. 이어서 명문은 "담장을 따라 걸어도 업신여기는 사람이 없었다."면서 갑자기 화제를 바꾸었다. 즉 담장을 따라 조심스레 걷는다 해도 감히 업신여기는 사람이 없었다. 이것이 바로 인격의 힘이고, 덕성의 힘이다. 정고부의 미명과 이야기는 『사기·공자세가』, 『좌전』 등 고전에 모두 기재되어 있다. 『사기·공자세가』에는 '정고부는 대공, 무공, 선공을 보좌할 때 세 번 명을 받는데, 명을 받을 때마다 더욱 공손하였다'고 적고 있는데, 수신에 힘을 쓰고 청렴하게 벼슬을 한 그의 품성을 드러내고 있다.

정고부가 자녀들을 덕과 정도를 지키면서 겸허하고 소박하게 살라고 교육한 이야기 역시 미담으로 전해지고 있다. 사마광(司馬光)은 『훈검시강(訓儉示康)』에서 '정고부가 죽을 먹으며 살았다는 이야기를 들은 맹희자(孟僖子)는 "그의 후손들 중에 반드시 달인(達人)이 나타날 것"이라 말했다고 적고 있다. '정고부가 죽을 먹으며 살았다'는 이야기를 들은 춘추시대 노나라 대부 맹희자가 정고부의 자손들 중에 현명하고 사리에 통달한 사람이 나타날 것이란 걸 예견했던 것이다.

현재 베이징의 경극원과 국가대극원에서 손잡고 제작한 역사 경극 「정고부」는 정고부의 사적을 무대에 올리게 된다. 청렴하게 벼슬을 하고 겸허하게 권력을 행사하며 집안에 충의를 대대로 전해 내려오게 한 정고부의 훌륭한 품성은 더욱 많은 사람들에게 영향을 미치게 될 것이다.

정고부의 겸허한 자세, 청렴하고 근신하는 몸가짐은 권력의 유혹을 물리치는 사상적 방어선이 되어 스스로 법도를 어기지 않고 탈선행위를 하지 않도록 보장해주었다. 시진핑은 전국 조직사업회의에서 '삼명이부'의 이야기를 한 의도가, 정고부처럼 수신을 엄하게 하고, 권력을 마구 휘두르지 않으며, 자기를 엄하게 관리하라고 당원 지도층 간부들을 깨우치려는데 있었다.

권력을 똑바로 대하고 규범에 맞게 사용하는 것은 지도층 간부들에 대한 첫 번째 요구 조건이라 할 수 있다. 시진핑은 지도층 간부의 권력에 관한 문제에 대하여 많은 중요 논술을 내놓았다. 그는 중앙당학교에서 한 연설에서 '마르크스주의 권력관'에 대해 "권력은 인민들이 준 것이기에 인민들을 위하는데 써야 한다"고 개괄했다.

그는 전국 조직사업회의에서 "관리가 제 구실을 못하면 평생 수치스러워 해야 한다(爲官避事平生恥)"면서 당의 간부들은 업무를 대담하게 시도하고 단호하게 밀고 나가야 할 뿐만 아니라 교만함과 조급함을 경계하고 겸손하고 신중하게 처신해야 한다고 강조했다. 중앙당학교 현위서기 워크숍에서 좌담할 때, 시진핑은 마음속에 당이 있고, 인민이 있고, 책임감이 있고, 경계심이 있어야 한다는 4가지 요구를 내놓았다. 이런 주요 논술들은 지도층 간부들이 권력관을 바로잡는데 방향을 제시해주었다.

2세 만에 멸망하다

(二世而亡)

진시황은 중국을 통일한 첫 번째 제왕입니다. 그는 처음에는 발전하는 역사적 요구를 대표했지만 가렴주구를 하면서 큰일을 벌이고, 공을 세우기를 즐기는 바람에 백성들의 큰 원망을 자아냈습니다. 그리하여 진 왕조는 2세 때에 멸망하고 말았습니다. 두목(杜牧)은 「아방궁부(阿房宮賦)」라는 시에서 "진나라 사람들은 스스로 슬퍼할 겨를도 없이 망해버려/ 후세 사람들이 그들을 슬퍼해 주었네./ 후세 사람들이 슬퍼만 하고 거울로 삼지 않는다면/ 더 후세 사람들 역시 이들을 슬퍼하게 될 것이네."라고 읊었습니다.

당 왕조를 수립한 후, 당 태종은 간언을 채택하고 현인을 등용하면서 전력을 다하여 나라를 다스린 데서 "정관의 치(貞觀之治)"를 이룰 수 있었습니다. 하지만 당 후기의 통치자들은 점차 행복감에 도취되어 정사(政事)는 잊은 채 퇴폐적이고 음탕한 생활에 빠져버렸습니다.

당현종(唐玄宗)이 "봄밤이 짧다 한탄하며 해 높아서 일어나니, 이로부터 군왕은 조회를 보지 않으니" 각급 관리들이 탐오하고 회뢰(賄賂)하는 행위가 성행하였습니다. 그 결과 "어양 땅에서 들려오는 전쟁의 북소리에(漁陽

鼓動地來), 하도 놀라 흥겨운 노랫가락 깨지 듯 멎었구나(驚破霓裳羽衣曲)[05]"
라고 묘사한데서 알 수 있듯이 '안사의 난(安史之亂)'이 일어나면서 흥성하
던 당 왕조는 몰락의 길에 들어서게 되었고, 나중에 왕선지(王仙芝, 황소의
난 초기 지도자 - 역자 주)와 황소(黃巢)가 봉기를 일으켜 장안(長安)을 공략하
자 얼마 안 되어 당 왕조는 멸망하고 말았습니다.

- '중국공산당 제18기 중앙기율검사위원회 제2차 전원회의에서 한 연설'(2013년 1월
22일)

연설내용의 배경 설명

구양수(歐陽修)는 「신오대사·영관전(新五代史·伶官傳)」에서 머리말에
다가 이렇게 적었다. "흥성하고 쇠망하는 것이 천명이라고는 하지만, 어
찌 사람의 일이 아닐손가!" 구양수는 후당이 흥성하던 데로부터 쇠망하
고, 돌연히 흥하다 돌연히 망한 과정을 분석한 후 "걱정하고 애쓰면 나라
가 흥하고, 안락하면 몸을 망칠 수 있고", "근심과 우환은 늘 아주 작은 것
으로부터 쌓이며, 슬기와 용기를 가진 자는 흔히 그 무엇에 빠져서 곤경에
처한다."는 결론을 얻어냈다.

2세 만에 망한 진나라와 당나라의 '안사의 난' 등의 사례를 통해 "안락하

---

05) 예상우의곡(霓裳羽衣曲) : 중국 당(唐) 현종(玄宗)이 꿈에 월궁전(月宮殿, 전설에서 달 속에
있는 궁전)에서 신선들의 음악과 춤을 보고, 이것을 본떠 만들었다고 하는 악곡인데, 원곡은
서경(西涼) 절도사 양경술(楊敬述)이 진상한 「바라문곡(婆羅門曲)」이라고 한다.

면 몸을 망칠 수 있다"는 역사적 교훈을 찾아볼 수가 있다.

진나라는 중국 사상 첫 대통일을 이룩한 왕조였다. 진시황은 중국을 통일한 업적, 그리고 '문자를 통일하고(書同文) 수레바퀴의 치수를 통일하고(車同軌) 도량형을 통일하고(度同制) 행동방식(윤리원칙)을 통일(行動倫)'한 공로가 있다. 하지만 『사기』에서 언급한 것처럼 "천하가 진나라 때문에 오랫동안 고통을 받았다."

진시황 영정(嬴政)은 즉위 초부터 능원(陵園)을 축조하기 시작하여 기원전 208년에 완공, 39년 동안 모두 72만 명이 공사에 징용되었다. 추산에 의하면 진시황 능(陵)을 축조하는데 동원된 인력이 이집트의 쿠푸 피라미드를 축조할 때 동원된 인력의 8배에 달한다고 했다. 『한서(漢書)』에는 "진나라가 2세 16년에 멸망하게 된 것은 양생(養生)하는 데에 지나치게 사치스러웠고, 능을 만드는데 지나치게 쏟아 부었기 때문이다." 라고 기록하고 있다.

가의(賈誼)는 『과진론(過秦論)』에서 "한 사나이가 난을 일으키자 칠묘(七廟)가 무너지고, 남의 손에 죽어감으로써 천하의 웃음거리가 된 것은 무슨 까닭인가? 인의(仁義)를 베풀지 않아, 공략(攻略)과 방수(防守)의 형세가 달라졌기 때문이다."라고 기록하였다. 두목(杜牧)도 "진을 멸한 것은 천하가 아니라 진 자신이다" 라고 한탄했다. 따라서 진나라가 망한 것은 인의를 베풀지 않고 교만하고 사치스러우며 방탕하고 태만했기 때문이라는 것을 알 수 있다.

당나라가 번창하던 데로부터 쇠망하게 된 주요 원인 역시 지배층이 향락을 추구하면서 부패하고 타락했기 때문이었다. 두목은 「화청궁(華清宮)을 지나며」라는 시에서 "돌아보니 장안성이 수놓은 그림 같은데, 산마루의 궁궐 문 연이어 열리누나. 말 탄 사람 달려오니 귀비가 반기나니, 여지(荔枝)를 가져온 줄 그 누가 알았으랴!"라고 쓰면서, 양귀비가 먹을 여지를 먼 곳에서 운송해오는 사실을 통하여, 당나라 통치자가 먹는 욕심을 채우기 위해 많은 사람들을 동원하면서 백성들을 고생시키고, 재물을 축내는 행위를 생생하게 폭로했다. 『구당서』에 따르면, 현종은 "궁궐 안에는 귀비에게 바치려고 비단에 자수를 놓는 일꾼만 700여 명, 조각을 하고 주조를 하는 일꾼이 수백 명이 되었다."고 했다. 이 숫자만 가지고도 궁궐에서 돈을 물 쓰 듯 하면서 사치스런 생활을 했다는 것을 충분히 알 수 있다. 당 현종이 향락에 깊이 빠지고, 양국충(楊國忠) 등 간신들이 조정을 어지럽게 만드는 바람에 결국 안록산(安祿山)이 거병을 하여 반란을 일으키게 되면서 당나라는 번성하던 데로부터 쇠망하게 되었다.

"청렴하면 정권이 흥하고 부패하면 정권이 망한다." 이는 역사의 철칙이다. 시진핑이 진나라 '이세이망'과 당나라가 쇠락한 사례를 말한 뜻이 바로 부패는 사회적인 악성 종양이라는 점을 강조함으로써 전 당 동지들에게 이를 거울로 삼아 역사적 교훈을 삼고 반부패 투쟁을 확고부동하게 끝까지 진행해야 한다는 도리를 깨우쳐주려는데 있었다.

그가 지적했듯이 "우리 당이 반부패 투쟁과 당의 기풍을 청렴하게 하자는 운동을 당과 국가의 생사존망과 관계된다는 점을 높게 올려놓게 된 것은, 동서고금의 역사적 교훈을 엄중하게 종합한 결과였다. 중국 역사에서 지배층의 심각한 부패로 인하여 집정자가 죽으면, 그가 추진했던 정사도 폐지되는 사례가 비일비재했다. 오늘날 세계적으로 집권당이 부패하고 타락하여 인민들이 전격적으로 이탈한데서 정권을 잃은 사례들은 너무 많아서 일일이 다 열거할 수가 없다!"

반부패 문제에 관하여 시진핑은 줄곧 깊은 우환의식을 가지고 있었다. 그는 "집권당인 우리 당이 봉착한 최대의 위협은 바로 부패이다.", "만약 부패 문제를 더욱 더 심각해지도록 내버려둔다면 결국 당이 망하고 나라가 망하게 될 것이다."라고 여러 번 언급했다.

그는 또 인민들이 증오하는 여러 가지 부패현상이나 특권현상 같은 것은 당과 인민 간의 혈육관계를 파괴하는데 가장 강력한 살상력을 가지고 있다고 여러 번 강조해 말했다. 시진핑은 일찍이 닝더(寧德)시의 당서기로 있을 때 "여기서는 누가 누구한테 죄를 지었느냐 하는 문제가 존재한다. 당신이 기율과 법을 어기고 사사로이 건물을 지었다면, 이는 당의 권위와 당의 이미지를 훼손한 것이기에 당에 죄를 짓고, 인민들에게 죄를 짓고, 당의 기율과 국법에 죄를 지은 것이지, 당과 인민의 이익을 대표하여 당신을 조사하는 간부가 당신한테 죄를 지은 것이 아니다."라고 지적한 적도 있다.

망국지음
(亡國之音)

　남북조시대 남조의 진(陳)나라 황제 후주(後主) 진숙보(陳叔寶))는 재위 시절 정치를 등한시하고 사치와 방종한 생활에 빠져 있었다가 후에 수나라 군이 쳐들어오자 진나라 군은 일격에 무너지고 진숙보도 사로잡혔다가 후에 병사하고 말았습니다.

　그가 지은 시 「옥수후정화(玉樹後庭花)」는 후세 사람들로부터 '망국지음'이라고 불렸습니다. 당나라 시인 유우석(劉禹錫)은 시 「금릉 오제·대성(金陵五題·台城)」에서 이렇게 읊었습니다.

　"대성은 여섯 조대를 다투어 호화스럽더니, 결기(結綺)·임춘(臨春) 두 누각이 제일 화려했더라. 수많은 건물도 야초 밭이 되고 말았으나, 오로지 한 가닥 '뒷뜰 정원의 꽃'때문이련가?" 항일 전쟁이 승리한 후, 국민당이 접수하여 관리한 많은 지역에서 오자등과(五子登科, 여기서는 다섯 가지 비리를 뜻함 - 역자 주)를 대대적으로 벌이자 백성의 원성이 극에 달하면서 민심을 철저히 잃게 되었고, 결국 우리 당이 영도하는 혁명에 의해 쫓겨나고 말았습니다.

- '중국공산당 제18기 중앙기율검사위원회 제2차 전원회의에서 한 연설'(2013년 1월 22일)

연설내용의 배경 설명

문학적 재능을 가지고 각 조대 황제들의 서열을 따진다면 남조 진후주(陳後主) 진숙보, 남당(南唐)의 후주 이욱(李煜), 북송의 송휘종 조길(趙佶)이 무조건 앞자리를 차지할 것이다.

진숙보는 연회가 있을 때마다 대신들과 시를 읊조리며 대화를 나눌 정도로 운문에 각별한 애정을 가지고 있었다. 이는 시가의 율격을 규범화하고 수조와 당조의 시가가 흥성하는데 중요한 역할을 하였다. 「옥수후정화」 등의 시작들은 비교적 깊은 그의 문학적 조예를 보여주고 있다.

이욱은 서예, 회화, 음률에 정통했을 뿐만 아니라 시문에도 어느 정도 조예가 깊었다. 특히 사(詞)에서 이룩한 성과가 가장 컸다. "아리따운 난간의 옥돌 층계는 그대로 있겠거늘, 오로지 이 몸만 늙었구나. 묻나니 그대 수심 그 얼마인고? 마치 동쪽으로 흐르는 봄의 강물 같구려!"그가 지은 사 「우미인」은 천고에 낭송되면서 그는 '사(詞) 중의 황제'라는 명예를 얻게 되었다.

조길은 서체의 한 가지인 수금체(瘦金體)를 개발하고 화조화에 독특한 풍격을 이루었다고 할 수 있는 고대에 보기 드문 만능 예술인이었다. 청나라의 심웅(沈雄)이 『고금사화(古今詞話)』에서 밝힌 것처럼 "나라의 불행은 시인의 행복인가, 상전벽해를 읊은 시 구절구절마다 절묘하도다."와 같았

53

다. 진숙보이든, 이욱이든, 조길이든 그들의 문학적 · 예술적 조예가 얼마나 깊던 간에 나라를 다스리고 번성시키는 면에서는 모두 낙제생이었는데, 멍청하고 어리석은 방탕한 생활은 끝내 나라와 집안을 망하게 했고 사람들의 비난을 받았다.

진숙보는 주색잡기와 같은 용속한 생활에 깊이 빠졌다가 군대가 패하고 나라가 망하는 결과를 낳았다. 그리하여 후세 사람들이 「옥수후정화」를 '망국지음'으로 칭하였고, 유우석도 "수많은 건물도 야초 밭이 되었으니, 오로지 한 가닥 '뒷뜰 정원의 꽃'때문 이런가?"하고 탄식을 금치 못하였다. 두목은 밤중에 진회(秦淮)에 배를 정박하다가 가녀(歌女)가 부르는 '옥수후정화'를 듣고는 "가녀들은 망국의 한(恨)을 모르는지, 아직도 강 건너서 「후정화」를 부르네." (「진회에 배를 정박하며(泊秦淮)」) 하고 역시 탄식을 금치 못했다.

"사치스러운 생활의 시작은 멸망의 위기가 점차 도래함을 의미한다"는 말처럼 역대 어느 왕조이든 사치스러운 기풍이 성할 때면 그 왕조가 쇠하고 망한다는 전조였다. '오자등과'는 원래 중국 민간에서는 축복을 뜻하는 속담이다. 오대 후주시대 연산부(延山府)에 두우균(竇禹鈞)이라는 사람이 있었는데, 그의 다섯 아들 모두 품행과 학문이 훌륭하여 모두 차례로 과거에 급제했다. 그리하여 '오자등과'라는 말이 생겨났다.

중국이 항일전쟁에 승리한 후, 국민당 요원들은 국정이 어지러운 틈을 타서 자기 이익을 대거 취했는데, '금(金子) · 건물(房子) · 지폐(票子) · 자동차(車子) · 여인(女子, 매국노들의 아내나 첩)'은 그들이 '교묘한 수단'으로 빼앗는 대상이 되었다. 따라서 민중들이 '오자등과'(중국어에서 金子 · 房子 · 票子 · 車子 · 女子 모두에 아들 자[子]자를 붙인데서 유래된 말 – 역자 주)라는 말로 그들의 행위를 풍자했다. 결국 사회적 원망이 들끓으면서 국민당은 민심을 잃게 되었고, 결국 공산당에 패하여 타이완으로 도주하는 말로를 보게 되었다.

진숙보의 '망국지음'은 교만하고 사치스러우며 방탕하고 태만함의 위해성을 경고한다면, "선현들이 나라를 다스린 교훈을 두루 돌아보면, 검박하면 성공했고 사치하면 실패했다"(이상은의 「영상시」 2수)는 시구는 힘들고 어렵게 분투(艱苦奮鬪)하는 정신을 사수해야 하는 중요성을 환기시키고 있으며, "부자 집엔 술과 고기가 썩어가지만, 길가에는 얼어 죽은 해골이 처참하기 그지없다"(두보의 「도읍에서 봉선현에 이르면서 500자 회포를 읊음」)는 시구는 향락주의를 배척하고 사치스러운 기풍을 배척해야 한다는 도리를 깨우쳐주고 있다.

시진핑은 고사나 경구인 시구들을 빌려 당원 간부로 하여금 기풍 문제를 구체적이고도 심각하게 이해하도록 했다. 시진핑이 보기에는 인민들과 혈육의 관계를 유지하고, 당이 장기 집권을 하는 상황에서 타락하고 변질하는 것을 방지하는 작업이 "우리가 반드시 강화해야 할 중대한 정치적 과업"이었다.

'망국지음'의 다른 한 가지 우의(寓意, 다른 사물에 빗대어 비유적인 뜻을 나타냄 - 역자 주)가 바로 당풍은 반드시 위정자들부터 강화해야 하는 것으로, 먼저 '중요한 소수인'들 스스로가 솔선수범해야 만이 "윗사람이 하는 일을 아랫사람이 본을 받을 수 있다."는 것이다.

중국공산당 18차 전국대표대회가 열린 후 얼마 안 되어 시진핑은 광동성을 시찰하게 되었는데, 가는 노정에 경비가 삼엄한 안전 보호도 없었고 환영을 표하는 현수막도 걸리지 않았다. 허베이성 푸핑(阜平)현의 가난한 집을 찾아가 곤란한 점을 알아볼 때, 그는 수행인원들과 같이 가벼운 식사를 했다. 후베이성 우한(武漢)시를 시찰할 때 그는 비가 쏟아지자 바지를 걷고 스스로 우산을 들고서 우한 신항(新港) 양뤄(陽邏) 컨테이너 부두를 시찰하였다. 스스로 솔선수범하는 이 같은 몸가짐은 간부와 인민들에게 당 중앙이 당을 관리하고 당을 다스리려는 확고한 결심과 행동으로 정치적 책임감을 보여주었던 것이다.

수양제에게는 아첨하고 당태종에게는 간언을 한 배구

(裴矩佞于隋而诤于唐)

『고문집요(古文輯要)』에는 이런 이야기가 기록되어 있습니다. 당나라 초기(初唐)의 명신 배구(裴矩, 557-627)가 수나라 조정에 재임할 때에는 아첨하여 비위를 맞추면서 수양제의 요구에 부응했지만, 당나라 조정에 재임할 때에는 예전의 모습을 바꾸고, 당태종에게는 대담하게 간언(諫言)을 하고 직언을 하는 충직한 간관(諫官)이 되었습니다.

사마광은 이를 이렇게 평하였습니다. "배구가 수양제에게는 아첨하고 당태종에게는 간언을 했다고 하여, 그의 성품이 변한 것은 아니다. 임금이 자기 잘못을 들추는 것을 싫어하면 충신이라도 아첨할 것이고, 임금이 진실한 말을 좋아하면 간녕(奸佞)한 사람이라도 충신으로 변할 수 있다." 이 이야기는 우리들에게, 사람들은 남의 진실한 말을 들으려 하거나 진실한 말을 듣는 사람 앞에서 만이 진실한 말을 하거나 솔직하게 말하려 합니다. 우리의 지도층 간부들은 반드시 "말하는 사람에게는 죄가 없고, 듣는 사람은 경계로 삼아야 한다"는 원칙에 따라 남들이 진실한 말을 하도록 격려하고 그 말을 즐겁게 받아들여야 합니다.

- 「실사구시의 사상 노선을 견지하자」, 중앙당학교 2012년 봄 학기 두 번째 강습 개강식에서 한 연설'(2012년 5월 16일)

연설내용의 배경 설명

옛사람이 이르기를 "진실한 말은 귀에 거슬리나, 듣기 좋은 말은 믿음이 없다."고 했다. 진솔하고 귀에 거슬리는 날카로운 비평일수록 받아들이기 어려운데, 이를 받아들이려면 넓은 흉금이 있어야 하고, 이런 말을 하려면 용기가 있어야 한다.

하지만 역사와 현실을 본다면, 진실한 말을 할 수 있는 '지휘봉'은 진실한 말을 듣는 사람의 손에 쥐어져 있다.

당나라 초기의 명신 배구는 지난날에는 수나라 신하였다. 그는 수양제의 생각을 짐작하고 비위를 잘 맞추어주었다. 수양제는 "배구가 짐의 생각을 잘 알고 있구나. 배구의 상주문은 짐이 뜻했던 바이며, 짐이 뜻했던 바를 배구가 상주해 주는구나. 나랏일에 마음을 다하지 않는다면 어찌 이럴 수 있겠는가?"하고 배구를 칭찬한 적이 있다.

수양제가 큰일을 벌이고 공을 세우기를 좋아하는 것을 알고 있던 배구는 동도(東都) 낙양(洛陽)에 성대한 규모의 정월 대보름 축제를 벌이자는 제안을 했다. 수양제가 사방의 오랑캐들이 복종하고 많은 나라들이 알현(조공)하기를 원하자 배구는 대외 전쟁을 일으킬 것을 지지했다.

수나라가 망한 후 배구는 당나라에 귀순하였다. 당태종은 배구가 자기 잘못을 직간하면서 다른 사람처럼 변하자 "배구는 조정의 일에 힘쓰느라 짐의 말을 무조건 따르지 않는다. 누구나 이러하다면 나라를 잘 다스리지 못할까 걱정할 게 있겠는가." 하고 그를 포상하였다.

사마광은 "옛사람에 이르기를 임금이 현명하면 신하가 직언한다. 배구가 수양제에게는 아첨하고 당태종에게는 간언을 했다고 하여 그의 성품이 변한 것은 아니다.

임금이 자기 잘못을 들추는 것을 싫어하면 충신이라도 아첨할 것이고, 임금이 진실한 말을 좋아하면 간녕한 사람이라도 충신으로 변할 수 있다. 이로부터 알 수 있듯이 임금은 시간을 계산하는 측량대이고 신하는 그림자이므로, 측량대가 움직이면 그림자도 따라서 움직이게 된다."고 했다.

시진핑이 배구의 사례를 든 취지가 진실한 말을 할 수 있는 '지휘봉'이 지도자들 손에 쥐어져 있다는 것을 강조하려는데 있었다. 지도자들이 비평을 받아들일 수 있는 아량과 흉금을 가지고 있으면 고치고, 없으면 더욱 힘쓰는 성실한 태도로 진실한 말을 하도록 격려하고 진실한 말을 대담하게 받아들여야 만이 직언을 하는 기풍이 널리 형성될 수 있는 것이다.

이 연설에서 시진핑은 "지도층 간부들이 진실을 추구하면서 실무에 매진하려면 진실을 추구하는데 힘써야 할 뿐만 아니라, '실무'에는 한층 더 힘써야 한다"고 했다.

특히 "실정을 논하고 실질적인 방법을 내놓으며, 실효성을 추구하면서 실속 있게 일해야 한다."고 강조했다. 실정을 논한다는 것은 진실한 말을 하고 진리를 말하면서 사물의 본 상태를 말한다는 뜻이다. 진실한 말을 한다는 것은 지도층 간부가 진리와 정의를 한 몸에 지니고 있고 공심(公心)과 정기(正氣)를 가지고 있다는 중요한 표현이다. 시진핑은 진실한 말을 하는 선결조건이 진실한 말을 듣는 것이라고 강조했다.

그는 배구의 이야기를 인용한 것 외에도 "남의 솔직한 말을 듣는다면 굽은 길을 적게 걸을 수 있고, 과오를 적게 범하거나 큰 과오를 범하지 않을 수 있다. 이는 행운이자 복이라 할 수 있다."는 영국의 철학자 베이컨의 말을 인용하여 진실한 말을 들어야 하는 필요성을 설명하였다.

윗사람이 하는 일을 아랫사람들이 본받는다

(上行下效)

국풍(國風)은 지배층이 리드하고, 풍속은 백성들에 의해 이루어집니다. 지도층 간부들의 생활 기풍과 취미는 본인의 품행과 이미지와 관련될 뿐만 아니라, 민중들 속에서 당의 위신과 이미지와도 관련되며, 사회적 기풍이 형성되고, 민중들이 취미 생활을 하는데 '상행하효'하는 시범적 작용을 하게 됩니다. 이러한 방면의 일들은 꽤나 많은데 그중 두 편의 일화는 오늘날에 들어도 여전히 강한 경고의 의미를 가지고 있습니다.

그 한 편은 『송인일사휘편(宋人軼事彙編)』에 실린 전고(典故, 전례가 되는 고사 – 역자 주)입니다. 전홍숙(錢弘俶)이 아주 귀중한 서대(犀帶, 정1품, 종1품 벼슬아치들이 허리에 두르던 띠 – 역자 주)를 헌상하자 태조(송태조)가 "짐에게는 세 가지 요대가 있는데 이와는 다르다"고 말했습니다. 진홍숙이 그 세 가지 요대를 보여 달라고 하자 태조가 웃으며 답했습니다. "변하(汴河), 혜민하(惠民河), 오장하(五丈河)이다."[06] 그 말을 들은 전홍숙은 부끄러워 부복했습니다. 다른 한 편은 『남촌철경록·전족(南村輟耕錄·纏足)』

---

06) 변하(汴河), 혜민하(惠民河), 오장하(五丈河) : 이들 강은 모두 긴 강의 이름으로, 긴 허리띠에 비유한 것임.

에 실린 전고(典故, 전고와 고사 - 역자 주)입니다. 이후주(李後主, 李煜)[07]의 후궁 요낭(窅娘)은 아름답게 생겼을 뿐만 아니라 춤을 아주 잘 추었습니다.

이후주는 그녀의 발을 비단으로 묶고 발끝을 뾰족하게 만들어 금으로 만든 연꽃 위에서 춤을 추게 했는데, 흰 버선발로 빙빙 돌며 추는 춤사위가 세상을 초탈하는 듯한 모습이었습니다.

"이로부터 초승달처럼 휘어든 작은 발을 아름답다고 여기게 되면서 모든 궁녀들이 따라서 발을 감싸게 되었으며, 발을 감싸지 않으면 수치스럽게 여기게 되었다."

서로 반대되는 이 두 편의 전고는 지도자들의 세부적인 생활태도가 결코 사소한 일이 아니라는 것을 설명해 주고 있습니다.

- 「취미 생활은 결코 사소한 일이 아니다」(2007년 2월 12일), 절강인민출판사, 2007년판 『지강신어(之江新語)』에서 발췌

연설내용의 배경 설명

윗사람이 하는 일을 아랫사람들이 본받는다는 '상행하효'는 예로부터 나라를 다스리고 풍속을 바로잡는 중요한 조치였다. 『시경(詩經)』에 이르기를 "몸소 행하고 몸소 아끼지 않으면 서민은 믿지 않는다(不躬不親 庶民不信)"고 했다. 『논어』에서는 "정치란 바로잡는 일이다. 통솔자가 앞장서

---

07) 이후주(李後主) : 중국 오대십국 시대 남당(南唐)의 마지막 왕

서 바른 도리로 이끌어준다면, 감히 누가 바르게 행하지 않을 수 있겠는가?"라고 했다. 『맹자』에서는 "윗사람이 좋아하면, 반드시 더 좋아하는 아랫사람이 있다. 군자의 덕은 바람이요, 소인(백성)의 덕은 풀이다. 풀 위로 바람이 불면 풀은 바람 부는 방향으로 반드시 눕기 마련이다."라고 했다. 민간에도 "윗물이 맑아야 아랫물이 맑다"는 속담이 있다. 송태조와 이후주의 이야기는 정반대로 이 이치를 검증해 주고 있다.

전홍숙은 전류(錢鏐)의 손자로서 오대십국 시대의 마지막 오월의 왕이다. 송태조가 강남을 평정한 후 전홍숙은 남당 후주 이욱의 구원 요청을 거절하고 송나라가 남당을 멸하는 것을 도와주었으며, 후에 송나라에 항복했다. 『사기』에 따르면, 전홍숙은 항복한 후 송태조에게 진기한 기물이나 옷을 진상했다. 그러자 송태조가 "이 물건들은 우리 국고의 물건이나 다름없는데 어디에 쓰라고 진상하느냐!"하고 말했다. 『송인일사휘편(宋人軼事彙編)』에는 전홍숙이 송태조에게 귀중한 요대를 진상하다가 조롱을 당하는 이야기를 수록하면서 나랏일을 우선시하는 청렴하고 공정한 송태조의 이미지를 묘사하였다.

전홍숙은 망국의 임금이기는 했지만 천하 백성들의 안위를 걱정하라는 전류의 유훈을 좇아 송나라에 항복하고 전쟁을 피한데서 오월의 백성들은 그 은혜를 깊이 느끼었다. 항저우의 시후(西湖) 호숫가에는 전왕 사당, 보숙탑 등 진홍숙을 기념하던 고적이 지금도 남아 있다.

전족을 하는 나쁜 관습이 언제부터 시작되었는지는 여러 가지 설이 있다. 『남촌철경록(南村輟耕錄)·전족』에 따르면, 전족은 오대십국 시대에 기원하였다고 한다. 남당 후주 이욱은 궁녀들의 춤추는 모습을 더욱 아름답게 하려는 기발한 생각에서, 궁혜(弓鞋)에 매료되어 있던 당나라 사람들의 심미관을 토대로 하여 신발(궁혜)을 긴 천으로 꽁꽁 묶어 버선발처럼 만든 다음 나풀나풀 춤을 추게 했다. 그러자 세상 사람들은 천으로 꽁꽁 묶은 작은 발을 아름답다고 생각하게 되면서 이를 따라 하게 되었다. 윗사람이 하는 일을 아랫사람들이 본받는다는 '상행하효'의 효과가 얼마나 놀라운 가를 짐작할 수 있는 사례이다.

시진핑은 저장성에서 당서기로 재임하던 시절, 집권자는 '상행하효'를 함에 있어서 모범적인 역할을 해야 한다는 도리를 설명하고자 송태조와 이후주의 두 가지 상반되는 전고를 인용하였다. 시진핑은 당풍을 바로잡는 운동에서 각급 지도층 간부들이 솔선수범을 보여야 한다고 여러 차례 분명히 요구했다.

중국공산당 18기 중앙기율검사위원회 1차 전원회의에서 그는 "그림자가 바르고자 하면 몸체의 겉을 바르게 해야 하고, 아랫사람이 청렴결백하게 하려면 자기부터 청렴결백해야 한다."는 옛사람의 말을 인용하여 지도층 간부, 특히 고위급 간부들의 기풍이 어떠한가는 당의 기풍을 바로잡고 정부 기관의 기풍을 바로잡으며, 나아가 전체 사회의 기풍을 바로잡는데 중요한 영향을 미친다는 점을 강조하였다.

중국공산당 18기 중앙기율검사위원회 2차 전원회의에서 시진핑은 "금지령으로 사회를 다스리려면 우선 자기 자신부터 금지령대로 행한 다음 남들에게 요구해야 한다."고 재차 밝혔다. 시진핑은 젊은 시절부터, 남들이 행하기를 바란다면 자신부터 행하고, 남들이 하지 말기를 바란다면 자신부터 절대로 하지 말아야 한다는 이념을 몸소 실천하였다.

중국공산당 18차 대표대회 이후 당심(党心)과 민심이 공감대를 이루는 양호한 국면이 나타나게 된 한 가지 중요한 원인이 바로 중앙 지도자들이 자신부터 몸소 실천하는 본보기를 보여주었기 때문이다. '8가지 규정'을 솔선수범하여 지키는 것으로부터 시작하여 '네 가지 나쁜 기풍'을 엄하게 다스리기까지, 흉금을 털어놓고 비평과 자기 비평을 하던 것으로부터 시작하여, "세 가지를 엄하게 하고 세 가지를 실행하자"라는 구호를 몸소 실천하기까지 중앙정치국 위원들은 스스로 솔선수범하면서(以身作則) 전 당과 전 국민들에게 본보기를 보여주었다.

삼불기

(三不欺)[08]

　　『사기』에는 여러 분들이 익숙히 알고 있는 서문표(西門豹)가 업(鄴, 춘추시대 제나라의 도읍 – 역자 주)을 다스렸다는 고사가 실려 있습니다. "자산(子産)이 정(鄭)나라를 다스릴 때 백성들은 속일 엄두를 내지 못했다. 복자천(宓子賤)이 산부(單父shanfu, 단부라고 읽지 않음– 역자 주)를 다스릴 때 백성들이 차마 속이지 못하였다. 서문표가 업 땅을 다스릴 때 백성들은 감히 속일 생각을 하지 못하였다." 자산은 춘추시대 사람으로 정나라를 다스릴 때 털끝만한 일도 다 밝혀내어 백성들이 그를 기만할 수가 없었습니다. 복자천은 공자의 제자로서 관리로 있을 때 관청을 나서지 않고 거문고를 타면서 백성들을 교화하는 것을 중시한데서 백성들이 차마 그를 속이지 못했습니다. 서문표는 전국시대 위(魏)나라 사람인데 어리석고 서투른 모습으로 나타나 백성들 편에 서서 젊은 여자를 황하의 신인 하백(河伯)에게 제

---

08)삼불기(三不欺) : 전국시대 위나라의 서문표(西門豹)의 정치스타일을 '불감기(不敢欺)'로 표현되는데, '감히 속일 수 없다'는 뜻이다. 이와 함께 춘추시대 정나라의 개혁정치가 정자산(鄭子産)의 정치를대변하는 '불능기(不能欺, 속이지 못한다)'와 공자의 제자 복부제(복자천[宓子賤])의 '불인기(不忍欺, 차마 속이지 못한다)'를 합쳐서 '삼불기(三不欺)'라고 한다.

물로 바치던 악습을 없애고, 백성들을 거느리고 수리 공사를 하고 난세를 집중적으로 다스린 데서 백성들이 감히 그를 속이지 못했습니다. 이 같은 이치는 우리가 간부와 민중들 간의 관계를 깊이 이해하고 업무 방법을 지속적으로 개진하는데 좋은 점이 없는 것이 아니므로 마땅히 잘 음미해야 합니다.

– 「루이안(瑞安)시 기층 간부들과 좌담할 때 한 연설」(2004년 12월 26일), 중공중앙당
학교 출판사, 2006년 판, 『앞장서서 실제적 일을 하자 – 저장의 새로운 발전을 추진하
기 위한 사색과 실천』에서 발췌

연설내용의 배경 설명

백성들이 '속이지 않는다'는 것은 '백성들이 복종한다'는 뜻이다. 시대적 제한과 인식의 제한으로 말미암아 고대의 관리들은 백성들을 복종시키는 것을 시정(施政) 목표로 삼았다. 『사기』에 따르면 "자산이 정나라를 다스릴 때 백성들은 속일 엄두를 내지 못했다. 복자천이 산부(單父)를 다스릴 때 백성들이 차마 속이지 못하였다. 서문표가 업 땅을 다스릴 때 백성들은 감히 속일 생각을 하지 못하였다."

이 세 가지 사례는 세 가지 시정 책략으로서, 한 가지는 자신이 직접 나선 사례이고, 한 가지는 현인을 구하여 자기를 돕게 한 사례이며, 한 가지는 위엄으로 백성들을 감화시키고 따르게 한 사례이다. 이 세 가지 사례는 시정 스타일이나 이념적 격차가 아주 크기는 했지만 모두가 '백성을 복종'

시키는 효과를 거두었다.

자산은 춘추시대 정나라의 유명한 정치가이다. 그는 국민들이 정사를 의논하는 것을 허락했을 뿐만 아니라, 그 속에서 유익한 제안을 받아들였다. 또한 나라의 개혁에 도움이 된다고 생각되면 여론의 반대에도 아랑곳하지 않고 강제적으로 밀고 나갔다. 그는 각종 법률조항을 형정(刑鼎)에 새긴 성문법(成文法)을 반포하고 경제개혁 조치를 적극 추진했으며, 일의 대소를 가리지 않고 직접 나서서 처리하면서 "밤에 문을 닫지 않고 길에 떨어진 것을 줍지 않는" 정나라를 만든 데서 백성들이 그를 속일 수가 없었다.

복자천은 춘추 말 노(魯)나라 사람으로서 '공자의 72현(賢) 제자'에 속한다. 그는 산부라는 고을의 수령으로 있을 때 관청에는 거의 나서지 않고 날마다 여유작작하며 거문고를 타면서도 지역을 아주 잘 다스렸다. 그의 시정 방안은 "직접 믿음성 있게(敦厚) 행하는 것, 분명하게 친절한 것, 돈독하게 공경함을 중시하는 것, 인덕을 베푸는 것, 보다 성실하고 정성을 다하는 것, 충직함과 믿음을 주는 것"이었다. 그는 현지의 현인과 고인들을 등용하고 "남을 동정하는 마음을 가지고", "남을 동정하는 정책을 펴는 데서" 거문고를 타면서 고을을 다스릴 수 있었고, 백성들은 그를 속일 수 없게 되었던 것이다.

서문표는 전국시대 위나라 사람이었다. 업현(鄴縣)의 현령으로 있을 때 그는 아전(衙前)과 무당(박수)들이 결탁하여 황하의 신인 하백(河伯)에게 여자(처녀)를 바치는 풍습을 빙자하여 백성들의 재물을 사취하는 행위를 발견하였다. 하백에게 여자를 바치는 행사가 있는 날, 서문표는 이번 여자가 하백이 흡족하겠는지 알아보아야겠다는 구실을 대고 무당들과 아전을 물속에 처넣었다. 따라서 오랫동안 전해 내려오던 악습을 일거에 없애 버렸다. 후에 그는 백성들을 대규모 공사에 동원해 12개의 도랑으로 관개 시설을 만들어 백성들의 논에 물을 공급했다. 이밖에 무풍(巫風)을 금지하는 법령을 반포하고 난세를 집중적으로 다스렸다. 때문에 백성들은 감히 그를 속이지 못하였다.

후세 사람들이 볼 때, 자산은 어떠한 일이라도 반드시 몸소 행하는 본보기였고, 복자천은 위임하면 책임지고 완성하는 귀감이었으며, 서문표는 호되게 감찰하고 책문하던 대표적 인물이었다.

민중에 대한 일을 잘하는데 있어서 몸가짐과 감정은 기초이고 방식이나 방법은 키포인트이다. 방법이 틀리면 호의적인 일도 그르칠 수 있다. 시진핑이 '삼불기'라는 고사를 인용한 목적이 바로 민중에 대한 일을 잘하는데 있어서 방식이나 방법의 중요성을 설명하려는데 있었다. 공개성과 투명성, 정의를 충분히 드러내려면 위정자가 직접 나서서 지극히 미세한 것까지 빈틈없이 살펴야 한다는 것이 "속일 엄두를 내지 못했다"는 고사가 주는 계시였다. 어질고 착한 사람을 중용하고 교화를 널리 베풀며, 실제적인 효과를 위해 분발하게 하고, 성심성의로 감동시키며, 숭고한 가치로 고무시켜야 한다는 것이 "차마 속이지 못하였다"는 고사가 주는 계시이다. 법으로 다스리는 방식과 날카로운 기풍은 사회적 고질을 규찰하고 다스리는 좋은 방도이므로, 법을 강력하게 집행하고 난세를 중점적으로 다스려야 만이 부정부패가 없는 청정한 세상을 만들 수 있다는 것이 "감히 속일 생각을 하지 못하였다"는 고사가 주는 계시이다.

시진핑은 젊은 시절부터 민중에 대한 일을 잘하는 달인이었다. 그는 닝더(寧德)지구 당서기로 재임할 때, 차를 타거나 몇 시간씩 걸으면서 지역

내 모든 농촌마을을 시찰했다. 그는 시찰 시에 생활 형편을 살뜰하게 물어만 본 것이 아니라, 이불이 얇지 않느냐며 만져도 보고, 무슨 음식을 먹느냐며 솥뚜껑을 열어보면서 그들의 생활을 상세히 알아보았다.

이는 "속일 엄두를 내지 못했다"고 할 수 있다. 산뻬이(陝北) 농촌에 내려갔을 때 그는 농사도 짓고 석탄도 나르고 둑도 쌓고 인분통도 메고 하면서 별의별 고생이라는 고생을 다 했으며, 토사 유실을 방지하기 위해 둑을 쌓고 철업사(鐵業社)를 설립하고, 메탄가스도 만들면서 촌민들을 위해 최선을 다하였다. 그리하여 촌민들은 그를 "고통과 괴로움을 참고 견디는 훌륭한 젊은이", "빈하중농(貧下中農)들의 훌륭한 당서기"라고 여겼다. 이는 "차마 속이지 못하였다"라고 할 수 있는 것이다.

시진핑은 정딩현(正定縣) 당서기로 있던 시절, 농촌의 재무 비리를 엄정하게 처리하고 경제범죄 행위를 호되게 처리했다. 푸저우시(福州市) 당서기를 하던 시절, 그는 시와 구의 지도자들을 이끌고, 이틀 사이에 하소연하러 온 민중들 700여 명을 접대했으며, 200건의 문제를 즉석에서 해결하거나 기한 내에 해결해주었다.

저장성 당서기를 할 때 그는 오염을 예방하고 퇴치하는 사업을 중점적으로 강화함으로써 환경 안전을 보장해주었다. 이는 "감히 속일 생각을 하지 못하였다"라고 할 수 있는 본보기였다.

민심의 향배

(民心所向)

존 킹 페어뱅크 미국 하버드 대학교 교수는 『위대한 중국혁명』이라는 저서에서, 1928년 중국의 희망은 국민당 쪽에 있는 것 같았는데, 어찌하여 20년 후에는 형세가 바뀌어졌는가?"하는 물음에 그는 이렇게 답했습니다. "국민당의 고위층이 진부(부패)해졌기 때문이다.", "그리하여 민심을 잃게 되었다." 하지만 중국공산당의 고위층은 "모두가 그들의 사업에 극히 열성적인데다가, 길을 개척하는 선봉 역할을 하면서 위대한 민족의 분발을 위하여 준비를 철저히 했다."고 했습니다.

부르주아 학자인 저자가 모처럼 민심의 향배 문제를 인식한 것으로서, 이 또한 중국혁명이 승리할 수 있었던 근본적 원인인 중국공산당과 민중들 간의 혈육관계를 올바로 짚었다고 할 수 있습니다.

─ 「민중들과의 밀접한 관계를 가지는 것은 간부들의 기본 공덕」(1989년 1월), 푸젠인민출판사 1992년 판 『빈곤 해탈』에서 발췌

연설내용의 배경 설명

존 킹 페어뱅크는 미국 하버드 대학교 교수이자 미국에서 가장 명성이 높은 중국문제 정치평론가로서 '으뜸가는 중국통'이라 불리었다. 그는 자기 자서전에서, "지난 50년 동안 줄곧 중국을 이해하려고 힘썼다."고 고백했다. 존 킹 페어뱅크는 1930년대에 중국에 와 칭화(清華)대학교에서 교편을 잡았고 또한 량스청(梁思成), 린훼이인(林徽因) 부부와 사귀었다.

존 킹 페어뱅크의 중국 이름 페이쩡칭(费正清)은 량스청이 택해준 이름이다.『위대한 중국 혁명』은 존 킹 페어뱅크의 대표작의 하나로서 1800년부터 1985년까지 185년간의 정치적 정세와 사회적 변천을 다루고 있다.

어찌하여 국민당은 대륙에서 궤멸하고 공산당은 승리를 하게 되었는가는 국내외 사학계에서 논쟁이 끊이지 않는 문제이자 현대 중국 발전사에서 숙고할 만한 문제이다. 일찍이 1946년 미국 「타임」 중국 주재 기자 시어도어 해롤드 화이트와 애널리 제이커비는 공저인『중국으로부터 들리는 천둥소리(Thunder Out of China)』라는 책을 출판하여 중국국민당 정권의 부패상을 객관적이고 전면적으로 미국 국민들 앞에 폭로했다.

존 킹 페어뱅크는 서평에서『중국으로부터 들리는 천둥소리』는 "중국의 진면목을 확실하게 밝혔다"면서, 민중노선은 중국공산당으로 하여금 농촌에 깊이 들어가 민중들을 동원할 수 있게 했으므로 최후의 승자는 중국공산당이 될 것이라며 공산당과 국민당 간의 내전을 대담하게 예측했다.

이데올로기로부터 입각하여 중국문제를 대하는 미국 정계의 고위층과는 달리, 중국역사에 익숙한 존 킹 페어뱅크는 깊이 있는 명석한 관찰을 통하여 오직 민심만이 정권의 생사존망을 결정하는 키포인트라고 지적했다. 그는 이 같은 관찰과 판단을 『위대한 중국혁명』이라는 책에 써넣었다. 이 뿐만 아니라 미국 학자 로이드 이스트먼은 『훼멸된 씨앗 – 전쟁과 혁명 중의 국민당 중국(1937~1949)』이라는 저서에서, 국민당이 패한 원인이 '미국의 원조'가 부족해서가 아니라 부패하고 무능하며 풍기가 문란한 것 등의 병폐와 분열로 말미암아 민심을 잃어 정권을 상실했다고 밝혔다. 『빈곤 해탈』이라는 책에는 1988년부터 1990년까지 시진핑이 닝더에서 집무할 때 한 부분적인 연설과 쓴 글을 수록하고 있다.

이 책은 12만자 밖에 안 되지만 청렴한 정치를 제창하고 민중 노선을 걸으며 함께 잘 사는 등 여러 가지 중요한 문제에 대한 시진핑의 생각, 그리고 민중들의 역량에 대한 깊이 있는 인식을 엿볼 수 있다. "우리가 나아가는 길에는 많은 문제와 어려움이 존재하는데 어디로부터 착수하여 문제를 해결하고 무엇에 의존하여 어려움을 극복할 것인가? 서로 다른 각도에서 서로 다른 생각이나 방법을 말할 수 있다. 하지만 근본적인 해결책의 하나가 바로 민중들을 동원하고 민중들에 의존하는 것이다."

시진핑의 이 중요한 판단은 오늘날에도 그 의미가 아주 깊다. 민심의 향배는 시진핑이 끊임없이 사색하는 문제였다. "정부라는 이름 앞에 '인민'이라는 두 글자가 있다는 것을 반드시 잊지 말아야 한다.", "언제나 민중들과 이심전심하고 동고동락하고 단결하여 분투해야 한다.", "자기 부모를 사랑하듯이 민중들을 사랑해야 한다."

 시진핑은 같지 않은 시기, 같지 않은 장소에서 소박한 언어로 민중들에 대한 깊은 정을 표현하고 당과 민중 간의 관계에 대한 심각한 이해를 표현했다. 그는 존 킹 페어뱅크의 연구 성과를 방증으로 하여 중국혁명의 승리는 민심의 향배에 달려 있었다는 역사적 계시를 천명함으로써 당원 간부들이 민중들에게 봉사해야 하며, 초심을 잃지 말고 언제나 민중들과 혈육의 관계를 유지해야 한다고 하였다.

황옌페이의 질문

(黃炎培之问)

황옌페이 선생은 일찍이 마오쩌둥 동지와 이런 대담을 나누었습니다.

한 사람, 한 가정, 한 단체, 한 지역 나아가 한 나라까지도 흔히 주기율(주기적 법칙)이라는 지배력에서 벗어나지 못했습니다. 대체로 처음 모였을 때에는 정신을 집중하고 일을 열심히 했습니다.

초창기는 어렵고 곤란하여 죽을 각오를 해야 만이 살아남을 수 있다는 생각을 했기 때문인 것 같습니다. 이후 상황이 점점 호전이 되자 정신력 또한 점점 느슨해졌습니다. 타성에 젖어 소수로부터 다수로 퍼져나가면서 기풍으로 자리 잡은 다음에는 강력한 힘으로 개선하자고 해도 역부족이었습니다. 황옌페이는 '중공의 여러분'들이 새로운 길을 찾아내어 역대 통치자들이 힘들게 창업하여 민중들과 이탈하는 주기율에서 벗어나기를 기대했습니다.

마오쩌둥은 바로 답을 주었습니다. 우리는 이미 이런 주기율에서 벗어날 수 있는 새로운 길을 찾아냈습니다. 이 새로운 길은 민중노선을 걷는 민주를 말합니다. 민중이 정부를 감독해야 만이 정부는 감히 나태해질 수 없습니다. 사람마다 책임지는 자세를 보여야 만이 정권이 망하지 않습니다.

마오쩌둥은 중국공산당의 이론과 실천을 심각하게 개괄한 다음 "전심전력으로 민중들을 위해 봉사해야 한다"는 장엄하고 위대한 호소를 제기했을 뿐만 아니라, 이 내용을 우리 당 유일의 종지로 삼아 당 규약에 써넣었습니다. 이로부터 민중들과 밀접한 관계를 가지는 것은 우리 당의 성질과 사명이 결정한 것이고, 또한 우리 당이 장기적인 혁명투쟁 속에서 형성하여 견지한 우수한 전통적 기풍이라는 것을 알 수 있습니다.

– 「민중들과의 밀접한 관계를 가지는 것은 간부들의 기본기」(1989년 1월), 복건인민출판사 1992년 판 『빈곤 해탈』에서 발췌

연설내용의 배경 설명

항일전쟁이 종료되기 직전, 마오쩌둥과 황옌페이가 한 '옌안(延安) 대담'은 중국공산당과 민주 당파의 교제를 성사시킨 미담으로 전해지고 있다.

황옌페이는 유명한 교육자이자 사회 활동가로서 젊은 시절부터 "교육으로 나라를 구하겠다"는 뜻을 세우고 중국 직업교육의 발전을 위해 끈질긴 탐구를 했다. 항일전쟁이 발발한 후, 그는 사회 유명인사라는 신분으로 국민 참정회에 가입하여 항일구국운동에 적극 뛰어들었으며, 항일투쟁을 추진하고 민족의 단결을 수호하는데 전력을 다하였다.

1945년 7월 국공협상을 촉구하여 민족의 단결을 공고히 하고자 황옌페이 등 국민 참정원들은 옌안을 방문하였다. 옌안에 닷새 밖에 체류하지 않

앉지만, 검소하고 진중한 중공지도자들의 모습과 화목하고 민주적인 옌안의 혁명적 분위기는 황옌페이에게 깊은 인상을 주었다. 나중에 그는 "옌안에서 닷새 동안 본 것들은 나의 이상과 아주 가까운 것들이었다."고 회억했다. 옌안을 방문하는 기간 마오쩌둥이 황옌페이를 보고 어떤 느낌이었느냐고 묻자 그는 솔직하게 털어놓았다.

"예순을 넘게 살면서 들은 것은 제쳐놓고 직접 본 것만 해도 그야말로 '하의 우(禹) 왕과 상의 탕(湯) 왕이 자기를 탓하자 갑자기 왕성하게 일어섰고, 하의 걸(桀) 왕과 은의 주(紂) 왕은 남에게 죄를 덮어씌우다 갑자기 망한'것과 같았다. 한 사람, 한 가정, 한 단체, 한 지역 나아가 한 나라, 그리고 적지 않은 단위들도 흔히 주기율(주기적 법칙)이라는 지배력에서 벗어나지 못하였다…… 역사를 돌이켜보면 '임금이 태만하여 환관이 대권을 잡은 경우'도 있었고, '집정자가 죽으면 정책이 폐지되는 경우'도 있었으며, '영달을 구하다 치욕을 당하는 경우'도 있었다. 한마디로 주기율에서 벗어나지 못하였다."

마오쩌둥은 간단명료하고 결단성 있게 답했다.

"우리는 이미 이런 주기율에서 벗어날 수 있는 새로운 길을 찾아냈다. 이 새로운 길은 민중 노선을 걷는 민주를 말한다. 민중들이 정부를 감독해야만이 정부는 감히 나태해질 수 없다. 사람마다 책임지는 자세를 보여야만이 정권이 망하지 않는다."

황옌페이는 마오쩌둥의 말에 일리가 있다고 생각했다. "한 지역의 사안을 그 지역사람들 모두에게 공개해야만이 확실하게 민심을 얻을 수 있고, 사람마다 책임감을 가질 수 있으며, 또한 민주적인 방법을 통하면 이 같은 주기율을 타파할 가능성이 있다"고 생각했기 때문이었다.

마오쩌동과 황옌페이의 '옌안 대담'은 당사나 국사에 중요한 의미가 있다. 이는 중국공산당이 국민당과 서로 속마음을 털어놓고 친하게 사귄 진실한 일화일 뿐만 아니라, 중국공산당이 인민민주를 탐색하고 인민 복지를 추구한 증거이기도 하다.

중국공산당 18차 대표대회가 폐막이 되고, 며칠 후 시진핑은 8개 민주당파 중앙과 전국 상공연합회를 찾았다. 그는 좌담을 할 때, 마오쩌동과 황옌페이가 옌안 동굴 집에서 역사 주기율에 관한 대담을 나눈 것은 오늘날에도 중국공산당원들에게 아주 좋은 편달이자 경고가 된다고 강조했다. '역사적 주기율'에 관한 경고를 다시 끄집어내고, '두 가지 반드시'에 관한 훈계를 되새기며, 기풍 문제로 인해 '패왕별희'와 같은 일이 나타날 수도 있다고 경고하는 등 모든 취지가 "창당할 때 공산당원들의 분투정신을 영원히 유지하고, 인민들에 대한 적자지심(赤子之心)[09]을 영원히 유지해야 한다."는 뜻을 지향하고 있다. 마음속에 인민들을 간직하고 인민들을 위해 분투하는 것은 중국공산당이 90여 년 동안 혹독한 시련을 겪는 과정에서 누적한 소중한 재부이다. 시진핑이 중국공산당 창당 95주년 경축대회에서 한 연설처럼, 얼마나 먼 길을 가든지 중국공산당이 무엇 때문에 이 길을 떠났는지를 절대 잊지 말아야 할 것이다.

---

09) 적자지심(赤子之心) : 백성들을 갓난아이처럼 여겨 아끼고 사랑해야 한다는 뜻

인민들의 걱정을 덜어줘야 한다

(去民之患)

    현재 우리는 사회 안정을 아주 강조하고 있는데, 이를 보장할 수 있는 가장 중요한 조건은 무엇입니까? 바로 성심성의를 다 해 네 가지 기본 원칙을 옹호하고 개혁개방을 옹호하는 수천 수백만의 인민들을 보살펴주는 것입니다. "나라를 다스리는 관건은 민심을 안정시키는 것이고, 민심을 안정시키려면 그들의 어려움을 보살펴 주어야 한다."는 의정(議政)에 관한 옛사람들의 말을 오늘날에도 거울로 삼을만합니다.

    우리가 인민들의 어려움을 알고 잘 해결하여 "치명적인 질병을 치료하듯이 인민들의 걱정을 덜어만 준다"면, "인민들의 근본 이익을 대표하고 인민들의 입장에서 생각(以百姓之心為心)"만 한다면, 우리의 주위에 수천 수백만의 인민들이 응집할 터인데, 어찌 사회의 불안을 걱정할 필요가 있겠습니까?

    명나라 고염무(顧炎武)는 「가을 산(秋山)」이라는 시에서 "구천(勾踐)이 산속에 은거해 있어도, 백성들은 목숨을 바치려 했네."라고 읊었습니다. 월나라 왕 구천이 회계산(會稽山)에서 와신상담(臥薪嘗膽)하면서 백성들의 신임을 얻었기에 백성들이 그를 위해 목숨을 바치려 했다는 뜻입니다.

봉건군주의 이익과 민중들의 이익이 위배되기는 하지만 군주가 민중들과 가까이 하면서 어느 정도 민중들의 뜻을 대변하고, 어느 정도 민중들과 고락을 같이 한다면, 민중들은 그를 위해 목숨이라도 바치려 할 것입니다. 우리 당 간부들의 근본 이익과 인민들의 근본 이익은 서로 일치합니다. 우리가 인민들과의 연계를 밀접히 하면서 명실상부하게 인민들과 어려움을 함께 하고, 걱정을 함께 한다면 반드시 우리와 민중들 간의 혈육의 관계를 재구축할 수 있을 것이며, 전체 인민들과 한마음 한뜻이 될 수 있다는 것입니다.

－「인민들과의 밀접한 관계를 가지는 것은 간부들의 기본」(1989년 1월), 푸젠인민출판사, 1992년 판,『빈곤 해탈』에서 발췌

연설내용의 배경 설명

"나라의 근본은 오직 백성들이니, 근본이 든든해야 나라가 평안하다"는 민본(民本)이념은 수 천 년 동안 중국사회에 깊은 영향을 미쳤다. "나라를 다스리는 관건은 민심을 안정시키는 것이고, 민심을 안정시키려면 그들의 어려움을 보살펴 주어야 한다.", "치명적인 질병을 치료하듯이 민중들의 걱정을 덜어줘야 한다."는 교훈은 민본이념의 축도라 할 수 있다.

명나라 만력(萬歷) 10년, 사회적 모순을 완화하고자 장거정은(張居正) 명 신종(神宗)에게 전국 범위 내에서 전부(田賦, 전답에 대한 세금)의 추가 징수를 중지하고 백성들이 체납한 조세를 더는 추궁하지 말아달라는 상소를

올렸다. 장거정은 "나라를 다스리는 관건은 민심을 안정시키는 것이고, 민심을 안정시키려면 그들의 어려움을 보살펴 주어야 한다."는 것이 상소문을 올린 이유였다. 이 '안민(安民)'조치가 바로 민본이념에 대한 구체적인 표현이다.

소철(蘇轍)은 소순(蘇洵)의 아들이자 소식(蘇軾)의 동생이다. 그는 아버지의 영향을 깊이 받아 유학을 위주로 배웠으며, '아성(亞聖)'인 맹자를 가장 숭배했다. 소철은 왕안석의 변법(新法)에 대해 다른 견해를 가지고 있었다. 그리하여 송 신종에게 올린 상서에서 신법에 대한 자기 견해를 적극 설명했다. 「신종 황제께 올리는 글」에서 소철은 많은 대표적인 견해를 제기했는데 "치명적인 질병을 치료하듯이 민중들의 걱정을 덜어줘야 한다."는 견해도 그중의 하나이다. 소철은 역지사지(易地思之)로 백성들의 어려움을 자기가 걸린 치명적인 질병으로 간주하여 적극 해결해줘야 한다며 신종에게 간언(諫言)을 올렸다.

"구천이 산속에 은거해 있어도, 백성들이 목숨을 바치려 했네."라는 시구는 명나라 말 청 나라 초의 사상가 고염무의 「가을 산」이라는 시의 한 구절이다. 1645년 청나라 군이 남쪽으로 내려가 남명(南明)의 홍광제(弘光帝) 정권을 정벌할 때, 고염무의 친인척들은 가정(嘉定)에서 청나라 군대에게 학살되었다. 이에 고염무는 남명의 멸망으로 인한 비통한 심정과 나라를 되찾으려는 굳은 결심을 시에 담았다.

월왕(越王) 구천은 원수를 갚고자 와신상담하며 회계산에 은거해 있자 월나라 백성들은 그의 뜻을 따라 나라를 위해 목숨을 바치는 것도 마다하지 않았다. 고염무는 나라를 되찾으려는 구천의 전고(典故)를 인용하여, 나라를 되찾기 위해 적과 맞서 싸울 결심만 있다면 백성들이 호응할 것이라며 남명의 군신들을 격려하였다.

시진핑은 이 시구를 빌어 인민들의 어려움을 살피고 인민에 대한 업무를 잘 할 것을 요구했다. 그리하려면 자기를 인민들의 처지에 놓고 그들이 바라는 것, 그들의 어려움을 직접 경험하면서 민중들의 마음에 들게 일을 처리해야 한다. 민생문제를 여러 가지 업무의 우선순위에 놓는 것을 견지하면서 그들이 바라는 것이 무엇인가를 더 많이 이해하고 어려움을 제때에 적극 해결해줘야 한다.

시진핑은 "민중들의 입장에서 생각해야 한다"는 견해를 여러 번 언급했다. 그는 빈곤 해탈은 자신이 정력을 가장 많이 쏟은 업무라고 감개무량해서 밝힌 적이 있다. 그는 영하 몇 십도의 추위를 무릅쓰고 얼음과 눈으로 뒤덮인 변강(邊疆)지역이나 척박한 땅에서 힘들게 살아가는 옛 혁명 근거지(老區)의 민중들을 찾아가 그들의 생활형편이나 생각을 자세히 알아보았다.

시진핑은 이렇게 밝힌 적이 있다. "인민의 한 공복으로서 나의 뿌리는 산뻬이(陝北) 고원이다. 산뻬이 고원의 인민들을 위해 실제적인 일을 해야 한다는 영원한 나의 신념을 키워주었기 때문이다.", "어디에 가든지 나는 언제나 황토의 아들이다."

청렴하면 청빈을 말하지 않고,
근면하면 고생을 말하지 않는다

(廉不言貧, 勤不道苦)

중국역사에는 청렴하면서도 근면한 관리가 적지 않았습니다. "죽을 때까지 나라를 위하여 몸과 마음을 다 바치겠다"고 맹세한 제갈량은 "내가 죽을 때 집에 여분의 돈이 있어서는 안 되고, 밖에는 쓰다 남은 재산이 있으면 안 된다"며 자신에게 요구했습니다.

사마광은 "몸을 사직에 바칠 것을 각오하고 밤낮을 가리지 않고 서무(庶務)에 열중하고", "재물에 전혀 관심이 없었으며", "낡고 거친 옷에 변변치 않은 음식으로 평생을 살았다." 봉건 관리들마저 이렇게 처신했는데 우리 프롤레타리아 간부들이 어찌 이렇게 할 수 없겠습니까?

마오쩌둥을 비롯한 전 세대 프롤레타리아 혁명가들은 누구나 정치를 청렴하게 한 본보기이자 정무를 근면하게 본 본보기였습니다. 우리 각급 간부들은 반드시 전 세대 프롤레타리아 혁명가들을 따라 배워 "청렴하면 청빈을 운운하지 않고, 근면하면 고생을 운운하지 않는다(廉不言貧, 勤不道苦)"를 실천하기 위해 노력해야 합니다. 그래야만이 우리가 민중들 속에 영원히 뿌리를 내릴 수 있는 것입니다.

- 「민중들과의 밀접한 관계를 가지는 것은 간부들의 기본기」(1989년 1월), 푸젠인민출판사, 1992년 판, 『빈곤 해탈』에서 발췌

연설내용의 배경 설명

허난성(河南省) 네이샹현(內鄉縣)의 옛 현 관아의 회계방(帳房)에는 앞 구절이 "염불언빈, 근불도고(廉不言貧, 勤不道苦)"이고, 뒤의 구절이 "존기소문, 행기소지(尊其所聞, 行其所知)"라는 대련이 걸려있다. 앞 구절은 "진정 청렴한 사람은 자기가 어떻게 청빈하다는 말을 하지 않고, 진정 정무에 힘쓰는 사람은 자기가 어떻게 고생한다는 말을 하지 않는다"는 뜻이고, 뒤의 구절은 "백성들의 목소리에 귀를 기울이고, 자기가 인지하고 있는 이념을 극력 실행해야 한다"는 뜻이다.

「청렴하면 청빈을 운운하지 않고, 근면하면 고생을 운운하지 않는다」는 시진핑의 글은 "염불언빈, 근불도고"라는 대련의 앞 구절을 차용한 것이다. 청렴한 정치도 운운하고 근면한 정무도 운운한 이 위정(爲政, 정치를 행하는 것 - 역자 주) 잠언(箴言)은 오늘날 우리 당이 부정부패를 척결하고 청렴한 정치를 강화하는 운동에서 여전히 강력한 현실적 의의를 가지고 있다.

촉(蜀)나라 승상 제갈량은 27살에 벼슬길에 올라 53살에 오장원(五丈原)에서 사망할 때까지 26년 동안 유비와 유선(劉禪) 부자를 근면 성실하게 보좌하고, 자신을 엄격히 단속하면서 절약근검하게 살았다. 그야말로 "죽을 때까지 나라를 위하여 몸과 마음을 다 바친 본보기"라 할 수 있다. 제

갈량은 임종 전에 유선에게 「자표 후주(自表後主)」란 글을 남겼다고 한다.

"신의 집에는 뽕나무 800그루와 메마른 밭 15경(頃)이 있어서 자손의 의식은 이로서 넉넉 하옵고 또 신이 외임(外任, 외직)으로 있어 소용되는 물건은 모두 나라에서 주셨으매 따로 가산을 불리지는 않았사옵니다. 신이 죽는 날에, 안에는 피륙이 없고 밖에는 남은 재물이 없도록 하였는데 이는 폐하를 저버리지 않기 위해서입니다."

북송의 사마광이 어린 시절, 기지 있고 과감하게 "항아리를 깨트려 친구를 구한 이야기"는 하나의 미담으로 전해지고 있다. 그는 스스로를 독려하며 밤낮으로 열심히 살았는데, 역사를 편찬하고 정치에 참여하는데 주요 정력을 쏟았다.

그가 편찬한 『자치통감(資治通鑑)』은 중국에서 편찬된 최초의 편년체 역사서이다. 사마광은 벼슬길에 올라 40년 동안 지방의 관리로 있을 때이든, 조정의 고위직에 있을 때이든 "고기를 먹을 생각을 하지 않고, 비단옷을 입을 생각을 하지 않으면서" 언제나 청렴하게 살고 공정하게 처사했다. 그는 만년에 「훈검시강(訓儉示康)」이란 글을 써서 아들 사마강(司馬康)을 훈계하였다. 그가 남긴 "검소하다 사치해지기는 쉽지만, 사치하다가 검소해지기는 어렵다", "검약하면 명예를 세울 수 있지만, 사치하면 스스로 망칠 수 있다"와 같은 격언은 아직까지도 시사하는 바가 크다.

마오쩌동 등 전 세대 프롤레타리아 혁명가들은 정치를 청렴하게 하고 정무를 근면하게 본 본보기라 할 수 있다. 또 이런 일화가 있다.

1936년, 에드가 스노우(Edgar Snow)가 중국공산당의 본거지인 산시(陝西)·간쑤(甘肅)·닝샤(寧夏)의 변경지역(당시의 수도는 옌안 – 역자 주)을 찾게 되면서, 이 지역을 취재한 서방의 첫 기자가 되었다. 에드가 스노우는 인터뷰하면서 마오쩌둥에게 군복 두 벌과 기운 외투 외에는 재산이라고는 아예 없다는 것을 발견하였다.

홍군(紅軍)은 장병들의 대우는 같았지만 급료가 보잘 것 없었다. 그러나 그들 중 재산을 모으려고 탐오하고 횡령하는 등의 불법행위를 하는 사람은 없었다. 그리하여 에드가 스노우는 중국공산당과 그들이 인솔하는 인민군대는 "고생과 원망을 달갑게 감내하는 강인함이 뛰어나 그들과 싸워서는 이길 수가 없다."는 결론을 내렸다.

시진핑은 제갈량으로부터 사마광에 이르기까지 역사 인물과 연계시켜 설명하고, 사실을 가지고 이치를 설명하는 방식으로 당원의 간부가 갖춰야 할 정치적 소양 문제를 제기했다. 청렴은 정치의 근본이고, 정무에 힘쓰는 것은 선정의 키워드이므로 청렴하면서도 근면해야 만이 선치(善治)적 재능을 현실화하는 훌륭한 도덕을 갖춘 관원이라고 할 수 있는 것이다.

시진핑은 민중들을 위해 정무에 힘쓴 쟈오위루(焦裕祿)의 마음에 감복되어 사(詞)를 지어 노래한 적도 있고, 꾸원창(谷文昌)의 업적을 찬양하는 글을 써서 발표함으로써 '백성들 마음속에 영원한 금자탑을 수립'해주었다.

당의 민중노선 교육실천 활동 총화대회에서 시진핑은 "모든 당의 간부들이 인민의 공복이므로 그 자리에 올라 정무를 보는 순간부터 청렴하면서도 근면해야 하고 정무에 힘쓰면서도 결백해야 한다."는 의미심장한 말을 했다. 정무에 힘쓰면서도 청렴결백한 훌륭한 품성은 시진핑의 마음속에 가장 비중이 큰 정치적 소양이라는 것을 알 수 있다.

부패를 척결하고 청렴을 제창하는 것과 정무에 힘쓰는 환경을 조성하는 것은 청렴을 강화하고 효율을 강화하는 혁명일 뿐만 아니라, 이념 깊숙한 곳에 대한 혁명이다. 이념 깊숙한 곳에 청렴결백하고 인민들을 위해 정무에 힘쓰는 자각적 의식을 구축하여 '한 방울의 물이 모여 맑은 강물'을 이루듯이 행하는 간부야 말로 훌륭한 간부라 할 수 있으며, 민중들의 신뢰를 얻고 인민들의 지지를 얻을 수 있는 것이다.

2. 품격에 관한 이야기:

'마음을 닦고 수양을 쌓은 다음에야 천하를
다스리는 정치를 할 수 있다(修其心治其身, 而后可以为政于天下)'

반쪽 이불

(半条棉被)

홍군이 장정하던 한 편의 이야기는 고기와 물과 같은 군대와 민중 간의 관계를 보여주는 한 편의 역사입니다. 후난(湖南) 루청현(汝城縣) 사저우촌 (沙洲村)에서 여자 홍군 병사 세 명이 쉬제슈(徐解秀) 노인네 집에 묵었다가 떠날 때 한 채 밖에 없는 이불을 반으로 잘라 노인에게 드렸습니다. 이에 노인은 이렇게 말했습니다.

"공산당원은 어떤 사람인가? 공산당원은 자기한테 이불 한 채가 있다면 반을 잘라 백성한테 주는 사람이다."

– 「홍군 장정 승리 80주년 기념대회에서 한 연설」(2016년 10월 21일)

연설내용의 배경 설명

한 채 밖에 없는 이불을 반으로 잘라 노인에게 드렸다는 홍군 병사와 백성 간의 영원히 떼놓을 수 없는 친밀한 정을 기록한 이 일화는, 고기와 물처럼 잠깐만이라도 떼어놓을 수 없는 공산당과 민중 간의 깊은 정을 상징하고 있다.

이 이야기는 1934년 11월, 중앙 홍군이 국민당군의 제2 봉쇄선을 돌파하고 각 군단이 잇달아 후난 루청현 원밍웨이(文明圩)에 이르렀으며, 원밍(文明)·슈수이(秀水)·한텐(韓田)·사저우(沙洲) 등에 주둔하여 일주일간 휴식하면서 정비를 했다. 이 기간 지칠대로 지친 여 홍군 세 명이 사저우촌 변두리에 위치한 허름한 초가집에 유숙하게 되었는데, 집 주인이 바로 쉬제슈와 그의 남편이었다. 쉬제슈 부부는 대로 만든 침대에 볏짚을 깔고 이불이 없어 낡은 이불솜 한 무더기를 덮고 사는 가난한 살림이었다. 강행군을 하느라 행장을 거의 버리고 달랑 이불 한 채만 가지고 있었던 여 홍군들은 쉬제슈와 한 침대에서 이불 한 채를 덮고 잤다. 그리고 쉬제슈의 남편은 문어귀의 풀 더미 위에서 잤다.

여 홍군들은 쉬제슈와 식사도 같이 하고 잠도 한 침대에서 자고 일손도 거들어주었을 뿐만 아니라 한가할 때면 그들 부부에게 혁명에 대한 설명도 해주었다. 며칠이 지난 이른 아침, 길을 떠나게 된 여 홍군들은 한 채 밖에 없는 이불을 쉬제슈 부부에게 남겨놓기로 의견을 모았다. 하지만 쉬제슈 부부는 아무리 설득해도 이불을 받으려 하지 않았다. 마을 어귀에 이를 때까지도 여 홍군들과 쉬제슈 부부는 이불을 놓고 실랑이를 하였다. 그때 한 여 홍군이 배낭에서 가위를 꺼내더니 이불을 반으로 자르고 나서 쉬제슈에게 말했다. "혁명이 성공한 다음 햇솜으로 만든 이불 한 채를 꼭 가져다 드릴게요."

반으로 나눈 이불을 받아 안은 쉬제슈는 너무나 감격하여 아무 말도 못하고 눈물만 주르륵 흘렸다……

아들 여덟 명을 모두 홍군에 입대시킨 소비에트 지역 농민이든, 목숨을 걸고 세찬 물결을 거스르며 홍군을 건네준 따뚜허(大渡河)의 뱃사공이든, 송백(松柏)과 생화(生花)로 만든 패방(牌坊)[10]을 가지고 홍군을 영접한 치아오치(礊碛)의 티베트족이든 장정의 길에는 그 어디를 가나 홍군들의 친인이 있었는데, 그들이야말로 장정이 승리할 수 있는 비밀 코드였다.

홍군 장정 승리 80주년 기념대회에서 시진핑이 당원 간부들에게 여 홍군들이 장정의 길에서 이불 한 채를 반으로 나누어 쉬제슈 부부에게 준 이야기를 한 목적은 '민중들과 피를 나누고 생사를 같이 하면서 역경을 함께한 것은 중국공산당과 홍군이 장정에서 승리하게 된 근본적인 보장'이었다는 점을 설명하기 위한 것이며, 장정의 정신을 고취하고 오늘날에 장정을 잘하려면 마음속에 민중들을 최고의 위치에 놓은 다음 모든 것은 민중들을 위하고 모든 것을 민중들에게 의존하는 우리 당의 취지를 견지해야한다는 점을 잊지 말기를 전 당에 경고하려는데 있었다.

---

10) 패방(牌坊) : 열녀문과 같이 인물을 기리기 위한 기념물로 마을의 입구나 주택의 입구 등에 도입되는 장식건축물로 문이 없는 것이 특징이며, 그 예술성이나 역사성으로 중국인들이 중요하게 여기는 건축물

영지를 받지 않은 강희제

(康熙不取灵芝)

역대 통치자들도 실제적인 일을 하고 착실하게 정무를 보는 면에 주목했습니다. 어느 때 광시 순무 진원룡(陳元龍)이 강희제에게, "꿰이린(桂林) 산 속에서 운기(雲氣) 모양의 영지(靈芝) 한 송이를 채취했는데 크기가 한 자 남짓하며, 그 당시 그 위에 상서로운 구름이 피어 있었다"는 상주문을 올렸습니다.

그는 또 상주문에 『신농본초경(神農本草經)』에 나오는 "인자한 임금의 덕으로 해서 나타나는 상서로운 일이 생겨났다(王者慈仁則芝生)"라는 말도 인용하였습니다. 상주문을 받아본 강희는 상주문을 이첩하면서 다음과 같은 회시(回示)를 주었습니다.

"역사서에는 상서로움과 재이(災異)[11]한 것들이 많이 기재되어 있지만, 나라 살림과 백성들의 생활에 도움이 되지 않는다. 지방의 작황이 좋아 집집마다 의식주에 부족함이 없다면 그것이 더없는 상서로움(길조)이다.", "예컨대 역사서에 기재된 서성(瑞星)·서운(瑞雲)·봉황이나 기린·영

---

11) 재이(災異) : 자연현상으로 생기는 재앙과 땅 위에서 일어나는 변고를 아울러 이르는 말

지 같은 것을 축하 예물로 보내야 한다거나 주옥을 궁전 앞에서 불태워야 하며, 천서(天書)는 승천(承天)에 내린다는 말은 근거 없는 말이므로 짐은 이를 취하려 하지 않는다. 평범하게 생활하면서 성심성의를 다해 충실하게 정무를 보기를 바랄 뿐이다." 옛날 통치자들도 각급 관리들이 실무에 힘쓰지 않는다면 백성들이 살기 어려워지면서 봉건통치가 무너질 수 있다는 이치를 분명히 알고 있었습니다.

－「중앙 정치국의 '세 가지를 엄하게 하고, 세 가지를 실제적으로 하기' 민주 생활 특별 회의에서 한 연설」(2015년 12월 28-29일)

연설내용의 배경 설명

중국 고대에 '천인감응(天人感應)'이라는 이론이 있었는데 상서로움은 세상 정치의 맑고 깨끗함을 상징한다고 여기고 있었다. 그리하여 봉건 제왕들이 이른바 '상서로움'을 바라는 바람에 아부하고 비위를 맞추는 자들이 허위적인 상서로움을 가지고 아첨하면서 제왕들의 환심을 살 수 있게 되었다.

강희 52년, 즉 1731년, 광시 포정사(布政使) 황국재(黃國材)는 상사인 광서 순무 진원룡에게, 2월 꿰이린 산 속에서 영지를 캤는데 크기가 한자 남짓하고 운기 모양이어서 황제에게 진상하고 싶다는 보고를 올렸다. 진원룡은 즉시 사람을 파견하여 영지를 경성(베이징)에 보냄과 동시에 경전의 어구를 인용하여 이는 '상서로움'의 징조(吉兆)이자 전하(康熙)께서 어진 정치를 베풀었기 때문이라는 상주문을 올렸다.

진원룡은 강희가 '상서로움을 중시하지 않는다'는 것을 분명히 알면서도 강희 생일잔치를 맞으면서 그의 환심을 사려고 '상서로움'을 극력 설명하였다. 하지만 뜻밖에도 강희는 이 일을 감사히 여기지 않았을 뿐만 아니라, 이 같은 일을 '짐이 꼭 받아들일 필요가 없다'는 말을 남겼다.

이런 일이 강희 56년에 또 있었다. 직예(直隸) 총독 조홍섭(趙弘燮)은 상주문에서, 이웃집 정원에 영지 한 송이가 자라고 있는데 이는 "요순의 태평성대여서 영지로서 상서로움(길조)을 헌상한다"고 밝힌 다음, 오늘날 폐하의 후한 덕성과 백성을 사랑하는 마음은 요순시대를 훨씬 뛰어넘어 온 세상이 폐하의 은택을 입고 있으므로 상서로운 영지가 자라는 것은 당연한 일이라고 밝혔다. 강희는 여전히 그렇다고 생각지 않으면서 "이른바 상서로움이란 해마다 풍작이 들어 백성들이 배고픔을 모르는 것이며, 그것이 곧 더없는 상서로움"이라는 회시를 내렸다. 그리고 조홍섭에게는 "그 진위를 더는 언급하지 말라"는 충고를 했다.

강희가 하늘에서 상서로움을 내려준다는 허황된 설을 포기하고, "지방의 작황이 좋아 집집마다 의식주에 부족함이 없고", "해마다 풍작이 들어 백성들이 배고픔을 모르는 것"을 "더없는 상서로움"으로 여긴 것이 바로 "성심성의로 충실하게 정무를 보는 것"을 제창한 것이다.

시진핑이 "강희가 영지를 받지 않은" 고사를 통하여 실제적인 일을 하고 착실하게 정무를 보아야 한다는 점을 강조함으로써 우리의 지도 간부들에게 옛날 통치자들마저도 "각급 관리들이 실무에 힘쓰지 않는다면 백성들이 살기 어려워지면서" 결국 정권이 무너질 수 있다는 이치를 알고 있었다는 사실을 깨우쳐주었다.

시진핑은 젊은 시절 옌안 농촌에서 생활한 가장 큰 수확이 바로 "무엇이 실제적이고, 무엇이 실사구시이며, 무엇이 민중인가를 알게 한 것이다. 이는 나에게 평생 동안 혜택을 주는 보물고이다."라고 회억한 적이 있었다. "언제나 실사구시의 요구에 좇아 사무를 보는 것"은 그가 문제를 고려하고 결책하고 일을 처리하는 기본 방식이다. 시진핑은 "비단 위에 꽃을 더하거나 꽃 위에 꽃을 쌓는 것과 같은 불필요한 일을 적게 하고", "실제적인 일을 도모하고 착실하게 창업하며 성실한 사람이 되어야 한다."고 여러 번 강조했다. '강희가 영지를 받지 않은' 고사가 바로 지도층 간부들은 반드시 실제적으로 일하고 착실하게 일해야 한다는 도리를 설명하였던 것이다.

위정자는 수신에 앞장서야

(为政先修身)

중국인들은 예로부터 수신을 중시하면서 "천자로부터 서민에 이르기까지 누구나 수신을 근본으로 해야 한다", "제 몸을 닦은 다음 백성들을 편안하게 할 수 있다", "몸과 마음을 닦은 다음에 천하를 다스리는 정치를 할 수 있다", "바른 마음을 근본으로 하고 수신을 토대로 해야 한다"고 역설하였습니다. 이밖에 전국시대 제나라의 추기(鄒忌)는 자기를 도성 북쪽에 사는 서공(徐公)과 잘 생김과 못 생김을 비교한 이야기를 통해 제왕에게 충언을 받아들이기를 간했고, 제갈량은 「출사표(出師表)」에서 "어진 신하를 가까이 하고 소인을 멀리한 것은 전한(前漢)이 흥한 까닭이요, 소인을 가까이 하고 어진 신하를 멀리한 것은 후한(後漢)이 기울고 시들은 까닭"이라고 밝혔으며, 범중엄은 「악양루기」에서 "사물 때문에 기뻐하지 아니하고, 자기 때문에 슬퍼하지 아니하며", "천하의 사람들이 근심하기 전에 근심하고, 천하의 사람들이 즐거워한 뒤에 즐거워하겠다"는 명구를 남겼고, 문천상(文天祥)은 "예로부터 그 누가 죽지 않으랴, 일편단심 고이 남겨 청사에 길이 빛내리."라는 비장한 생명의 찬가를 남겼습니다. "부자가 되고 귀한 자리에 올라도 도덕성이 흔들리지 않고, 가난하고 천한 상황에 처해도 마음이 흔들리지 않으며, 어떤 위협과 협박에도 마음이 굴하지 않는다."는 말은 옛사람들이 제창한 굳세고 올바른 기개였습니다.

– 「중앙정치국의 '세 가지를 엄하게 하고, 세 가지를 실제적으로 하자' 민주생활 특별회의에서 한 연설」(2015년 12월 28-29일)

연설내용의 배경 설명

중국 고대의 유가문화는 내성외왕(內聖外王)[12]을 강조했다. '내성'은 한 사람의 내적 수양을 가리키는데 한 사람이 내적 수양을 쌓고 품성이 단정해야 만이 올바른 통치자가 될 수 있다는 뜻이다. 추기, 제갈량, 범중엄, 문천상 등은 모두가 중국역사에서 품성과 기개로 이름을 날린 역사 인물들이다. 추기는 전국시대 제나라 사람으로 키가 크고 얼굴이 준수하게 생겼다. 그가 제(齊)나라의 미남자(美男子) 서공(徐公)과 자기 얼굴 중, 누가 더 잘 생겼느냐고 묻자, 아내 · 첩 · 손님의 평가가 달랐다. 이로부터 그는 '나를 사랑하는 사람', '나를 두려워하는 사람', '나에게 바라는 것이 있는 사람'에 따라 정보가 왜곡될 수 있으며, 따라서 나라를 다스림에 있어서도 여러 사람들의 의견을 폭넓게 수렴해야 한다는 이치를 깨닫게 되었다. 후에 그는 이 사례를 들면서 제위왕(齊威王)에게 충언을 하고, 여러 방면의 의견을 받아들여 제나라의 위상을 높이라고 간언했다.

---

12) 내성외왕(內聖外王) : 안으로는 성인이며, 밖으로는 임금의 덕을 함께 갖춘 사람이라는 뜻으로, 학식과 덕행을 모두 지닌 사람을 이르는 말

제갈량의 고사는 특히 인구에 회자가 되고 있는데, '삼고초려', '융중대(隆中對) 고사는 천고의 미담으로 전해지고 있다. 난양(南陽)에서 몸소 밭을 갈며 농사를 짓던 제갈량은 위기에 처해 있던 유비(劉備)의 요청과 위임을 받은 후 사망할 때까지 평생 동안 유비 부자를 위해 몸과 마음을 바쳤다. 북송의 문학가 범중엄은 집안이 가난해 어렵고 힘들게 공부하여 과거에 합격하였다.

그는 흔쾌히 천하의 근심을 자기 일로 간주하면서 직언을 하고 공정하게 처사한데서 여러 번 폄적(貶謫, 벼슬자리에서 내치고 귀양을 보냄 - 역자 주)을 당했지만 언제나 초심을 잃지 않고 지방을 다스리든 변방을 지키든 "천하의 사람들이 근심하기 전에 근심하고, 천하의 사람들이 즐거워한 뒤에 즐거워하겠다"는 자신의 소신을 실행했다. 남송 말년의 명신 문천상은 나라가 망하던 난세에 태어났다. 그는 원나라 군이 대거 남하할 때 항전을 견지하다가 후에 전쟁에서 패해 포로가 되었다. 그는 "너비가 여덟 자이고 깊이가 서른 자인데 한 짝 밖에 없는 작은 창문마저 좁디좁아서 여간 어둡지 않은" 좁고 어둡고 더럽고 축축한 흙집에 갇혀있으면서도 자기의 가치관을 지키면서 「영정양(零丁洋)을 지나며」, 「호연한 기개(正氣歌)」 등 명문장을 남긴데서 중국역사에서 가치를 빛내주는 하나의 등대로 자리매김했다. 추기, 제갈량, 범중엄, 문천상 등은 모두가 숭고한 품성을 지님으로써 그들의 미담이 대대로 전해 내려오며 칭송될 수 있었던 것인데, 따라서 그들의 고사는 전후가 서로 이어지고 또한 일이관지(一以貫之, 한 이치로 모든 일을 꿰뚫음 - 역자 주)한 가치 도감(圖鑑)을 구성하면서 품성을 연마하는 본보기가 되었다.

중공중앙정치국 민주생활회의에서 시진핑은 지도층 간부들의 수신 문제를 강조했다. 그는 추기, 제갈량, 범중엄, 문천상 등 역사적 인물들의 고사를 들려준 목적은 바로 많은 당원 간부들 특히 고위층 간부들에게, 걱정 없이 생활하는 근본이 심신을 수양하고 마음을 다스리며 덕성을 쌓는 것이라는 도리를 알려주고자 했던 것이다.

"남에 대해서는 완전무결하기를 바라지 말고, 자기에 대해서는 모자람이 없는가를 잘 살펴 따져 보아야 한다", "선한 것을 보면 거기에 미치지 않아서 안타깝 듯이 열심히 추구하고, 선하지 않은 것을 보면 끓는 물에 손을 넣어보는 것처럼 조심하고 경계해야 한다", "세상에는 협력하면 성공하고 제멋대로 행하면 실패하지 않는 일이 없다", "권세로 사귄 자들은 권세가 기울면 끊어지고, 이익을 쫓아 사귄 자들은 이익이 없어지면 흩어진다" 등 시진핑이 인용한 많은 전고(典故, 전례와 고사 - 역자 주)들은 대부분 수신에 관한 사고였다. 그는 "저는 매일 내 몸을 세 번 살핀다(나를 세 번 반성한다)"는 전고를 인용하여 돌이켜 자성하고 자기 비평을 하는 것을 강조했고, "남을 공경하고 두려워하는 마음에, 손에는 계척(戒尺)[13]을 가지고 경계를 하라"는 말을 가지고 법과 기율을 지키면서 하한선을 벗어나지 말 것을 강조했으며, "권력을 신중하게 쓰고, 방종함을 삼가며, 세부적인 것을 중시하고, 착한 사람을 골라 사귀어야 한다"는 말로써 부정부패를 원초적으로 차단하며, 미세한 것도 포기하지 말아야 한다는 것을 강조했다. 시진핑은 걱정 없이 생활해야 한다는 것으로부터 입각하여, 지도층 간부들이 덕을 숭상하고 수신할 수 있는 인식론과 방법론을 여러 측면으로 상세히 설명하였다.

---

13) 계척(戒尺) : 계를 일러 줄 때 법식의 진행을 규율 있게 하는 것

일시적인 성과를 탐하지 말아야 한다

(不貪一时之功)

책임이란 성의를 다하고 책임을 다하여 일을 처리함을 의미합니다. 정해진 업무를 담당한 다음에는 일과성으로 대충하지 말고 처음부터 끝까지 철저하게 책임지고 잘해야 합니다. 중국공산당 현위원회 서기는 다수가 임기가 몇 해 밖에 되지 않는다고 해서 임시공이라는 생각을 하지 말아야 합니다. 어떤 사람은 현위원회 서기에 부임한 후, 어차피 이 자리에서 장기간 하지 않을 바에는 큰 프로젝트를 추진하여 자기 능력도 보여주고 치적도 쌓아 승진하는데 길을 닦아놓는 것이 낫다는 생각을 하고 있습니다.

이런 관점은 버려야 합니다. 한 현에서 기획을 몇 년에 한 번씩 바꾸고 청사진을 몇 년에 한 번씩 그린다면 아무런 일도 해낼 수 없습니다. "공이 반드시 내게 있는 것은 아니다"라는 경지에서 멋진 청사진을 그려야 하므로 과학적이고 현실적이며 민중들의 기대와 일치하기만 한다면 릴레이 경주처럼 바통을 주고받으며 이어서 달릴 수 있을 것입니다. 산시(山西)성 유위현(右玉縣)은 마오우수사막(Mu Us Desert)의 천연적인 바람받이에 위치해 있어서 모래바람의 세례를 받는 불모지 지역이었습니다.

중화인민공화국이 수립된 초기, 초대 현위원회 서기는 전 현의 민중들을 이끌고 조림을 하며 사막을 다스리기 시작하였습니다. 60여 년 동안 하나의 청사진, 하나의 목표를 가지고 한 기 또 한 기의 직무를 이어받은 현위원회 서기들은 전 현의 간부와 민중들을 이끌고 부지런히 근면 성실하게 일함으로써 녹지율이 최초의 0.3%에서 현재의 53%로 늘어나 '불모지'를 '변방의 오아시스'로 변모시켰습니다. 어떤 일을 하던 그들처럼 일시적인 성과를 내려하지 말고 장기적인 안목으로 멀리 내다보면서 인내심과 지구력을 가지고 꾸준히 추진해야 합니다.

- '쟈오위루(焦裕祿)와 같은 현위원회 서기가 되자 - 중앙당학교 현위원회 서기 연수반 수강생들과 좌담할 때 한 연설'(2015년 1월 12일)

연설내용의 배경 설명

'정치적 명성은 자리에서 물러난(혹은 사망) 후, 대중적 여론을 통해야 알 수 있다.' 명리도 좋고 정치적 명성도 그러하지만 세월이 흐르면 사라지기 마련이다. 기나긴 역사의 흐름 속에서 세월의 거센 풍상을 겪는다 해도 널리 전해지면서 더욱 빛나는 것이 무엇일까? 산시성 유위현의 사례가 이에 답을 주었다.

중화인민공화국이 수립된 초기, 유위현은 몇 리(里)를 가도 인적을 볼 수 없고 100리를 가도 나무를 볼 수 없으며, 봄부터 겨울까지 1년 내내 세찬 바람이 불고, 바람이 불면 황사가 날리고 비가 내리면 수재가 드는' 자연조건이 극히 열악한 지역이었다. 장룽화이(張榮懷) 유위현 위원회 초대 서기가 유위현에 부임하던 날, 황사를 동반한 광풍이 하늘땅을 뒤덮으면서 그에게 특별한 '만날 때의 예'를 올렸다. 유위현의 자연환경이 열악하다는 것을 인식한 장룽화이는 배낭에 미숫가루와 군사지도를 챙긴 다음 도보로 전 현의 각 지역을 조사하기 시작하였다.

장룽화이는 두 달 사이에 300여 개의 마을, 수천갈래의 도랑과 지류를 돌아보고 나서 "사람이 유위에서 살아가려면 나무가 유위에 뿌리를 내리게 해야 한다"는 구호와 함께 식수조림을 하여 생태환경을 개선해야 한다는 청사진을 내놓았다. 왕쥐쿤(王矩昆) 두 번째 현위원회 서기는 부임한 후 계속하여 만인 식수 대회전(大会战)을 조직했는데 얼굴이 새까맣게 그을리고 손바닥에 물집이 생겨서 민중들은 아예 그를 '식수 서기'라고 불렀다. 후임 현위원회 서기들도 '나무가 자랄 수 있는 곳에 나무를 심어 국부지역을 먼저 녹화'시키는 것으로부터 유위에서 12년 근무하면 12년 동안 나무를 심으면서 식수조림으로 현의 생태환경을 개선한다는 청사진을 확고하게 수행해나갔다.

60여 년이라는 시간이 흐르고 계절이 바뀌면서 현위원회 지도부도 수없이 교체되었지만 식수 조림이라는 청사진은 변한 적이 없었다. 중화인민공화국이 수립되기 전의 삼림 면적 8,000무(畝) 중 점유율이 0.3%에도 미치지 못하던 유위현은 2015년 150만 무에 점유율이 53%에 이르면서, 생태환경의 개선과 더불어 경제와 삶의 질이 엄청나게 향상되었다. 후임이 선임의 '바통'을 이어받는 과정 속에서 유위라는 이 '불모지'는 명실상부한 '변방의 오아시스'로 변하였다.

시진핑이 산시성 유위현에서 사막을 다스린 이야기를 한 목적이 바로 현위원회 서기를 대표로 하는 많은 말단 간부들에게, 창업을 하고 일을 처리함에 있어서 "공이 반드시 내게 있는 것은 아니다"라는 마음으로 일시적인 성과를 내려하지 말고 멀리 내다보면서 인내심과 지구력을 가지고 꾸준히 추진해야 한다는 도리를 천명하려는데 있었다.

시진핑이 강조한 "공이 반드시 내게 있는 것은 아니다", "한 가지 청사진을 끝까지 그려가야 한다"는 말은 자나 깨나 생각하는 이념일 뿐만 아니라 끝까지 견지해야 하는 실천이었다. 그는 닝더(寧德)에서 집무할 때 경제건설에서의 조급 정서와 단기적 행위를 극복해야 한다고 요구했고, 푸저우(福州)에서 집무할 때에는 "한 지방을 건설함에 있어서 만약 장원한 기획에 없다면 흔히 심각한 실수를 초래하거나 심지어 영구적인 후회를 남길 수 있다."고 밝혔으며, 저장(浙江)에서 집무할 때에는 밑바탕을 까는 작업을 하는 것을 달가워하고, 아직 이루어지지 않은 일을 하는 것을 달가워하며, 전임이 하던 일을 토대로 하여 적은 힘이나마 이바지하는 것을 달가워해야 한다고 강조한 적이 있다.

시진핑이 유위현의 이야기를 한 목적 역시 당원 간부들을 인도하여 대아(大我)와 소아(小我)의 관계를 잘 처리하게 하고, 원대한 이익 ·근본적 이익과 개인의 포부 그리고 개인 이익의 관계를 심사숙고하고 잘 처리하게 하려는데 있었다. 시진핑이 강조한 이 같은 치적 이념은 일종의 정치적 품격이므로 지도층 간부들은 원래 이러한 이념을 확고히 정립해야 할 뿐만 아니라 꾸준히 이행해야 하는 것이다.

인간에 대한 교사들의 큰 사랑

(老师们的人间大爱)

저는 훌륭한 교사들의 사적을 적지 않게 보았는데, 대다수 교사들이 일생 동안 자기를 잊고 모든 정력을 학생들에게 쏟고 있었습니다. 어떤 교사는 불우한 학생들이 학업을 중단할까봐 많지 않은 월급을 가지고 그들을 도와주었고, 어떤 교사는 자기 소득을 가지고 교재를 사들였고, 어떤 교사는 학생을 업고 등교하거나 그들의 손을 잡고 급류나 험한 산길을 건너주었고, 어떤 교사는 지체 장애자의 몸으로 수업을 진행했는데, 이런 많은 사적들은 사람들을 깊이 감동시키면서 눈물을 흘리게 했습니다. 이것이 바로 인간에 대한 큰 사랑입니다. 우리는 많은 교사들에게 그리고 전 사회에, 훌륭한 교사들의 선진 문명 사적과 고상한 품성을 대대적으로 홍보하고 선양해야 합니다.

– '당과 인민이 만족하는 훌륭한 교사가 되자 – 베이징 사범대학교 교수 학생 대표들과 회담을 열 때 한 연설'(2014년 9월 9일)

연설내용의 배경 설명

'분필 한 자루로 세월을 쓰고, 석자 교단에서 무한한 사랑을 주네.' 누구나 기억 속에 계몽 스승 한 분을 소중히 간직하고 있지 않을까?

신문을 펼치거나 인터넷을 검색하다 보면 교사들의 사적에 늘 감동을 받게 된다. 저장성 타이저우(台州)의 한 교사는 불우 학생을 도와주려고 아껴 먹고 아껴 쓰면서 23년 동안 30만 위안을 후원하였고, 쓰촨성 이빈시(宜賓)의 한쪽 팔이 없는 한 교사는 깊은 시골에 자리 잡은, 돌로 지은 교실에서 30년 동안 내내 교편을 잡았으며, 후베이성 스옌(十堰)의 한 깊은 산 속의 학교에 뿌리를 내린 여교사는 35년 동안 학생들을 업고 수십만 번이나 강을 건넜다. 이 같은 인간에 대한 큰 사랑은 수없이 많은 사람들을 감동시켰다.

이밖에 많은 교사들이 이미 이 시대의 도덕 풍향계로 부상했다. 원촨(汶川) 지진이 발생할 때, 한창 수업을 하고 있던 쓰촨성 더양시(德陽市) 동치(東汽)중학교 교사 탄첸츄(潭千秋)는 학생들이 계단을 따라 내려가도록 재빨리 분산시켰다. 몇몇 학생이 교실을 벗어나지 못했다는 소식을 듣고 다시 4층에 있는 교실로 들어간 그는 시멘트로 된 천장이 무너지는 순간 두 팔을 벌려 네 명의 학생을 자기 품 안에 끌어들였다. 후에 사람들이 폐허 속에서 그의 시신을 발견했을 때, 그는 두 팔을 벌린 채로 교단에 쓰러져 있었다.(학생 네 명은 구조되었음 - 역자 주)

헤이룽장성 자무쓰시(佳木斯市) 제19중학교 교사 장리리(張麗莉)는 네티즌들로부터 '가장 아름다운 여교사'라는 칭찬을 받았다. 2012년 5월 8일 저녁, 버스 한 대가 갑자기 급발진하며 학생들에게 덮쳐드는 위급한 순간에, 장리리는 학생들을 구하려다 차 밑에 말려들어 두 다리가 분쇄 골절이 되는 바람에 다리를 절단해야 했다. 그의 행동은 전 국민을 감동시켰다.

시진핑은 은사들을 잊지 않고 자주 찾아뵌 데서 교사를 존중하고 교육을 중히 여기는 솔선수범을 보여주었다. 그는 외지에서 집무하는 기간 베이징에 회의에 참석하러 오거나 당과 정부의 업무를 보러 올 때마다 시간을 내어 그를 가르쳤던 스승들을 찾아뵈었다.

2014년 6·1 국제 어린이날 전야에 시진핑은 베이징 하이뎬구(海淀區) 민족 초등학교를 찾아 어린이들을 만나 좌담을 할 때 중학교 시절 어문(국어) 교사(後에 소년아동출판사로 전근했음)였던 천츄잉(陳秋影) 여사를 특별히 초청했다. 시진핑은 천츄잉 여사와 담소를 나누면서, 중학교 1학년 때에 우리에게 어문을 가르쳤는데 교과서 내용을 아주 재미있게 설명하던 기억이 아직도 생생하다고 밝혔다.

잔코프 소련 교육자는 "교사들에게 없어서는 안 되는 품성, 심지어 가장 중요한 품성이 바로 학생을 사랑하는 것이다."고 말한 적이 있다. 시진핑은 스승의 날(교사절)에 감동시키는 교사들의 세부적인 이야기를 가지고 개개인의 마음 속 깊이 깔려있는 감정을 토로함으로써 교사를 존중하고 교육을 중히 여기는 관심과 배려, 그리고 그 가치를 전달했을 뿐만 아니라 전체 교사들을 위해 어질고 재능이 있는 사람을 보면 자기도 그렇게 되려고 따르고 노력하는 본보기를 보여주었다.

시진핑은 훌륭한 교사가 되려면 이상과 신념이 있어야 할뿐만 아니라 도덕과 지조가 있어야 하며, 착실한 학식이 있어야 할 뿐 만 아니라 자애로운 마음이 있어야 한다고 했다. 시진핑은 '네 가지' 기준을 내놓음으로써 새로운 시대의 훌륭한 교사들을 위해 초상화를 그려주었다.

그는 또 "글을 가르치는 스승은 만나기 쉬워도, 사람을 만드는 스승은 만나기 어렵다", "스승이란 도(진리)를 전하고 학문을 가르치며 의혹을 풀어주는 분이다"는 등의 옛 격언을 인용하여 학생들에게 문화와 지식을 전수할 뿐만 아니라 특히 품격과 가치를 수립해줘야 한다고 교사들을 격려하였다.

정치가의 포부

(政治家的抱負)

　북송의 정치가 왕안석(王安石)은 27세에 저장(浙江) 인현(鄞县, 현재의 닝보시 인저우구)의 현령으로 발령된 후 농업 생산을 늘리고자 수리공사(관개)를 전개하고, 특권층의 횡포를 억제하고자 농민들에게 곡물을 대여했으며, 인재를 양성하고자 교사를 존중하고 교육을 중요시했습니다.

　현령으로 재직해 있는 4년 동안 그는 '치적을 대거 쌓았고, 백성들은 그것이 덕이라고 찬양'했는데, 이는 이후 법을 개혁하고 나쁜 세시풍속을 고치는데 밑거름이 되었습니다.

　『유세명언(喻世明言)』, 『경세통언(警世通言)』, 『성세항언(醒世恒言)』을 후세에 남긴 명대의 문학자 풍몽룡(馮夢龍)은 과거에 급제하는 길이 아주 순탄치 않았는데, 57세에 겨우 공생(貢生, 교생)이 되고 61세가 되어서야 푸젠 서우닝(壽寧) 지현으로 등용되었고, 지현도 4년 밖에 하지 못했습니다. 그는 지현으로 있는 기간 부역을 경감하고, 관리의 치적을 개혁하고, 소송사건을 명단(明斷, 명쾌하게 판단을 내림 - 역자 주)하고, 폐습을 제거하고, 학풍을 정돈하고, 이로운 것을 늘리고 해로운 것을 제거함으로써 백성들이 안정된 생활을 하며 즐겁게 일하는 서우닝을 만들었습니다. 당시의 기록에 따르면, "감방은 늘 비어있어, 옥졸이 평안함을 고하는 것을 싫어하지 않았다"

– '허난성 란카오현(蘭考縣) 상임위원회 지도부 특별 민주생활회의에서 한 연설'(2014년 5월 9일)

연설내용의 배경 설명

같은 직위의 현령에 같은 공덕을 쌓은 왕안석과 풍몽룡의 인생은 시간적으로는 멀지만 서로 호응하면서 시간과 공간을 뛰어넘는 하모니를 연출하였다. 왕안석은 벼슬길에 올라 가장 좋은 시절을 온 나라 백성들에게 바쳤다면, 풍몽룡은 만년에 마지막 남은 한 줄기 빛마저도 백성들을 위하는데 쏟았다.

왕안석은 북송의 유명한 사상가이자 정치가였다. 레닌은 그를 "중국 11세기의 개혁가"라고 불렀다. 왕안석은 인현의 지현으로 부임되자마자 현지 농업생산 상황을 조사하고 나서 인현의 백성들이 가장 두려워하는 것이 한재이므로 "물이 거침없이 잘 흐를 수 있도록 인공수로와 하천 준설 작업을 대대적으로 벌여야 한다."는 생각을 가졌다.

인현에 부임한 두 번째 해, 춘궁기인 보릿고개 때 왕안석은 가을 수확이 끝난 다음 낮은 이자로 환수하기로 하고 현 곡물창고의 양곡을 향민들에게 대여하였다. 이는 이후 신법의 일환인 '청묘법(靑苗法)'을 채택하는데 토대를 마련해 주었다. 왕안석은 교육도 중요시했다. 그는 인현의 공자묘를 학당으로 삼았는데 이로서 '최초의 현 학당이 인현에 설립'되었고, 이는 저동학파(浙東學派)가 중국문화에서 영향력을 확대하는데 큰 역할을 하였다.

"선생께서 서우닝에서 4년 동안 치적을 남겼으니, 어찌 문장만 남겼다고 하랴." 풍몽룡은 명대 말기의 유명한 문학자이자 학자이다. 그는 서우닝(壽寧)의 지현으로 있을 때 현지 조사부터 착수하였다. 그는 백성들의 먹고 입는 문제를 해결하려고 노력한데서 "돌에 구멍을 뚫어서라도 농사를 짓고, 높은 곳이든 낮은 곳이든 모래흙이 조금만 있으면 곡식을 심는다"는 농업 생산 목표를 달성할 수 있었다. "대체로 논밭에는 물을 대야 하고, 논밭의 기름짐과 메마름은 물길이 통하고 막히는가에 달려있으므로" 그는 수리공사를 대대적으로 벌였다.

풍몽룡은 낡은 풍속이나 습관을 고치고 문화를 전파하는데 공을 들였는데, 당시 상대적으로 낙후했던 푸젠(福建) 지역이 선진 문화의 혜택을 받게 되었다. 풍몽룡은 또 공정하게 법을 집행하고, 정사가 까다롭지 않고 형벌이 지나치지 않는(정간형청, 政簡刑淸) 사회를 추구한데서 임기가 4년 밖에 되지 않았지만 "정사가 까다롭지 않고 형벌이 지나치지 않았다. 문학을 숭상했고, 백성을 만나면 은혜를 베풀었으며, 선비를 깍듯이 예우했다"는 미명을 남겼다.

왕안석과 풍몽룡은 나이가 젊다고 하여 경망스럽게 놀지 않았고, 나이가 많다고 하여 일을 포기하지 않았다. 한 사람은 인생의 전반전에서, 한 사람은 인생의 후반전에서 착실하게 일하는 관리의 이미지를 공통적으로 구축하였다.

시진핑은 광범위한 말단 간부들은 당이 집권하는 빌딩의 기초 가운데의 철근이므로 "직위는 높지 않지만 책임은 크다"고 강조하였다. 2014년 봄에 두 번째 당의 민중노선 교육실천 활동이 활기차게 전개되었다. 활동의 주요 대상은 말단 당원 간부들이었고, 주요 목적은 첫 번째 활동에서 이룩한 성과를 말단 당원 간부들에게까지 연장시킴으로써 당의 우수한 기풍을 매 사람의 마음속에 침투시키는 것이었다.

시진핑이 두 번째 활동의 거대한 취지를 형상적인 이야기 속에 융합시킨 것은 역사상의 훌륭한 고사들을 통하여 착실하게 일하는데 치중하는 것이 민중들을 위하는 가치라는 점을 많은 말단 간부들에게 천명하려는 것이었다.

눈물이 자오위루의 오동나무를 적시네

(把泪焦桐成雨)

　　자오위루 동지는 검소하게 생활하고 부지런히 사무를 처리하면서 고생은 남보다 먼저 하고, 즐거움은 남보다 뒤에 누리려 했습니다. 그는 옷을 여러 번 뜯어 빨거나 기워 입었고 모자나 신발, 양말 같은 것도 깁고 또 기워서 쓰거나 신었습니다. 그는 당기(黨紀)나 당규를 엄수하면서 종래 수중의 권력을 이용하여 자기나 친족의 이득을 취하지 않았습니다.

　　그가 친히 기초한 '간부가 해서는 안 되는 10가지'는 간부들이 청렴하며 자신을 단속할 수 있도록 구체적으로 규정하였다. 어제 자오위루 동지 기념관의 '간부가 해서는 안 되는 10가지' 알림판 앞에서 그 내용을 다시 자세히 들여다보면서 참으로 규칙을 잘 잡아 목표성이 아주 강하다는 생각이 들었습니다. 그래서 우리는 규칙의 문구가 아름답고 화려하지만 내용이 텅 비게 정해서는 안 됩니다.

　　'간부가 해서는 안 되는 10가지'는 "일률적으로 연극 관람권을 선물해서는 안 된다"고 규정한 것 외에도 "앞으로부터 10번 째 줄 좌석까지의 연극 관람권을 기관(機關, 정부 부서)에만 팔아서는 안 된다"고 규정했습니다. 즉 좋은 좌석의 연극 관람권 일부를 서민들에게 남겨놓아야 한다는 말입니다. 무심결에 아들이 매표원과 아는 사이어서 연극 관람권을 구입하지 않고 연극을 보았다는 말을 들은 자오위루는 '공짜로 연극을 보는' 특권을 누려서는 안 된다며 아들을 타이르고 나서, 연극 관람권 값을 치르라며 즉시 돈을 꺼내어 아들에게 주었습니다. 세속에 물들지 않고 자신의 순결을 지키려고 자기를 엄하게 단속한 이 같은 사례는 당을 엄하게 다스리기 위한 그의 자각을 생동적으로 구현한 것입니다.

- '허난성 란카오현(蘭考縣) 위원회확대회의에서 한 연설'(2014년 3월 18일)

연설내용의 배경 설명

자오위루는 1922년 8월 산동성 쯔보(淄博)의 가난한 가정에서 태어났다. 1945년 스스로 민병에 입대했고, 1946년 중국공산당에 가입했으며, 1948년 공작대를 따라 남하했다가 1962년 허난성 란카오현 위원회 서기로 부임되었다. 그는 란카오현 위원회 서기로 있는 동안 신앙에 대한 확고부동한 품성을 보여주면서 공산당원들이 본받아야 할 정신적 기념비를 구축하였다.

1962년부터 1964년 사이, 란카오현은 침수로 인한 재해, 모래바람으로 인한 재해, 알칼리성 토양으로 인한 재해라는 '세 가지 재해'의 위협을 받았다. 자오위루는 전 현 간부들과 민중들과 함께 모래를 뒤집어 알칼리성 토양을 덮고, 모래 언덕의 확장을 막는 작은 면적의 실험을 진행함과 아울러 이를 토대로 하여 '세 가지 재해'를 다스릴 수 있는 구체적인 책략을 고안하고 오동나무를 대규모로 심을 수 있는 방법을 강구하였다. 이 기간 자오위루는 간암이라는 진단을 받았지만 극심한 고통을 참으면서 업무를 견지하며 누구나가 견줄 수 없는 힘든 노력을 들여 란카오현이 '세 가지 재해'를 제거하는 사업에서 뚜렷한 성과를 거둘 수 있게 하였다.

자오위루가 민중들을 이끌고 모래바람을 막기 위해 심은 오동나무는 현재 란카오현의 특색 산업으로 부상했는데, 2014년까지 란카오 오동나무 산업 생산액이 60여 억 위안에 달해 모래바람을 막기 위해 심은 나무가 돈줄이 되는 나무로 변하였다.

자오위루는 란카오에서 근무한 시간이 길지 않지만 그가 남긴 "백성을 가까이 하고 사랑하며, 고난과 시련을 이겨내면서 있는 힘을 다하여 싸우며, 과학적으로 실제적인 일을 추구하며, 어려움에 맞서서 나아가며, 사욕을 버리고 공익을 위하여 힘쓰는 정신"은 영원한 가치를 지니고 있다.

시진핑은 자오위루의 이야기를 여러 번 언급했는가 하면 40년 전 자오위루의 선진 사적을 학습하던 정경도 여러 번 감회 깊게 회억하였다.

1966년 2월 7일, 『인민일보』는 무칭 등 동지들이 쓴 '현위원회 서기들의 본보기 – 자오위루'라는 장편의 기사를 게재했다. 나는 그때 중학교 1학년 학생이었는데, 정치과목을 가르치는 선생님은 수업시간에 이 글을 읽어주다가 흐느끼면서 이따금 낭독을 멈추었다. 자오위루 동지가 간암 말기임에도 의연히 업무를 견지하느라 막대기로 간 부위를 눌러서 등나무 의자의 오른쪽 등받이에 큰 구멍까지 생겼다는 대목을 읽을 때 나는 특히 깊이 감동했……"

이때로부터 자오위루의 정신이 시진핑의 마음속에 깊숙이 자리 잡고서 엄청난 정신적 동력으로 작용했다. 시진핑은 자오위루를 기념하여 '염

노교(念奴嬌) - 자오위루를 추억하여'라는 사를 특별히 지었다. "어느 백성이 훌륭한 관리를 좋아하지 않으랴? 눈물이 초유록(焦裕祿)의 오동나무를 적시네. …" 이 사는 자오위루를 존경하고 기리는 시진핑의 마음을 담고 있다.

자오위루의 이야기가 대대로 전해지는 것은 그의 정신이 영원한 시대적 가치를 지니고 있기 때문이다. 시진핑은 "현위원회는 우리당이 집권하여 나라를 흥하게 하는 '일선 지휘부'이다.", "현급(縣級) 정권이 담당하고 있는 책임이 날로 커지고 있다. 특히 샤오캉사회(小康社會, 중등수준의 사회)를 전면 실현하고, 개혁을 전면 심화시키며, 법에 의해 전면적으로 나라를 다스리고, 당을 전면적으로 엄하게 다스리는 진행 과정에서 중요한 역할을 하고 있다."고 거듭 강조했다.

란카오현 상무위원회 확대회의에서 시진핑은 많은 당원 간부들과 함께 자오위루의 정신을 되새긴 것은 현위원회 서기들이 자오위루를 따라 배워 마음속에 당이 있고, 백성들이 있고, 책임감이 있고, 경계심이 있는 현위원회 서기가 되도록 독려하려는 취지에서였다.

모습과 소리

(身影与声音)

허난성 네이샹현(來鄉縣)의 옛 현 관아에는 "관직을 얻었다고 하여 영광스럽게 생각하지 말고, 관직을 잃었다고 하여 치욕스럽게 생각하지 말라, 지방의 일 모두 관리한테 의지하므로 관리가 쓸모없다는 말을 하지 말라./ 백성들이 만든 옷을 입고 백성들이 지은 밥을 먹으면서 백성들을 깔보지 말라, 당신 역시 백성이니까."라는 대련이 걸려 있습니다. 이 대련은 까다롭지 않고 알기 쉬운 언어로 관리와 백성들의 관계를 잘 보여주고 있습니다.

봉건시대의 관리들마저 이 같은 인식을 가지고 있었는데 오늘날 우리 공산당원들은 마땅히 이 같은 경지보다 더 높은 경지에 이르러야 합니다. 얼마 전 『인민일보』의 내부 참고지에 윈난성 누장리리족(怒江傈僳族)자치주인민대표대회 상무위원회 부주임(부위원장 - 역자 주)이자 두롱족(獨龍族) 간부인 가오더룽(高德榮)이 정사를 처리했던 체험을 소개했는데, 나 역시 보고 나서 큰 감명을 받았습니다. 가오더룽 동지는 다음과 같이 말했습니다.

"지도자는 민중들을 이끌고 함께 일을 하며, 일을 해내야 한다.", "간부로서 지도층 간부로서 실효를 따지지 않는다면 지휘봉이 배설물을 휘젓는 나무막대로 변할 수 있다.", "소리(말 - 역자 주)로 지휘할 것이 아니라 모습(실제 행동 - 역자 주)으로 지휘해야 한다.", "정계에서 빈둥거리면 점점 경박해지고, 민중들과 함께 하면 더욱 충실해진다."

저는 함께 노력하자는 뜻에서 이 말을 여러분들에게 추천하는 것입니다.

- '허쩌시(菏澤市) 및 산하 현과 구(區) 주요 책임자들과 좌담회를 열 때 한 연설'(2013년 11월 26일)

연설내용의 배경 설명

"관직을 얻었다고 하여 영광스럽게 생각하지 말고, 관직을 잃었다고 하여 치욕스럽게 생각하지 말라, 지방의 일은 모두 관리한테 의지하므로 관리가 쓸모없다는 말을 하지 말라./ 백성들이 만든 옷을 입고 백성들이 지은 밥을 먹으면서 백성들을 깔보지 말라, 당신 역시 백성이니까."

이 대련은 허난성 네이샹현(內鄕縣) 옛 현 관아의 삼성당(三省堂) 앞에 걸려있다. 이 대련은 청조 강희 19년, 네이샹현 지현(知縣) 고이영(高以永)이 쓴 것이다. 고이영은 저장 자싱(嘉興) 사람이다. 그가 강희 18년 네이샹 지현으로 부임할 때는 전란이 갓 종료되고 네이샹 백성들이 고향을 등지고 떠나가 있어서 토지가 황폐해지고 경제가 불황을 겪던 시기였다. 무거운 책임감을 느끼며 깊은 시름에 빠져 밤에 잠자리에 누워도 잠을 청할 수가 없었던 고이영은 일어나 이 대련을 썼다.

고이영은 천성이 어질고 너그러웠으며 백성들을 사랑하였다. 그가 성도(省都)인 다량(大樑, 현재의 카이펑[開封])에 가면 지나가던 백성들이 그를 가리키며 저 사람이 네이샹의 현령 고 나리라며 부러운 눈길을 보냈다고 한다. 고이영이 네이샹을 떠날 때 연도에 늘어서서 배웅하다 가지 못하게 만류하는 백성이 있는가 하면, 수백리 길을 따라가는 백성도 있었다. 청조 동치(同治) 연간의 『네이샹통고(內鄉通考)』에 따르면, 고이영은 토지를 대량 개간하고 비적을 토벌하면서 네이샹의 번영에 큰 기여를 했다.

가오더롱은 오늘날 지도층 간부들의 전형이라 할 수 있다. 그는 두롱족들을 잊지 못하여 일생 중 두 번이나 고향으로 돌아가 생활한 적이 있었다. 한 번은 사범학교를 졸업하고 모교에 남으면 전도가 양양할 수도 있었지만, 스스로 시골인 두롱장향(獨龍江鄉)에 돌아가 교편을 잡겠다고 조직에 요구하였던 일이고, 다른 한 번은 누장리리족 자치주 인민대표대회 상무위원회 부주임으로 승진한 후에 "나의 사무실을 두롱장에 앉혀 달라"고 조직에 요구한 일이다. "두롱족 동포들은 아직도 빈곤에서 허덕이는데 나는 밖에서 복을 누리고 있어서 마음 편히 잠들 수가 없다."는 그의 이유는 소박하면서도 사람들의 심금을 울려주었다.

가오더롱은 민중들을 마음에 담고 있었을 뿐만 아니라 성실하게 일하는 것을 숭상했다. 그는 아침부터 저녁까지 6개 마을에 10여 가지 개발 프로젝트 현장을 돌아보느라 하루에 수 백리 산길을 누비는 것은 전 현장의 집무 습관이었다. 그가 설선(雪線) 아래에 터널을 뚫으려고 관계 부문을 분주히 찾아다닌 덕분에 3년여 만에 마침내 터널을 관통시킬 수 있었다.

민중들과 한 마음이 되고 그들에게 솔선수범하는 것은 우리 당의 훌륭한 전통이다. 2013년 11월, 시진핑은 상동성 허쩌시를 찾아 현지 시찰을 할 때 허쩌시 주요 책임자 및 산하 현과 구의 주요 책임자들과 좌담을 가졌다. 그는 좌담회에서 허난 네이샹현 관아의 대련과 관련한 내용을 가지고 말머리를 뗀 후 허난성 두룽족 간부 가오더룽의 정치에 참여한 이유와 연관시켜 고대의 민본사상에 시대적 가치를 부여함으로써 오늘날의 민중을 위한 마음에 역사적 깊이를 가지도록 했다.

그 뜻은 지도층 간부들의 착실한 업무 기풍을 재천명하고 민중의식을 재천명함으로써 지도층 간부들이 계속하여 민중들과 "어려움을 같이 나누면서 함께 하고 함께 일하는 배와 물과 같은 관계"를 되새기고 고기와 물과 같은 정을 다시 회복하자는데 있었다. 시진핑은 착실하게 일하는 것을 기준으로 하고, 민중을 위하는 것을 종지로 여겼다.

그는 전 당 동지들과 "소리(말)로 지휘할 것이 아니라 모습(실제 행동)으로 지휘해야 한다"는 마음으로 정사를 처리하며 얻었던 경험을 공유한 것은 시대적 병폐를 철저히 도려내야 한다는 의도였다고 할 수 있다.

신앙의 힘

(信仰的力量)

혁명전쟁 시기, 혁명 선열들은 생사의 시련에 직면해서도 물불을 가리지 않고 죽음을 두려워하지 않은 것은 그들이 굴복하지 않고 이상과 신념을 굳건히 지켰기 때문입니다. 마오쩌동 주석의 일가는 혁명을 위해 6명이 희생되었고, 쉬하이둥(徐海東) 대장의 가족은 70여 명이 희생되었으며, 허룽(賀龍) 원수(元帥)의 허 씨네 종친 중에는 분명한 근거를 가지고 있는 열사만 2,050명이 됩니다.

혁명 선배들은 어찌하여 사심 없이 용감하게 몸을 바칠 수 있었을까요? 숭고한 혁명적 이상을 실현하고 숭고한 정치적 신앙을 사수하며, 중국에서 낡은 제도를 철저히 뒤엎고 민족의 독립과 인민의 해방을 실현하기 위해서였습니다. 저는 팡즈민(方志敏) 열사가 옥중에서 쓴 「청빈」이라는 글을 여러 번 읽었습니다.

글은 전 세대 공산당원의 사랑과 증오를 드러내면서 무엇이 진정한 가난함이고 무엇이 진정한 부유함인가, 무엇이 인생의 최대 즐거움인가, 무엇이 혁명자의 위대한 신앙인가, 사람은 도대체 어떻게 살아야 가치가 있다고 할 수 있는가 하는 물음에 답을 주고 있어서 읽을 때마다 계시를 받고, 교육을 받고, 격려를 받게 됩니다.

– '지도층 간부들은 정확한 세계관, 권력관, 업무관을 수립해야 한다 – 중앙당학교 2010
년 가을 학기 개학식에서 한 연설'(2010년 9월 1일)

연설내용의 배경 설명

6명의 친인, 친인척 70여 명, 열사 2,050명이라는 무거운 숫자는 무엇이
숭고함인가, 무엇이 신앙인가를 설명하고 드러내 보이면서 무엇이 공산
당원의 본색이고 가치인가를 호소하고 있다.

마오쩌동 일가는 혁명을 위해 아내 양카이훼이(楊開慧), 장자 마오안잉
(毛岸英), 큰 동생 마오쩌민(毛澤民), 둘째 동생 마오쩌탄(毛澤覃), 사촌 여동
생 마오쩌젠(毛澤建), 조카 마오추슝(毛楚雄) 등 6명이 목숨을 바쳤다. 마오
안잉이 조선전장(6.25전쟁)에서 희생되었다는 소식을 접한 마오쩌동은 통
탄의 심정을 억누르면서 한 첫마디가 "누가 마오쩌동의 아들이 되라고 했
던가?"였다.

이 첫마디는 아버지로서 아들에 대한 그리움을 표현함과 아울러 한 공
산당원의 후회 없는 신념과 두려움을 모르는 정신을 드러내 보인 것이었
다. 허룽 원수는 생전에 우리 온 집안은 정의를 위해 장렬하게 희생한 사
람은 많지만 모두가 혁명이 요구한대로 나라를 위해 헌신한 것이므로 우
리 가족을 자주 언급할 필요는 없다고 늘 이야기하였다. 이와 같이 나라
의 일을 위해 집안의 일을 잊고, 공적인 일을 위하여 사적인 일을 잊으며

말없이 봉공멸사하는 정신이 바로 중국혁명이 성공할 수 있었던 원동력이었다. 나라를 위해 희생된 무수한 열사들 중에서 팡즈민(方志民)은 걸출한 대표라 할 수 있다.

국민당 병사들은 전쟁터에서 팡즈민을 포로로 잡은 후, 국민당이 지명 수배하는 중범이자 공산당의 '고관'인 그의 몸에서 예상 밖에도 동전 한 푼을 찾아내지 못하자 어리둥절하고 말았다. 팡즈민은 불행하게 포로가 된 후 국민당이 높은 벼슬을 주겠다는 유혹을 물리쳤을 뿐만 아니라, 돌아가며 맞을 때에도 전혀 두려워하지 않고 당당한 모습을 보여주었다. 극히 열악한 옥중 환경에서도 그는 「사랑스런 중국」, 「청빈」, 「옥중실기」, 「나의 혁명투쟁사 약술」 등의 글을 남겼고, 이 글들은 여러 세대 공산당원들의 정신적 식량이 되어 무수한 공산당원들의 정신을 크게 고무시켰다. 팡즈민이 「청빈」에서 말한 것처럼 "청빈하고 순결하고 검소한 생활이 바로 우리 혁명가들이 많은 어려움을 극복할 수 있는 점이었다."

중앙당교 2010년 가을 학기 개학식에서 시진핑은 전 세대 공산당원들의 감동적인 사적을 말한 목적은 당원 간부들로 하여금 이상과 신념을 확고히 하여 신앙의 기반을 견고히 하도록 격려하기 위함에서였다.

신앙은 인류사회에서 가장 아름다운 말이자 8,800여 만 공산당원들이 근심 없이 생활할 수 있는 근본이기도 하다. 중국공산당 18차 당 대표대회 이후, 시진핑은 전체 당원들에게 "숭고한 신앙을 사수하면서 그 어떤 시련에도 변하지 않는 금강신(金剛神)이 되어야 한다."고 여러 번 호소하였다. 그는 『인민일보』의 '인민 논단'코너에 「신앙의 맛」이란 글을 게재하면서, 천왕다오(陳望道)가 『공산당선언』을 번역할 때 정신을 너무나 몰두한 나머지 옆에 놓인 먹물을 흑설탕으로 알고 먹고도 전혀 느끼지 못했다는 이야기를 전하면서 신앙적 즐거움과 정신적 즐거움의 중요성을 역설했다.

시진핑은 연설에서 중국공산당 역사에서 사람들을 감동시킨 이 이야기를 말하면서, "이상과 신념이 바로 중국공산당원들의 정신적 '칼슘'"이며, "이상과 신념이 흔들리는 것이 가장 위험한 흔들림이고, 이상과 신념이 타락하는 것이 가장 위험한 타락"이라고 여러 번 강조했다. 이는 당원 간부들이 이상을 수호하고 신앙을 지키라는 격려의 의미였다.

빌어먹는 한이 있더라도 그를 구해야 한다

(就是讨饭了也要救他)

아주 외진 한 마을에서 그들의 당지부서기(黨支部書記)가 병이 나자 "빌어먹더라도 그를 구해야 한다"면서 촌민들이 자발적으로 수술비를 마련하여 하루 사이에 모은 돈이 수만 위안이나 되었습니다. 현지의 일부 간부들은 저도 모르게 "만약 내가 병들어 눕는다면 나에게 손을 내밀어줄 촌민이 얼마나 될까?"하고 한탄의 소리를 금치 못했다고 합니다. 정쥬완(鄭九萬)이 흘린 모든 땀방울이 촌민들의 보답으로 나타났고, 그들 마음속의 저울이 한 말단 간부의 무게를 가늠했던 것입니다. 정쥬완은 자신의 실제 행동으로 "간부들의 마음속에 차지하는 백성들의 비중이 어느 정도라면, 백성들의 마음속에 차지하는 간부들의 비중도 그에 비례하는 정도"라는 의미심장한 뜻이 깃들어 있는 말을 하였습니다. 우리가 정쥬완을 선진 인물의 전형으로 수립하려는 의미가 여기에 있는 것입니다.

-「백성들의 마음은 그들을 위해 모든 것을 바치는 사람에게 쏠린다」(2006년 7월 24일)『지강신어(之江新語)』에서 발췌

연설내용의 배경 설명

정쥬완은 저장성 원저우시(溫州市) 용쟈현(永嘉縣) 산캉향(山坑鄉) 허우쥬쟝촌(後九降村) 당지부 서기이다. 2005년 10월 5일 이른 새벽 그는 장기간의 과로로 인한 뇌출혈로 생명이 경각을 다투게 되었다. 허우쥬쟝촌은 향에서도 가장 산골마을이었고, 1인당 연소득이 2,000여 위안 밖에 안 되었다. 하지만 마을 사람(촌민)들은 온 집안을 샅샅이 뒤져 하루 사이에 모은 수술비가 7만 위안이나 되었다.

촌민 류량리(劉良理) 부부는 "닭은 굶어죽으면 병아리를 사서 키울 수 있지만, 당지부 서기의 치료는 미뤄서는 안 된다"면서 닭 사료를 구입하려고 준비해두었던 돈에서 60위안만 남겨놓고 7,160위안을 선뜻 내놓았다. 후에 그들은 전기요금을 낼 돈 100위안까지 내놓았다. 천쮜뤄이(陳菊蕊) 촌 부녀회 회장은 명절 때마다 자녀들이 용돈으로 쓰라며 준돈 1,300여 위안을 내놓았다. 간경변증에 의해 복수(腹水)로 심하게 앓고 있는 극빈 가정의 류숭윈(劉宋云)은 약을 사려고 계란, 홍시, 콩 등을 팔아 모은 돈 300위안을 보내왔다……

"우리가 빌어먹더라도 정쥬완 서기의 목숨을 구해야 한다!" 걸을 수 있는 마을사람은 모두 자발적으로 물과 맥병(麥餅, 밀가루나 보릿가루로 만든 떡 - 역자 주)을 가지고 병원으로 달려가 정쥬완의 수술이 잘 되기를 빌었다. 1차 수술이 실패하자 사회 각계의 따뜻한 후원의 손길이 이어졌고, 덕분에 정쥬완은 위험에서 벗어날 수 있었으며 얼마 후 건강을 되찾을 수 있었다.

"남을 사랑하는 사람은 남들도 항상 그를 사랑한다"고 정쥬완은 촌 당

지부 서기를 맡은 날부터 시작하여 10여 년을 하루같이 입당할 때 한 선서를 촌민들을 위해 봉사하면서 이를 실천했다. 그중 몇 가지 사례는 사람들을 깊이 감동시켰다. 천쥐뤄이 촌 부녀회 회장의 남편이 골 형성과다증(骨質增)으로 치료비를 급히 마련해야 한다는 소식을 들은 정쥬완은 아들의 결혼 비용을 마련하느라 소를 판 돈 2,180위안을 치료에 보태라며 가져다주었다.

촌민 류광선(劉光森모)이 트랙터에 깔려 다리를 상하자 정쥬완은 치료비 몇 백 위안을 대신 내주고 건강기능식품을 사 먹으라며 돈 50위안을 주었을 뿐만 아니라, 그의 집을 도와 감자도 수확하고 밀 파종도 해주었다. 가정형편이 그리 유족한 편이 아닌 정쥬완의 입장에서 말하면 촌민들을 있는 힘껏 도와주었다고 할 수 있다.

정쥬완과 촌민들 간의 감동적인 이야기는 물과 고기와 같은 당원 지도 간부와 민중 간의 관계를 드러내 보여주었다. 당시 저장성 당위원회 서기였던 시진핑은 정쥬완의 행적을 들은 후 "간부들의 마음속에 차지하는 백성들의 비중이 어느 정도면, 백성들의 마음속에 차지하는 간부들의 비중도 어느 정도가 된다. 정쥬완 동지의 선진적 행적이 바로 이 말을 생동감 넘치게 묘사하였다."라고 하였다.

시진핑은 『지강신어』에서 이 이야기를 했는데, 그 중점은 당원 지도층 간부라면 언제나 민중들을 마음속 최고 위치에 두어야 한다는 점을 강조한 것이라 할 수 있다. 중국공산당 18차 대표대회 이후, 시진핑 총서기가 한 일련의 중요 연설에서는 어느 연설이고 '민중(인민)'은 중심 위치에 있는 키워드였다. "민중은 우리 힘의 원천이다.", "민심은 최대의 정치이고, 정의는 가장 강력한 힘이다.", "민중들이 동경하는 아름다운 생활이 곧 우리가 분투해야 할 목표이다.", "민중들에게 긴밀히 의존하여 개혁개방을 추진하자", "중국의 꿈을 이루려면 반드시 중국의 힘을 응집해야 한다. 그것이 바로 중국 각 민족 민중들의 대화합의 힘이다."……

시진핑은 중국공산당 창립 95주년 기념대회에서 '초심'과 '민중'이 바로 중국공산당의 '초심'으로서 이는 중요한 내용이자 가치의 바탕색이라고 거듭 강조하였다.

꾸원창의 '잠재적 업적'

(谷文昌的 '潜绩')

　　푸젠성(福建省) 동산현(東山縣) 당위원회 꾸원창 서기가 많은 간부들과 민중들의 존앙을 받을 수 있었던 것은 재임 시절에 '단기적 업적'(顯績, 단기간 안에 눈에 띄는 확실한 성과가 나타나는 업적 - 역자 주)을 추구하지 않고 묵묵히 자신의 임무에 기여했기 때문이었습니다. 그는 간부와 민중들을 이끌고 10여 년 동안 노력하여 바다 연안에 자손 후대들에게까지 혜택이 미칠 수 있는 바람막이 숲을 조성함으로써 백성들의 마음속에 영원한 금자탑을 수립해 주었습니다. 이 같은 잠재적 업적(潛績, 단기간에 효과를 보기 힘든 업적 - 역자 주)이 곧 최대의 '단기적 업적'입니다.

－「잠재적 업적'과 '단기적 업적'」(2005년 1월 17일), 『지강 신어』에서 발췌

연설내용의 배경 설명

　　푸젠성 동산현에는 '먼저 꾸공(谷公)에게 제사를 지내고 다음 조상들한

테 제사를 지내는' 관습이 전해 내려오고 있다. 설이나 명절 때마다 사람들은 가족끼리 모여 그들이 가장 존경하는 현 당위원회 서기였던 꾸원창에게 제사를 지낸다. 현재 동산은 푸른 숲이 에워싸고 꽃밭이 어우러진 아름답고 부유한 생태 섬으로 변하였다.

60여 년 전의 동산은 "모래사장에 풀 한 포기 보이지 않고, 모래바람이 무정하게 밭과 마을을 삼켜버리는 황량한 모래섬"이었다는 것을 누가 상상이나 했겠는가. 당시 1년에 6급 이상 바람이 150일 넘게 불었고, 삼림이 점하는 비율은 0.12% 밖에 안 되었으며, 100년 사이에 모래바람이 마을을 끊임없이 덮쳐 천연두 및 눈병 등이 범람하는 바람에 섬을 떠나 꾸리(苦力, coolie, 짐꾼 등 노동자) 노릇을 하거나 구걸하며 살아가는 사람이 10/1 이나 되었다.

동산도에는 온 산에 목마황(木麻黃)이 무성한데 이는 동산도가 탈바꿈을 할 수 있는 키포인트이자 꾸원창이 동산에 수립한 '금자탑'이었다. 꾸원창은 허난성 린현(林縣) 사람으로 1950년 부대를 따라 푸젠성으로 남하하여 동산현에서 14년 간 근무하면서 현 당위원회 서기를 10년 간 맡아서 했다. 그는 "모래바람을 다스리지 않으면 모래바람이 우리를 묻어버릴 수 있다"는 담력과 기백으로 동산 민중들을 거느리고 10여 년 간 고전하면서 산과 모래사장에 목마황을 심고 방풍림을 조성하여 "신선도 다스릴 수 없다"는 모래바람을 다스림으로써 섬의 자연환경을 변화시키고 주민들의 삶의 환경을 변화시켰다.

후에 꾸원창은 푸젠성 임업청 부청장으로 전임되었다가 '문화대혁명' 기간에 농촌으로 추방되어 농사를 지었다. 무릇 그가 근무했거나 전쟁을 했던 곳에 가서 꾸원창이라는 이름만 대면 누구나 그리워하고 존경하는 마음으로 그에 대한 칭송이 끊이질 않았다. 식수조림을 하고 모래바람을 다스리며 저수지를 건설하는 등 자연재해를 극복하는 현장에서 꾸원창은 늘 앞장서서 싸웠다. 중화인민공화국이 수립된 초기, 그는 '적(괴뢰)의 가족'을 '전쟁 피해 가족'으로 대해야 한다는 의견을 제시했다. 이 어질고 바른 정책은 많은 민중들의 호평을 받았다. 그는 신변에서 근무하는 인원들과 가족들에게 "지도자는 자신부터 공정하고 청렴해야 남 앞에서 떳떳할 수 있다."고 늘 말했다. 그는 신변에서 근무하는 인원들을 여러 번 교체했지만 한 사람도 중용하지 않았으며, 다섯 자녀 중 한 사람도 공직에 채용하지 않았다. 심지어 그는 공적 재산이라면서 자기가 사용하는 자전거도 가족들이 건드리지 못하게 했다.

 "저는 영원히 동산 민중들과 함께 하고 동산의 나무와 함께 하겠다." 이는 꾸원창이 임종 전에 남긴 유언이었다. 현재 꾸원창은 간부들과 민중들을 이끌고 자연과 싸우던 츠산(赤山) 임산마을에 영원히 잠들어 있다. 현재 50여 년 전 심은, 하늘 높이 자란 목마황이 그의 무덤을 지켜주면서 "마음 속에 당이 있고 민중이 있고 책임감이 있고 경계심이 있는 훌륭한 간부"의 가슴에 넘치던 뜨거운 피와 충성심을 증명해주고 있다.

 시진핑은 쟈오위루, 꾸원창, 왕버샹(王伯祥) 세 명의 현 당위원회 서기를 찬양한 적이 있다. 그는 『지강신어(之江新語)』에서 꾸원창을 예로 들면서 '잠재적 업적'과 '단기적 업적'의 도리를 말하였다. 식수(植樹)는 즉시 효과를 볼 수 있는 업적이 아니라 수십 년 간 노력해야 효과를 볼 수 있는 업적이므로, 예전의 '잠재적 업적'이 최대의 '단기적 업적'으로 변한 것을 증명하는 것이라고 말했다. '잠재적 업적(潛)'과 '단기적 업적(顯)'은 대립되면서도 통일되는 한 쌍의 모순되는 개념으로, '잠재적 업적'이 '단기적 업적'의 기초라면 '단기적 업적'은 '잠재적 업적'의 결과이므로 후인들의 업무는 언제나 전인들의 업무를 토대로 하여 이루어지기에 누구나 포석을 깔려고 하지 않고 묵묵히 기여하려 하지 않는다면 뿌리 없는 나무가 되고 원천이 없는 물이 되어 '단기적 업적'을 운운할 수 없을 것이며, 설사 '단기적 업적'을 이루었다 하더라도 기껏해야 명리(名利, 명예와 이익)에만 급급한 '겉치레 행정'에 지나지 않는다고 시진핑은 여겼던 것이다.

빈곤 속에서 『자본론』을 집필한 마르크스

(贫困马克思写就《资本论》)

인류의 역사를 종합적으로 고찰하면 무릇 성공을 거둔 사람은 성품이 고결하고 지조가 굳습니다. 마르크스는 그의 일생에서 생활이 가장 어려울 때 『자본론』을 집필했습니다. 1852년 2월, 그는 엥겔스에게 보낸 편지에서 "한주일 동안 나는 겉옷을 전당포에 맡겨서 외출할 수도 없었고, 외상을 주지 않아 고기도 먹을 수 없는 아주 어려운 처지에 놓였네."라고 쓰고 있습니다. 이러한 처지에서도 마르크스는 집필을 멈추지 않았습니다. 참다운 주의(主義)를 위해서라면 어려움과 고생을 두려워하지 않는 것이 바로 프롤레타리아 혁명가의 지조입니다.

− 「행정잡담(從政雜談)」(1990년 3월), 「빈곤 해탈」에서 발췌

연설내용의 배경 설명

마르크스라는 공산당원들의 정신적 선구자는 '지조(志操, 氣節, 기개와 절

조)'라는 두 글자를 위해 평생 동안을 분투했다. 런던에서『자본론』을 집필하기 시작할 때는 그의 인생에서 가장 어려운 나날이었다. 고정된 수입원이 없는데다가 부르주아 정부의 박해와 봉쇄로 말미암아 기아와 생존 문제가 마르크스 일가를 괴롭혔다. 기아가 위협으로 기성화 되고 여러 가지 질병이 덮쳐들자 마르크스는 엥겔스에게 서신을 보내 하소연했다.

"아내도 병들고 어린 예니도 병들고, 헬렌은 신경병에 시달리고 있네. 치료비가 없어서 과거에도 의사를 청하지 못했지만 지금도 청하지 못하고 있네. 거의 열흘 동안 빵이나 감자로 끼니를 때우고 있는데 오늘은 무엇으로 끼니를 때울지가 걱정이네."

마르크스의 여섯 자녀 중 셋이 이런 빈곤 속에서 요절했을 뿐만 아니라 심지어 관을 마련할 돈이 없어 골머리를 앓을 때도 있었다. 마르크스는 런던에 망명해 있는 동안에도 생활이 아주 어려웠다. 집세를 제때에 내지 못해 집주인이 경찰을 불러 침대와 옷, 심지어 아이들의 요람과 장난감까지 차압할 정도로 형편이 어려웠다. 아이들은 무서워서 담 모퉁이에 숨어 눈물까지 흘렸다. 마르크스는 비를 맞으며 새로운 거처를 찾아보려 했지만 그들을 받아주려는 사람이 없었다. 그 당시 엎친 데 덮친 격으로 약국, 빵집, 우유가게 주인들까지 찾아와 빚 재촉을 했다. 빚쟁이들한테 시달리다 못한 예니는 자기 침대를 팔려고 마음먹었다. 그녀가 침대를 막 차에 실었는데 경찰이 찾아와 저녁 무렵에 물건을 옮기는 것은 불법이라며 공갈했을 뿐만 아니라, 고의로 빚을 갚지 않으려고 달아나려 했다는 모략까지 하였다. 마르크스에게 있어서 돈이 필요하고 생명이 필요했던 것은 혁명 사업을 위해서였다. 그는 한 편지에서 이렇게 썼다.

"나에게 돈이 충분하다면 가족을 먹여 살릴 수 있고, 또한 나의 책이 이미 완성되었다면 오늘이나 내일 도살장에 내버려진다 하더라도, 다시 말해서 쓰러져 죽는다 하더라도 나는 대수롭지 않게 여길 것이다."

유복한 가정에서 태어난 마르크스는 23살에 박사학위를 취득하고 25살에 귀족가정의 아가씨를 아내로 맞아들였을 뿐만 아니라,『라인신문』의 주필(편집장)이기도 했다. 그는 본디 '마르크스 경(卿)', '마르크스 부장', '마르크스 행장', '마르크스 교수'등으로 될 수도 있었지만 모든 것을 포기하고 '인류의 복지를 위해 최선을 다할 수 있는 직업'을 선택하였다. 그는 집필과 혁명을 위해 거의 40년 동안 가족을 데리고 망명생활을 했으며, 경제난으로 세 자녀가 요절했고, 자신은 1883년 3월 작업실 테이블 앞에서 영면하였다. 마르크스는 실천을 통하여 프롤레타리아 혁명가의 지조를 보여주었다. 시진핑이 마르크스가『자본론』을 집필하던 이야기를 한 목적이, 고상한 지조는 큰일을 해내는 사람이라면 마땅히 갖춰야 할 품성으로서, 그 어떤 위험과 어려움에 봉착하던 간에 신념을 확고히 하고 지조를 굳게 지키기만 한다면 어려움을 극복하고 성공을 이룩할 수 있다는 이치를 거듭 천명하려는데 있었다. 오늘날 이익의 유혹과 다원적 이념에 직면하여, 개혁이라는 도전과 구조 전환이라는 압력에 대응하면서 "인류의 역사를 종합적으로 고찰하면 무릇 성공을 거둔 사람은 성품이 고결하고 지조가 굳었다", "고상한 지조는 모든 지도자가 갖춰야 할 품성이다"라는 시진핑의 간곡한 말을 되새기는 것은 광범위한 당원 간부들을 이상과 신념을 확고히 하고 고상한 지조를 드러내도록 격려하여, 이익의 유혹에 넘어가지 않고 이념의 교차로에서 흔들리지 않으며, 위험과 도전 앞에서 과감히 분투하게 함으로써 '중국호(中國號)'라는 대형 선(배)이 끊임없이 파도를 헤치며 더욱 넓은 수역으로 향하려는 것이었다.

낙숫물이 댓돌을 뚫는다

(滴水穿石)

낙숫물이 댓돌을 뚫는 것은 자연현상이며, 제가 농촌에 내려가 생활할 때 직접 듣고 보고 하면서 감탄해 마지않던 자연현상이기도 합니다. 지금도 한번 마음먹으면 인내심을 가지고 끝까지 해내는 그 정경을 눈앞에 떠올릴 때마다 저는 그 속에서 적지 않은 생명의 철리(哲理, 현묘한 이치 – 역자 주)와 운동의 철리를 깨닫게 됩니다. 단단함은 돌과 같고 부드러움은 물과 같다는 말이 있듯이 돌은 완강하고 물은 여리다는 것을 알 수 있습니다. 하지만 낙숫물이 필경 댓돌을 뚫음으로 결국 물의 승리라 할 수 있습니다.

사람에 비유한다면 앞사람이 쓰러지면 뒷사람이 뒤를 이어나가는, 용감히 희생하는 인격에 대한 완벽한 구현이라 할 수 있습니다. 물 한 방울은 작을 뿐만 아니라 연약하기도 하므로 단단한 돌을 뚫자면 필경 분신쇄골해야 합니다. 한 방울의 물이 희생하는 순간 자신의 가치와 성과를 누리지 못한다 하더라도 그 가치와 성과는 앞의 물방울을 이어 떨어지면서 분신쇄골하는 무수한 물방울 속에서 구현되고, 마침내 댓돌을 뚫는 성공 속에서 구현됩니다. 역사를 발전시키는 과정에서나 경제가 낙후한 지역을 발전시키는 과정에서나 자체의 혁혁함을 추모할 것이 아니라 총체적

135

인 성공을 위해 밑바탕이 되는 것을 달가워하면서 조금씩 향상되는 방법을 강구해야 합니다. 누구나 이 같은 '물방울'이 되고 희생자가 된다고 할 때 우리가 성공할 수 있는 그 어떤 역사적 계기를 마련하지 못한다고 걱정할 필요가 있겠습니까?…

내가 낙숫물이 댓돌을 뚫는 현상을 추앙하는 것은 사실 앞사람이 쓰러지면 뒷사람이 뒤를 이어나가면서 총체적인 성공을 위해 희생을 감수하는 완벽한 인격을 추앙하는 것이며, 마음속에 원대한 포부를 품고 죽을 때까지 변함없이 착실하게 일하는 영원한 정신을 추앙하는 것입니다.

-「댓돌을 뚫는 낙숫물이 주는 계시」(1990년 3월), 『빈곤 해탈』에서 발췌

연설내용의 배경 설명

물방울의 힘은 보잘 것 없지만 하나의 목표를 정한 다음 항상심을 가지고 견지하기에 돌에도 구멍을 뚫을 수 있는 것이다. 안후이성 광더현(廣德)의 태극(太極) 동굴에는 '낙숫물이 돌에 구멍을 뚫어' 토끼 모양을 이룬 돌이 있고, 산시(山西)성 우타이산(五臺山)에는 보살정(菩薩頂)이 있는데 전각의 처마 끝에서 떨어지는 낙숫물이 돌계단에 벌집 모양의 구멍을 내었다.

"낙숫물이 댓돌을 뚫는다"는 고사성어는 흔히 미약한 힘이라도 모아 태만하지 않고 꾸준히 견지한다면 큰 공적을 이룰 수 있음을 비유한다. 이 고사성어는 북송 때에 최초로 사용하였다. 북송의 태종(太宗)과 진종(眞宗) 두 왕조를 모신 명신 장괴암(張乖崖)이 총양(崇陽) 현령으로 부임할 때 총양

현은 사회 풍기가 문란하여 도둑질이 성행했으며, 심지어 현 관아의 금고가 털리는 사건도 자주 생기곤 했다. 장괴암은 이런 좋지 않은 풍조를 제대로 다스리기로 마음먹었다. 어느 날 금고를 관리하는 한 아전이 황망히 금고에서 나오는 것을 본 장괴암은 금전이 사라지는 원인이 저 아전의 소행일 수 있다고 짐작하고 수종에게 그 아전의 몸을 뒤져보라 명하였다. 과연 그 아전의 두건 속에서 동전 한 닢이 나왔다. "그까짓 동전 한 닢을 훔쳤는데 뭔 대수인가!"하며 아전이 변명하자 장괴암이 주필(朱筆)을 들어 "하루에 1전이면 천 날이면 1천 전이 되고, 노끈으로 나무를 벨 수 있고, 낙숫물이 댓돌을 뚫을 수 있다"는 글귀를 적었다. 하루에 동전 한 닢을 훔치면 천 날이면 1천 닢을 훔칠 수 있으며, 쉬지 않고 노끈으로 나무를 벤다면 언젠가는 나무를 자를 수 있고, 낙숫물이 끊임없이 떨어지면 돌에도 구멍을 뚫을 수 있다는 뜻이었다. 그 일이 있은 후부터 초양현에는 절도 행위가 사라지고 사회 풍기도 크게 호전되었다.

시진핑은 1988년 9월부터 1990년 5월까지 푸젠성 닝더시 당위원회 서기로 근무했다. 당시 닝더시는 국무원에서 인정한 18곳 빈곤 인구가 집중된 지역의 한 곳이었다. 시진핑은 부임되어 석 달 사이에 닝더시 산하의 9개 현을 돌아보았고, 후에는 시 산하 대부분의 현과 진을 두루 돌아다니면서 닝더 지역의 빈곤 해탈 사업을 전폭적으로 추진했다. 시진핑이 닝더시를 떠날 때 전 시 94%의 빈곤 세대가 먹고 입는 문제를 거의 해결한데서 『인민일보』는 그 해 「닝더에서는 기본 생계문제를 해결했다」는 기사까지 실었다.

시진핑의 감화력에 힘을 얻은 닝더시는 낙숫물이 댓돌을 뚫고, 약한 새가 먼저 날아야 한다는 정신으로 꾸준히 노력하였다. 예컨대 닝더시 츠시

촌(赤溪村)은 10년간의 노력 끝에 마침내 먹고 살만한 중산층 수준의 마을이 되었다. 2015년 시진핑은 "낙숫물이 댓돌을 뚫듯이 오랫동안 꾸준히 노력한 결과"라고 중국에서 가난을 구제한 첫 마을이라는 가난 구제의 경험을 종합하였다. 그 당시 개혁개방이라는 정책이 국문을 열 때 푸젠성 닝더시도 빈곤 해탈이라는 어려운 싸움을 갓 시작한 때여서 긴 시간동안 누적된 가난과 쇠약으로 말미암아 경제와 문화가 아주 낙후하였다. 시진핑이 낙숫물이 댓돌을 뚫는다는 이야기를 한 목적은 각급 지도층 간부들의 믿음을 북돋우어주고 그들의 투지를 격앙시켜 가난을 구제할 수 있다는 결심과 오랫동안 꾸준히 노력하면 성과를 이룩할 수 있다는 결심을 확고히 하려는데 있었다.

중국은 현재 새로운 역사적 출발점에서 더욱 높은 발전의 경지로 매진하고 있지만 시진핑은 여전히 빈곤지역의 백성들을 염려하면서 "생활이 중산층 수준에 이르렀느냐 하는 결정적 기준은 백성들의 생활수준이다", "중산층 수준 사회를 전면 실현하는데 있어서 어느 한 민족이라도 빠뜨리거나 뒤떨어지게 해서는 안 된다"는 말로 각급 지도층 간부들이 큰 포부를 갖고 죽어도 변하지 않는 항상심으로 착실하게 일하여 '낙숫물이 댓돌을 뚫는'것처럼 빈곤 해탈에서 벗어나 성공을 이룩할 수 있도록 격려하였다.

중국 대지에는 그들의 뜨거운 피가 배어 있다

(中国的土地浸透他们的热血)

정딩현(正定縣) 제1진의 당(黨) 공작자들은 고향과 조국의 자유와 해방을 위하여 한 사람이 쓰러지면 많은 사람이 들고일어나 끝없이 뒤를 이어 용감하게 나아갔는데, 그들이 바로 정딩현 민중들의 훌륭한 아들딸들이며, 고향 땅에는 그런 애국지사들의 뜨거운 피가 배어 있습니다. 인위펑(尹玉峰), 하오칭위(郝淸玉) 동지가 그들 중 두드러진 대표적 인물들입니다.

인위펑은 정딩 저우퉁(周通) 사람입니다. 그는 1924년에 입당한 정딩현 당위원회 초대 서기로서 1928년 사망했습니다. 하오칭위는 14세 때 진보적 사조의 영향을 받았고 얼마 안 되어 중국공산당원이 되었습니다. 1924년 고향에 돌아가 인위펑 동지와 손잡고 정딩의 당 조직을 설립하는데 막대한 심혈을 쏟아 부었습니다.

1925년 여름 영국과 일본 제국주의가 상하이에서 5·30 참사사건'을 빚어내자 인위펑, 하오칭위 등 동지들은 '정딩 각계 상하이 참사사건 피해자 후원회'를 설립한 다음 입을 것과 먹을 것을 절약하여 상하이 피해 노동자 가족들을 도와주자고 정딩의 민중들을 동원함과 아울러 민중 집회를 가졌고, 학생들은 휴교를 단행하도록 이끎으로써 정딩에 반제국주의 열풍을 불러일으켰습니다.

1927년 6월 그들은 또 유명한 정딩 농민폭동을 지도했습니다. 당시 군벌들은 교묘하게 명목을 만들어 3년간의 지조(地租, 토지 수익에 부과하는 세금 - 역자 주)를 미리 징수했을 뿐만 아니라 '공산당 토벌 의연금'까지 추가 징수하는 바람에 전 현 민중들의 불만을 자아냈습니다. 그러자 중국공산당 정딩현위원회는 농민폭동을 지도하기로 결정했습니다. 음력 5월 17일은 정딩현 사람들이 성황당을 찾아 제를 지내는 날이어서 사방에서 만여 명의 민중들이 성안에 모여 들었습니다. 오전 10시가 좀 지나서 극장광장에 붉은 바탕에 흰 글자로 된 '정딩현 농민들은 공산당을 토벌하는 의연금을 징수하는 것을 반대한다'는 큰 깃발이 내걸리자 큰 칼이나 긴 창, 삽을 추켜 든 민중들이 사방팔방에서 모여들어 용감하게 현 관공서로 향했습니다.

소년시절 무술을 배운 적이 있는 하오칭위 동지는 줄곧 대오의 앞장에 서서 민중들을 이끌고 관공서로 돌진해 들어가 쇠도리깨로 현관의 병풍을 깨부수자 관리들이 겁을 먹고 도망쳤습니다. 현 지사(知事)는 민중들의 압력에 별수 없이 '공산당 토벌 의연금'을 폐지하고 '지조 징수를 연기한다'는 증서를 쓴 다음 전 현에 공시했습니다. 그 폭동은 봉계(奉系, 장작림 계열) 군벌 군대의 기염을 꺾고 정딩현 당 간부들을 단련시키고 양성함으로써 새로운 승리를 거두는데 토대를 마련해주었습니다.

1928년 인위펑 동지는 장기적인 과로로 말미암아 병을 얻어 불행하게 사망하였는데, 그 때 나이가 24세 밖에 안 됐습니다. 하오칭위 동지는 민중들의 투쟁 중에서 신속하게 성장하여 북방 운동에서 우리 당의 걸출한 조직자와 지도자의 한 사람으로 부상했습니다. 그는 1931년 변절자의 밀고로 인해 톈진에서 붙잡혔다가 1935년에 희생되었는데, 그 때 나이 32세 밖에 안 되었습니다. 인위펑과 하오칭위 동지처럼 중화민족을 위하여 고향 사람들을 위하여 공헌하고 목숨을 바친 사람들 모두가 정딩현의 애국 역사에 찬란한 한 페이지를 남겼습니다. 그들 중 많은 사람들은 이름조차 남기지 못했습니다. 하지만 그들은 영원히 자손 후대들의 숭앙을 받을 것이며, 영원히 후대들이 그들처럼 앞 사람이 쓰러지면 뒷사람이 이어나가면서 조국과 고향의 흥성과 번영을 위하여 자신의 목숨까지도 바치면서 이바지할 것입니다.

- 「알면 알수록 더욱 절실하게 사랑한다」(1984년), 하북인민출판사 2015년 판, 『알면 알수록 더욱 절실하게 사랑한다』에서 발췌

연설내용의 배경 설명

예로부터 중화민족은 억척스럽게 일에 몰두하는 사람들이 있었고, 필사적으로 강행하는 사람들이 있었고, 진리를 위해 몸을 불사하는 사람들이 있었고, 백성을 위해서 고통을 없애 달라고 기원하는 사람들이 있었는데, 그들은 중국의 중추였다고 루쉰(魯迅) 선생은 말했다. "그들은 유성처럼 밤하늘을 가르며 스쳐 지나갔지만 영원히 민중들의 마음속에 살아 있다." 인위펑, 하오칭위가 바로 그러한 영웅들이다.

하오칭위는 허베이성 정딩현에서 태어났다. 1918년에 베이징에 들어가 제화공장에서 노동자로 일하다가 1924년 겨울 중국공산당에 가입했다.

그는 인위평 등 동지들과 함께 정딩현 당 조직을 설립하는데 많은 기여를 했다. 그는 연락 기구를 위장하고 직업을 위장하는 문제를 해결하고자 정딩 현성에 '위화(裕華)신발가게'를 개설했다. 이는 정딩 지역 당 조직을 발전시키는데 큰 역할을 했다. 후에 정딩현 당 조직은 여러 차례의 확장과 개편을 거쳐 특별 지부로부터 중심 현당위원회, 지방 위원회로 성장함으로써 그 지역 민중들의 혁명투쟁을 지도하는 역량이 되었다.

하오칭위는 피곤한 줄도 모르고 가난한 농민들의 누추한 초가를 찾아가고 밭머리를 찾아가 혁명의 도리를 선전하면서 민중들을 동원했다. 당시 농촌에서 교사로 있던 한 공산당원은 "낮에는 밭길을 걷고 밤에는 짚더미에서 잤으며, 배고프면 건량으로 때우고, 갈증이 나면 냉수를 마셨다"고 하오칭위의 모습을 회상했다.

1928년 봄 하오칭위는 상급의 파견에 의하여 톈진에 가 중국공산당 쉰즈(顺直)성위원회 위원 겸 농민운동부장을 맡았다. 1930년 여름 중국공산당 쉰즈성위원회 상임위원, 순시원 겸 바오딩 특별위원회 서기를 맡았다. 1931년 3월 중국공산당 쉰즈성위원회에 복귀하여 근무하다가 변절자의 밀고로 인해 그해 4월에 국민당 측에 체포되었다.

하오칭위는 하옥된 후 중병에 시달리면서도 의연히 절개를 굳게 지켰다. 적들은 그가 중병에 시달리는 기회를 타 '반공 고시(反共告示)'에 지장만 찍으면 "독일병원에 데려가 치료를 한 다음 석방하겠다. 그러지 않으면 톈차오(天橋, 사형장)에 끌고 가겠다."며 구슬렸다. 하지만 하오칭위는 "당신네 국민당은 일본과는 타협과 투항을 주장하면서 대내로는 민중들과 맞서고 있으니 마땅히 반성해야 한다. 나는 끝까지 항일혁명을 했으니 후회하지 않는다. 톈차오에 끌고 가든지 디차오(地橋)에 끌고 가든지 마음대로 하라!"고 단호하게 대답했다. 1935년 9월 하오칭위는 옥중에서 병사했다.

시진핑이 이야기한, 정딩에 태어난 이런 영웅들은 그 이름이 잘 알려지지 않아 그들의 사적을 아는 사람이 아주 드물 수도 있다. 하지만 그들은 한때 역사 대본(臺本)에 분투한 발자취를 남겼는데, 그들이 확고한 신념을 가지고 흘린 뜨거운 피는 이 위대한 대지에 배어 있다. 그들은 중국의 중추였고, 그들의 몸에서 구현된 절개와 정신은 유구한 역사를 가지고 있는 우리 민족이 봉황 열반(鳳凰涅槃)을 실현하는 희망이기도 하다. 정딩의 정무 주관자로 있을 때 그들의 사적을 알게 된 시진핑은 그들의 정신을 가지고 정딩의 간부를 격려하였는데, 오늘날에도 여전히 당 간부들에게 큰 감동을 주고 있다.

영웅을 중시하고 영웅을 소중히 여기는 시진핑은 영웅을 숭상하고 영웅을 지켜주며 영웅을 본받고 영웅을 사랑해야 한다고 여러 가지 행사에서 강조했다. 중국인민 항일전쟁 승리 70주년 기념장 수여식에서 시진핑은 항일전쟁 영웅들인 '랑야산(狼牙山) 다섯 용사', 신4군 '류라오장(劉老庄) 중대', 동북 항일연군 8명 여전사, 그리고 국민당 군 '8백 용사' 등 단체 영웅들에게 국가 명의로 경의를 표했다. 시진핑이 밝힌 것처럼, 항일전쟁 영웅을 비롯한 민족 영웅 모두가 중화민족의 중추이며, 그들의 사적과 정신은 우리가 전진할 수 있는 강력한 원동력이다.

3. 격려에 관한 이야기:

재능을 키우려면 열심히 배워야 하고(學所以益才也),

칼날을 날카롭게 하려면 부지런히 갈아야 한다(礪所以致刃也).

'소처럼 일해야 한다'

(像牛一樣勞動)

문예창작은 고된 창조적 노동이므로 게으름을 조금이라도 부려서는 안 됩니다. 익숙히 알려지고 전해질 수 있는 최고의 문예작품은 모두가 공명과 이익을 추구하지 않고 경박함을 멀리한 작품이며, 심혈을 기울여 쓴 작품들입니다. "시 읊어 한 글자를 안배하느라, 두어 가닥 수염을 꼬아 끊었네.", "두 구절을 삼년 만에 얻고서, 한 번 읊조리매 눈물이 주르륵 흐르네." 라고 우리나라 옛 사람들은 말했습니다. 루야오(路遙)의 묘비에는 "소처럼 일하고 땅처럼 봉사하라"는 글귀가 새겨져 있습니다.

레프 톨스토이는 이런 말을 한 적이 있습니다. "누군가 나를 보고 아무런 문제의식 없이 모든 사회문제에 대하여 스스로 정확하다는 생각을 담은 장편소설 한 부를 쓰라고 한다면, 이런 소설은 두어 시간 안에 마무리할 수 있을 것이다. 누군가 지금의 아이들이 20년 후에도 내가 쓴 소설을 읽고 또한 울기도 하고 웃기도 하면서 삶을 열렬히 사랑할 수 있도록 할 수 있는 소설을 쓰라고 한다면, 저는 이런 소설을 쓰는데 평생 동안 모든 정력을 쏟아 부을 것이다."

- 「중국 문학예술계연합회 10차 대회 및 중국작가협회 9차 대회 개막식에서 한 연설」
(2016년 11월 30일)

연설내용의 배경 설명

예로부터 모든 문예 대작은 충분한 준비 끝에 이루어진 결정체가 아닌 작품이 없으며, 문예적 매력에서 내재적 충실함을 드러내지 않은 작품들이 없었다. 후세에 전해진 천고의 유명한 작품은 끈질긴 항상심을 가지고 심혈을 기울인 작품들이었다. 인구에 회자된 작품을 창작한 문예 대가들도 진중하고 전심전력으로 매진하는 성품을 갖추지 않은 사람이 없었다.

당나라 때 사람 가도(賈島)는 유명한 고음파(苦吟派)[14] 시인이었다. 당나라 중기 맹교(孟郊)와 가도를 대표로 하는 시인들은 시 창작에서 문사를 퇴고(推敲, 다듬고 고치는 것 - 역자 주)하는데 무척 고심하였다.

가도가 과거를 보러 장안으로 가는 길이었다. 나귀를 타고 가던 중 문득 시상이 떠올라 "새는 연못가 나무 위에 잠들어 있고, 스님은 달 아래 문을 두드리네(鳥宿池邊樹, 僧敲月下門)."라는 시구를 지었다. 그러다 두드린다는 '고(敲)'자를 써야 할지 민다는 '추(推)'를 써야 할지 고민이 되어 나귀 위에서 글자대로 두드리는 동작과 미는 동작을 반복해서 해보고 있었다. 이때 당대 문장가인 한유(韓愈)의 행차가 나타났다. 가도를 수상하게

---

14) 고음파(苦吟派) : 중국 중당 때에 활동한 시인인 맹교와 가도를 주축으로 형성된 시파. 시어를 조탁하는 일에 골몰하여, 시어 한 자도 진지하게 꾸미고 단련하여 예스럽고 소박한 정취를 쌓아 올리는 시풍을 지녔다.

여긴 병졸은 가도를 한유 앞으로 끌고 갔다. 가도는 자신이 길에서 바로 비키지 못하고 있었던 이유를 설명하며 시구에 대해 이야기했다. 한유는 그의 말을 듣고 거마를 멈추고는 잠시 생각하더니 '고(敲)'자를 쓰는 것이 좋겠다고 하였다.

그때부터 둘은 인연을 맺게 되었고, 바로 이 일화에서 '퇴고(推敲)'라는 유명한 고사가 생겼다. 가도는 '무가상인을 보내며(送無可上人)'라는 시에서 "홀로 못 속의 그림자 따라가며, 두어 번 나무에 기대어 몸을 쉬네(獨行潭底影 數息樹邊身)."라는 시구를 짓고 나서 "두 구절을 삼년 만에 얻고서, 한 번 읊조리매 눈물이 주르륵 흐르네. 벗들이 칭찬해 주지 않는다면, 이 가을에 고향으로 돌아가 지내리라."라는 주를 달아놓았다. 시 한 구절 때문에 얼마나 퇴고했느냐를 알 수 있는 주해이다. '고음 시인'들의 엄격한 창작 태도를 노연양(盧延讓)은 "시 읊어 한 글자를 안배하느라, 두어 가닥 수염을 꼬아 끊었네."라는 시구를 통해 드러냈고, 이백은 '두보에게 농담 삼아 건네다(戲贈杜甫)'라는 시에서 "그 사이 어찌 그리도 여위였느뇨, 시 짓기에 골몰해 여윈 거겠지."하고 탄식했으며, 두보는 "아름다운 시구를 탐하는 버릇이 있어, 시어가 사람을 놀라게 하지 않으면 절대로 그만두지 않으리."라는 유명한 글귀를 남겼다.

"소처럼 일하고 땅처럼 봉사하라"는 어구는 루야오의 좌우명일 뿐만 아니라 그의 인격에 대한 묘사이자 정신에 대한 묘사라 할 수 있다. 루야오가 살던 연대는 모더니즘, 의식의 흐름 등 다양한 문학관들이 한창 유행할 때여서 문학의 형식이나 기교면에서 혁신을 추구하고 변화를 추구하는 경향이 있었지만, 그는 전통적인 사실주의 창작방법을 고집하였다.

「평범한 세계」는 루야오가 1975년부터 집필에 착수하여 1988년 5월 고

생 끝에 퇴고한 장편소설로서 개혁시대 중국 도시와 농촌의 사회생활과 사람들의 이념과 감정의 엄청난 변화를 파노라마식으로 표현하였다. 1988년 마오뒨 문학상(茅盾文學賞)을 수상했다. 레프 톨스토이는 19세기 러시아 비판적 사실주의 작가이자 사상가이다. 장편소설 『안나 카레니나(Anna Karenina)』는 12번 수정했고, 『부활』은 서두 부분이 다른 원고가 20부나 된다.

문운(文運)은 국운과 연관되어 있고 문예의 명맥은 나라의 명맥과 연결되어 있다. 시진핑은 중화민족의 위대한 부흥을 이루는 것은 옛사람을 놀라게 하고 당대를 빛내는 위대한 프로젝트로서 견인불발(堅忍不拔, 굳게 참고 견뎌서 마음이 흔들리지 않는 것 – 역자 주)의 위대한 정신이 필요할 뿐만 아니라 사람의 마음을 고양시키는 위대한 작품이 필요하다고 보았다.

그는 문예창작에서 훌륭한 작품이 나오기를 간절히 기대하면서, 문예 분야에 '고원(高原)'은 있지만 '고봉(高峰)'이 부족한 문제, 민중을 이탈하고 생활을 이탈하는 문제, 가치를 허무하게 보고 역사를 해학적으로 풀이하는 문제(역사 허무주의) 등의 문제가 존재한다고 여러 차례 지적하였다.

시진핑이 고대 작가와 현대 작가, 그리고 외국 작가의 창작태도를 집중적으로 열거하고, 성실하게 창작한 명언이나 고사와 힘들게 노력한 명언이나 고사를 열거한 것은 문예 종사자들이 눈앞의 성공과 이익에 급급하여 되는 대로 만든 조잡한 작품을 내놓지 말고, 평판이 좋고 널리 전해지며 오랫동안 남을 수 있는 우수한 작품들을 창작하라고 격려하기 위해서였다.

2014년 문예창작 좌담회에서 시진핑은 플로베르가 『보바리 부인』을 집필할 때 한 페이지를 닷새 동안 쓴 이야기, 조설근이 『홍루몽』을 집필할 때 '십년 동안 읽어보고 다섯 번 첨삭'한 이야기를 인용하면서, 문예 종사자들은 부지런히 탐구하고 더 깊이 연마하려는 정신이 있어야 만이 훌륭한 문예작품을 창작할 수 있다는 뜻을 전하였다.

'진충보국'

(盡忠報國)

문학작품을 저는 청소년 시절에 주로 읽었고, 후에는 정치 관련 서적을 주로 읽었습니다. 아주 어릴 적에, 아마도 대여섯 살 적이라고 기억되는데 어머니가 나를 데리고 책을 사러간 적이 있었습니다. 당시 어머니는 중앙 당학교에 출근하셨습니다.

중앙당학교에서 시위엔(西苑)으로 가는 길에 신화(新華)서점이 있었는데, 내가 투정을 부리면서 걸으려 하지 않자 어머니는 나를 업고 서점에 들어가시더니 악비(岳飛) 이야기를 다룬 만화책을 사주셨습니다. 당시 두 가지 판본이 있었는데, 한 가지 판본은 한 질로 된 『악비전기(岳飛傳記)』였습니다. 그중에는 『악비 어머니 악비 몸에 글자를 새기다(악모자자, 岳母刺字)』라는 표제의 만화책도 있었습니다. 다른 한 가지 판본은 악비가 진충보국을 한 이야기를 다룬 만화책이었습니다.

어머니는 나에게 그 만화책들을 다 사주셨습니다. 책을 사 가지고 돌아온 후 어머니는 악비가 진충보국(정충보국)을 한 이야기, 악비 어머니가 악비 몸에 글자를 새긴 이야기를 들려주셨습니다. "몸에 글자를 새기니 얼마나 아팠겠어요?" 나의 말에 어머니는 이렇게 말씀해 주셨습니다. "아프기는 했겠지만 (진충보국)마음속에 아로새길 수 있었단다." '진충보국'이라는 네 글자는 그때부터 지금까지 줄곧 내 머릿속에 기억되어 있고, 또한 평생 동안 추구하는 목표가 되었습니다.

– 「시진핑 총서기의 문학과의 인연」 (2016년 10월 14일자 『인민일보』)

연설내용의 배경 설명

애국심은 중국에서 수천 년 동안 전해 내려온 전통적 문화로서 중화의 우수한 아들딸의 영혼 속에 깊이 자리 잡았다. '악비 어머니가 악비 몸에 글자를 새기다'는 전고가 바로 가정교육에 따른 애국심을 설명해주고 있다.

악비는 1103년에 송나라 상주(相州) 탕인현(湯陰縣, 지금의 허난성 탕인현)에서 태어났고, 자는 붕거(鵬擧), 금나라에 항거한 남송의 명장으로서 중국 역사상 유명한 군사가이자 전략가이며 남송을 중흥시킨 4명 장군 중의 한 사람이다. 그는 북송 말년에 군에 입대하여 1128년부터 1141년까지 악가군(岳家軍)을 이끌고 금나라 군과 크고 작은 싸움을 수백 차례나 벌였으며, 가는 곳마다 적을 무너뜨림으로써 장상의 벼슬까지 올랐다.

1140년 완안올출(完顔兀术, 完顔宗弼, ? - 1148)이 금나라가 맹약을 파기하고 송을 공격하자 악비가 군사를 지휘하여 북상하여 앞뒤로 정주와 낙양 등의 땅을 수복한 후 또 언성과 영창에서 금군을 대패시키고 주선진(朱仙鎭)으로 진군했다. 주선진에서 악가군에게 대패한 금(金)나라 올출(兀術)

은 "산을 뒤흔들기는 쉽지만 악가군을 뒤흔들기는 어렵다"고 개탄하였다.

그러나 금나라와 강화를 도모할 생각 밖에 없던 송고종과 진회(秦檜)는 비상사태에 보내는 금패(金牌)를 12번이나 내려 악비의 회군을 재촉했다. 고립무원에 처한 악비는 회군할 수밖에 없었다. 송나라와 금나라가 강화를 하는 과정에서 악비는 진회, 장준(張俊) 등의 무함(誣陷)을 받아 옥에 갇히게 되었다.

1142년 1월 악비는 터무니없는 '모반죄'에 걸려 그의 장자 악운(岳云)과 부장 장험(張憲)과 함께 피살되었다. 악비의 억울한 누명은 송효종 때에야 비로소 벗을 수 있었다. 악비의 유골은 시후(西湖) 옆에 있는 서하령(栖霞嶺)에 안장되었다. 악비가 금군을 북벌할 때 천고의 절창이 된 사 「만강홍(滿江紅)」을 지었다.

"분노로 곤두선 머리카락 군모를 뚫을 듯, 난간에 기대어 서니 세찬 바람 멎도다. 고개 들어 저 멀리, 하늘을 우러러 휘파람 부노라니, 장엄한 감회가 끓어오르네. 30년 전공은 티끌에 불과하고, 8천리 원정의 길 구름과 달길 헤쳐 왔다네. 세월을 허술히 보내다 머리가 희어지면, 비통과 슬픔도 다 헛되도다. 정강(靖康)의 치욕을, 아직 씻지 못했으니. 신하의 원한은 언제나 갚을 것인가. 전차를 몰아, 하란산(賀蘭山)이 닳도록 밟아버리리라. 장렬한 포부, 오랑캐의 고기로 요기를 하고 담소 속에 흉노의 피로 마른 목 적시도다. 이제 옛 산하를 수복하는 날 황궁으로 달려가 황제를 알현 해야겠네."

원대한 포부로 격앙되고 기세가 하늘과 땅을 덮는 이 사는 잃어버린 땅을 되찾고 전심전력으로 나라에 보답하려는 간절한 마음을 잘 드러냈다. 악비는 어릴 적부터 부모와 은사들의 가르침을 받으면서 충성스럽고 의리가 있으며 정직하고 올곧은 성품을 키웠다. '악비 어머니가 악비 몸에 글자를 새기다'라는 고사는 청나라 초본 『여시관전기(如是觀傳奇)』와 항주의 전채(錢彩)가 편찬한 『설악전전(說岳全傳)』에 최초로 나온다.

『송사·악비전』에 따르면, 악비가 억울한 누명을 쓰고 원통하여 옷깃을 찢자 등에 '진충보국'이라는 네 글자가 피부 깊숙이 새겨져 있었다. 후세 사람들이 강담(評書)으로 엮으면서 '진충보국'을 '정충보국(精忠報國)'이라고 연의(衍義, 의미를 널리 해설함 - 역자 주)하게 되었고, 그 이야기는 많은 사람들에게 영향을 미치면서 오늘날까지 전해 내려오게 되었다.

시진핑은 가치관을 양성하는 것을 '단추를 채우는 것'에 비유하면서 "인생의 단추는 첫 단추부터 잘 채워야 한다"고 밝혔다. 악비의 '진충보국' 이야기가 바로 소년시절 시진핑의 '첫 단추'였다. 시진핑은 문예창작좌담회에서 문학과의 인연을 이야기할 때 『악비전』이 자기한테 미친 영향을 회상하면서 '진충보국'에는 애국심(애향심)이 내포되어 있으며, 이는 민중들을 마음속에 품고 꾸준히 분투하라고 자신을 격려해 주었다고 밝혔다.

언제나 민중들을 사랑하는 마음을 가지고, 언제나 나라를 흥하게 할 방도를 강구하며, 언제나 나라를 부흥시키려는 생각을 하는 것이, 애국심에 대한 공산당원들의 생동적인 모습이라 할 수 있다.

30리를 걸어서 책을 빌리다

(30里借书)

저는 지난 해 3월 러시아를 방문하는 기간 러시아 한학자(漢學者)들과 좌담을 하였습니다. 저는 러시아 작가들의 작품을 많이 읽었는데, 이를테면 젊었을 적에 니콜라이 체르니셰프스키의『무엇을 할 것인가?』를 읽고 나서 큰 충격을 받았다고 말했습니다.

올해 3월 프랑스를 방문하는 기간, 저는 프랑스 문예가 나에게 미친 영향을 이야기했습니다. 우리 당의 구세대 지도자들 중 많은 사람들이 배움의 길을 찾아 프랑스를 다녀왔으므로, 저는 젊은 프랑스 문예에 깊은 관심을 가지게 되었습니다.

독일을 방문할 때 저는『파우스트』를 구하느라 생긴 일화를 이야기했습니다. 그 당시 산삐에이(陝北) 농촌에 내려가 살던 저는 한 청년에게『파우스트』가 있다는 소식을 듣고 30리 길을 걸어서 그 책을 빌렸습니다. 후에 또 30리 길을 걸어서 그 책을 돌려주었습니다.

내가 어째서 외국인들에게 이런 이야기를 했겠습니까? 문예는 세계적인 언어이므로 문예를 논한다는 것은 사실 사회를 논하고 인생을 논하는 것이며, 마음을 소통하고 상호 이해하기가 가장 쉽기 때문입니다.

연설내용의 배경 설명

시대마다 자기 영웅이 있고, 사람마다 마음속에 자기 본보기가 있다. 장편소설『무엇을 할 것인가?』의 주인공 라흐메토브는 러시아인들의 정신사에서의 중요한 기호였을 뿐만 아니라 한 세대 중국인들에게 깊은 영향을 미쳤다.

니콜라이 체르니셰프스키는 러시아의 혁명가, 철학가, 작가, 비평가로서 레닌은 '미래 폭풍 속에서의 젊은 키잡이'라고 칭찬하였고, 플레하노프는 러시아의 프로메테우스라고 칭하였다. 체르니셰프스키는 진보사상을 선전하고 제정 러시아의 현실을 비판한데서 1862년 차르 정부에 의해 체포되었다가 1864년 7년 고역 형에 시베리아에 종신 유배라는 판결을 받았다. 그는 수감되고 유배생활을 하면서『무엇을 할 것인가?』,『서막』등 혁명적 격정이 넘치는 많은 우수한 작품을 집필하였다.『무엇을 할 것인가?』의 스토리는 자유로운 노동, 여성 해방, 비밀 혁명활동 등 세 가지 실마리를 가지고 펼쳐지는데 투쟁만이 민중들의 액운을 변화시킬 수 있다는 이치를 설명하고 있다. 주인공 라흐메토브는 혁명적 의지를 연마하고 자기 이상을 실천하려고 나무꾼, 톱질꾼, 석공, 배를 끄는 인부 등 일을 하면서 청빈하고 검소한 생활을 하였다.

시진핑은 그들 세대는 러시아 고전의 영향을 깊이 받았으며, 특히『무

155

엇을 할 것인가?』는 큰 충격을 주었다고 회상했다. "소설의 주인공 라흐
메토브는 두타(頭陀, 속세의 번뇌를 버리고 청정하게 불도를 닦는 수행 – 역자 주)
같은 생활을 했다. 그는 의지를 연마하려고 쇠못을 박은 침대에서 자는 바
람에 온몸이 피투성이가 되기도 했다. 그 당시 우리는 의지를 그렇게 연
마해야 한다고 생각하면서 아예 요를 깔지 않은 맨 구들에서 잤다. 우리
는 비가 내리거나 눈이 내리면 밖에 나가 심신을 단련했는데, 비가 내리
는 날이면 비를 흠뻑 맞고 눈이 내리면 눈으로 온몸을 문질렀는가 하면
추운 날 우물가에서 냉수욕을 하기도 했다. 이 모든 것이 이 소설의 영향
을 받아서였다."

『파우스트』역시 깊은 영향을 미친 작품이다. 괴테를 운운하지 않으면
세계문학사를 쓸 수 없다고 누군가 말한 적이 있다. 마찬가지로『파우스
트』를 읽지 않으면 무엇 때문에 괴테를 위대하다고 하는지 이해하기가 어
렵다.『파우스트』는 괴테가 독일의 민간전설을 바탕으로 하여 창작한 장
편 시극이다. 악마(메피스토펠레스)는 파우스트를 유혹하여, 파우스트의 모
든 요구를 들어주는 대가로 파우스트가 죽은 다음 그의 영혼을 자기 영혼
으로 만든다는 계약을 맺는다.

괴테는 이 거래를 실마리로 하여 인생의 이상과 인류의 전도와 관련된
많은 중차대한 문제를 추론하면서 분발하고 진취하는 인류의 정신적 승
리를 표방하였다. 시진핑이『파우스트』를 읽을 때 30리 길을 걸어서 빌려
보고, 30리 길을 걸어서 돌려준 일화"는 문학의 힘을 생생하게 설명해 주
었다.

시진핑은 자기와 문학과의 인연을 이야기하고 각 단계에서의 독서가
자기에게 미친 영향을 회상함으로써 박섭(博涉, 여러 가지 책을 널리 많이 읽

음 - 역자 주)으로 인한 고아한 기질을 드러내보였을 뿐만 아니라 친근하고 친화적인 매력 있는 성격을 보여주었다. 그는 자신의 경력을 가지고 어떤 작품이 훌륭한 문예 작품인가를 충분히 설명하였다. 즉 민중들의 생활 속에 깊이 들어가 "사업과 생활, 순경(順境, 모든 것이 순조로운 환경)과 역경, 갈망과 기대, 사랑과 증오, 삶과 죽음 등 인류생활의 모든 면"을 생동적으로 반영함으로써 독자들이 그 속에서 영향을 받을 수 있어야 만이 훌륭한 문예작품이라 할 수 있다고 했던 것이다.

문예는 세계적인 언어이므로 문학은 소통의 법보(法寶)라고 할 수 있다. 시진핑은 여러 장소에서 자신이 독서를 하던 경력을 언급했다. 그는 형식적으로 가볍게 언급한 것이 아니라 몸소 겪은 경력을 가지고 지식의 힘의 소중함과 문명한 교류의 가능성을 설명하였다. 같지 않은 문명은 포용뿐만 아니라 깊은 이해와 체득이 필요하다. 문학작품은 같지 않은 국가와 민족 간에 상호 이해하고 소통할 수 있는 최적의 방식임이 틀림없다. 예컨대 시진핑이 밝혔듯이 "문예를 논한다는 것은 사실 사회를 논하고 인생을 논하는 것이며, 마음을 소통하고 상호 이해하기가 가장 쉬운 방법이다."

중국의 과학기술
무엇 때문에 뒤떨어지게 되었는가?

(中国科技为什么落伍)

무엇 때문에 명나라 말기·청나라 초기부터 우리나라의 과학기술이 점차 뒤떨어지게 되었는가를 저는 줄곧 심사숙고해 보았습니다. 학자들의 연구에 따르면, 강희(康熙)제는 서방의 과학기술에 아주 큰 흥미를 가지고 서방의 선교사를 청하여 서학(西學)을 강의하게 했는데 천문학·수학·지리학·동물학·해부학·음악뿐만 아니라 철학도 강의하게 했습니다. 천문학을 해석한 책만 해도 100여 권이나 되었습니다. 그 때가 언제인가 하면 대체로 1670년부터 1682년 사이이며, 한때는 연속해서 2년 5개월 동안 끊임없이 서학을 배우기도 했습니다.

시간이 이르다고 할 수도 없고 배운 내용이 많다고도 할 수 없었습니다. 문제는 그 당시 누군가 서학에 관심을 가지고 적지 않은 것을 배웠다고는 하지만 대부분 탁상공론이나 궁중의 공리공담에 그쳤을 뿐, 그런 지식이 우리나라의 경제와 사회발전에 영향을 미치게 하지는 못했다는 겁니다.

1708년 청나라 정부는 선교사들을 조직하여 중국 지도를 제작하게 했는데, 10년이라는 시간을 들여 제작한 『황여전람도(皇輿全覽圖)』는 과학수준이 세계에 앞장 서는 전례 없는 수준을 보여주었습니다. 그러나 이 같은 큰 성과가 사회적으로 아예 볼 수 없게 비밀문서로 간주되어 장기간 궁중에 수장된 데서 경제와 사회 발전에 아무런 작용도 하지 못하였습니다. 도리어 지도 제작에 참여했던 서방의 선교사들이 자료를 서방에 가져다 정리하여 발표한데서 꽤나 오랜 시간 동안 중국 지리에 대한 서양인들의 이해가 중국인들을 능가하도록 만들었습니다. 이것이 말해주는 것은 무엇이겠습니까? 이는 과학기술을 반드시 사회발전과 결합시켜야 하며, 아무리 넓은 학문이라 하더라도 방치해 둔 채 활용하지 않는다면 엽기적이거나 고아한 흥취에 지나지 않으며, 심지어 지나치게 신비로운 기예로만 여길 경우에는 현실사회에 아무런 작용도 일으키지 못한다는 것을 말해주는 것입니다.

- 「요소(要素) 전동(傳動)과 투자 규모 전동을 발전시키는 것을 위주로 하던 것에서부터 혁신적인 전동을 발전시키는 것을 위주로 하는 것으로 전환하는 작업을 가속화해야 한다」(2014년 6월 9일), 외국문출판사, 2014년 판, 『시진핑, 국정 운영을 논함』에서 발췌

연설내용의 배경 설명

굴원(屈原)은 「천문(天問)」이라는 사(詞)에서 하늘과 땅, 자연과 인간 세상 등과 관련된 의문을 170여 가지나 열거해, 이 사는 '천고만고의 기문(奇文)'이라는 평을 받았다.

중국 역사에 대해서도 몇 가지 유명한 '천문'이 있다. 그중 한 가지가 바

로 "무엇 때문에 근현대 과학기술과 공업문명이, 당시 세계에서 과학기술이 가장 발달하고 경제가 가장 발전한 중국에서 탄생하지 못했을까?" 하는 '조지프 니덤(Joseph Needham)의 의문'이다. 중국이 근대 이래 가난과 쇠약함이 누적되어 아무에게나 업신여김을 당하게 된 주요인이 바로 과학기술 혁명이라는 좋은 기회를 놓친 데서 선진적인 지식을 경제와 사회 발전에 활용하지 못했다는 점을 부인해서는 안 된다. '강건성세(康乾盛世)'는 여태까지 세인들의 찬탄을 받아왔다. 하지만 '강건성세'를 역사의 흐름 속에 놓고 횡적으로 비교해 본다면 '성세'는 대체로 '환상'에 지나지 않았다는 것을 알 수 있다.

강희제와 동시대일 때 유럽사회는 베이컨, 뉴턴, 데카르트 등 위대한 철학자와 과학자를 배출한 과학사에서 성과가 가장 높은 한 시대에 들어서 있었다. 강희제가 배움에 게을리 했다고 할 수는 없다. 그는 자주 선교사를 자기 방에 불러다 스승과 제자처럼 지내면서 하루에 서너 시간 씩 여러 가지 정밀 기기를 숙지하거나 함께 여러 분야의 지식을 연마하였다. 강희제는 수학을 좋아했다. 특히 각도기, 컴퍼스, 기하 다면체 모형곽 같은 각종 수학 측량 도구를 다루기를 좋아했다.

프랑스 선교사 조아심 부베(Joachim Bouvet)의 회억에 따르면, 강희제는 여가 시간을 수학을 배우는데 할애했는데 2년 동안이나 지속했다. 그러나 외국의 선교사들로부터 '천고의 황제', '만고의 성군'으로 불리는 강희제이지만 과학을 취지에만 머무르면서 과학 뒷면의 방법론과 세계관을 사색하지 않았고, 더욱이는 서방의 과학지식을 전국에 퍼뜨릴 생각을 하지 않았다. 통치자가 서방의 공업문명과 '손잡는' 것을 거절하고 선진기술과 지식을 '공유'하는 것을 거절하는 바람에 결국은 돌이켜 보기조차 싫은 반식민지 반봉건 사회라는 역사가 있게 하였다.

2014년 3월 시진핑은 유럽을 순방하는 기간에 메르켈 독일 총리를 만났을 때, 그녀는 시진핑에게 1735년 독일에서 제작한 최초로 정확하게 제작한 중국지도를 선물했다. 하지만 이 지도보다 10여 년 전에 강희제가 선교사들을 조직하여 제도하고 전례 없는 과학수준을 보여준 『황여전람도』가 있었다는 사실을 아는 사람은 얼마 되지 않는다. 지도 제작에 참여했던 예수회의 쟝 밥티스트 레지는 이 지도를 가지고 프랑스로 귀국한 후, 이 지도에 근거하여 제작한 『중국 신지도』를 유럽에 공개 발행하였다. 1840년 영국인들이 『중국 신지도』를 가지고 견고한 함선과 성능이 우수한 대포를 이용하여 청제국의 대문을 열 때까지도 『황여전람도』는 여전히 궁중 깊숙이 묻혀있으면서 경제와 사회발전에 실질적인 추진 역할을 하지 못하였다.

시진핑은 중국 역사서를 숙독한데서 그 의미를 잘 파악하고 있었을 뿐만 아니라 역사에 관한 능란한 사고를 통해 과학기술은 탁상공론만 할 것이 아니라 사회에 활용해야 나라의 성쇠와 혼란을 다스릴 수 있다는 것을 밝혀냈다. 이는 시진핑이 강희제와 과학기술의 이야기로부터 도출한 혁신적인 핵심이며, 아킬레스건(achilles' heel)을 해독한 정확하고 적절한 대답이라고 할 수 있다.

과학기술을 궁중에 감춰놓고 탁상공론만 한다면 경세치용을 할 수 없다. "과학기술을 반드시 사회 발전과 결합"시켜 혁신이 '상아탑'에서 뛰쳐나오고 '외딴섬'에서 벗어나도록 해야 만이 혁신적인 과학기술이 "지렛대로 지구를 들어 올릴 수 있다"는 가설처럼 더 많은 동력과 기적을 창조하고 발전시킬 수 있는 것이다.

시진핑은 중국과학원 제17차 원사(院士)대회 및 중국 공정원(工程院) 제12차 원사 대회에서 한 연설에서, 우리나라는 과학기술 성과가 실제 생산력으로 전환하는데 무력하고 순탄하지 않고 원활하지 못한 고질적인 문제가 줄곧 존재하고 있는데, 그중 주요 문제점의 하나가 바로 과학기술의 혁신 사슬에 체제시스템이라는 수많은 난관이 존재하여 혁신을 전환해주는 여러 연결 고리가 그다지 긴밀하지 못한 것이라고 지적하였다. 그는 과학기술 혁신(기술 개발 - 역자 주)을 우리나라가 발전하는데 새로운 엔진에 비유한다면, 개혁은 이 새로운 엔진을 점화하는데 없어서는 안 되는 점화 계통이라 할 수 있다면서, 더욱 효과적인 조치를 취하여 점화 계통을 개선하여 혁신적으로 새로운 엔진을 전속으로 돌아가게 해야 한다고 밝혔다.

시간은 모두 어디로 갔나?

(时间都去哪儿了)

취미를 말한다면 나의 취미는 독서를 하고 영화를 보고 여행을 하고 산책을 하는 것이라 할 수 있습니다. 당신도 알다시피 직책 같은 것을 맡는다면 개인적인 시간은 거의 없습니다. 올해 설 기간에 중국에 「시간은 모두 어디로 갔나?」라는 노래가 유행했습니다. 나에게 있어서 문제는 "나 개인의 시간이 모두 어디로 갔느냐?"하는 것입니다. 물론 업무에 모두 할애했다고 할 수도 있습니다. 현재 내가 일상적으로 할 수 있는 일은 독서입니다. 독서는 이미 나의 한 가지 생활습관이 되었습니다. 독서는 사상적으로 활력을 유지하게 하고 지혜를 얻게 하며 호연지기를 키우게 합니다. 이를테면 저는 크릴로프, 푸시킨, 고골리, 레르몬토프, 투르게네프, 도스토옙스키, 네크라소프, 체르니셰프스키, 톨스토이, 체호프, 숄로호프 등 많은 러시아 작가들의 작품을 읽었으며, 많은 멋진 장절들과 줄거리들은 아직도 기억에 생생합니다.

스포츠를 말하면 저는 수영이나 등산 같은 운동을 즐기는데, 수영은 이미 다섯 살 적에 익혔습니다. 저는 축구, 배구, 농구, 테니스, 무술 등 운동도 즐깁니다. 빙설 종목에서는 아이스하키, 스피드스케이팅, 피겨스케이팅, 스노보드 경기를 즐겨봅니다. 특히 아이스하키는 개인의 능력과 기교가 필요할 뿐만 아니라 팀의 배합과 협력이 필요한 아주 좋은 운동입니다.

– 「시진핑, 러시아 텔레비전방송의 특별 인터뷰에 응하다」(2014년 2월 7일), (『인민일보』 2014년 2월 9일 1면)

연설내용의 배경설명

"시간은 모두 어디로 갔나/ 젊음을 제대로 누리지 못했는데 나이 들고/ 한평생 아들딸 낳고 키우느라/ 머릿속에는 온통 자녀들 생각뿐이었네…" 부모들의 정을 노래한 「시간은 모두 어디로 갔나?」라는 노래가 2014년 중국 중앙텔레비전 설맞이 전야제에서 선보인 후 한때 사회적으로 센세이션을 일으켰었다. 2014년 2월 시진핑은 러시아 텔레비전 방송의 특별 인터뷰 때 이 노래를 언급하면서, 전 사회적으로 '시간은 모두 어디로 갔나?'라는 토론이 벌어졌다.

시진핑의 시간은 모두 어디로 갔을까? 본인이 말한 것처럼 대부분의 시간을 집무에 할애했다. 비공식적인 통계에 따르면, 2015년 한 해 동안 보도에 공개된 것만 보더라도 시진핑은 회의에 최소한 61번이나 참석했다. 그중에는 중공중앙 정치국 회의에 14번, 개혁심화소조 회의에 11번, 업무회의에 10번, 중공중앙 정치국 상무위원회 회의에 3번, 각종 중요 회의 23번이 포함된다. 이와 동시에 중공중앙 정치국은 집단 학습회의를 9번 가졌고, 이밖에 시진핑은 외국 방문을 8차례나 행했다.

시진핑은 독서를 하면서 대부분의 여가 시간을 보냈다. 부리랴오프(布里廖夫) 러시아 텔레비전 방송 앵커는 소치에서 시진핑을 특별 인터뷰 한 후, 시진핑의 "눈을 특별히 좋아한다"면서 "(그의 눈에서) 사상의 빛이 발하는 것 같았다"고 밝혔다. 만약 '사상의 빛'이 발할 수 있는 원인을 찾아본다면 책이 한몫 했다고 할 수 있다.

시진핑에게 있어서 독서는 일종의 생활 습관이다. 그는 "시간만 나면 책을 펼쳤고, 매번 책을 읽고 나면 도움이 되었다는 생각이 들었다", "하나의 보물창고와 같아서 일단 그 비밀을 캐면 평생 동안 덕을 볼 수 있다"고 밝힌 적이 있다.

국가 주석에 취임한지 일주일 후 시진핑은 러시아와 아프리카 3국에 대한 첫 순방에 나섰다. 주 러시아 중국대사관은 스케줄이 너무 빽빽하여 휴식시간이 없는 것을 고려하여 일부 행사시간을 줄이려고 했지만, "시진핑 주석은 조금도 에누리가 없었다." "저는 고통 속에서 즐거움을 누리는 사람이 아니라, 열심히 일하면서 즐거움을 누리는 사람이다"라는 것이 시진핑의 생활철학이었다. 그는 나라와 민중들을 위해 1분 1초를 다투면서 열심히 일하였고, 민족의 부흥이라는 '중국의 꿈'을 이루기 위해 열심히 분투하였다.

시진핑이 말한 "시간은 모두 어디로 갔나?"라는 '개인의 이야기'는 많은 당원 간부들을 격려하면서, 전력을 기울여 맡은바 직책을 다해야 할 뿐만 아니라 여가시간을 충분히 활용하여 학습하고 재충전할 필요가 있다는 도리를 깨우쳐주고 있다. 예로부터 우리나라는 독서로 수신하고, 덕을 쌓으면서 정치를 하는 것을 중요시하였다.

전통문화에서 독서, 수신, 덕 쌓기는 입신의 근본일 뿐만 아니라 더욱이는 정치의 근본이었다. 시진핑은 이를 강조하기 위해 "지도층 간부의 인격적 매력이 지도 역할을 잘하는 것인데, 인격적 매력이 형성되는 주요 방식이 바로 학습이다."라고 날카롭게 지적하였던 것이다.

영웅은 소년에서 나온다

(英雄出少年)

세계의 발전사를 종관하면 많은 사상가·과학자·문학가들의 주요 업적들은 모두 젊고 재기 발랄하며 사유가 가장 민첩한 시기에 이루어졌습니다. 『공산당선언』을 발표할 때 마르크스는 30세였고, 엥겔스는 28세였습니다. 뉴턴과 라이프니츠가 미적분을 발견할 때는 각기 22세와 28세였습니다. 다윈이 세계 일주 항해를 시작할 때는 22세였고, 후에 유명한 '종의 기원'을 내놓았습니다. 퀴리 부인이 라듐, 폴로늄, 토륨 세 가지 원소의 방사선을 발견할 때는 31세였고, 그 덕에 노벨상을 수상했습니다. 아인슈타인이 특수상대성이론을 내놨을 때는 26세였고, 일반상대성이론을 내놓았을 때는 37세였습니다. 리정다오(李政道)와 양전닝(楊振寧)이 약한 상호작용에서 반전성(Parity) 패리티(Parity) 법칙을 제안했을 때는 각기 30세와 34세였습니다. 서한 시대의 가의(賈誼)는 32세에 사망했습니다. 천고의 명문 '등왕각서(滕王閣序)'를 쓴 왕발이 사망했을 때는 27세였습니다.

－「공산주의 청년단중앙 새로운 임기 지도부 성원들과 좌담할 때 한 연설」(2013년 6월 20일)

연설내용의 배경 설명

"우리가 만인의 복지를 위하여 가장 헌신적으로 기여할 수 있는 직업을 선택한다면, 어떠한 무거운 짐도 우리를 굴복시킬 수 없을 것이다. 왜냐하면 그 짐이란 만인을 위한 희생에 불과하기 때문이다. 그렇게 되면 우리는 사소하고 한정적이며 이기적인 기쁨을 향유하는 것이 아니라 만인에 속하는 행복을 누리게 될 것이다. 우리의 행동은 조용히 그러나 영원히 영향을 미치며 살아 숨 쉬게 되고, 우리를 태운 재는 고귀한 인간들의 반짝이는 눈물로 적셔질 것이다."

「직업 선택을 앞둔 한 청년의 성찰」이라는 이 글은 마르크스가 17세 때에 썼다. 당시 마르크스는 고등학교를 졸업하고 대학교에 진학할 것인가, 취업을 할 것인가 하는 갈림길에 서 있었다. 주변의 동창생들은 시인, 과학자나 철학자 혹은 교사나 목사가 되어 자본가와 같은 호화로운 생활을 하기를 원하고 있었다. 이기주의에 입각하여 개인의 행복을 직업을 선택하는 기준으로 삼은 동창생들과는 달리 마르크스는 사회적 인식과 생활 태도를 직업 선택의 우선순위에 놓았다. 그리하여 세상을 깜짝 놀라게 한 이 글이 태어났던 것이다.

뉴턴·다윈·아인슈타인·퀴리 부인 모두가 젊었을 때 중대한 발견이나 발명을 하였다. 청춘기는 머리가 민첩하고 정력이 왕성하여 지식이나 경험을 누적하고 장악하는 것도 빨라 한 사람의 창조적 사유 활동을 하기가 가장 적절한 연령대일 뿐만 아니라, 사상적 부담이 적어 대담하게 생각하고 과감하게 행동하며 패기 있게 일할 수 있는 때이다. 젊고 재기 발랄한 청춘기는 흔히 새로운 발견, 새로운 창조, 새로운 지식이 샘솟는 시절이다. 이는 보편적 법칙이나 다름없다.

중국 역사에도 젊은 영재나 준걸이 적지 않았다. 서한 시대의 가의는 젊어서 재망(才望, 재주와 명망 - 역자 주)을 떨쳤는데, 한무제가 그에게 박사 벼슬에 임용할 때 21살 밖에 안 되어 당시 가장 젊은 박사였다. 가의는 후에 양회왕(梁懷王)의 태부(太傅, 왕세자의 교육을 담당한 종일품 - 역자 주)로 있으면서, 한문제 시절 흉노가 변방에 침입한 문제, 제도가 조잡한 문제, 제후왕들의 할거 문제 등 정사를 다룬 「치안책(治安策)」이라는 글을 지어 상소했다. 마오쩌둥은 「치안책」은 서한시대 가장 훌륭한 정론(政論)이라고 칭찬했다. 당나라 시대 문인 왕발(王勃)은 어려서부터 총명하고 배우기를 즐겼다. 「구당서」에 따르면, 왕발은 6살적부터 문장을 잘 지었고, 생각을 구상하는 데 막힘이 없어서 '신동'이라 불렸다. 비록 27세 때에 익사하여 사망하기는 했지만, "이 세상에 지기지우(知己之友, 서로 마음이 잘 통하는 친구) 있다고 하면, 천애지각(天涯地角, 멀리 떨어져 있음 - 역자 주)을 떨어져 있어도 이웃과 같으리.", "저녁노을은 외로운 물오리와 나란히 날고, 가을 강물은 드넓은 하늘과 같은 빛이라네."와 같은 천고의 명구를 남겨놓았다. 왕발은 양형(楊炯) ·노조린(盧照鄰) ·낙빈왕(駱賓王)과 함께 '초당사걸(初唐四杰)'이라 불렸다.

시진핑은 청년들이 잘 성장할 수 있도록 지극정성으로 배려하였다. 공산주의 청년단 중앙의 새로운 임기 지도부 성원들과 좌담회를 할 때, 그는 지도부 성원들이 솔선수범하여 각고의 노력으로 학습하고 ▲ 어려움을 이겨내며 착실하게 일하고 ▲ 엄격하게 자신을 단속하고 ▲ 청년들과 가까이 지낼 것을 당부했다. 본보기를 예로 들어 말하는 것이 가장 설득력이 강하다는 것을 안 시진핑은 청년시절에 큰 업적을 이루었던 마르크스 · 뉴턴 · 왕발 등의 경력을 인용하여 공산주의 청년단 중앙의 새로운 임기 지도부 성원들, 나아가 전국의 수많은 청년들이 분투하겠다는 결심을 확고히 다져서 업무에서 뛰어난 성과를 이루라고 격려하였다.

시진핑은 청년들과의 교제를 중시했을 뿐만 아니라, 청년들은 분투하려는 정신, 헌신하려는 정신을 유지해야 한다고 늘 격려하였다. 그는 베이징대학교 고고학 문물대학 2009년 본과 공산주의 청년단 지부 전체 학생 대표, 화중농업대학교 '번위(本禹) 자원 봉사 팀', 허베이 바오딩(保定)대학 서부지역 교육 지원 졸업생 대표들에게 답장을 보내, 그들이 인생의 이상을 나라와 민족의 대업에 융합하여 조국 건설에 필요한 인재, 동량지재가 되도록 노력하라고 격려하였다. 베이징대학교 학생들과 좌담을 할 때, 그는 또 첫 단추를 잘 채워야 하는 것처럼 청년들은 젊어서부터 가치관을 양성하는데 중점을 두어야 한다고 일러주었다. "인생의 단추는 첫 단추부터 잘 채워야 한다." 청년 세대는 할 일이 매우 많을 뿐만 아니라 많은 일을 해야 한다. 시진핑은 "이는 '창장의 뒤 물결이 앞 물결을 밀어내듯'이 '차세대가 기성세대를 뛰어넘는 것'이 역사의 법칙이자 청춘의 책임"이라고 여겼던 것이다.

청춘을 혁명에 바치다

(革命的青春)

우리 당의 역사를 보면 탁월한 지도자 다수가 청년시절에 혁명적 이상을 확립하고 민중을 위해 분투하려는 뜻을 세웠음을 알 수 있습니다. 마오쩌둥은 청소년 시절에 중화민족의 강성을 위해 헌신하겠다는 뜻을 세웠습니다. 그는 25세 때에 허수헝(何叔衡), 차이허썬(蔡和森) 등과 함께 신민학회를 발기하고 창립했으며, 28세 때에 중국공산당 1차 대표대회에 참석하고 34세 때에 추수봉기를 일으킨 다음 봉기군을 이끌고 징강산(井岡山)에 들어가 최초의 농촌 혁명근거지를 창설하였습니다.

저우언라이(周恩來) 동지는 21세 때에 톈진 학생애국운동을 지도하였고, 24세에 프랑스에 건너가 고학을 하는 동안에 유럽 체류 중국소년공산당을 조직하는데 참여했으며, 29세에 중국공산당이 자기 무장력을 창건하게 한 난창기의(南昌起義)를 일으켰고, 30세에 중국공산당 6차 대표대회에서 중공중앙정치국 상무위원으로 선출되었습니다.

덩샤오핑 동지는 16세에 프랑스에 건너가 고학을 했을 뿐만 아니라, 2년 후에는 유럽에 유학한 중국소년공산당에 가입했고, 23세 때에는 중공중앙 비서장을 맡았으며, 25세 때에는 바이써기의(百色起義)를 일으키고,

중국 노농홍군 제7군을 창설하였습니다.

– 「공산주의 청년단중앙 새로운 임기 지도부 성원들과 좌담회를 할 때 한 연설」(2013년 6월 20일)

연설내용의 배경 설명

청춘은 한 번 뿐이다. 어떻게 하면 청춘을 멋지게 써내려가면서 평범하지 않은 인생의 성취를 이룩하느냐 하는 것은 한 세대 또 한 세대 청년들의 마음속에 깊이 숨어 있는 '청춘의 물음'이다. 청년시절의 마오쩌둥·저우언라이·덩샤오핑은 결연히 생사존망의 위기에 처한 민족을 구하는 혁명의 대조류(大潮流) 속에 투신함으로써 당의 역사에서 신앙을 고양시키고 나라의 운명을 책임지는 청춘의 기호를 새겨 넣었다.

"어릴 적 뜻을 세우고 고향을 떠나면서, 배움에서 성취를 이루지 못하면 돌아가지 않겠노라 맹세했네. 어찌 죽어서 고향땅에만 묻히려 하느냐, 인간세상 어디엔들 한 몸 묻을 청산이 없다드냐?"(마오쩌둥 칠언절구 '시를 고쳐 아버지께 드림'– 역자 주)

마오쩌둥은 17세가 되던 해에 배움의 길을 찾아 후난 샹샹(湘鄉)현으로 떠나면서 자신의 포부와 결심을 전하려고 이 시를 종이쪽지에 적어 아버지 장부 사이에 끼워 넣었다. 그때부터 백성들의 질곡과 나라의 우환은 청년 마오쩌둥의 최대 걱정거리가 되었다. 그는 20여 세 때에 신민학회(新民學會), 후난(湖南) 학생연합회를 발기·성립하고 「상강(湘江)평론」을 창간

했으며, 창사(長沙) 공산당 초기 조직을 조직했다. 그리고 28세 때에는 중국공산당 제1차 대표대회에 참석하였다. 청년 시절의 마오쩌둥은 시 「심원춘 · 창사(沁園春 · 長沙)」에서 "… 바로 동학 소년들/ 풍채가 무성한 때라/ 서생의 의기로서/ 기개가 북받치더니./ 당시의 국사 평하고/ 격앙된 문장 써내어/ 당년의 만호후(萬戶侯, 1만 호가 사는 영지를 가진 제후 – 역자 주)를 분토(糞土, 썩은 흙 – 역자 주)같이 여겼더라."하고 묘사한 것과 같았다.

1920년대는 중국공산당이 갓 창건된 때여서 유럽에는 중국인 청년들의 조직인 '유럽 유학 중국소년공산당'이 생겨났다. 1915년 차이위엔페이(蔡元培) · 우위짱(吳玉章) 등은 파리에 근검공학(勤工儉學, 고생하며 공부하는 학회 – 역자 주)을 설립하고 중국 청년들이 프랑스로 건너와 고학을 하라고 호소하였다. 이렇게 프랑스에 고학을 간 학생들 중에는 저우언라이(周恩來) · 자오스옌(趙世炎) · 차이허썬(蔡和森) · 리웨이한(李維漢) · 왕뤄페이(王若飛) · 리리싼(李立三) · 샹징위(向警予) · 천이(陳毅) · 천옌녠(陳延年) · 천차오니엔(陳喬年) · 네롱쩐(聶榮臻) · 덩샤오핑(鄧小平) · 리푸춘(李富春) 등 1진의 마르크스주의 자들이 배출되었다.

그들은 1921년 파리공산당 초기 조직을 설립하고 이듬 해 '유럽 체류 중국소년공산당'을 창립하였다. 그 당시 24세였던 저우언라이는 집행위원회의 선전 업무를 맡았고, 18세였던 덩샤오핑은 조직의 일원이었다. 그들이 프랑스 유학 경력을 다룬 드라마 「프랑스에서의 세월」은 한때 높은 시청률을 보였다. 저우언라이는 프랑스에서 귀국한 후 황포군관학교 정치부 주임으로 근무하면서 중국공산당이 직접 영도하는 북벌혁명 무장세력인 예팅(葉挺) 독립연대를 설립하고 주관했으며, 29세 때에는 난창기의를 지도하여 무장으로 국민당 반동파에 저항하는 첫 총소리를 냄으로써 인민군대를 창설하는데 큰 기여를 하였다. 덩샤오핑은 소련에 연수하러 갔다가 귀국한 후 혁명 활동에 참가하였고, 23세에 중공중앙 비서장을 맡았으며, 25세에 바이써기의를 지도하고, 중국 노농홍군 제7군을 창설하였다.

시진핑이 마오쩌둥 등의 혁명적 청춘의 이야기를 한 목적은 당대 청년들이 나라의 부강과 민중들의 행복이 자기의 소임이라는 이상을 가지고 꾸준히 분투하라는 격려 차원에서였다. 그는 젊은이들을 인도하여 심금을 울리는 공산당원들의 젊은 시절 분투 과정을 되새기고, 백년 중국이 자유분방하게 나아간 역사적 조류를 확실히 인식시킴으로써 청년들이 자기의 사명과 책임을 알고, 견고하여 깨뜨릴 수 없는 신앙의 힘을 감지토록 하게 하며, 분투하려는 믿음과 결심을 확고히 다지도록 하였다.

청년들의 파워는 중국의 파워에서 구현되고 청춘의 분투는 중국의 꿈을 담고 있다. 시진핑이 지적한 것처럼 많은 청년들은 중등 수준의 사회를 전면 건설하는 일꾼이자 결사대이다. 중등 수준의 사회를 전면 실현하는 중책이든, 개혁과 발전에서 나타나는 모순을 해결하든 청년들이 책임지고 진력하지 않으면 안 된다. 수천만의 청년들이 청춘의 꿈을 떨치도록 분투의 기질을 격앙시킨다면, 청춘의 중국은 새로운 영광을 발산하게 될 것이다.

시대를 따르자

(跟上时代)

오늘날은 지식의 갱신 주기가 대폭 줄어들고 각종 새로운 지식, 새로운 상황, 새로운 사물이 끊임없이 나타나는 시대입니다. 한 연구에 따르면, 18세기 이전에는 지식의 갱신 속도가 90년쯤 되었지만, 1990년대 이후에는 3년 내지 5년이었습니다. 근 50년 이래 인류사회에서 창조한 지식이 지난 3000년의 총계보다 많았습니다. 누군가 말하기를, 농경시대에는 한 사람이 학습(공부)을 몇 년 동안만 하면 한평생 써먹을 수 있었다면, 공업경제시대에는 10여 년 동안 학습해야 한평생 써먹을 수 있었으며, 지식경제시대에 이르러서는 평생 동안 공부해야 만이 시대의 발걸음을 따를 수 있게 되었습니다.

만약 우리가 각 방면의 지식과 교양을 업그레이드하지 않고, 자각적으로 각종 문화 과학지식을 학습하지 않으며, 능동적으로 지식에 대한 갱신 속도를 빨리하지 않고, 지식구조를 최적화하지 않으며, 안계와 시야를 넓히지 않는다면 재능을 증강시키기가 어려워 주도권·우위·미래를 획득할 방법이 없게 될 것입니다.

- 「중앙당학교 80주년 경축대회 및 2013년 봄 학기 개학식에서 한 연설」(2013년 3월 1일)

연설내용의 배경 설명

"향기 가득한 숲 속엔 새순이 낙엽을 밀치고, 흐르는 물의 뒤 물결은 앞 물결을 덮치네." 신진대사는 사물이 발전하고 변화하는 기본법칙이다. 지식 생성에서도 신진대사가 뚜렷이 가속화하는 추세이다. 유엔 교육과학문화기구(유네스코)의 연구에 따르면, 18세기 지식 갱신주기는 80년 내지 90년이었고, 19세기부터 20세기 초까지는 30년으로 줄어들었으며, 20세기 60-70년대는 일반 과학의 지식 갱신주기가 5년 내지 10년, 20세기 80-90년대에 이르러서는 많은 과학의 지식 갱신 주기가 5년으로 줄어들었다면, 21세기에 들어서서는 2년 내지 3년으로 줄어들었다.

한 학자는 방사성 원소의 붕괴 법칙에 근거하여 신구지식의 교체와 관련된 '지식의 반감기'라는 개념을 내놓았다. 어느 한 분야에 대한 학문이 깊거나 전문지식이 풍부한 사람이라 할지라도 학습을 하지 않는다면 시간이 어느 정도 흐른 후 지식의 반감기에 들어선다는 것이다. 즉 기초지식은 여전히 유용하지만 기타 새로운 지식은 절반이 쓸모없게 된다는 말이다.

현재 지식의 '분열'속도는 "하루에 천 리를 달릴 정도"이다. 한 추산에 따르면, 1950년 전에는 지식의 반감기가 50년이었다면, 21세기에 들어서서는 평균 3.2년, IT업종의 수석 엔지니어는 1.8년이다. 말하자면 한 사람이 학습을 하지 않거나 학습을 하지 않는 시간이 너무 길 경우에는 사회발전과 어울리지 못할 수 있다는 말이다. "새로운 방법은 활용할 줄 모르고, 기존의 방법은 쓸모없으며, 무리한 방법은 쓰지 못하고, 무른 방법은 효과를 내지 못하는 난관"에 봉착하게 되는 원인이 바로 '지식의 반감기'에 깊이 빠져서 최신의 지식과 재능이 모자라기 때문이다.

학습을 중시하는 것은 우리 당의 전통이다. 일찍이 옌안에 있을 때 마오쩌둥은 '재능 공황'과 관련한 문제를 지적한 적이 있었다. 그는 학습을 '점포'에 비하면서, 본디 물건이 많지 않은 상황에서 다 팔고 나면 점포가 텅 비므로 다시 물건을 들여와야 하며, 물건을 들여오는 것이 곧 학습하여 재능을 늘리는 것이라고 밝혔다.

"중국공산당원들이 학습에 의존해 오늘까지 왔다면, 반드시 학습에 의존해 미래를 향해 나아가야 한다." 중앙당학교 개교 80주년 경축행사에서 시진핑은 학습의 중요성을 강조하였다. 『설원(說苑)』에는 "배움은 재주와 지혜를 더하기 위해서이고, 숫돌질은 칼날을 세우기 위해서이다."라는 말이 있다. 재능을 늘리려면 학습을 해야 하고, 칼날을 날카롭게 하려면 부지런히 연마해야 한다는 뜻이다.

시진핑은 「지강신어」 중에서 이 말을 인용하면서, 지도 간부들이 많이 독서하고 학습하는 습관을 한결 뚜렷한 위치에 놓아야 한다고 지적하였다. 제4회 전국 간부 학습 양성교재의 머리말에서 시진핑은 "각 분야의 지식을 배우고자 노력하고 실천 속에서 재능을 늘리고자 노력하여, 지식 갱신을 가속화하고 지식 구조를 최적화하고, 안계와 시야를 넓힘으로써 지식이 적어 사리에 어둡고, 지식이 없어 맹목적으로 행하고 혼란을 조성하는 것을 적극적으로 모면하도록 하며, 재능이 부족하고 재능에 공황이 생기고 재능이 낙후한 문제를 적극적으로 극복해야 한다."고 강조했다.

시진핑은 인생에서 단 한번 지식을 충전하면 되는 시대는 지났으므로, 고효율의 축전지가 되어 끊임없이 지속적으로 충전해야 만이 끊임없이 지속적으로 에너지를 방출할 수 있다는 '축전지 이론'도 내놓았다. 형상적으로 개괄한 이 말은 무미건조한 설교에서 벗어나, 학습을 억지로 할 것이 아니라 진보에 필요한 한 가지 생활습관으로 전환시켜야 한다는 이치를 알기 쉽게 풀이하면서 학습에 대한 흥취를 유발케 하였던 것이다.

배우고 사고하라

(学而有思)

우리 선인에게는 어려운 형편에서 부지런히 공부한 감동적인 이야기가 수두룩합니다. 예컨대 대들보에 상투를 매달고, 송곳으로 허벅지를 찌르며 공부한 이야기, 벽에 구멍을 뚫어 이웃집의 불빛을 빌려 책을 읽은 이야기, 반딧불이나 눈(雪)의 빛을 빌려 책을 읽은 이야기 등의 이야기는 오늘날까지도 미담으로 전해지고 있는데, 어려움을 참으면서 공부한 이 같은 정신을 명기할 필요가 있습니다.

마음을 가다듬고 전심전력을 기울여 책을 보고 학습하면서 심도 있게 검토해야 합니다. "배우기만 하고 생각하지 않으면 어리석어지고, 생각만 하고 배우지 않으면 위태롭다."는 공자의 말은 아주 일리가 있습니다. 학습하는 것과 사고하는 것, 부지런히 학습하는 것과 열심히 사고하는 것은 떼어놓을 수 없는 관계입니다. 학습과정에서 자기의 실제 업무와 결부시켜 늘 여러 가지 문제를 거듭 사고해야 합니다.

이는 자신의 이론적 사유와 전략적 사유를 양성하고 개선하는데 좋은 점이 아주 많습니다. 중앙당학교는 매 학기 교과과정에 수강생 포럼과 정무 경험 교류모임을 배정하고 있습니다. 이는 여러분들이 집권 경험을 심도 있게 토론하고 연구하는데 도움을 줄 것입니다. 여러분들은 수업 중간 쉬는 시간이나 차 마실 때, 혹은 식후의 시간을 이용하여 학습하여 체득한 것을 교류함으로써, 상호 교류하고 상호 계발을 하는 과정에서 경험을 공유할 수 있는 것입니다.

– 「당 학교 수강생들의 학습을 논함 – 중앙당학교 2012년 가을 학기 개학식에서 한 연설」 (2012년 9월 1일)

연설내용의 배경 설명

순자는 『권학(勸學)』에서 "높은 산에 오르지 않으면 하늘의 높음을 알지 못하고, 깊은 계곡에 임하지 않으면 땅의 두터움을 알지 못한다."고 말했다. 학습은 한 사람의 운명을 변화시키고 주변 세계와 통할 수 있는 강력한 무기이다. 『전국책(戰國策)』에는 소진(蘇秦)이 젊은 시절에 분발하여 열심히 공부하느라 "글을 읽다 졸음이 오면 송곳으로 허벅지를 찔러 피가 질벅하게 흘렀다"고 기록하고 있다.

『한서』에도 부지런히 공부한 이야기가 기록되어 있다. "손경(孫敬)은 자가 문보(文宝)이고 배우기를 즐겨 온 종일 쉬지 않고 공부를 했다. 졸음이 올까봐 새끼줄로 상투를 대들보에 걸어 매기까지 했다." 후에 '상투를 대들보에 맨' 고사와 '송곳으로 허벅지를 찌른' 고사를 하나로 합친 '현량사고(懸梁刺股)'란 성어가 만들어졌다.

'착벽투광(鑿壁偸光)'은 서한 시대 학자 광형(匡衡)이 어린 시절 집이 가난하여 벽에 구멍을 뚫어 옆집 불빛을 빌려서 글을 읽었다는 고사에서 유래되었다. 『서경잡기(西京雜記)』의 기록에 따르면, 광형은 집안이 가난하여 등잔불을 켤 처지가 못 되는지라 벽에 구멍을 뚫고 옆집의 불빛을 빌려 야독하였다. 마찬가지로 집안이 가난했지만 시간을 아끼면서 많은 글을 읽었던 동진 시대 차윤(車胤)의 '묘수(妙招)'는 반딧불을 잡아 그 빛을 빌어 책을 보았다면, 손강(孫康)은 눈빛을 빌려 책을 읽었다.

여기에서 '낭형영설(囊螢映雪)'이라는 고사가 생겨났다. 어려움 속에서도 지칠 줄을 모르고 밤낮으로 공부한 것이 그들의 공통점이었다. 이와 유사한 고사는 아주 많다. 예컨대 공자가 『주역』을 읽을 때 가죽으로 맨 책끈이 세 번이나 닳아 끊어졌다는 '위편삼절(韋編三絶)', 동진시대의 조적(祖逖)이 젊은 시절 보국(報國)하기 위해 한밤중에라도 닭 울음소리만 나면 일어나 검술을 연마하였다는 '문계기무(聞鷄起舞)', 북송시대의 양시(楊時)와 친구 유초(游酢)가 학문을 익히려고 정이(程頤)를 찾아갔다가 정이의 휴식을 방해하지 않으려고 밖에서 눈을 맞으며 오랫동안 조용히 서서 기다렸다는 '정문입설(程門立雪)' 등의 고사가 그것이다.

학습(배움) 역시 수단과 방법에 주의해야 한다. 『논어』에서 주장한 방법이 꽤나 참고할 만하다. 『논어·위정(爲政)』에는 "배우기만 하고 생각하지 않으면 어리석어지고, 생각만 하고 배우지 않으면 위태롭다"고 했고, 『논어·자장(子張)』에는 "광범위하게 배우고 배우려는 의지를 돈독하게 하며, 간절하게 묻고 많이 생각한다면 인은 그 가운데 있다"고 말했다.

시진핑이 배움에 게을리 하지 않은 옛사람들의 학습 방법을 말한 목적은, 부지런히 배우고 열심히 사고하라고 중앙당학교의 수강생들을 격려하기 위해서였다. 시진핑은 저장성에서 집무할 때 '한 차례 능동적으로 학습하는 혁명'이라는 캠페인을 제안한 적이 있었다. 그는 "사고는 독서의 심화이자 인지의 필연이며 읽은 책을 활성화할 수 있는 키포인트"라면서 '사고'가 학습에서 하는 역할을 아주 중히 여겼다. 이는 "열심히 사고하고, 사고하고, 또 사고하면서 지식을 배웠다. 저는 이 방법을 가지고 과학자가 되었다."는 아인슈타인의 말과 같은 맥락이다.

원작을 읽고 깨달아야 한다

(学懂学通原著)

엥겔스는 『자본론』 3권 머리말에서 다음과 같이 밝혔습니다. "한 사람이 과학적 문제를 연구하려면 우선 작자가 집필한 원작에 비추어 자기가 활용하려는 저작을 읽는 습관을 키워야 한다. 특히 원작에서 언급하지 않은 내용을 지레 짐작하여 해독하려 하지 말아야 한다."

많은 당원 간부들이 처음 원작을 읽을 때 일부 어려움에 봉착할 수 있는데 이는 불가피한 일입니다. 그러나 마르크스주의는 노동계급을 지도하여 세계를 인식하고 세계를 개조하게 하는 과학적 진리이므로 노력만 한다면 이해하고 통달할 수 있습니다. 『자본론』 1권이 출판된 후 마르크스는 이렇게 밝혔습니다. "내가 사용한 분석 방법을 지금까지 경제문제에 활용한 사람이 없었다. 그렇기 때문에 앞 몇 장은 아주 난해할 수 있다.", "이는 한 가지 불리한 점이지만 나로서는 어찌할 방법이 없었기 때문에 사전에 지적하여 진리를 추구하려는 독자들을 일깨워줄 수밖에 없다. 과학에는 탄탄대로가 없다. 오직 고생을 두려워하지 않고 가파른 산길을 따라 오르는 사람만이 눈부신 절정에 이를 수 있는 것이다."

레닌은 대학생들이 국가문제라는 이 "가장 복잡하고 난해한 문제를 똑

똑히 밝혀내려면"시간을 짜내어 "마르크스와 엥겔스의 주요 저작을 몇 권 정도는 읽어야 한다."고 말했습니다.

그는 "처음에는 난해하여 겁을 먹을 수 있으므로, 거듭 일깨우지만 낙심하지 말고 처음 읽을 때(初讀) 이해하기 힘든 부분을 다음에 다시 읽어보거나 다른 측면에서 연구한다면 이해할 수 있을 것이다.", "열심히 고찰하고 독자적으로 깨우치려면 반드시 여러 가지 측면으로 거듭 연구하고 탐구하고 사고해야 만이 분명하고 투철하게 이해할 수 있다."고 강조했습니다.

마오쩌동 동지는 "과학적인 태도가 없다면, 즉 마르크스-레닌주의의 이론과 실천을 결합하는 태도가 없다면 당성(黨性)이 없다거나 당성이 불완전하다고 할 수 있다."면서 실사구시하고, 목표가 명확한 과학적인 태도를 강조했습니다.

이상의 학습 방법은 오늘날 우리가 마르크스주의 고전 저작을 학습하는데 마찬가지로 적용할 수 있습니다.

-「지도층 간부들은 마르크스주의 고전 저작을 중요시해야 - 중앙당학교 2011년 봄 학기 2기 연수반 개학식에서 한 연설」(2011년 5월 13일)

연설내용의 배경 설명

마르크스, 레닌, 마오쩌동 등 혁명의 선도자들은 진리를 추구하느라고 엄청난 대가를 치렀다. 마르크스는 책상에 마주 앉아 책을 읽고 집필하는데 대부분의 시간을 할애했다. 그에게는 실내에서 왔다 갔다 거닐면서 휴식 겸 사색하는 습관이 있었는데 출입문과 창문 사이의 융단에는 풀밭에 난 오솔길처럼 발자국 흔적이 뚜렷이 생겼다.『자본론』을 집필할 때 20여 페이지나 되는 영국노동법을 제대로 이해하고자 그는 도서관에 소장되어 있는 영국 조사위원회와 스코틀랜드 조사위원회, 그리고 공장 시찰원이 보고한 청서(青書, 남피서)[15]를 모두 연구했다.

레닌은 옥중에서도 독서와 집필을 멈추지 않았다. 그는 간수들에게 들키지 않으려고 빵 속에 우유를 주입했다가 그 우유를 먹물 삼아 글을 썼는데 글자가 마르면 흔적을 찾아보기 어려웠다. 그러다 간수가 들어오면 얼른 '먹통(빵)'을 한 입에 삼켜버렸다.

그는 한 편지에서 "오늘 나는 '먹통'을 6개나 먹었다."고 밝힌 적이 있었다. 소련 공산당 중앙위원회 마르크스-레닌주의 연구원에서 편찬한『레닌문집』40권은 500페이지나 되는데 그중 400페이지가 레닌이 마르크스와 엥겔스 등 저작을 읽으면서 써놓은 평어, 주석, 적요 등으로 이루어졌다. 마오쩌둥은『자본론』을 여러 번 읽으면서 깊이 연구하였고, 인민출판사에서는 그를 위해 대형 활자본으로 된『자본론』을 특별히 인쇄 제작하였다.

마오쩌둥은『연공당사(聯共党史)』그리고 리따(李達)의『사회학 요강』을 10여 번이나 읽었다. 그는『공산당 선언』,『자본론』,『레닌선집』,『고타강령 비판[16]』,『국가와 혁명』등 책을 여러 번 읽고 연구했을 뿐만 아니라, 장절과

---

15) 청서 : 정부의 정책안이 쓰인 책을 가리키는 말로서 영국에서 처음 쓰였다. 영국 의회 보고서의 표지가 청색이었다는 데서 나온 말이다. 오늘날 청서라 하면 정부의 문서 중에서도 특별히 정부의 예산안을 기록한 문서를 가리키는 말로 쓰인다.

16) 《고타 강령 비판》(고타 綱領批判, 독일어: Kritik des Gothaer Programms) : 1875년 5월 카를 마르크스가 독일의 사회민주주의 운동 중에서 카를 마르크스와 프리드리히 엥겔스에 가까

단락에 평어나 주해 및 설명을 달아놓았다. 한 권의 책, 한 편의 글을 읽을 때마다 중요한 부분에는 동그라미나 줄을 긋고 점을 찍었는가 하면, 여백 같은 곳에 많은 평어를 써넣었다. 그가 사망할 때 옆에는 대형 활자에 선장본(線裝本)으로 된『공산당 선언』과 전쟁 연대에 출판한『공산당선언』두 권이 놓여 있었다.

시진핑은 중앙당학교 2011년 봄 학기 2기 연수반 개학식에서, '원작을 읽어야 한다'는 마르크스, 레닌, 마오쩌둥 등 혁명 선도자들의 논술을 상세하게 말했을 뿐만 아니라, 원작을 읽다가 난해함에 봉착하면 어떻게 극복할 것인가 하는 해결책까지도 상세하게 설명하였다.

운 아이제나흐파(派)에 쓴 편지를 중심으로 한 문서이다. 1875년 작센코부르크고타 공국의 고타에서 아우구스트 페르디난트 베벨을 중심으로 한 독일 사회민주노동자당(일명 아이제나흐파(派))이 회의를 열고 페르디난트 라살레를 중심으로 한 전독일 노동자 협회(일명 라살레파(派))와 함께 단일 정당 결성을 선언했다. 아이제나흐파는 단일 정당 결성을 위한 강령인 이른바 고타 강령 초안을 카를 마르크스에게 보내는 서한을 요구했지만 라살레의 이론에 의한 부정적인 영향을 발견한 마르크스는 정부로부터의 양보를 위해 노동자 운동의 열망을 제한하려는 의도를 가진 기회주의자로 생각했다. 마르크스는 강령 방안에 대한 주석으로 "독일 노동자당 강령에 대한 비평 및 주석"을 전달했지만 그의 문서는 발표되지 않았다. 같은 해 5월 고타에서 아이제나흐파와 라살레파 간의 회의가 열렸는데 강령 초안을 약간 수정한 단일 정당인 독일 사회민주당이 창당하게 된다. 고타 강령 비판은 마르크스가 혁명 전략의 조직론을 상세하게 제시한 선언이며 프롤레타리아 독재, 자본주의에서 공산주의로 전환하는 과도기, 프롤레타리아 국제주의와 노동자 계급 정당에 대한 논의를 담은 문서로 여겨졌다. 이 문서는 자본주의의 이행 직후의 공산주의 사회의 낮은 단계에 대해서 "각자는 능력에 따라 일하고 노동에 따라 받는다", 장래의 공산주의 사회의 높은 단계에서는 "각자는 능력에 따라 일하고 필요에 따라 받는다"고 제시했다. 낮은 단계에서의 기술에서는 "개인은 사회에서 받고 정확하게 준다"고 제시하였고 자본주의 사회에서 사회주의 사회로 전환하는 과도기의 국가를 프롤레타리아 독재로 제시했다. 고타 강령 비판은 그의 사후에 출판된 뒤부터 마르크스의 마지막 주요 문서 가운데 하나로 여겨졌다. 이 편지는 1891년 독일 사회민주당이 새로운 강령인 에르푸르트 강령 채택 의향을 선언했을 때 이를 비판한 프리드리히 엥겔스가 공개 출판하였다. 또한 프리드리히 엥겔스는 《에르푸르트 강령 비판》을 써서 출판했다.

그는 이를 위해 "지도층 간부들 더욱이는 고위급 간부들이 마르크스주의 기본 이론을 비장의 무기로 삼아 체계적으로 장악하려면 마르크스-레닌주의, 마오쩌동 사상 특히 덩샤오핑 이론, '세 가지 대표' 등 중요 사상과 과학 발전관을 처음부터 끝까지 착실하게 학습해야 한다."고 강조하였다.

쉰우현을 조사하다

(寻乌调查)

마오쩌둥 동지는 1930년 쉰우현을 조사할 때, 각계 민중들을 직접 만나 조사회(調查會)를 열고, 그 현의 각종 물산의 생산량, 가격, 현성의 각 업종 인원수와 그 비례, 각 점포의 경영 품종과 소득, 각지 농민들이 토지를 얼마나 배당받았고, 소득은 얼마나 되는지, 각 유형 사람들의 정치적 태도 등과 같은 1차 자료들을 아주 분명하게 알아보고 대량으로 파악하였습니다. 우리도 이와 같은 깊이 있고 실사구시적인 기풍을 따라 배워야 합니다.

- 「조사 연구를 논함 - 중앙당학교 2011년 가을 학기 2기 연수반 개학식에서 한 연설」
(2011년 11월 16일)

연설내용의 배경 설명

국가박물관의 '부흥의 길'전시관에는 진귀한 석인본(石印本) 한 권이 전시되어 있다. 바로 마오쩌동이 1930년 5월에 쉰우현에 내려갔다 쓴『조사작업』이라는 글을 석판 인쇄한 책이다.

1964년『마오쩌동 저작 선집(選讀)』에 수록할 때, 글 제목을 '교조주의를 반대하자'라고 고쳤다. 이 글에서 마오쩌동은 "조사를 하지 않으면 발언권이 없다", "중국의 혁명투쟁이 승리하려면, 중국 동지들한테 의존하여 중국의 상황을 이해해야 한다"는 제안을 처음으로 내놓았다.

쉰우 조사는 혁명을 지도하는 의의에서든, 과학적으로 연구하는 의의에서든, 우리 당이 조사 연구를 전개하는데 있어서의 훌륭한 본보기이다.

쉰우 조사는 마오쩌동이 토지혁명 전쟁 연대에 규모가 가장 큰 사회적 조사였을 뿐만 아니라 최초로 조사 중점을 도시에 둔 사회 조사였다. 1930년 5월 마오쩌동은 노농홍군 제4군을 인솔하여 장시(江西) 후이창(會昌)에서 쉰우에 이르렀다. 쉰우는 장시, 광동, 푸젠 3개 성 경계지역에 있어서 상품이 유통되는 주요 집산지였다. 마오쩌동은 "중국의 부농 문제를 제대로 이해하지 못했을 때이고, 또한 상업 상황을 전혀 모르는 때였기에 나는 이 조사에 큰 힘을 들였다"고 밝혔다. 따라서 그는 부대가 부근의 각 현에서 민중들을 발동하여 토지혁명을 전개하는 시기를 이용하여 쉰우 성안의 상업상황을 조사하기 시작하였던 것이다.

"쉰우에서 두부를 맛있게 만들어 장사가 잘 되는 가게는 몇 집이나 되는가? 양조주를 잘 빚는 가게는 몇 집이나 되는가?" 마오쩌동은 조사를 하기 전에 현지 간부들에게 이런 몇 가지 질문을 던졌지만 제대로 대답하는 사람이 없었다. 마오쩌동은 조사에 참가한 동지를 데리고 현지의 47개 상점과 94개 수공업 점포를 방문하여 민중들과 같이 일하면서 마음을 나누었다. 그 조사에 근거하여 홍군은 "과중하고 잡다한 세금을 없애고 상인들의 거래를 보호한다"는 도시정책을 채택함으로써 '좌'경 착오노선을 시정했을 뿐만 아니라, 공급이 어려운 문제도 해결하였다. '쉰우 조사'는 내용적으로 정치 구획·교통·상업·기성 토지와의 관계·토지 투쟁 등 5개 부분으로 나누어졌다. 구체적으로는 잡화점에서 경영하는 131가지 서양 상품, 장신구 제작, 시계 수리 점포의 경영 상황, 농촌 사당(祠堂)에서 명절에 곡물과 고기를 어떻게 분배하는가 등의 내용까지 보고문에 상세히 밝혔다. 치밀한 자료 수집, 과학적인 분석과 종합적인 연구는 '쉰우 조사'의 뚜렷한 특징이었다. "조사 연구는 일을 꾀하는 기본이자 성사시키는 방법이다. 조사를 하지 않았다면 발언권이 없을 뿐만 아니라 의사 결정권은 더욱 없다." 시진핑에게는 일관되게 조사 연구를 중시하고 실사구시적인 기풍을 숭상하는 특징적 스타일이 있었다.

그는 마오쩌둥이 쉰우에서 조사한 사례를 인용함으로써, 조사 연구를 잘하려면 민중들의 의견을 폭넓게 청취하고 체계적으로 분석한 후 사회적 실천 속에서 정확한 인식을 얻는 방법인 '민중들 속에서 가져다가 민중들 속에 실천하는' 우리 당의 전통적 사업기풍을 반드시 참답게 학습해야 한다고 지도층 간부들을 깨우쳐주었다. 중앙당학교는 수강생들에게 조사연구를 주제로 하는 수업시간을 꽤나 많이 배정하고 있다. 중앙당학교 2011년 가을 학기 2기 연수반 개학식에서 시진핑은 조사 연구를 둘러싸고 수강생들에게 특강을 했다. 특강에서 그는 조사 연구는 한 가지 사업 방법일 뿐만 아니라 당과 인민의 사업적인 특징 및 성패와 관련되는 중요한 문제이며, 조사 연구가 호불호인가를 평가하는 관건은 조사 연구의 실효성, 조사 연구 성과의 활용성, 문제를 제대로 해결할 수 있느냐에 달려있다는 등 많은 중요 판단과 사업에 대한 요구를 제기했다.

114자의 비문

(114个字的碑文)

마오쩌둥 동지가 인민영웅기념비에 새기려고 기초한 비문은 114자 밖에 안 되지만, 한 권의 중국근대사를 반영하였습니다. 1975년, 덩샤오핑 동지가 책임지고 기초하고 저우언라이 총리가 제4기 전국인민대표대회 1차 회의에서 한 보고는 5,000자 밖에 안 됐습니다. 후에 이 일을 언급할 때 덩샤오핑 동지는 "마오 주석은 나에게 책임지고 기초하라 할 때 5,000자를 넘기지 말라고 요구했고, 나는 그렇게 했다. 5,000자라 해도 아주 유용하지 않은가?"라고 밝혔습니다.

- 「불량한 문풍을 극복하고 훌륭한 문풍을 적극 창도하자 - 중앙당학교 2010년 봄 학기 2기 수강생 개학식에서 한 연설」(2010년 5월 12일)

연설내용의 배경 설명

1949년 9월 21부터 30일까지 중국인민정치협상회의 제1기 전원회의가 베이핑에서 열렸다. 인민해방 전쟁과 인민혁명에서 희생된 인민영웅들을 기념하고자 회의는 수도 베이징의 톈안먼 밖에다 인민영웅 기념비를 건립하기로 가결하였다. 마오쩌둥은 3년 이래 인민해방 전쟁과 인민 혁명에서 희생된 인민 영웅들은 영생불멸하리라! 30년 이래 인민해방전쟁과 인민 혁명에서 희생된 인민 영웅들은 영생불멸하리라! 이로부터 1840년까지 거슬러 올라가 그때부터 내외의 적을 반대하고 민족의 독립과 인민의 자유 및 해방을 위하여 역대의 투쟁에서 희생된 인민 영웅들은 영생불멸하리라!"라는 짧은 비문을 작성했다. 비문은 비록 114자 밖에 안 되지만 웅건하고 힘찬 일필휘지로 인민영웅들을 추억하고 경앙하는 마음을 명확하게 표현하였다.

1975년 1월 13일부터 17일까지 제4기 전국인민대표대회 1차 회의가 베이징에서 거행되었는데 '문화대혁명'기간에 유일하게 열린 전국인민대표대회였다. 저우언라이 국무원 총리의 신체 상황을 고려하여 당시 제1 부총리인 덩샤오핑이 마오쩌둥의 위탁을 받고 저우언라이를 대신하여 정부업무 보고초안을 작성하였다. 덩샤오핑은 보고서 총 글자 수를 5,000자로 줄였을 뿐만 아니라 초안 작성 팀을 이끌고 여러 가지 장애를 물리치면서 저우언라이가 장기간 생각해오던 '네 가지 현대화'에 관한 사상을 보고서 초안에 써넣었다. '네 가지 현대화'를 실현한다는 위대한 목표가 보도되자 이내 '문화대혁명'의 속박을 타파하려는 전국 인민들의 신심을 북돋아주었다. 그리하여 덩샤오핑은 5,000자라 해도 아주 유용하지 않는가?" 하고 감개무량해 했다.

문풍은 짧고, 실제적이고, 새로운 것을 제창하고 거짓말, 흰소리, 헛소리를 반대해야 한다고 시진핑은 요구했고 또한 그렇게 시범을 보였다. 1984

년, 중국공산당 허베이성 정딩현 위원회 서기로 있을 때 『인민일보』에 처음으로 자기 실명으로 발표한 「중년과 청년 간부들은 '노인을 존중해야 한다'」는 글에서 시진핑은 이미 소박한 문풍을 드러냈다. 2003년부터 2007년까지 중국공산당 저장성위원회 서기로 있던 기간에 시진핑은 『저장일보』「지강신어」특별 코너에 232편의 칼럼을 발표했다. 칼럼은 대부분 300자 내지 500자를 넘지 않았고 틀에 박힌 말이나 공식적인 말이 없이 경전의 어구와 고사를 인용하여 논술에 힘이 있었으며, 이치를 이해하기 쉽게 풀고 문제점을 곧바로 찌른 데서 글 속의 많은 생각이나 논법은 지금도 음미할 가치가 있다. 문풍은 기풍을 구현하고 문풍은 지도층 간부의 능력과 수준을 반영한다. 시진핑은 문풍 문제를 무척 중시하였다. 글이 길면 길수록 수준을 나타내 보여줄 수 있다는 그릇된 생각에 비추어 시진핑은 비문이 114자 밖에 안 되는 인민영웅기념비와 덩샤오핑이 저우언라이를 대신하여 책임지고 초안을 작성한 5,000자 밖에 안 되는 정부업무 보고 사례를 든 뜻은 짧은 글에도 풍부한 내용을 담을 수 있으므로, 가능한 한 짧지만 힘 있고 간결하나 뜻은 완벽하며 깊은 내용의 글을 지어야 한다는 것을 설명하기 위해서였다.

시진핑은 『장자』에 나오는 "길다고 그것을 여분으로 생각지 않으며, 짧다고 그것을 부족하게 생각하지 않는다. 그러므로 물오리는 비록 다리가 짧지만 길게 이어주면 걱정하게 되고, 학의 다리는 비록 길지만 그것을 짧게 잘라주면 슬퍼한다."라는 구절을 인용한 적이 있다. 이 도리를 글을 짓는 데도 적용할 수 있다. 시진핑은 오늘날, "물오리 다리를 늘인"것과 같은 글이 너무 많기에 짧은 글, 짧은 연설, 짧은 문서를 제창하는 것이 당면해 있는 문풍을 개진하는데 있어서 주요 과제라고 밝혔다.

『공산당선언』을 100번 읽어보다

(看100遍《共产党宣言》)

마르크스-레닌주의 저작과 마오쩌둥 저작을 읽고 학습함에 있어서 정성을 들여 처음부터 끝까지 상세하고 완전하게 읽고 학습해야 합니다. 1939년 말 마오쩌둥 동지는 옌안에서 마르크스-레닌학원에 들어와 공부하는 한 동지와 이렇게 말했습니다.

"마르크스-레닌주의 책을 경상적으로 읽어야 한다. 나는 『공산당선언』을 100여 번을 읽었다. 문제에 봉착하면 마르크스의 『공산당선언』을 읽었는데, 때로는 한두 단락만 읽어 보았고, 때로는 전문을 다 읽어 보았다. 읽어 볼 때마다 새로운 감동을 받았다. 나는 「신민주주의론」을 집필할 때에도 『공산당선언』을 여러 번 읽었다. 마르크스주의 이론을 읽는 것은 응용하려는 것이고, 응용하려면 항상 읽어야 하고 중점적으로 읽어야 한다." 덩샤오핑 동지, 장쩌민 동지와 후진타오 동지 역시 원작을 열심히 읽고 연구해야 하는 중요성을 시대 별로 거듭 강조했습니다.

- 「지도층 간부는 책 읽기를 즐기고 좋은 책을 읽으면 숙달할 정도로 읽어야 한다 - 중앙당학교 2009년 봄 학기 2기 연수반 개학식에서 한 연설」(2009년 5월 13일)

연설내용의 배경 설명

『공산당선언』은 국제공산주의운동의 첫 강령적 문헌이자 마르크스주의 탄생의 신호가 되었다. 『공산당선언』은 양이 길지는 않지만, 그 위력은 '정신적 원자탄'처럼 탄생하자마자 전 세계를 진동시켰다. 이론적으로 '선언'은 유물사관의 기본 이념을 전문에 관통하면서 인류사회를 인식하는 데 한 가지 과학적 방법을 제공했다면, 실천적으로 '선언'은 세계적 공산당 조직의 최초의 강령으로서 "만국의 프롤레타리아여, 단결하라"는 전투적 구호를 제창하여 프롤레타리아 혁명에 행동상의 지침을 제공하였다. 엥겔스는 '선언'은 "전체 사회주의 문헌 가운데서 가장 넓게 전파된 국제적인 저작"이자 전 세계 프롤레타리아 정당의 최초의 "완벽한 이론적, 실천적 강령"이라고 밝혔다.

『공산당선언』은 중국혁명과 중국공산당에도 큰 영향을 미쳤다. 마오쩌둥은 에드가 스노우와 『공산당선언』의 영향으로 인해 1920년 여름에 이르러 이론적으로 뿐만 아니라 행동적으로도 이미 어느 정도 마르크스주의자가 되었다고 말한 적이 있다. 저우언라이는 만년에 어느 한 회의에서 『공산당선언』 중문판을 첫 완역한 천왕다오(陳望道) 선생을 특별히 찾아와 한번 다시 보고 싶다며 『공산당선언』 초판을 구할 수 있느냐고 물었다. 덩샤오핑은 파리에서 고학을 할 때 『공산당선언』을 접촉하게 되면서 공산당에 가입하고 혁명의 길에 들어서게 되었다. 1992년 그는 남방을 순회할 때, 나의 입문 스승은 『공산당선언』이었다고 의미심장하게 말하였다.

마르크스-레닌 저작을 학습하는 것은 당원 간부들에게 있어서 난도가 있는 조건적인 일이다. 시진핑이 마오쩌둥의 『공산당선언』을 읽은 사례를 든 목적은 수강생들에게 우리 당의 수령이라 할지라도 고심하여 학습하고 부지런히 학습했기 때문에 마르크스주의의 정수와 실질적인 가르침을 터득할 수 있었다는 점을 이해시킴과 아울러 원작을 열심히 읽고 연구하는 중요성을 설명하고, 고전 원작을 학습하려는 자신감을 북돋우기 위해서였다. 그는 "마르크스주의는 우리 공산당원들의 '경전'이다. '경전'을 제대로 학습하지 않고 '서천에 가 경을 구할' 생각만 한다면 큰일을 그르칠 수 있다!"고 여러 장소에서 거듭 언급하였다.

량쟈허(梁家河) 촌민들의 회억에 따르면, 시진핑은 그 당시 농촌에 내려와 있을 때 『공산당선언』을 상세히 열독하였다. 1998년부터 2002년까지 칭화대학교 인문사회과학대학에서 박사학위 과정을 공부할 때 마르크스주의 이론과 사상정치교육이 그의 전공이었다.

중국공산당 18기 대표대회 보고를 주재하여 기초할 때 그는 "마르크스주의에 대한 신앙, 사회주의와 공산주의에 대한 신념은 공산당원의 정치적 영혼이자 공산당원들이 그 어떤 시련이라도 견디어낼 수 있는 정신적 지주이다."라는 말을 써넣어야 한다고 특별히 요구했다. 시진핑이 강조한 것처럼, 지도층 간부들은 반드시 "마르크스-레닌주의 이론을 폭넓고 깊이 있게 연구"해야 하는 중요성을 충분히 인식하고 마르크스주의 고전 원작을 처음부터 끝까지 상세히 읽어봐야 하는 것이다.

학문 연구의 세 가지 경지

(治学三境界)

저명한 학자 왕궈웨이(王國維)는 학문 연구에 세 가지 경지가 있다고 논술했습니다.

첫 번째는 "어젯밤 찬바람에 푸른 나뭇잎 지고/ 나 홀로 누각에 올라 천애지각(天涯地角)의 먼 길을 바라보네."이고, 두 번째는 "허리띠가 점점 헐렁해져도 후회하지 않으리니/ 임을 위해 초췌해지는 것 그게 바로 멋이어라."이며 세 번째는 "인파 속 천만 번 그를 찾아 헤매다가/ 문득 고개 돌려 보니/ 그 사람 저쪽 희미한 등불 아래 있구나." 입니다.

지도층 간부들도 이론을 학습함에 있어서 세 가지 경지가 있어야 합니다. 우선 이론을 학습하는 면에서 "천애지각 먼 길을 바라보는" 원대한 추구가 있어야 하고, "어젯밤 찬바람에 푸른 나뭇잎 지는" 쓸쓸함과 "나 홀로 누각에 오른" 적막감을 참으면서 마음을 가라앉히고 고심하며 통독해야 합니다. 그 다음은 이론을 학습하는 면에서 근면하게 노력하고 어려움을 참고 견디면서 거듭되는 좌절에도 꺾이지 않으면서 참되고 꾸준하고 세심하게 노력해야 합니다. 즉 "허리띠가 점점 헐렁해" 지더라도 "후회하지 않고" "초췌해지더라도" 달갑게 받아들여야 합니다. 그 다음은, 이론을 학습함에서 있어서 독자적인 사고를 잘하여 학문(이론)과 실용(실천)을 결합하고 배운 것을 이해하며 실천하면 얻는 것이 있음을 중히 여김으로써 학습과 실천 속에서 "인파 속 천만 번 그를 찾아 헤매다가" 마지막에 "문득 고개 돌려보니" "그 사람 저쪽 희미한 등불 아래 있구나." 하는 참뜻을 깨달아야 합니다. 각급 지도층 간부들은 이렇게 앞장서서 학습하고 심도 있게 학습하고 꾸준히 학습하며 근면하게 학습해야 만이 학습에 근면하고 사색에 능한 본보기가 되고 사상을 해방시키고 시대와 더불어 발전하는 본보기가 될 수 있으며, 학습한 것을 실천하고 실천하면 성과를 이룩하는 본보기가 될 수 있는 것입니다.

– 「이론을 학습함에 있어서의 세 가지 경지」(2003년 7월 13일) 『지강신어』에서 발췌

연설내용의 배경 설명

'학문 연구의 세 가지 경지'는 중국학의 대가 왕궈웨이의 저작 『인간사화』에 나오는 한 단락이다. 그는 책에서 이렇게 밝혔다. "예로부터 지금까지 큰일을 이룩했거나 학문이 깊은 사람을 보면 반드시 세 가지 경지를 지나왔다.

'어젯밤 찬바람에 푸른 나뭇잎 지고/ 나 홀로 누각에 올라 천애지각 먼 길을 바라보네.'가 첫 번째 경지이다. '허리띠가 점점 헐렁해져도 후회하지 않으리니/ 임을 위해 초췌해지는 것 그게 바로 멋이어라.'가 두 번째 경지이다. '인파 속 천만 번 그를 찾아 헤매다가/ 문득 고개 돌려보니/ 그 사

람 저쪽 희미한 등불 아래 있구나.'가 세 번째 경지이다. '학문 연구의 세 가지 경지'는 안수(晏殊), 유영(柳永), 신기질(辛棄疾) 세 사람의 사를 교묘하게 차용하여 사랑과 낭만에 사로잡힌 원래 사의 묘사를 학문을 연구하고 창업을 하는데 있어서의 세 가지 경지로 개조함으로써 철리적인 의미를 더해주었다.

첫 번째 경지는 북송 안수의 사(詞) 「접련화(蝶戀花)·난간(欄干) 밖 국화꽃 수심에 잠기고 이슬 밭 난초 눈물 짓네」에서 인용했다. 원문은 이러하다.

"난간 밖 국화꽃 수심에 잠기고 이슬 밭 난초 눈물 짓는데/ 비단 장막 사이로 찬 기운 새어들고/ 제비는 쌍쌍 짝 지어 날아가네./ 이별의 쓸쓸함은 명월도 모르나니/ 새벽녘 기울어진 달빛 붉은 대문에 걸렸네./ 엊저녁 찬 바람에 푸른 나뭇잎 지고/ 나 홀로 누각에 올라/ 천애지각 먼 길을 바라보네./ 채색 편지 사랑엽서 띄우련만/ 산 높고 물 깊은 그곳은 어디더냐?"

이 사는 첫 연에서는 이별의 한을 경물에 담아 묘사하였다면, 다음 연에서는 홀로 누각에 올라 천애지각 먼 길을 바라보면서 임을 그리워하는 화자의 표정과 행동거지를 생동적으로 표현하였다. 왕궈웨이는 학문을 연구하고 큰일을 해내려면 우선 목표와 방향을 분명하게 잡고 높은 곳에 올라 멀리 바라보고 갈 길을 떠올리면서 꾸준하게 실천해야 한다(초지불변의 굳은 의지)는 자신의 생각을 이 사에 의탁했다.

두 번째 경지는 북송 유영의 사 「접련화·산들바람 스치는 높은 누에 우두커니 기대서서」에서 인용했다. 원문은 이러하다.

"산들바람 스치는 높은 누에 우두커니 기대서서/ 저 멀리 바라보니 봄 시름 끝이 없고/ 처연함이 하늘에서 드리운 듯하네./ 풀빛과 안개 빛 저녁

놀에 잠기고/ 말없이 난간을 짚고 선 이 마음 그 누가 헤아려 줄 건가?/ 미친 듯 거나하게 한 번 대취해 보려고/ 술상을 마주하고 노래를 불러도/ 애써 꾸민 즐거움 아무 흥도 없어라./ 허리띠가 점점 헐렁해져도 후회하지 않으리니/ 임을 위해 초췌해지는 것 그게 바로 멋이어라."

이 사는 그리움으로 인한 봄철의 뒤숭숭한 시름을 주제로 하여 사랑은 힘들지만 후회는 하지 않는다는 뜻을 주로 표현하였다. 화자는 타향을 정처 없이 떠도는 애수와 임을 그리워하는 애절한 심사를 하나로 결합하여 감정을 표현하고 풍경을 묘사하였다.

왕궈웨이는 "허리띠가 점점 헐렁해져도 후회하지 않으리니/ 임을 위해 초췌해지는 것 그게 바로 멋이어라"라는 두 마디를 가지고 큰일이나 깊은 학문은 하루아침에 이루어지는 것이 아니라, 몸이 여위어 허리띠가 점점 헐렁해져도 후회하지 않을 정도로 흔들림 없이 꾸준히 노력해야 이루어질 수 있다는 독특한 견해를 이끌어냈다.

세 번째 경지는 북송 신기질의 사 「청옥안(靑玉案)·정월 대보름 밤」에서 인용했다. 원문은 이러하다.

"봄바람 부는 야밤 천 그루 나무에서 피어난 꽃인 듯/ 그 더욱 비처럼 떨어지는 별과 같아라./ 값진 말 화려한 수레 길 가득 향기 넘치어라./ 퉁소 소리 울리고/ 옥등불 불빛이 돌아가고/ 밤새도록 어룡등 춤을 추네./ 갖가지 장신구로 단장한 여인들/ 까르르 웃음 따라 향기 그윽해라./ 인파 속 천만 번 그를 찾아 헤매다가/ 문득 고개 돌려보니/ 그 사람 저쪽 희미한 등불 아래 있구나."

이 사는 첫 연에서 정월 대보름날 등불이 환한 성안에서 마음껏 즐기는 상서롭고 화목한 정경을 묘사했다면, 다음 연에서 가인(佳人)을 찾는 과정을 그리다가 영화를 부러워하지 않고 쓸쓸함도 감내하는 미인의 형상을 묘사하였다. 왕궈웨이는 이 구절을 인용하여 천만 번의 노력과 추구가 없다면 순간적인 깨달음이나 이해가 생길 수 없다는 이치를 유추해냈다.

시진핑은 '학문 연구의 세 가지 경지'를 가지고 이론 학습의 세 가지 단계를 설명했는데, 지도층 간부들이 각종 이론 지식을 앞장서서 학습하고 심도 있게 학습하고 꾸준히 학습해야 한다는 권학(勸學)의 도리를 아름다운 어구에 담아 깨우쳐 주었다.

'학문 연구의 세 가지 경지'는 우리에게 학습은 '천애지각 먼 길을 바라보는' 원대한 추구가 있어야 할 뿐만 아니라 근면한 노력, 그리고 "어젯밤 찬바람에 푸른 나뭇잎 지는"쓸쓸함과 "나 홀로 누각에 오른" 적막감을 참을 수 있어야 한다. 나아가 독자적인 사고를 하여 학문과 실용을 결합하고 배운 것을 이해하며 실천하며 얻는 것을 견지함으로써 학습과 실천 속에서 "인파 속 천만 번 그를 찾아 헤매다가", "문득 고개 돌려보니", "그 사람 저쪽 희미한 등불 아래 있구나." 하는 참뜻을 깨달을 수 있어야 한다는 것이다.

비관하거나 남의 손을 바라지 않는다

(不悲观不等待)

우리 현의 치지(七咕) 대대(이, 里)에는 정춴린(鄭春林)이라는 청년이 있는데 소아마비에 걸려 한쪽 다리를 잘 쓰지 못했습니다. 하지만 그는 비관하거나 남의 손을 바라지 않고 사비를 들여 베이징에 가 그림 그리기와 사진술을 배워가지고 집에 돌아온 후 마을 사람들 집을 방문하여 면담이나 장롱에 그림을 그려주고 사진을 찍어주고 있습니다. 어느 날 저녁, 한 대리 교사가 그의 집에 찾아와 급한 용도가 있다며 사진 한 장을 찍어 그날로 인화해 달라고 했습니다.

현상하려면 필름 한 롤을 다 찍어야 했지만 그럴 겨를이 없었습니다. 그는 아예 새 필름 한 롤에 사진 한 장만 찍은 다음 그날 밤으로 현상하고 인화함으로써 그 교사의 발등에 떨어진 불을 꺼주었습니다.

그는 다리가 불편하여 육체노동을 할 수 없는지라 가정 부업으로 담비 20여 마리를 길렀을 뿐만 아니라, 자신이 먼저 나서서 다른 청년들에게 기술을 전수해 줘서 마을에 담비를 기르는 집이 10여 호나 되었습니다. 2년 만에 그의 연소득이 거의 1만 위안에 이르렀습니다. 그는 자기 힘으로 번 돈을 들여 이 마을에서 최초로 자그마한 2층집 한 채를 지었습니다. 만약 전 현의 청년들 모두가 정춘린처럼 조그마한 능력이라도 발휘하여 자신의 총명과 재주를 통해 고향에 기여한다면 몇 년도 안 되어 정딩의 면모는 큰 변화를 가져오게 될 것입니다.

- 「스스로 분발하는 신진이 되어 정딩을 진흥시키는 대업을 개척하자」(1983년 8월 10일) 『알면 알수록 더욱 간절히 사랑한다』에서 발췌

연설내용의 배경 설명

'본보기의 힘은 책에 실린 20가지 가르침보다 낫다.'고 했듯이 어디에 본보기가 있으면 그곳에 진전할 수 있는 동력이 있다. 정춘린은 소아마비에 걸려 한쪽 다리를 잘 쓰지 못하지만 자포자기하지 않고 사비를 들여 그림 그리기와 사진술을 배우고 가정 부업으로 담비를 길렀을 뿐만 아니라 촌민들에게 담비 기르는 기술을 전수하여 수익을 창출하게 했다.

정춘린은 보통 사람들을 뛰어넘는 성취욕과 행동력으로 가난에서 벗어나 부유해졌을 뿐만 아니라 고향사람들까지 부유해지도록 도와주는 범상치 않은 일을 해냈다. 오늘날에도 그의 이야기는 사람들의 마음을 설레게 하면서 여전히 '스스로 분발한 형(혹은 오빠, 본보기)'이라고 할 만하다.

1983년 8월, 중국공산당 정딩현 위원회 서기로 있던 시진핑은 "청년들은 사회 전반에서 가장 적극적이고 가장 활력이 넘치는 역량이자, 정딩을 진흥시키는데 의존해야 할 일꾼들이다."라는 견해를 내놓았다. 그는 또 '맹목적인 열등감', '마음은 있지만 힘이 모자라는 문제' 등 일부 청

년들에게 존재하는 약점이나 단점도 날카롭게 지적했다. "어떤 청년들은 흔히 먼저 자기 신변의 일부터 하려 하지 않고, 먼 곳의 장미만 뜯으려 하면서, 모든 큰일은 먼저 사소한 일부터 시작하고 자기 신변의 일부터 시작해야 한다는 점을 잊은 것 같다." 청년들이 말단조직(基層)의 업무를 하찮게 여기고 평범한 일터를 하찮게 여기면서 당면하고 있는 맡은바 일을 하려 하지 않고 '큰일'을 맡겨주기만 기다린다면 모든 꿈은 환상이 될 수밖에 없다고 시진핑은 생각했다.

시진핑이 연설에서, 정춘린이 마을 사람들을 이끌고 치부한 사례를 든 취지는, 본직에 입각하여 자기한테 맡겨진 사소한 일부터 전심전력하면서 자기의 재능을 활짝 꽃피우라고 정당 청년들을 격려하기 위해서였다. 「스스로 분발하는 신진이 되어 정당을 진흥시키는 대업을 개척하자」는 이 연설에는 스스로 분발한 이야기가 한 가지 더 있다.

황춴썽(黃春生)은 문화 수준이 높지 않지만 1969년부터 목화 우량종을 개발하기 시작했다. 지식이 부족하여 그는 중학교『식물』교재부터 배우기 시작했고, 후에는 허베이 사범대학교, 허베이 대학교의 관련 교재를 독학하고 농업과학기술 잡지 등을 대량 섭렵했을 뿐만 아니라, 대학교와 과학 연구 기구에 특별히 찾아가 교수나 전문가들의 가르침을 받았다. 그가 몇 년 동안의 피나는 노력을 거쳐 개발한 '기면 2호' 품종은 헤베이성 과학기술 2등상을 따내고, 6만 6천 헥타르에 달하는 밭에 보급된 데서, 목화 육종의 '토박이 전문가'라는 칭호를 얻었다.

시진핑은 정춴린의 이야기를 통하여, 자기의 본직 업무를 착실히 하여 훌륭한 성적을 창출해야 만이 사람마다의 총명과 재지를 집중시킬 수 있고, 하나의 엄청난 역량으로 변화시킬 수 있으며, 사회 전반의 발전을 추진할 수 있다는 점을 청년들에게 깨우쳐 주었다. 청년들이 본직에 입각하여 자기한테 맡겨진 사소한 일부터 전심전력한다면 스스로의 멋진 인생을 이룩할 수 있을 것이다.

시진핑은 청년들에게 말단조직에 자주 내려가 '토대를 단단히 다져야 한다'는 격려의 말을 수차 했다. 대학생 촌관(村官)인 장광슈(張廣秀)에게 보낸 회답 편지에서 시진핑은 전국의 대학생들에게 "농민들에게 혜택을 주는 후회 없는 청춘을 보내려면 말단조직에 뿌리를 단단히 박고 말단조직을 사랑하며, 견식을 넓히고 재간을 늘려 농촌의 발전을 촉진시켜야 한다."는 간절한 기대를 담았다. 화중(華中)농업대학교 '번위(本禹) 자원봉사 팀'에 보낸 회답 편지에서 그는 청년들이 조국과 동행하고 인민을 위해 기여하는 것을 견지하면서 청춘의 꿈과 실제 행동으로 '중국의 꿈'을 이룩하는데 더욱 큰 새로운 기여를 하라고 격려하였다.

불량소년의 개과천선

(浪子回头)

  불량소년이 개과천선한 이야기가 또 한 가지 있습니다. 주처(周處)는 중국 역사에서 유명한 불량소년으로서 어릴 적부터 힘이 뛰어나고 포악했습니다. 그는 평소에 말을 타고 사냥을 하는가 하면 마을을 활보하면서 백성들을 괴롭혔습니다. 당시 남산에 사는 호랑이, 다리 아래에 사는 교룡(蛟龍)도 자주 백성을 해쳐 사람들은 호랑이, 교룡, 주처를 마을의 '삼해(세 가지 해악)'라고 불렀습니다. 후에 주처는 자신의 악행을 뼈저리게 뉘우치면서 산에 올라가 호랑이를 사살하고 강에 들어가 교룡을 죽였습니다. 그리고 유명한 학자 육운(陸雲)의 가르침을 받으며 열심히 공부하여 학문과 수양이 깊은 사람이 되었고, 나중에 나라를 위해 영광스럽게 전사하였습니다. 이 이야기는 누구나 잘못을 저지를 수 있지만 제때에 고치면 좋은 사람이 될 수 있다는 이치를 말해주고 있습니다. 이른바 '탕아가 뉘우치면 금보다 더 귀중하다'는 말이 그것입니다.

- 「인재가 경제성장에서 하는 역할은 짐작조차 할 수 없다」(1983년 4월 25일) 『알면 알수록 더욱 절실하게 사랑한다』에서 발췌

연설내용의 배경 설명

삼국 말기 서진 초기의 용사였던 주처는 어릴 적부터 완력이 남보다 뛰어났지만 횡포를 부리는 바람에 마을 사람들에게 악명이 자자했다. 마을 사람들은 주처를 남산의 호랑이, 물속의 교룡과 같이 '삼해'라고 불렀을 뿐만 아니라 그를 '삼해'의 으뜸으로 여겼다. 마을 사람들이 자기를 혐오한다는 것을 알게 된 주처는 스스로 분발해야겠다는 생각을 가지게 되었다. 그는 가르침을 받으려고 오군(吳郡)에 사는 육기(陸機)와 육운(陸雲) 형제를 찾아갔다. 마침 육기가 집에 없어서 육운이 그를 만나주었다. 그는 주처의 사연을 알고 나서 "옛사람들은 아침에 허물을 들었으면 저녁에 뉘우치는 것을 귀하게 여겼네. 굳은 의지를 가지고 지난날의 허물을 고치고 새롭게 착한 사람이 된다면 자네의 앞날은 무한한 것일세. 지난 일은 마음에 둘 필요가 없네."하고 충고했다.

주처는 그때부터 깊이 잘못을 뉘우치고 열심히 학문을 닦음으로써 마침내 명망이 높은 학자가 되었다. 후에 서북의 저강(氐羌) 반란을 토벌하러 나갔다가 중과부적으로 전사하였다. 누군가 그를 '충성스러움은 무성했고, 현명함은 충실했고, 열사의 지조는 높고 원대했어라'하고 칭송하였다. 주처의 불량소년이 개과천선한 이야기는 널리 전해져 내려왔다. 『진서(晉書)』와 『세설신어(世說新語)』에 '주처가 삼해를 제거하다'라는 기록이 있는가 하면 현재까지도 경극 중에 「삼해를 제거하다」라는 레퍼토리가 남아있다. 누군가의 고증에 따르면, 주처의 사적 모두가 실제로 있었던 일은 아니었다. 하지만 일종의 수신을 충고하고 가치를 창도한 '주처가 삼해를 제거하다'라는 고사는 독특한 문화적 의미를 내포하고 있다. 『논어』의 "군자의 허물은 일식이나 월식과 같다. 허물이 있으면 사람들이 모두 곁눈질하며 볼 수 있고, 허물을 고치면 사람들이 모두 우러러본다."는 말처럼 잘못을 저지를 수는 있지만 그 잘못을 뉘우치고 바른 길에 들어선다면 사람들의 존경과 추앙을 받을 수 있다. 『세설신어·자신』에는 또 대연(戴淵)이 잘못을 뉘우치고 개과천선한 고사가 기록되어 있다. 행상들을 약탈하는 대연을 보고 육기가 "그대에게 이 같은 재능이 있는데 왜 강도 노릇을 하느냐?" 하고 충고하자 대연은 지난 일을 뉘우치고, 후에 정서(征西)장군이 되었다.

1983년 3월, 허베이성 정딩현(正定縣)에서는 '새로운 시대의 임용 관념을 수립하고 현명하고 유능한 인재를 널리 구하는데 관한 조치'를 제정했다. 하지만 실행 과정에서 일부 당원 간부들에게 '인재 임용'에 대한 이해가 부족하여 의심하고 관망하는 등의 문제가 발생했다.

1983년 4월에 열린 '정책을 완화하고 경제를 진흥시키자'는 3급 간부회의에서 당시 중국공산당 정딩현 위원회 부서기로 재직하던 시진핑은, 각급 지도자와 간부들이 새로운 임용 관념을 수립하고 현위원회의 '인재 임용' 9가지 조치를 성실히 실행하고 '현명하고 유능한 인재'를 널리 받아들여 경제 진흥을 추진해야 한다고 인재의 중요성을 강조하였다.

시진핑이 주처의 사례를 인용한 뜻은 누구나 잘못을 저지를 수 있지만 제때에 고치면 좋은 사람이 될 수 있다는 이치를 깨우쳐주기 위해서였다. 결점이 있거나 한때 과오를 범한 적이 있는 인재에 대해서는 사소한 부분만 볼 것이 아니라 중요한 부분도 보아야 하며, 결점이나 단점만 볼 것이 아니라 장점도 보아야 한다. 시진핑은 또 '대덕(大德)은 치켜세우고 소과(小過)는 용서하며, 한 사람에게 모든 것이 갖춰져 있기를 바라지 말라.'는 옛사람들의 말을 인용하여 덕과 재능에 따라 사람을 임용하려면 한 가지 방식에만 구애받지 말고 사상을 해방시키고 관례를 타파하며 편견을 해소해야 한다고 밝혔다.

4. 통치에 관한 이야기:

문건(文件)에 근거하여 다스릴 것이 아니라,

실재(實在)에 근거하여 다스려야 한다(以实则治, 以文则不治)

국산 핸드폰의 역습

(国产手机逆袭)

　　최근 몇 해 동안 우리나라 일부 기업에서는 공급 측 구조개혁을 추진하는 면에서 성공적인 연구를 진행했습니다. 예컨대, 몇 해 전부터 우리나라 시장에서 기존의 모토로라, 노키아 등 국외 브랜드는 물론 국내 업체에서 생산한 핸드폰까지, 각종 핸드폰이 자기 기능을 뽐내면서 아주 치열한 경쟁을 벌이고 있고, 일부 기업은 부도가 나거나 파산하였습니다.

　　이 같은 상황에서 우리나라 일부 기업들은 생산 단계부터 착수하고 자체 혁신을 견지하면서 고가시장을 겨냥한 고급 스마트 폰을 출시하여 더욱 다양한 기능, 더욱 빠른 속도, 더욱 뚜렷한 영상, 더욱 세련된 디자인을 원하는 고객들의 요구에 만족을 줌으로써 국내외에서의 시장 점유율이 지속적으로 상승하고 있습니다.

　　세계 핸드폰 시장에서도 경쟁이 아주 치열합니다. 한때 이름이 자자했던 모토로라, 노키아, 에릭슨 핸드폰은 지금에 와서 더는 영광을 누리지 못하거나 심지어 연기처럼 금방 사라질 운명에 처해 있었습니다. 신정이 지난 후 저는 총칭의 한 회사를 찾아보았는데, 그들이 생산하는 박막 트랜지스터 액정 디스플레이가 바로 공급 측 개혁의 성공적인 사례라 할 수 있습니다. 이 몇 해 동안 총칭은 노트북 등 스마트 단말기 제품과 자체 브랜드 자동차 산업에서도 빠른 성장을 이룩하여 세계적으로 최대 전자정보 산업단지와 국내 최대 자동차 산업단지를 조성했으며, 세계적으로 노트북 3대 중 한 대는 총칭에서 만들었다고 할 수 있습니다. 이는 시장을 겨냥한 공급 측의 개혁을 추진한다면 산업을 최적화하는 길을 충분히 개척할 수 있다는 것을 설명하고 있습니다.

－「성(省)부(部)급 주요 지도층 간부들이 중국공산당 18기 5차 전원회의 정신을 학습하고 관철하는 테마 세미나에서 한 연설」(2016년 1월 18일)

연설내용의 배경 설명

스마트폰이 이동인터넷 시대의 문을 열어놓았다면, 핸드폰 시장의 변화를 통하여 중국의 혁신적 능력 개선 성과와 공급 측 구조개혁의 성과를 엿볼 수 있다. 몇 해 전까지만 해도 노키아, 모토로라 브랜드는 중국의 핸드폰 시장을 독차지하다 시피 했지만 최근 연간 국산 핸드폰 브랜드가 새로운 역량으로 갑자기 나타나는 바람에 출하량과 시장 점유율이 하락세를 보이면서 상승세를 타는 국산 브랜드와 대조를 이루고 있다. 2015년, 국산 핸드폰에 대한 고객들의 관심도가 51.3%에 달하여 국제 브랜드 관심도를 능가했다.

이는 국산 핸드폰 제조업체의 영향력이 국제 제조업체 영향력을 따라잡고 있음을 의미했다. 2016년 전 3분기, 국내 스마트폰 시장 누계 출하량이 3.71억 대였는데, 화웨이·OPPO·VIVO·애플·샤오미가 1위부터 5위를 차지, 그중 4가지가 국산 브랜드였다. 국산 핸드폰은 국외 시장 개척에도 적극 나서고 있다. 2016년 상반기, 레노버와 샤오미는 인도 핸드폰 시장에서 각기 판매량 2위와 3위를 차지했고, 화웨이는 유럽시장 출하량이 배로 늘어났다. 공급 측 구조개혁 면에서 총칭시의 노트북 생산 역시 성공적인 사례이다. 총칭시가 노트북 기술을 도입해서부터 세계 최대 노트북 생산기지로 부상하기까지는 7년이란 시간 밖에 걸리지 않았다. 2014년, 스마트 단말기 제품 생산량이 거의 2억 대(건)에 달했는데, 그중 노트북 생산량이 6,100만 대에 달하여 세계 생산량의 3분의 1을 차지했다.

시진핑이 총칭시를 찾아 시찰한 BOE는 디스플레이 기술, 제품과 서비스 면에서 세계 선두를 달리는 업체로서 마케팅과 서비스 시스템이 유럽과 아메리카, 아시아 등 세계 주요 지구에 포진되어 있다. BOE에서 생산에 들어간 8.5세대 박막 트랜지스터는 우리나라 반도체 디스플레이 산업이 세계 선진 수준을 따라잡고, 우리나라 전자 정보산업을 전면적으로 발전시키는데 중대한 전략적 의의를 가지고 있다. 아울러 BOE는 혁신을 1순위에 놓고 있다. 2014년에는 신규 특허 신청 양이 5,116건, 2015년에는 6,156건으로 현재까지 사용 가능한 특허가 누계로 4만 건을 넘었다. 혁신은 새로운 발전 이념에서의 첫 번째 요구일 뿐만 아니라 공급 측 개혁을 추진함에 있어서의 필연적 조치이기도 하다.

시진핑은 국내 핸드폰 시장을 공유하는 구조적 변화가 생겼다는 이야기를 통하여 총칭시의 노트북 산업과 자체 브랜드 자동차 산업이 거족적인 발전을 가져왔다는 사실을 말함으로써, 중국 혁신 능력의 향상과 공급 측 구조 개혁의 큰 의미를 설명하고 각급 지도층 간부들에게 한 가지 경

제발전의 법칙을 천명하였다. 즉 공급 측 구조에 파격적인 혁신이 이루어
진다면 시장이 적극적인 반응을 보여준다는 것이다. 결론적으로 말하면
한 나라의 발전은 근본적으로 공급 측 구조개혁을 추진하는데 의존해야
한다는 것이었다.

경제가 하락하는 압력에 직면하여, 어떻게 하면 경제의 새로운 상태에
적응하거나 이것을 리드할 것인가? 어떻게 하면 경제 체제의 전환을 이
룩하고 업그레이드 할 것인가? 이처럼 공급 면에서의 구조개혁에 진력
해야 한다고 시진핑은 거듭 강조했다. "이것은 경제발전의 새로운 상태
에 적응하거나 이것을 리드할 수 있는 중대한 혁신이자 국제 금융위기가
발생한 후 종합적 국력 경쟁이라는 새로운 형세에 적응할 수 있는 능동
적인 선택이며, 우리나라 경제발전의 새로운 상태에 적응할 수 있는 필연
적 요구이다."

시진핑은 또 이렇게 밝혔다. "매번 과학기술혁명과 산업혁명은 매번 생
산력을 업그레이드시키면서 상상조차 할 수 없는 공급능력을 만들어냈
다." 이는 각급 지도층 간부들이 공급 측 구조적 개혁을 추진하는 능동성
과 적극성을 강화할 필요가 있으며, '다섯 가지 과제'를 성실하게 실행하
고 공급 시스템의 질과 효율을 힘써 향상시켜 중국경제가 봉황열반[17]을
추진하는 가운데서 전환을 이룩하고 업그레이드할 필요가 있는 것이다.

---

17) 봉황열반(鳳凰涅槃) : 천방국에 신조가 있었는데, 이름을 피닉스라고 불렀다. 만 500살이 된
뒤에는, 향나무를 모아 불을 붙이고는 스스로 타죽는다고 하는데 다시 죽은 잿더미 속에서
살아난다고 한다. 깨끗하고 아름답기가 한결 같고, 다시는 죽지 않는다. 이 같은 새를 중국
에서는 이른바 봉황이라고 하는데, 수놈을 일컬어 봉이라 하고 암놈을 황이라고 한다. 공연
도가 이르길 "봉황은 불의 요정으로, 단혈을 낳는다. 봉황은 그 수컷의 울음소리는 '지지'하
고, 그 암컷 울음소리는 '주주'라고 한다."고, 그 암컷 울음소리는 '주주'라고 한다."

'손해 볼 준비를 해야 한다'

(准备吃亏)

1945년 마오쩌둥 동지는 당의 7차 대표대회에서 한 결론 보고에서 "손해를 볼 준비를 해야 한다"고 연설하면서 봉착할 수 있는 17가지 어려움을 단숨에 열거했습니다.

첫 번째는 외국인들에게 된욕을 먹을 수 있습니다. 두 번째는 내국인들에게 엄청난 욕을 먹을 수 있습니다. 세 번째는 국민당에게 몇 개의 근거지를 잃을 수 있습니다. 네 번째는 어느 정도(50만 내지 75만)의 군대가 그들에게 궤멸될 수 있습니다. 다섯 번째는 괴뢰군이 장제스(蔣介石)를 환영할 수 있습니다. 여섯 번째는 내전이 발발할 수 있습니다. 일곱 번째는 '스코비'가 나타나 중국을 그리스처럼 만들 수 있습니다. 여덟 번째는 폴란드처럼 인정하지 않을 수 있습니다. 즉 공산당의 지위가 인정받지 못할 수 있습니다. 아홉 번째는 어느 정도의 당원들이 도망치거나 떨어져 나갈 수 있습니다. 열 번째는 당내에 비관적 심리와 정서적 피로가 나타날 수 있습니다. 열한 번째는 자연재해로 인하여 황폐해진 땅이 끝없이 넓어질 수 있습니다. 열두 번째는 경제가 어려워질 수 있습니다. 열세 번째는 적의 병력이 화북에 몰릴 수 있습니다. 열네 번째는 국민당이 암암리에 음모를 실행하여 우리의 책임 동지들을 암살할 수 있습니다. 열다섯 번째는 당의 수뇌부에 의견 차이가 생길 수 있습니다. 열여섯 번째는 국제 프롤레타리아트에서 장기간 우리를 원조하지 않을 수 있습니다. 열일곱 번째는 기타 뜻밖의 일이 생길 수 있습니다.

마오쩌둥 동지는 또 "많은 일들은 예상할 수는 없지만 반드시 대비해야합니다. 특히 우리 고위급 책임 간부들은 돌발적인 어려움에 대처하고 돌발적인 불리한 상황에 대처할 정신적 준비를 해야 합니다. 이 같은 일을 우리는 투철하게 고려해야 합니다."라고 밝혔습니다. 덩샤오핑 동지도 "우리는 업무의 기준점을, 나타날 수 있는 비교적 큰 위험에 두고 대책을 잘 세워야 합니다. 이렇게 해야 위험에 봉착한다 하더라도 크게 걱정할 필요가 없게 됩니다." 마오쩌둥 동지, 덩샤오핑 동지, 장쩌민 동지, 후진타오 동지는 이러한 연설을 여러 번 했을 뿐만 아니라 아주 심각하게 했는데, 이는 당을 다스리고 나라를 다스리는 아주 중요한 정치적 경험이자 정치적 지혜입니다.

- 「성(省)부(部)급 주요 지도층 간부들이 중국공산당 18기 5차 전원회의 정신을 학습하고 관철시키는 테마 세미나에서 한 연설」(2016년 1월 18일)

연설내용의 배경 설명

중국공산당의 역사에서 마오쩌둥은 최저선 사유(底線思維)를 잘 활용한 전략 대가였다. 모든 일은 가장 어려운 상황, 가장 나쁜 상황을 고려하여 준비한 다음 가장 좋은 결과를 쟁취하기 위해 노력해야 한다는 것이 마오쩌둥의 생각이었다. 이는 그의 한 가지 사고방식이자 업무 방식이었고, 지도방식이었다. 시진핑이 말한 이 이야기가 곧 이 같은 최저선 사유를 구현한 것이다.

중국공산당 7기 대표대회를 소집할 때는 중국공산당의 양상에 이미 큰 변화가 생겼다. 옌안 정풍(整風)을 거쳐 전 당은 사상적으로, 행동적으로 크게 각성하여 새로운 단결과 통일을 이루었으며, 중국공산당은 풍부한 경험에 121만 이라는 당원을 보유한 강대한 정당으로 부상하여 '중국 인민들의 항일 구국 중심', '중국 인민을 해방하는 중심', '침략자를 공격해서 물리치고 새로운 중국을 건설하는 중심'이 되었으며, 중국공산당이 영도하는 인민군대는 21만 명에 민병은 220만 명으로 늘어났고, 해방구의 인구는 9,550만 명에 달하였다. 마오쩌둥이 밝힌 것처럼 "중국공산당이 현재처럼 강대한 적이 없었고, 혁명근거지의 인구가 현재처럼 많은 적이 없었으며, 현재처럼 이렇게 큰 규모의 군대가 있은 적이 없었다. 중국공산당은 일본 통치구역과 국민당 통치구역 인민들 속에서의 위세 역시 현재 가장 높고, 소련과 각국 인민들의 혁명 역량 역시 현재 강대하다. 이 같은 조건에서 침략자를 공격해서 물리치고 새로운 중국을 건설하는 것은 완전히 가능하다 할 수 있다."

국제와 국내 형세가 매우 좋아 사람들이 기쁨에 들뜨려할 때, 마오쩌둥은 중국공산당 7기 대표대회 보고에서 도리어 "손해를 볼 준비를 해야 한다"면서, "광명"을 볼 수 있음과 아울러 "더욱이는 어려움에 대처할 준비'를 해야 하며, 심지어 누군가 내놓은 전후(戰後)에 "중국이 미국의 식민지로 변할 수도 있다"는 견해에 예상 밖으로 찬성을 표했다. 또한 마오쩌둥은 봉착할 수 있는 17가지 어려움을 단숨에 열거했다. 이는 '가장 나쁜 상황을 고려하여 우리의 정책을 채택'하는 마오쩌둥의 사고방식과 지도 예술을 구현했을 뿐만 아니라, 우리가 최저선 사유를 견지하고 활용하여 창업하고 일을 도모하는데 하나의 범례를 제공하였다.

현재 그리고 향후 한 동안 우리는 국제와 국내에서 적지 않은 모순과 위험에 봉착하게 될 것이며, 각종 모순의 근원이나 위험 요인이 상호 교차되고 상호 작용을 하게 될 것이다. 이 같은 시대적 배경에서 시진핑은 마오쩌둥, 덩샤오핑 등 당의 지도자들이 최저선 사유를 잘 활용한 이야기를 말함으로써 각급 지도층 간부들이 모든 일을 나쁜 상황으로부터 준비하는 최저선 사유의 방법을 잘 활용하여 최상의 결과를 다시 취하기 위해 노력할 것을 요구했다.

민중 노선 교육 실천 활동 가운데서 시진핑은 "기풍문제를 제대로 해결하지 않는다면 '패왕별희'와 같은 순간이 나타날 수도 있다."고 경고했다. 중국공산당 창립 95주년 기념대회에서 시진핑은 "중대한 도전에 대처하고 중대한 위험을 막아내고 중대한 장애를 극복하고 중대한 모순을 해결하기 위해 항상 준비해야 한다."고 당부했다.

그는 또 "만약 미처 방비하지 못하고 제대로 대응하지 못한다면 전도(顚倒)되고, 중첩되고, 변화 발전되고, 승화되어 작은 모순이나 위험, 도전이 큰 모순이나 위험, 도전으로 확대될 수 있고, 국부적인 모순이나 위험, 도전이 체계적인 모순이나 위험, 도전으로 확대될 수 있으며, 국제적 모순이나 위험, 도전이 국내의 모순이나 위험, 도전으로 변화 발전될 수 있고, 경제·사회·문화·생태 분야의 모순이나 위험, 도전이 정치적인 모순이나 위험, 도전으로 전환되어 결국 당의 집권 지위를 위태롭게 만들고 국가 안전을 위태롭게 만들게 된다."고 여러 번 강조했다.

　우리가 한창 많은 새로운 역사적 특징을 가지고 있는 위대한 투쟁을 진행하고 있는 시점에서 각급 지도층 간부들은 위험 의식을 강화하고 최저선 사유를 잘 활용하여 시진핑의 요구에 따라 "그 어떤 형식의 모순이나 위험, 도전에 대응할 준비를 잘해야 한다."

중국의 기적

(中国奇迹)

우리나라는 농업을 기반으로 세워진 나라로서, 농업문명은 장기간 세계 앞자리를 차지했습니다. 한나라(漢代) 때, 우리나라 인구는 6,000만 명이 넘었고, 개간한 땅은 8억 무(畝, 약 5,333만 헥타르)가 넘었습니다.

당나라(唐代) 때, 창안(長安) 면적이 80㎢, 인구가 100만 명을 넘었으며, 화려한 궁궐에 높이 솟은 절과 보탑(寶塔), 동쪽과 서쪽에 자리 잡은 두 상가(商街)는 아주 번화했습니다. 시인 잠삼(潛蔘)의 시에는 "장안 성안에 백만 세대"라는 시구가 있습니다. 북송 때는 조세 최고치가 1.6억 관(貫)에 달하여 당시 세계적으로 가장 부유한 나라였습니다.

그 당시 런던·파리·베니스·피렌체의 인구는 10만 명에 미치지 못했지만, 우리나라는 인구가 10만 이상의 도시가 거의 50곳이나 되었습니다. 산업혁명이 일어난 후, 우리는 뒤떨어지기 시작했지만 서방국가들은 오히려 발전하기 시작했습니다. 아편전쟁 후, 우리나라는 자급자족의 자연경제가 점차 해체되었지만 산업혁명의 기회를 잡지 못했습니다.

민족공업도 어느 정도 발전하고 외국자본도 어느 정도 들어오면서 상하이에 '넓은 조계지'가 생기고 톈진에 공장이 들어서는가 하면, 우한(武

漢)의 방산 생산 같은 것이 한때 인기를 누리기는 했지만, 전반적으로 보면 전진하는 시대의 조류에 뒤떨어졌기에 나라가 빈궁하고 낙후해졌으며 전란이 끊이지 않았습니다. 이런 상태가 100여 년 동안이나 지속되었습니다.

신중국(중화인민공화국)이 수립된 후, 우리 당은 인민들을 영도하여 공업화 건설을 대규모적으로 시작하였습니다. 마오쩌둥 동지는, "우리나라를 현대화한 공업, 현대화한 농업, 현대화한 과학문화와 현대화한 국방으로 건설할 수 있다고 마음을 먹는 것"이 우리의 임무라고 밝혔습니다. 1950년대의 나라 건설에서 뚜렷한 성과를 거두었습니다. 후에 지도 사상적으로 '좌'적인 과오가 나타나고 또한 '문화대혁명'과 같은 10년 대재난이 생긴데다가 사회주의 건설 법칙에 대한 우리의 인식이 깊지 못한데서 대규모 공업화 건설을 순조롭게 지속할 수 없었습니다.

당의 11기 3차 전원회의는 개혁개방이라는 새로운 역사적 시대를 열어놓았습니다. 30년 이래, 여러 가지 어려움에 봉착하기는 했지만, 우리는 제2차 세계대전이 종결된 후 한 나라에서 경제의 고도성장을 지속한 기간이 가장 오랜 기적을 창조했습니다. 우리나라 경제 총생산량은 세계 순위에서, 개혁개방 초기의 11위에서 2005년에 프랑스를 제치고 5위를 자지했고, 2006년에는 영국을 제치고 4위를 차지했으며, 2007년에는 독일을 제치고 3위, 2009년에는 일본을 제치고 2위를 차지했습니다. 2010년 우리나라 제조업 규모는 미국을 제치고 세계 1위를 차지했습니다. 우리는 선진국에서 수백 년 간 걸어온 발전과정을 수십 년 만에 완주하여 세계 발전에서의 기적을 이루었습니다.

- 「성 부급 주요 지도층 간부들이 중국공산당 18기 5차 전원회의 정신을 학습하고 관철시켜 테마 세미나에서 한 연설」(2016년 1월 18일)

연설내용의 배경 설명

한나라와 당나라의 태평성대는 중국인들의 집단 기억 속에 영원히 새겨져 있을 뿐만 아니라 인류의 문명사에 중요한 위치를 차지하면서 당시 세계문명의 절정을 대표하였다.

당나라가 절정기일 때에는 강역(疆域)이 동쪽으로는 조선반도(한반도)까지, 서쪽으로는 중아시아 아랄해까지, 남쪽으로는 베트남 후에 일대까지, 북쪽으로는 바이칼호까지 이르러 총면적이 1,251만㎢에 달했다고 한다. 성당(盛唐, 당나라 전성기)을 언급할 때면 흔히 옹용화미(雍容華美, 화목하고 너그럽고 화려하고 고귀함)한 큰 기세, 폭 넓게 받아들이는 개명함, 예의상 교제를 중요시하는 문명과 여유작작한 자신감을 떠올리게 된다.

당시 장안은 중아시아, 남아시아, 일본, 아라비아 등 나라와 지역의 상인들이 운집하여 그야말로 국제화한 대도시라 할 수 있었다. 더구나 그중에 중아시아와 페르시아, 아라비아의 '역외(域外) 상인(胡商)'들이 가장 많았다. 이 '외국 국적'의 상인들은 장안에서 장사만 할 수 있었던 것이 아니라 가정을 이루고 아이를 낳으며 살 수 있었으며, 심지어 조정에 들어가 벼슬도 할 수 있었다.

자료에 따르면, 당나라의 재상 가운데는 이민족이 29명, 벼슬을 한 외국인이 3000명에 달하였다. 왕궈웨이의 「독사(讀史) 20수」에서 "남해의 상선은 아라비아에서 오고/ 서경(장안)의 조로아스터교 건물은 페르시아인이 지었다네./ 먼 곳에서 온 손님들 제집에 온 듯이 편히 즐겁게 보내니/ 이것이야말로 당나라 전성기가 아닌가.”라고 밝혔다. 이 시구는 강성하고 개방된 당나라에 대한 생동적인 묘사라 할 수 있다.

중국의 발전과 번영은 송나라(宋代) 때까지 지속되었다. 유명한『청명상하도(淸明上河圖)』에는 송나라의 상공업과 도시발전 상황이 기록되어 있다. 하지만 명나라와 청나라 이래, 서방의 나라들은 점차 산업화의 길에 들어섰지만, 중국의 봉건왕조는 오히려 날로 보수적인 쇄국정책을 편 데서 현대화를 할 수 있는 좋은 기회를 놓쳤다.

근대 이래의 양무운동(洋務運動), 실업구국론(實業救國論) 등 모두가 산업화를 이루려는 희망이 있었다. 하지만 정확한 길을 찾지 못한데서 결국은 모두 실패로 돌아갔다. 중화인민공화국이 수립된 이래, 특히 개혁개방 이래, 중국인민들은 중국 특색의 사회주의라는 정확한 길을 찾았을 뿐만 아니라 이 길을 따라 역사가 오랜 농경사회(국가)를 산업화사회로의 전환을 추진하여 오래된 문명체계에 현대문명이라는 햇가지를 길러냄으로써 10억 규모의 인구에 현대화를 결합시키는 인류사상 유례가 없는 장거를 이루어냈다.

역사는 가장 훌륭한 교과서이자 가장 훌륭한 각성제이다. 시진핑은 역사적 비교를 각별히 중요시한다. 그의 연설에는 흔히 상하 5천년, 가로 세로 수만리를 넘나드는 드넓은 역사적 시야로 현실을 관찰하고 미래를 사고하였다. 그는 시간의 축을 거슬러 올라가 고대 중국의 찬란한 업적을 소급하는가 하면 낙오했던 근대 중국의 굴욕에 착안하고, 당대 중국이 발전하는 데서의 굽은 길과 선진국을 추월할 수 있었던 원인을 분석하면서 예로부터 오늘에 이르기까지 한 폭의 중국의 발전상을 펼쳐보였는데, 능숙하게 활용하는 역사적 숫자, 역사적 세부사항, 역사적 장면으로부터 우리는 강력한 역사적 맥박의 움직임을 느낄 수 있을 뿐만 아니라, 현시대의 역사적 방향도 분명하게 인식할 수 있다.

시진핑의 방대한 시야에서 5천 년의 찬란한 농경 문명, 100여 년의 파란만장한 굴욕적 역사, 30여 년의 격정으로 타오른 개혁개방은 전후가 이어진 중화민족의 역사적 좌표를 구성했는데, 이 같은 좌표체계에서 만이 중국 개혁개방의 발전방향을 보다 정확하게 파악할 수 있고, '혁신·조율·친환경·개방·공유'라는 새로운 발전이념이 중국의 미래에 가지는 의미를 보다 깊이 이해할 수가 있다. '더욱 확실하게 알면 알수록 실천에 더욱 충실할 수 있다.'

시진핑이 새로운 발전 이념을 역사적인 언어 환경 속에 놓은 것은 시간과 공간의 조명 속에서, 역사와 현실의 관조 속에서, 시대와 과거의 대화 속에서 새로운 발전 이념의 진리적 역량과 시대적 의미를 보다 분명하게 드러내기 위해서였으며, 또한 객관적인 세계를 개조하는 정신적 역량과 실천적 지침이 되기 위해서였다.

세계 8대 공해사건

(世界八大公害事件)

지난 세기 서방 국가에서 발생한 '세계 8대 공해사건'은 생태환경과 대중들의 생활에 막대한 영향을 조성했습니다. 그중 로스앤젤레스 광화학(光化學) 스모그 사건은 거의 1,000명이 사망했고, 75% 이상의 시민들을 결막염에 걸리게 했습니다. 런던 스모그 사건은, 1952년 12월에 발생하여 매우 짧은 며칠 사이에 4,000명이 치사했고, 뒤이어 두 달 사이에 거의 8,000명이 호흡기 계통 질병으로 사망했습니다. 그 다음 1956년, 1957년, 1962년에 스모그 사건이 12번이나 연속적으로 발생했습니다. 일본 미나마타 사건은, 공장에서 메틸수은이 함유된 폐수를 미나마타 만에 곧바로 배출하는 바람에, 오염된 어류와 조개류를 먹고 극히 고통스러운 수은 중독증에 걸린 환자가 거의 1,000명에 달했고, 생명의 위협을 받은 사람이 2만여 명에 달했습니다. 미국 작가 레이첼 카슨(Rachel Carson)은 『침묵의 봄』에서 그때 상황을 상세하게 묘사했습니다.

-「성 부급 주요 지도층 간부들이 중국공산당 18기 5차 전원회의 정신을 학습하고 관철하는 테마 세미나에서 한 연설」(2016년 1월 18일)

연설내용의 배경 설명

"자연력의 정복, 기계에 의한 생산, 공업과 농업에서 화학의 이용, 기선에 의한 항해, 철도의 통행, 전신의 사용, 세계 각지의 개간, 하천 항로의 개척, 마치 땅 밑에서 솟아난 듯한 엄청난 인구, 이와 같은 생산력이 사회적 노동의 태(胎) 내에서 잠자고 있었다는 것을 과거 어느 세기에서 예감이나 할 수 있었겠는가!"

마르크스와 엥겔스는 「공산당선언」에서 기세 드높은 이 같은 방식을 이용하여 공업문명이 인류사회 발전에 가져다 준 영향을 설명하였다. 하지만 과학기술은 놀라운 물질적 재부를 창조해줌과 아울러 생태환경을 엄청나게 파괴하는 결과를 초래했다. 세계적인 환경공해 사건은 극히 처참한 방식으로 환경오염이 초래될 수 있는 비참한 후과로 나타남으로써 인류에게 강력한 경고 신호를 주었다.

세계 8대 공해사건은 벨기에 뫼즈 계곡 스모그 사건, 영국 런던 스모그 사건, 일본 욧카이치시(四日市) 천식사건, 일본 미강유(米糠油) 중독사건, 일본 미나마타 수은 중독사건, 미국 로스앤젤레스 광화학(光化學) 스모그 사건, 미국 도노라 스모그 사건, 일본 도야마(富山) 이타이이타이병 사건 등이었다. 뫼즈 계곡 스모그 사건은 세계 8대 공해 사건 중 가장 먼저 발생한 오염사건이었다. 즉 20세기 최초로 기록된 대기오염 참사였다. 뫼즈에는 24Km에 달하는 계곡이 있는데, 코크스 ·제철 ·전력 ·유리제조 ·아연제조 ·황산 ·화학비료 공장들이 총총히 분포되어 있었다.

1930년 12월 1일, 벨기에 전체가 스모그로 뒤덮였고, 뫼즈 계곡의 스모그가 특히 짙었는데 이상 기후 3일 만에 수천 명(6,000여 명)의 주민들이 호흡기 질병(급성중독)에 걸리고 63명이 사망, 동기대비 정상 사망 인수의 10.5배에 달하였다. 하지만 아쉽게도 이 사건은 당시 사람들의 관심을 불러일으키지 못했고, 이 사건을 일으킨 장본인은 지속적으로 환경을 대가로 하여 힘차게 약진하면서 환경오염이라는 비극을 끊임없이 빚어냈다.

『침묵의 봄』은 전 세계 환경보호 사업을 촉진하도록 부추긴 책으로서, '대자연을 향한 인류의 선전 포고'에 대하여 처음으로 완전히 정확하게 질의하면서, 인적이 드문 산골짜기에서 내는 발자국 소리처럼 생태문명에 관한 반성의 목소리를 분명하게 내었다.

시진핑은 '세계 8대 공해사건'을 말하고 『침묵의 봄』이라는 책을 소개함으로써 환경보호, 녹색성장에 대해 고도의 관심을 표현하였다. 짙은 스모그로 인한 '호흡 곤란', 지하수 오염으로 인한 보편적 우려, 식물 파괴로 인한 사막화⋯ 다년간 누적된 많은 생태환경 문제는 민생의 고통으로 이어질 뿐만 아니라 자칫하면 사회적인 문제로까지 불거질 수 있다.

시진핑은 "우리나라 생태환경은 하루 사이에 나빠진 것이 아니라, 역사적인 과정에서 쌓인 모순이다. 그러나 우리의 손에서 날로 나빠지게 할 수는 없다. 공산당원이라면 반드시 이 같은 포부와 의지가 있어야 한다."고 강조하였다. 이는 한창 현대화로 빠르게 발전하는 중국에게 향후의 나아갈 방향을 제시하여준 것인데, 서방의 "우선 오염시키고 나서 해결하고자 하는" 낡은 방법을 피하고 '녹색성장'이라는 이념을 전면적으로 관철시킴으로써 생태와 발전이 상부상조하여 서로의 장점을 더욱 잘 드러낼 수 있는 새로운 방법을 찾아내는데 힘써 노력해야 할 것이다.

류칭이 황푸촌에 내려가 조사 연구하다

(柳青蹲点皇甫村)

1982년 제가 허베이성 정딩현(正定縣)에 전근하여 떠나기 전날 저녁에 몇몇 지인들이 전송하러 왔습니다. 그중에는 8.1 영화촬영소의 시나리오 작가이자 소설가인 왕위안젠(王願堅)도 있었습니다. 그는 나를 보고, 농촌에 가면 류칭처럼 농민 군중들 속에 깊이 들어가 그들과 한 덩어리가 되어야 한다고 말했습니다. 류칭은 농민들 속에 들어가고자 1952년 산시성 창안현 당위원회 부서기를 맡았고, 후에는 현 당위원회 부서기 직무를 사임하고 상무위원 직무는 유보한 채 그 현의 황푸촌에 내려가 14년 동안 정착생활을 하면서 정력을 집중하여 『창업사(創業史)』(농업과 농민의 사회주의화 과정을 그린 장편소설 – 역자 주)를 창작했습니다. 류칭이 산시 관중(關中) 농민들의 생활을 잘 알고 있었기 때문에 소설 속의 인물들이 살아 있는 것처럼 생동감이 넘쳐났습니다. 류칭이 농민들의 희로애락을 잘 알고 있었기에 중앙정부(中央政府)에서 농촌과 농민과 관련된 정책을 출범시키면 머릿속으로 농민 군중들이 기뻐할지 언짢아할지를 이내 상상할 수 있었습니다.

- 「문예창작 좌담회에서 한 연설」(2014년 10월 15일)

연설내용의 배경 설명

류칭은 본명이 류원화(劉蘊華)이며, 중국 당대의 저명한 소설가이다. 그는 가난한 농민 가정에서 태어나 1930년대부터 문학창작을 시작하여 1947년에 첫 장편소설 『종곡기(種穀記)』를 출간하였다. 1960년 류칭은 농촌에서 14년 동안 실제로 겪은 생활을 바탕으로 하여, 서사시 같은 장편소설 『창업사』를 창작함으로써 중국문학사에서 자기 위치를 확립하였다.

류칭이 살아 있다면 2016년 현재 100세가 된다. 통상 늙으면 서재에서 열심히 글을 읽는 것과는 달리 류칭은 주동적으로 산시성(陝西省) 창안현(長安縣) 황푸촌에 내려가 14년 동안 정착생활을 하면서 농촌의 여러 유형의 인물과 그들의 심리구조, 풍습을 연구하고 파악하였다. 이는 그가 『창업사(創業史)』를 창작하는데 엄청난 생활 소재를 제공하였다. 이러한 원인으로 인해 류칭은 옌안 문예좌담회의 취지를 열심히 실천한 작가로, 문예계에서 '생활 속에 깊이 들어가 인민들 속에 뿌리를 내린' 대표 작가가 될 수 있었다.

류칭은 농민들의 희로애락을 잘 알고 있었기 때문에 량성바오(梁生宝), 량산노인(梁三老漢), 궈스푸(郭世富), 야오스제(姚士杰), 궈쩐산(郭振山) 등 아주 성공적인 문학 캐릭터들을 훌륭하게 묘사할 수 있었고, 또한 이런 생동적인 개체 생명을 통하여 우리나라 농업을 사회주의화 하는 과정에서의 파란만장한 역사적 풍경을 선보일 수 있었다. 류칭은 인물을 스케치하는 형식으로 단순하게 묘사한 것이 아니라, 그들의 풍부하고 복잡한 내면세계를 깊이 있고 세밀하게 묘사하였다.

누군가는 14년이라는 농촌의 정착생활이 없었다면 『창업사』와 같은 흙냄새 짙은 작품을 창작할 수 없었을 것이라고 밝혔다. 인민들 속에 깊이 뿌리를 박았기 때문에 『창업사』가 세월이 흘러도 빛이 바래지 않는 생명력과 영향력을 가질 수 있었다. 중국 당대 문학사에는 '3홍1창(三紅一創)'이라는 설이 있는데, 곧 『홍암(紅岩)』, 『홍일(紅日)』, 『홍기보(紅旗譜)』 3부작에 『창업사』를 더하여 누구나가 공인하는 4부의 홍색 고전(紅色經典) 장편소설을 가리킨다.

"누구를 위하여 창작하느냐 하는 문제는 근본적인 문제이자 원칙적인 문제이다." 1942년, 마오쩌둥은 문예는 노농병(勞農兵)을 위하고, 인민대중들을 위해 복무해야 한다는 근본적인 방향을 제시하였다.

70여 년의 격동적인 세월 속에서 '인민대중을 위한다'는 취지는 사회주의 문예의 근본적인 가치로 자리 잡았다. 2014년 10월 문예창작 좌담회에서 시진핑은 류칭이 대중들과 한 덩어리가 되었던 이야기를 하면서, 사상관념에 심각한 변혁이 생기고 다문화가 끊임없이 생성되는 오늘날에 '문예는 인민을 위하여'라는 이 가장 기본적인 가치를 거듭 천명한 것은, 사회주의 문예가 나아갈 방향을 잡아주기 위해서였다.

시진핑이 "인민을 중심으로 하는 창작 방향을 견지해야 한다"는 견해를 내놓은 것은, 인민은 추상적인 기호가 아니라 감정이 있고 애증이 있고 꿈이 있으며 마음속으로 갈등도 하고 발버둥치는, 살아 숨 쉬는 구체적인 사람이라고 여겼기 때문이다.

따라서 인민을 중심으로 해야 한다는 창작 취지를 말로만 할 것이 아니라 실행해야 하며, 특히 자기 개인적인 느낌을 가지고 인민들의 느낌을 대체해서는 안 된다는 것이었다.

하늘은 세계의 하늘이지만 땅은 중국의 땅이다. 문예가 대중들 속에 깊이 뿌리를 내려야 만이 성장할 수 있는 양분을 끊임없이 섭취할 수 있는 것이다.

'지부'가 왔다

('地府'来了)

저는 현 당위원회 서기는 전 현 각 촌을 두루 돌아다녀야 하고, 지구(地區)나 시의 당위원회 서기는 각 향과 진을 두루 돌아다녀야 하며, 성 당위원회 서기는 각 현과 시, 지구를 두루 돌아다녀야 한다고 말한 적이 있습니다. 저는 이 말을 이행했습니다. 저는 정딩현 당위원회 서기로 있을 때 모든 촌을 다 돌아다녔는데, 가끔씩 자전거를 타기도 했습니다.

시 당위원회 서기, 지구 당위원회 서기로 있는 기간에는 푸저우와 닝더의 향과 진을 다 돌아다녔습니다. 당시 닝더는 4개 향과 진이 도로가 통하지 않아 세 곳은 찾아가 보았지만, 후에 전임하는 바람에 한 곳은 찾아가 보지 못했습니다. 그곳에는 샤당향(下黨鄕)이라고 있었는데 그야말로 산을 넘고 물을 건너고 가시덤불을 헤치며 찾아갔습니다.

향 당위원회 서기는 이 길로 가면 그래도 거리가 좀 가깝다면서, 땔나무를 하는 칼을 들고 앞에 서서 잡초를 베며 강기슭을 따라 가로질러 나갔습니다. 백성들은 우리를 보고 '지부(地府)'가 왔다고 했습니다. 그들은 지구 당위원회 서기를 '지부(地府)'라고 불렀는데 지부(知府)라는 뜻이었습니다. 그들은 자발적으로 길가에 소쿠리에 담아온 밥과 항아리에 담은 국, 현지에서 약초를 우린 시원한 음료나 녹두탕(綠豆汤)을 늘어놓고 오시느라 수고했다면서 우리에게 권했습니다. 그 지역은 수닝현(壽寧縣)이었는데, 명나라 때에 『경세통언(警世通言)』등 '삼언(三言)'을 지은 풍몽룡(馮夢龍)이 지현(知縣)을 지냈던 곳이기도 했습니다.

풍몽룡은 부임할 때, 그곳까지 가는 시간이 반년이나 걸렸습니다. 저는 당시, 키가 8두(斗) 밖에 안 되는 봉건시대의 지현도 천신만고하며 찾아갔는데, "우리 공산당원들이 그래 봉건시대의 관리보다 못하단 말인가?"하는 생각이 들었습니다. 그곳에 도착하여 보니 향 당위원회 사무실은 외양간을 고친 건물 안에 자리 잡고 있었는데 면적이 아주 작았습니다.

남쪽지역의 다리는 낭교(廊桥, 지붕이 있는 다리 - 역자 주) 구조여서, 우리는 다리 위에 대나무 의자 몇 개를 가져다 놓고 중간은 간이 병풍으로 막은 다음 사무도 보고 회의도 하고 식사도 하고 휴식도 하고 목욕도 했습니다. 지금은 샤탕향의 면모가 완전히 변했습니다. 당시 저는 그곳에 교회당이 여럿 있었는데 "누가 지었을까?"하는 의문이 들었습니다. 그런데 후에 알고 보니 18세기 서방의 선교사들이 지은 건물이었습니다.

그들이 어떤 목적으로 지었던 간에 선교를 해야 한다는 사명감 같은 것은 우리 공산당원들과 어깨를 견줄 만하지 않습니까? 저는 저장성 당위원회 서기로 취임한 후, 성(省) 내의 모든 현과 시, 구를 돌아보고 나서 저장성 발전을 위한 '88전략'을 내놓았습니다. 즉 8개 방면의 조치를 취하고, 8개 방면의 우위를 발휘해야겠다는 것이었습니다. 그럼 "어떻게 해야 하지?"하고 생각하다가, 그리하려면 상황을 직접 철저히 분명하게 이해하고 1차 자료를 확실히 파악해야겠다는 생각이 들었습니다.

우리는 어린애도 아닌데 남이 빵을 씹어주고 또한 먹여줄 필요가 있겠습니까? 현재는 상황을 이해하는 수단이 아주 많습니다. 전화, 웨이보(微博), 웨이신 모두가 아주 빨라서 우리가 대중사업을 하는데 그 수단이 더욱 편리해졌습니다.

– 「허난성 란카오현 상무위원회 확대회의에서 한 연설」(2014년 3월 18일)

연설내용의 배경 설명

풍몽룡(馮夢龍)은 명나라의 걸출한 문학가이자 극작가로서, 그가 수집하여 창작한 「유세명언」, 「경제통언」, 「성세항언」은 '삼언'이라 불리며, 중국 고대 백화문 단편소설을 대표하는 고전으로 꼽히고 있다. 하지만 풍몽룡이 백성을 사랑하고 정무에 힘쓴 청백리라는 사실을 아는 사람은 별로 많지 않다. 나이가 60세가 되던 해인 1634년, 풍몽룡은 고향에서 멀리 떨어진 푸젠 서우닝현 지현으로 발령 받았다. 지현으로 있던 4년 동안 그는 "정사가 까다롭지 않고 형벌이 지나치지 않았다, 문학을 무척 숭상했다, 백성을 만나면 은혜를 베풀었다, 선비를 깍듯이 예우했다"는 미명을 남겼다.

풍몽룡은 취임하자마자 서우닝의 실제 상황을 알아보고자 다각도로 깊이 있는 조사를 벌였다. 서우닝은 돌에 구멍을 뚫어 농사를 짓는 곳(돌밭)이 많고, 모래흙이 조금만 있어도 볏모를 심는다는 것을 알게 된 풍몽룡은 농업생산에 무척 관심을 기울였다. 그는 '대저(大抵) 논밭은 물(수분)을 머금어야 하며', 물줄기(물길)가 막힘없이 잘 통해야 논밭이 기름지고, 물줄기가 막히면 논밭이 척박해진다는 이치를 잘 알고 있었다. 그는 조사를 통하여 거름주기가 농업생산에 매우 중요하다는 것을 발견하였다. 하지만 겨울에 산에 불을 놓고 재를 얻으려면 도처에 재를 만드는 공장이 있어야 했는데, 자칫하면 나무숲을 태울 수도 있었다. 그리하여 낙엽과 시든 풀을 공지에 모아놓고 태움으로써 화재를 미리 막도록 했다. 이 모든 것은 그가 실제조사를 거쳐 얻어낸 1차 자료였다.

시진핑은 서우닝이 소속된 닝더 지구에서 2년간 근무한 적이 있어서 풍몽룽과 지리적으로 겹쳐지는 점이 있었다. 풍몽룽과 마찬가지로 시진핑은 닝더에 취임하여 3개월 동안 9개 현을 돌아보았고, 후에는 또 전 지구의 대부분 향과 진을 돌아보았다. 그중에는 서우닝현 샤탕향이 들어 있었다. 1989년 7월 19일 시진핑이 처음 샤탕향을 찾아갈 때는 그곳은 도로가 통하지 않고, 상수도를 놓지 않았고, 전기가 들어가지 않고 재정수입이 없고, 정부 사무실도 없는 '다섯 가지가 없는 향진'이었으며, 향 소재지에서 인접한 향과 진으로 가려면 산과 고개를 넘어 20여 km를 걸어야 했고, 물건을 팔고 사려해도 물건을 등에 지거나 가축에 의지해야 했다.

당시 시진핑은 험한 산길을 몇 시간 걸어서야 샤탕향에 도착할 수 있었다. 1989년 7월 26일, 그는 비를 무릅쓰고 도보로 향 소재지에서 3km 떨어진 샤탕향 핀펑촌에 찾아가 홍수 피해 상황을 알아보고 수해 민중들을 위문하였다. 이 같은 조사는 시진핑이 숭상하는, '남이 씹어준 빵은 맛이 없다'는 실사구시의 기풍을 생동적으로 구현한 것이었다. 시진핑이 '반년 동안 걸어서 부임'한 풍몽룽의 이야기와 '산 넘고 물을 건너 가시덤불을 헤치며' 편벽한 농촌을 찾아간 자신의 경력을 결부시킨 것은, 조사 연구의 중요성을 재천명함으로써 지도층 간부들이 허리를 굽히고 아래로 내려가 대중들과 연계를 가지라고 격려하기 위해서였다.

　시진핑은 "조사 연구는 일을 꾀하는 기초이자 일을 이루는 방법이다. 조사가 없으면 발언권이 없을 뿐만 아니라, 의사 결정권은 더욱 없다."고 강조했다. 그는 "보고 듣는 것이 직접 보는 것보다 못하고, 직접 보는 것이 직접 실천하는 것보다 못하다."는 말을 인용하여 기층(基層)에 내려가 '능력을 연마(墩墩苗)'하라고 많은 간부들에게 요구하였고, "음식이 달고 쓴지는 맛본 사람이 알고, 길이 험한지 평탄한지는 걸어본 사람이 안다"는 말을 인용하여 실천을 판단의 근거로 삼으라고 간부들에게 경각심을 주었으며, "책에서 얻은 지식은 결국 완벽하지 않으므로, 깊이 있게 이해하려면 몸소 행해야 한다"는 말을 인용하여 거짓말을 받아들이지 말고 허위적인 일이 유행되지 않게 하라고 간부들에게 호소했다.

제도가 성숙되려면 시간이 필요하다

(制度成熟需要时间)

영국은 1640년 부르주아혁명이 일어나서부터 1688년 '명예혁명'을 통해 입헌군주제를 형성하기까지 수십 년이라는 시간이 걸렸고, 이 제도가 성숙되기까지는 더욱 긴 시간이 걸렸습니다. 미국은 1775년에 독립전쟁을 시작하여 1865년 남북전쟁이 종결되어서야 신규 체제가 대체로 안정되었는데, 거의 90년이라는 시간이 걸렸습니다.

프랑스는 1789년에 부르주아혁명이 일어나서 1870년 제2공화국이 무너지고 제3공화국이 수립되기까지 그 기간 복벽(復辟, 왕정제로 복원함 - 역자 주)과 반복벽이라는 다툼을 여러 차례 경험했는데, 80년이라는 시간이 걸렸습니다. 일본은 1868년부터 메이지(明治)유신을 시작했지만 제2차 세계대전이 종결되어서야 현재와 같은 체제를 형성할 수 있었습니다.

- 「성 부급 주요 지도층 간부들이 중국공산당 18기 3차 전원회의 정신을 학습 관철하여 개혁을 전면 심화시키는 데에 관한 세미나에서 한 연설」(2014년 2월 17일)

연설내용의 배경 설명

하나의 성숙된 제도는 단번에 이루어지는 갑작스런 결과인가? 아니면 점진적이고 순서적인 내생의 진화인가? 서방 국가들이 '역사적 종결'이라는 환호 속에서 전 세계에 자기네 제도 모델과 가치관을 마케팅 할 때, 그 제도가 자연스레 이루어진 것이 아니라, 수십 년 심지어 수백 년 동안의 겨룸, 동요와 변혁을 거쳤다는 사실을 망각하였다.

영국, 미국, 프랑스, 일본 등 선진국들도 마찬가지였다. 예컨대 프랑스는 1789년 프랑스 대혁명 때에 '자유·평등·박애'라는 슬로건을 외쳤지만 혁명이 승리하자마자 이 목표를 단번에 달성한 것은 아니었다. 자코뱅의 독재시기, 1794년 6월 10일 프레리알법이 통과해서부터 7월 24일 테르미도르 반동이 일어나기까지 짧은 48일 사이에 파리 한 곳에서만 해도 1,376명이 처형되었다. 역사학자는 "피바다 속에서 대중들의 격정은 사라졌다… 혁명은 자기의 아이를 삼켜버렸다."고 그 장면을 형용했다.

대혁명 이후의 150년 동안 프랑스 역사는 혁명과 복벽, 공화제와 군주제, 민주와 독재 사이를 줄곧 배회했다. 한 학자의 연구에 따르면, 1800년부터 1949년 기간에 프랑스에서는 혁명이 8차례 일어났는데, 제2차 세계대전이 종결되어서야 나라가 비로소 안정되었다. 이는 제도가 성숙되는 데 긴 시간이 소요됨을 말해주었다. 미국을 본다면, 독립전쟁이 승리한 후 각 주 간에는 내적으로 응집력을 가진 '연방'이 아니라 보다 느슨해진 '연방'의 모습을 보여주었다. 링컨 정부가 남북전쟁에서 승리하고 무력방식으로 미국을 통일해서야 완전한 정치 실체로서의 미국이 기반을 마련할수 있었다. 이렇게 되기까지 90년이라는 시간이 걸렸다.

시진핑은 영국, 미국, 프랑스, 일본 등 국가의 제도가 발전한 역사로부터, 제도 체계의 성숙은 하루아침에 이루어지는 것이 아니라 점진적으로 개진하는 과정이 소요된다는 결론을 얻어냈다. 이로부터 중국 제도 체계의 발전 역시 서방 국가들처럼 점진적인 개진 과정과 점진적인 성숙 과정이 필요하다는 중국 미래에 대한 계시가 자연스레 형성되었다.

시진핑은 나라마다 정치제도가 다른 것은 "모두 그 나라의 역사적 전승, 전통적 문화, 경제와 사회 발전을 토대로 하여 장기적으로 발전되고 점진적으로 개진되며 내생적으로 진화된 결과이다."라고 거듭 강조하였다. 그는 일부 선진국의 제도 변천사를 통하여 우리들에게 제도가 성숙되는 내적 법칙을 명시했을 뿐만 아니라, 나아가 한 가지 역사적 사고, 역사적 시야를 펼쳐 보여주었다.

기율이 종이 위의 공문이 되어서는 안 된다

(纪律不能是一纸空文)

　당이 당을 관리하고 엄하게 당을 다스리려면 무엇에 의해 관리하고 무엇을 근거로 다스려야 하겠습니까? 바로 엄격하고 공정한 기율에 의존해야 합니다. 1964년 10월 저우언라이 동지는 오페라 「동방홍」의 출연진 총회 보고에서, 마오쩌둥 동지는 우리 당은 "기율이 있고 마르크스 - 레닌주의의 이론으로 무장한, 자기비평 방식을 취하고 인민대중과 연계하는 당이다.", "마오쩌둥 동지는 특히 기율을 제일 앞에 놓았는데 이건 결코 우연이 아니다. 이는 당이 혁명을 견지하고 적에게 승리를 쟁취할 수 있느냐를 결정하는 가장 중요한 조건이기 때문이다."고 말했다고 밝혔습니다.

　간부들에게 문제가 생기는 것은 모두 기율을 벗어났기 때문입니다. 당의 기율은 반드시 엄격하고 공정해야 할 뿐만 아니라 당의 각항 기율을 엄격하게 지켜야 합니다. 당의 기율은 무조건 지켜야 합니다. 기율을 만들었으면 반드시 집행하고 위반했으면 반드시 조사해야 하며, 말을 했으면 실행에 옮겨야 합니다. 이와 반대로 마음에 들면 집행하고 마음에 들지 않으면 집행하지 않는, 기율을 소프트 규제로 여기거나 방치한 채 사용하지 않는 지상공문으로 여겨서는 안 되는 것입니다.

- 「제18기 중앙기율검사위원회 3차 전원회의에서 한 연설」(2014년 1월 14일)

연설내용의 배경 설명

「동방홍(東方紅)」은 중화인민공화국 수립 15주년 경축 선물로 제작한 대형 오페라로서 저우언라이가 총감독을 맡았다. 「동방홍」은 제작 기간이 두 달 밖에 걸리지 않았지만 출연진은 3,500여 명에 달했다. 이 작품은 1964년 10월 2일 저녁 베이징 인민대회당에서 첫 공연을 시작하여 연속 14번 공연했는데 매번 만원이라는 전례 없는 성황을 이루었다. 「동방홍」은 가무 형식으로 중국공산당이 창건된 후 중국인민들이 중국공산당의 지도 아래 힘든 혁명투쟁을 벌여 최종 민족의 독립과 인민의 해방을 이룩한 역사를 재현하였다. 이 작품은 우리 당이 점점 커지고 강해지는 분투과정을 눈물겹고 감동적인 오페라에 담았다.

저우언라이는 창작뿐만 아니라 전체 출연진의 사상 공작에도 관심을 기울였다. 출연진에 중국공산당이 중국인민들을 이끌고 새로운 중국(중화인민공화국)을 수립한 힘든 과정을 숙지시키고자 그는 인민대회당에 연속 몇 시간 동안 당사에 대한 보고를 했는데, 생동적인 보고는 출연진으로 하여금 혁명이 승리하기까지의 힘들었던 과정임을 깨닫게 함으로써 사상을 획일화하고 오늘날의 생활을 더욱더 소중히 여기게 하면서, 그들의 공연 열정을 한층 더 불러일으켰다.

"기율을 제일 앞에 놓았다"는 보고에서 저우언라이가 한 말은 중국공산당이 승리에서 승리로 나아간 '패스워드'라 할 수 있다. 마오쩌둥, 저우언라이 등 구세대 프롤레타리아 혁명가들은 누구나 기율을 중시하면서 다양한 논술을 남겨놓았을 뿐만 아니라 기율의 권위를 몸소 실천하였다. 1927년 가을, 징강산(井岡山)으로 가는 길에서 일부 병사들이 백성들의 고구마를 뽑아 먹는 일이 생겼는데, 이는 마오쩌둥의 사색을 자아내게 했다. 얼마 후 그는 부대에 세 가지 기율을 선포했다. 그중에는 '농민들의 고구마 하나라도 다치게 해서는 안 된다'는 내용이 들어있었는데 '3대 기율 6항주의(三大紀律, 六項注意)'는 이 고구마 사건에서 비롯되었다.

저우언라이 역시 기율을 가지고 자신과 신변의 사람들을 엄격하게 관리하였다. 옌안 정풍 기간, 남방국(南方局) 기관에서는 매주 하루씩 당의 날을 배정했는데, 한 부서의 주요 책임자는 대혁명 시기에 입당한 오랜 당원이었지만 회의 때마다 등나무의자를 가져와서는 다리를 꼬고 앉은 자세로 보고를 청취했다. 그 모습을 지켜보던 저우언라이가 그를 불러 일으켜 세우고 "이것이 학습 기율을 지키는 모습이요?", "당의 경력이 길면 길수록 기율을 자각적으로 지켜야 하지 않겠소!"하고 의미심장하게 말했다.

시진핑이 구세대 프롤레타리아 혁명가들의 이야기를 말하고 마오쩌둥, 저우언라이 등의 경전적인 말을 인용한 것은 '기율'의 극단적 중요성을 강조하기 위해서였다. 전쟁의 불길이 흩날리는 혁명의 나날로부터 열의에 차 넘치는 건설의 연대에 이르기까지, 그리고 생기발랄한 개혁의 시대에 이르기까지 엄격하고 공정한 기율은 우리 당이 승리에서 승리로 나아가는 중요한 법보였다.

시진핑은 당을 엄하게 다스려야 한다는 이치를 분명하게 인식하고 있었기에 기율을 엄수하는데 관한 명확한 요구를 내놓을 수 있었다. 총서기라는 신분으로 중외 기자들과 첫 인터뷰할 때 그는 쩌렁쩌렁한 목소리로 "쇠를 두드리려면 자기 몸부터 단단해야 한다"고 말하면서 "전 당은 반드시 각성해야 한다"는 요구도 제기했다. 중국공산당 18기 대표대회 이후 부패 척결과 기풍 개선이라는 두 가지 지침을 가지고 악성 종양을 도려내어 생태를 한층 정화시켰을 뿐만 아니라 병을 치료하여 사람을 구하고 신체를 더욱 건강하게 만들었다.

이 두 가지 지침은 상부상조하는 바른 노선으로서 당을 엄하게 다스리는 강한 맥박으로 종합되어, 쇠를 잡아도 흔적을 남기는 결심과 작은 것을 희생하고 큰 것을 보전시키려는 용기, 뼈를 깎고 상처를 치료하려는 강도를 드러냄으로써 당의 기풍과 정부의 기풍을 일신시키고 당심(黨心)과 민심을 분발시켰다. 그중의 관건이 바로 시진핑이 언급한 것처럼, "기율을 소프트 규제로 여기거나 방치한 채 사용하지 않는 종이 위에 써 있는 공문(空文)으로만 여겨서는 안 된다"는 것이었다.

문학 중국

(文学中国)

900여 년 전, 소동파(蘇東坡)는 하이난(海南) 단저우(儋州)에 유배 가 있는 동안 하이난 풍경을 묘사한 시를 적지 않게 썼습니다.

예를 들면 "구름 걷고 밝은 달 누가 꾸며놓았는가/ 하늘과 바다는 본디 청정했어라.", "폭포는 만길 높이에서 쏟아지고/ 두루미는 나란히 낮게 날며 높은 소리로 우짖네.", "여지(荔支)는 껍질은 거칠어도 속살은 백옥 같고/ 감귤은 향기로운 군침 가득 흘리게 하네."등과 같은 시구입니다. 저는 후난을 찾았을 때 후난의 동지들과 함께 후난은 자연경치가 빼어나게 아름답다고 말했습니다.

마오쩌둥 동지는 「벗들에게 답하여」라는 사에서 "동정호의 거센 물결 하늘가에 닿고/ 창사 사람들의 대지를 진동케 하는 시편을 쓰네./ 나는 꿈속에서 조국의 넓은 강산에서 노닐고/ 연꽃이 만발한 고향에 서광이 눈부시네."라고 읊었습니다.

송나라 시대의 범중엄은 「악양루기」에서 이렇게 썼습니다 "백사장의 갈매기는 앉았다 날아가고, 물속의 은빛 물고기는 한가롭게 헤엄친다. 연안의 구리대(芝草, 향기풀의 뿌리)와 물가의 난초는 향기롭고 푸르다.", "한 가닥 긴 연기 하늘에 곧추 솟고, 휘영청 밝은 달은 천 리를 비추며, 물에 비친 달빛은 금물결 치는 듯, 고요한 달그림자 물에 잠긴 백옥인 듯." 얼마나 아름다운 풍경들입니까! 그 때 저는 또 샹시(湘西)에도 다녀왔는데, 선충원(沈從文)의 「변성(邊城)」, 「소소(蕭蕭)」 등 작품에서 묘사한 샹시의 풍경을 떠올리게 되었습니다.

– 「중앙농촌공작회의에서 한 연설」(2013년 12월 23일)

연설내용의 배경 설명

문학작품이 아름다운 중국의 풍경과 만나는 것은 영혼의 여행에 적합한 성회(聖會, 성스러운 모임)를 만나는 것과 같다. 유배되어 남하한 소동파, 누각에 올라 멀리 바라보고 있던 범중엄, 시흥이 넘쳐흐른 마오쩌둥, 발길을 멈추고 귀를 기울이던 선충원은 북받쳐 오르는 감정을 풍경에 자세히 담았다.

뛰어나게 아름다운 경치는 시흥을 불러일으킬 뿐만 아니라 위로감을 느끼게 한다. 소동파가 유배되어 하이난(海南) 단저우(儋州)에 내려갔을 때는 이미 60세가 넘었고, 이전에 링난(嶺南) 훼이저우(惠州)에 유배되어 내려간 적이 있었다. 단저우의 생활은 후이저우에 있을 때보다 더 어려웠다. 소동파는 단저우에 갓 유배되었을 때 관사를 잠시 세내어 산 적이 있었는데, 지은 지 오래고 수리를 하지 않아 비가 내리면 잠자리를 세 번씩이나 옮길 정도였다. 후에 그는 광랑림(桄榔林)에 제 손으로 모옥(茅屋, 초라한

245

집 - 역자 주)을 짓고 '광랑암'이라는 이름을 붙인 다음 그 암자에서 "토란으로 끼니를 때우면서 집필을 낙으로 삼고 살았다." 남만의 황량한 섬에서 소동파는 "폭포는 만길 높이에서 쏟아지고/ 두루미는 나란히 낮게 날며 높은 소리로 우짖네.", "여지는 껍질은 거칠어도 속살은 백옥 같고/ 감귤은 향기로운 군침 가득 흘리게 하네." 등 시구는 아름다운 자연 풍경을 담고 있을 뿐만 아니라 물아 양자를 다 망각하는 풍부한 포부를 담고 있다. 그리고 3년 후 단저우를 떠나면서 "황량한 남쪽 섬에서 구사일생 살았어도 회한은 없네, 평생에 절대 없는 으뜸가는 기이한 여행이었으니까." 라는 시구를 남겼다.

「악양루기(岳陽樓記)」는 범중엄(范仲淹)이 허난(河南) 덩저우(登州)에 좌천되어 갔을 때 지은 글이다. 당시 그의 친한 친구인 등자경(藤子京)도 허난 웨양(岳陽)에 좌천되어 내려가 있었다. 등자경은 좌천되었다고 낙심한 것이 아니라 온 힘을 다하여 정치에 힘썼다. 그는 악양루를 재건했을 뿐만 아니라 멀리에 있는 범중엄에게 누각을 위해 글을 지어달라는 부탁을 했다. 등자경이 보내온 「동정만추도(洞庭晩秋圖)」를 받아본 범중엄은 연상의 나래를 펼쳐 일필휘지로 중국문학사에서 명문장이 된 「악양루기」를 지었다.

문장에서 서술한 "근심은 천하 사람들보다 먼저 해야 하고, 낙은 천하 사람들보다 후에 누려야 한다."는 이념은 중화민족의 소중한 정신적 보물이 되었다. 근대 이후, 마오쩌둥은 「벗들에게 답하여」라는 사에서 "동정호의 거센 물결 하늘가에 닿고/ 창사 사람들의 대지를 진동케 하는 시편을 쓰네./ 나는 꿈속에서 조국의 넓은 강산에서 노닐고/ 연꽃이 만발하는 고향에 서광이 눈부시네."라고 하면서, 감정을 경물에 기탁하여 이상적 사회에 대한 동경을 표현했다면, 선충원의 「변성(邊城)」, 「소소(蕭蕭)」 등 작품은 중국인들의 영혼 깊은 곳에 평화스럽고 안온한 아주 깨끗한 세상을 남겨놓았다.

중앙 농촌 공작회의에서 생태문명 건설을 언급할 때, 시진핑은 천고에 전해 내려오는 아름다운 글을 인용한 것은, 의미심장한 이런 문장 속에 기억되고 있는 '아름다운 중국'을 찾아내기 위해서였으며, 특히 한때 우리가 동경하던 '아름다운 중국'을 마음을 다하여 보호할 필요가 있다는 점을 강조하기 위해서였다.

시진핑은 "푸른 산, 맑은 물, 기억할 수 있는 향수(望得見山, 看得見水, 記得住鄕愁)"라는 문구를 가지고 도시화의 방향을 분명히 밝혀주었다. 아름다운 중국을 건설하려는 이 같은 청사진이 언제 또 있었던가? 문학작품 속의 아름다운 중국을 잡아두는 것 또한 중화민족의 아름다운 기억과 밝은 미래를 잡아두는 것과 같다.

200년의 실수

(错失两百年)

우리는 근대 이래의 역사를 돌아보노라면 기회를 포착하고 시대를 따라잡아야 하는 절대적 중요성을 한층 절실하게 느낄 수 있습니다. 18세기 중엽부터 19세기 중엽에 이르기까지 대략 100년 동안은 공업혁명(산업혁명)이 시작되고 줄기차게 발전한 시기였습니다. 그러나 청 왕조 통치자들이 분수를 모르고 잘난 체하며 관문을 닫고 나라를 봉쇄하는 바람에 공업혁명이 가져다준 발전의 기회를 잃게 되면서 우리나라 경제 기술 발전의 발걸음이 세계경제 기술발전의 발걸음보다 크게 뒤떨어지게 되었습니다.

19세기 중엽부터 20세기 중엽에 이르기까지 역시 대략 100년 동안 서방 열강들이 견고한 함선에 성능이 우수한 대포를 가지고 공격하자 우리나라는 반식민지 반봉건 국가로 전락되었으며, 열강들의 침략과 정부의 부패로 말미암아 전화가 오랫동안 끊이지 않고 불안하여 백성들이 안심하고 생활할 수가 없었기 때문에 국가를 건설할 여건이 아예 갖추어지지 않았을 뿐만 아니라, 진보하는 시대의 발걸음을 뒤따를 여건 역시 아예 갖추어지지 않았습니다.

지난 세기 60, 70년대 국제적으로 과학기술 혁명과 산업 변혁이라는 물결이 세차게 일어났을 때, 동아시아의 일부 국가와 지역에서는 기회를 포착하고 발전했지만, 우리나라는 떠들썩하게 '문화대혁명'을 하느라고 좋은 기회를 놓치고 말았습니다. 당의 11기 중앙위원회 3차 전원회의 이래, 우리가 기회를 포착해서야 오늘과 같은 아주 좋은 국면을 맞이하게 되었고, 우리나라와 우리 민족이 큰 걸음을 떼며 따라잡게 되었습니다.

– 「중국공산당 18기 중앙위원회 3차 전원회의 2차 회의에서 한 연설」(2013년 11월 12일)

연설내용의 배경 설명

18세기 중엽부터 20세기 중엽까지의 200여 년 동안은 서방 국가들이 공업화의 길을 걷기 시작하면서, 세계역사에 엄청난 변화가 생긴 기간이었을 뿐만 아니라, 중국이 봉건시대에서 현대문명으로 접어드는 전환기이도 했다.

기회는 한때 주도적으로 찾아와 문을 두드렸지만, 아쉽게도 오랜 역사를 가지고 있는 민족이 눈을 감고 귀를 막고 있는 바람에 어깨를 스쳐 지나가고 말았다. 시진핑이 구분한 첫 번째 100년 동안의 몇 가지 세부 사항은 청 왕조 통치자들이 분수를 모르고 잘난 체하며 관문을 닫고 나라를 봉쇄한 사실을 반영하고 있다. 당시 영국은 중국의 최대 무역 수출국이자 수입국이었다.

영국의 대 중국 무역 수입액이 서방 국가 수입 총액의 90% 안팎을 차지하고 수출액이 70% 이상을 차지했지만, 청 왕조는 전혀 모르고 있었을 뿐만 아니라 오히려 영국인과 네덜란드인들을 싸잡아서 '붉은 털의 오랑캐'라고 하찮게 여겼다. 영국 사절단은 중국을 방문하면서 천체 관측기기, 지구의, 허셜 망원경, 파커 볼록렌즈, 기압계뿐만 아니라 증기기관, 면 방직기, 소면기, 직조기 등 공업기기도 가지고 왔으며, 심지어 열기구 조종사까지 데리고 왔다. 만약 그때 황제가 흥미가 있어서 열기구를 타고 하늘을 한 바퀴 돌았더라면 동반구에서 최초로 하늘을 난 사람이 되었을 것이다. 하지만 청 왕조의 황제는 공업혁명이 발명한 새로운 사물에 대한 이해가 매우 적어서 '움직이는 인형'이나 '로봇 강아지'와 같은 정교한 장난감을 더욱 총애하는 바람에 공업혁명과 대화할 수 있는 기회를 헛되이 지나치고 말았다.

19세기 중엽 이후, '실업으로 나라를 구해야 한다(實業救國)'는 목소리가 국가와 민족을 멸망으로부터 구하려고 노력하던 일부 뜻 있는 사람들한테서 표현되면서 실업으로 나라를 구해야 한다는 바람이 중국 대지에 거세게 일었다. 유명한 실업가 장건(張謇)은 "나라를 구하는 것이 당면의 급선무이다… 나무에 비유한다면 교육은 꽃과 같고 해군과 육군은 열매와 같다. 하지만 그 근본은 실업이다."고 여겼다. 당시, 중국의 민족공업은 확실히 장족의 발전을 이룩하였다.

장건이 설립한 난통다성 방직공장(南通大生紗廠)의 제1공장과 제2공장에서만 1914년부터 1921년 사이에 이윤을 백은으로 1,600여 만 냥을 얻었다. 하지만 장기간 전란이 끊이지 않고 사회가 불안하여 나라가 독립과 통일을 이룩하지 못한데서, 실업으로 나라를 구한다는 슬로건은 우담화처럼 잠깐 피어났다가 사라졌고 시대의 발걸음을 따를 수 있는 조건도 아예 마련할 수 없었다.

중국공산당 18기 중앙위원회 3차 전원회의 2차 회의에서, 시진핑은 역사 속에서 찾아낸 200여 년 동안의 발전 맥락을 분명하게 정리한 다음 중국을 세계적인 시각으로 관찰하면서 시대와 역사가 대화를 하게 함으로써 중국 현대화 과정에서의 성패와 득실을 심각하게 밝히고 "기회를 포착하고 시대를 따라잡아야 하는 절대적 중요성"을 분석하였다. 결과를 본다면 200년 동안과는 선명한 대조를 이루고 있는데, 중화인민공화국이 수립된 후 특히 개혁개방 30여 년 동안 분발해서 선진국을 바짝 따라잡았다. 현재 개혁은 더욱 높은 수준의 출발점에 서 있으며, 중국이 어디로 가느냐 하는 것도 재차 세계적인 의제로 떠올랐다.

  이 같은 배경 하에서 시진핑은 중국 근대 이래의 역사를 역사적 사실로 말하고 역사적 사실로 증명하면서 "개혁개방은 당대 중국의 운명을 결정하는 관건적인 선택이자, 당과 인민의 사업이 시대를 큰 폭으로 따라잡을 수 있는 중요한 법보(法寶)"라고 지적함으로써 역사적 깊이에서 개혁이라는 공통된 인식의 기틀을 견고하게 다져주었다.

장즈동의 탄식

(張之洞的感叹)

역사적 경험에 비추어 볼 때, 공통된 인식을 응집(공감대를 형성)하는 것은 개혁의 성공 여부가 아주 중요했습니다. 전국시대의 상앙변법(商鞅變法), 송나라 때의 왕안석변법(王安石變法), 명나라 때의 장거정변법(張居正變法)은 당시의 역사적 조건에서 어느 정도의 성과를 거두었습니다. 하지만 당시의 전제 군주제라는 정권 성질과 사회적 모순이 끊임없이 격화되고, 각종 이해관계가 복잡하게 뒤엉킨데다가 지배세력의 내부 세력이 뿌리가 깊어 제거하기 어려워서 서로 배척하는가 하면, 개혁이 일부 기득권층의 이익에 저촉되는 바람에 그들의 변법은 강력한 저항을 받았으며, 심지어 스스로의 지위와 명예까지 잃게 되었습니다. 청나라 때 양무파(洋務派)의 대표적인 인물 중 한 사람인 장즈동은 개혁의 필요성을 가졌던 사람이었습니다.

청나라가 말년에 이르자 오래된 사회적 모순을 해소하기 어렵게 되어 전반적인 변혁은 불가피한 추세가 되었습니다. 그러자 여러 가지 관념이 들끓고 각양각색의 인물들이 탈을 쓰고 정치 무대에 등장하면서 일치된 결론을 내릴 수 없게 되었습니다.

"수구 세력은 목이 메어 식음을 전폐하고, 혁신 세력은 갈림길이 많아 양을 잃으며, 수구 세력은 변통을 모르고 혁신 세력은 본질을 모른다. 변통할 줄 모르면 적정의 변화에 따라 상응하는 대책을 세울 수 없고, 본질을 모르면 명성이나 교화에 의심을 가질 수 있다."고 장즈둥은 개탄했습니다.

- 「중국공산당 18기 중앙위원회 3차 전원회의 2차 회의에서 한 연설」(2013년 11월 12일)

연설내용의 배경 설명

지금까지 이어 내려온 역사 전승과정에서 '개혁'은 중국 역사에서 하나의 키워드였다. 역대 왕조들 가운데는 개혁을 통하여 부국강병을 시도한 왕조도 있고, 개혁을 막는 세력이 있어서 국운이 점점 기울어진 왕조도 있었으며, "천상의 변하는 것을 두려워할 필요가 없고, 조상들의 규칙을 반드시 본받아야 할 필요가 없으며, 사람들의 의론을 근심할 필요도 없다(왕안석 – 역자 주)"는 용기 있는 주장을 내놓는 사람이 있었는가 하면, "후세사람이 거울로 삼지 않으면 먼 훗날 후세사람이 후세사람을 비통해하리(두목 – 역자 주)"하고 비탄한 사람도 있었다.

전국 시대의 상앙변법, 송나라 때의 왕안석 변법, 명나라 때의 장거정 변법 모두가 중국 역사에서 유명한 개혁이었다. 특히 상앙 변법은 '나무를 옮겨 믿음을 세운다'는 '사목입신(徙木立信)'을 시작으로 하여 점차 정전제를 폐지하고 군현제를 실행하여 경직(耕織, 농사짓는 일과 길쌈하는 일 – 역자 주)을 하고 전쟁에 나가는 것을 권장하였다. 상앙변법을 거쳐 진나라는 경제가 발전하고 군사력이 끊임없이 강화되면서 전국 시대 후기 부강한 나라로 부상함으로써 훗날 중국을 통일하는데 토대를 마련하였다. 하지만 상앙을 지지하던 진효공이 사망하고 상앙 변법이 진나라 귀족과 같은 기득권층의 이익에 저촉이 된데서 그들의 강력한 반대를 받게 되었다. 상앙은 결국 진나라 왕실의 '거열형(車裂刑)'을 당하면서 개혁자의 비장함을 남겨놓았을 뿐만 아니라 개혁의 어려움이라는 무거운 과제도 남겨놓았다.

청나라 말기, 서방 열강들의 견고한 함선에 설치한 성능이 우수한 대포에 직면하여, 나라가 망하고 민족이 멸족될 수 있는 위험에 직면하여 개혁과 유신은 피할 수 없는 추세가 되었다. 장즈동은 후광(湖廣) 총독을 역임한 적이 있는, 유신을 주장한 개혁 인물이다.

그가 후베이에 설립한 한양제철소는 당시 아시아의 최대 제철소였다. 그가 또 후베이(湖北) 총포공장(병기공장)을 설립했는데 1895년 말부터 1909년 말까지 1년 동안에 평균 총을 1만 자루 생산했다. '한양제(漢陽造)' 보병총은 중국근대사에서 사용 범위가 가장 넓고 생산량이 가장 많으며 군에서 사용한 기간이 가장 긴 보병총으로 되었다. '한양제'는 1896년부터 중국의 군사력에 보급되면서 중국 군대의 현대화에 큰 기여를 했다. 장즈동은 개혁을 강력히 주장하는 바람에 개혁이 봉착한 장애를 더욱 절실하게 체험할 수 있었다. 그리하여 그는 "수구 세력은 변통을 모르고, 혁신 세력은 본질을 모른다"는 개탄을 하게 되었다.

시진핑은 개혁을 전면 심화하는 작업을 배치한 중국공산당 18기 중앙위원회 3차 전원회의에서 역사적으로 개혁자들이 봉착했던 곤경을 말하는 것을 통하여 개혁 과정에서의 '공통된 인식을 응집(공감대를 형성)'해야 하는 중요성을 제기한 것은, 개혁자들이 급진적 사조와 수구 세력의 이중 협공에 고장난명(孤掌難鳴)이라는 곤경에 빠지지 않도록 격려하기 위해서였다.

사실, 개혁에 대한 공통된 인식을 응집하는 것 역시 시진핑의 확고부동한 실천이었다. 중국공산당 18기 대표대회 이후 시진핑 동지를 핵심으로 하는 당 중앙은 개혁을 힘껏 추진하면서 실제 행동으로 강한 저항세력에 맞서려는 결심, 급류처럼 용감하게 밀고 나아가는 패기, 작은 것을 희생하고 큰 것을 보전하려는 용기, 여러 방면의 일을 통일적으로 계획하고 돌보는 지혜를 드러내 보여줌으로써 억만 인민들의 기대와 믿음을 불러일으켰을 뿐만 아니라 개혁을 중국 현대화를 추진하는 가장 강력한 동력으로써 이 시대에 가장 선명한 정신적 토템이 되게 했다.

'빈곤의 딱지'를 다투어 붙이려 한다

(爭戴 '貧困帽')

　일부 자료에 따르면, 2012년 초 어느 한 현이 국가급(國家級) 빈곤 현으로 확정되자 현 정부 사이트에 국가급 극빈지역 목록에 이름을 올리는데 성공했다는 '특대 희소식'을 발표했습니다.

　다른 한 가지는, 두 현에서 국가급 빈곤 현 딱지를 붙이려고 다투다가 실패한 현장이, 우리가 이번에 빈곤 현이 되지 못한 이유가 우리 현이 확실히 너무 가난했기 때문이라며 눈물을 머금고 하소연했다는 사례입니다.

　이밖에 한 곳은 국가 빈곤 구제 개발 프로젝트 중점 현이라는 딱지를 줄곧 붙이고 있었는데, 사실 이 현은 2005년에 이미 전국 100대 현(百強縣)에 들어간 현으로서, 2011년 매체에서 폭로해서야 국가급 빈곤 현 자격이 취소되었다고 합니다. 들건대 제11회 전국 현 지역경제 및 현 지역 기본 경쟁력 100대 현, 중국 중부지역 100대 현, 중국 서부지역 100대 현 비교 평가 목록에 17개 국가급 빈곤 현이 이름을 올렸다고 합니다. 이런 현상에 대해 관련 부문에서 검토를 한 다음, 보살필 필요가 없이 자격이 없는 현은 목록에서 취소하고, 자격을 주지 말아야 할 현은 자격을 주지 말아야 합니다.

– 「허베이성 푸핑현의 빈곤구제 개발프로젝트를 현지 조사할 때 한 연설」(2012년 12월 29-30일)

연설내용의 배경 설명

빈곤 탈출이라는 난관을 돌파하는 막바지 단계에 들어섰다. 2020년까지 농촌 빈곤 인구를 빈곤에서 탈출시키는 계획을 확실하게 보장하려면 시간이 촉박하고 임무가 과중하다. '빈곤의 딱지'를 다투어 붙이려 했다는 시진핑이 전한 이야기는, 농민들을 빈곤에서 벗어나게 하는 어려운 작업 과정에 심각한 문제가 존재하고 있음을 명시해주었다.

2012년 초, 후난성 한 현의 대형 전광판에 "×현이 국가급 극빈지역 목록에 이름을 올림으로써 새로운 시기 국가 빈곤 탈출 공략의 주전장이 된 것을 열렬히 축하한다!"는 메시지가 버젓이 나타났고, 낙관에는 현 당위원회와 현 정부라고 밝히고 있었다. 이 메시지를 찍은 사진이 인터넷에 오르자 즉시 여론의 주목을 받았다. 그 현의 정부 사이트에 오른 「×현 국가급 극빈 지역 목록에 이름을 올리는데 성공했다」는 글에서, 이 현에서는 '12차 5개년 계획'기간의 국가 빈곤구제 개발정책이라는 기회를 다투어 포착하고자 국가 중점 빈곤 구제 공략 범위에 들어가는 작업을 '두 가지 중점, 세 가지 주요' 작업시스템에서 가장 중요한 목표와 임무로 간주하고 "온갖 방법을 다 동원하고도 2년이라는 지극히 힘들고 어려운 노력을 통한 천신만고 끝에"드디어 국가급 극빈지역으로 이름을 올리게 되었다고 역설했다. 이에 많은 네티즌들은 빈곤 현이 된 것을 '기뻐하는 것'이 아니라, 사실은 빈곤구제자금을 얻게 되어 '기뻐하는 것'이며, '빈곤을 자랑하는 것'은 빈곤 현에 자금 지원이 집중되는 구멍수를 노린 행위라고 정곡을 찔렀다.

시진핑은 푸젠성 닝더에서 근무하던 시절에 벌써 빈곤을 구제함에 있어서 우선 그들의 의지부터 구제해야 한다고 힘주어 말했다. 그는 "어린 새는 먼저 날기를 바라고, 가난하면 빨리 부유해지고 싶어 한다. 하지만 '먼저 날고' '빨리 부유해 지고 싶은' 꿈을 이룰 수 있느냐는 그런 의식이 우리 머릿속에 있느냐를 먼저 보아야 한다."고 늘 말했다. 닝더에서 빈곤 구제 작업을 추진할 때 시진핑은, 사상적으로 '빈곤하다는 생각'을 약화시켜야 만이 "빈곤지역에서 완전히 자체의 노력, 정책, 장점, 우위에 의존하여 특정 분야에서 '먼저 날 수 있으며' 빈곤으로 인한 열세를 보완할 수 있다."고 여러 번 언급했다.

'빈곤 딱지'는 국가 재정으로부터 거액의 자금을 지원받을 수 있다는 것을 의미할 뿐만 아니라, 여러 가지 정책이 경도하는 특별한 보살핌을 받을 수 있다는 것을 의미한다. 사실, '빈곤 딱지'를 붙이려고 다투는 배후에는 빈곤에서 벗어나려는 투지가 부족하여 다른 사람이 해결해주기를 기다리는 의뢰심이 생겼기 때문이다.

시진핑이 '빈곤 딱지'를 다투어 붙이려는 이야기를 한 것은, '빈곤을 구제함에 있어서 먼저 의지(즉 그들의 사상이나 관념, 신심을 북돋우어주는 것)를 구제하고' '빈곤을 구제함에 있어서 반드시 먼저 그들의 지혜(즉 과학 기술로 농촌의 생산력을 지원하는 것)를 구제'함으로써 빈곤에서 벗어나겠다는 투지를 잃고 의뢰심이 생기는 것을 막아야 한다는 이치를 밝히기 위해서였다. '빈곤 딱지'를 다투어 붙이려는 것은 "빈곤구제 작업이 섶을 지고 불 끄

러 들어가는 것과 같이 섶이 없어지기 전에는 불이 꺼지지 않는다"는 말
이었다. 빈곤에서 벗어남에 있어서 물질적인 빈곤에서 벗어나는 것도 중
요하지만 더욱 중요한 것은 정신적인 '빈곤'에서 벗어나는 것이다. 시진핑
은 "기층의 광범위한 간부와 대중들이 개척정신을 발휘하는 것을 소중히
여기고 그들이 행동에 옮길 수 있도록 열정을 북돋우어 줌으로써 참신한
노동으로 빈곤하고 낙후한 면모에서 벗어나게 해야 한다."고 거듭 강조했
다. 빈곤 지역 간부와 대중들의 능동성, 적극성과 창의성을 불러일으켜야
만이 외부의 도움이 내생적 동력에 자극을 줄 수 있으며, 빈곤 탈출 공략
전이 에너지를 끊임없이 얻을 수 있다. 한마디로 말해서 중등 수준의 사회
가 되는 것은 기다리면 오는 것이 아니라 실천해야 오는 것이라는 말이다.

당신은 중국인인가?

(你是中国人吗?)

1979년 제가 스웨덴을 방문했을 때, 한 광장에서 중국계 말레이시아인을 만났는데 그는 아주 서툰 한어(중국말)로 "당신은 중국인인가?"하고 물어왔습니다. 저는 무척 격동되어 "마침내 중국인을 만났군요"하고 대답했습니다. 그 때는 스웨덴에서 중국인을 만나기가 쉽지 않지만, 현재는 전 세계 어디를 가나 중국인을 만날 수 있습니다.

지난 번 벨기에 수도 브뤼셀에 갔을 때, 제가 시정부 건물에서 밖을 내다보니 광장에는 중국인이 절반은 차지한 것 같았습니다. 만약 덩샤오핑 동지가 우리 당을 지도하여 개혁개방이라는 역사적인 의사 결정을 하지 않았더라면, 우리나라가 오늘날과 같은 발전성과를 이룩하리라고는 상상조차 하지 못했을 것입니다.

- 「광동의 사업을 현지 조사할 때 한 연설」(2012년 12월-11일)

연설내용의 배경 설명

중국인이 해외에 나갈 수 있어야 중국을 관찰할 수 있는 세계적인 시각을 갖출 수가 있다. 개혁개방 전에는 중국인들이 해외에 나가는 일이 드물었기에 "당신은 중국인인가?"하는 질문을 받게 되었다. 개혁개방 전에 광동성에는 한때 밀출국하는 바람이 불어 일부 사람들은 온갖 방법을 다 동원하여 국경 밖으로 도주하였다.

선쩐(深圳) 중·영 거리는 양쪽의 경계가 분명했는데, 홍콩 쪽에는 한 동 한 동의 작은 빌라들이 들어앉아 있었고, 선전 쪽에는 낡은 집들이 올망졸망 들어앉아 있었다. 이 같은 광경들은 당시 비교적 낙후했던 중국의 경제 발전상과 사회 발전상을 반영하고 있었다.

"당신은 중국인인가?"하는 질문처럼 1979년 중국에 대한 세계 각국의 이해는 아주 적었고, 중국과 세계와의 소통도 그만큼 오랫동안 단절되어 있었다. 하지만 1979년은 중국의 개혁개방이 본격적으로 시작된 해였다. 그리하여 해외 학자들은 "인류의 21세기는 중국의 1978년부터 비롯되었다"고 말할 정도였다. 30여 년 후, 중국과 세계는 상호 단절되었던 상태에서 심도 있게 융합하는 상태로 발전하면서 해외 관광을 나가는 중국인 수가 급증했는데, 2015년 출국한 관광객이 연 1.2억 명에 달하고 해외에서의 소비가 1.5억 위안에 달했으며, 2016년부터 연속해서 4년간 세계 최대 해외 관광 소비국이 되어 전 세계 관광 소득 기여율이 평균 13%를 웃돌았다.

이처럼 중국이 세계 제2 경제대국으로 부상하고 큰 걸음으로 세계로 나아가는 상황이 되면서, 브뤼셀의 '광장에 중국인이 절반을 차지하는' 진풍경이 연출되었다. 이외에 더욱 많은 일들이 중국이 세계로 나아가는 영향력을 검증하였다. 프랑스 파리는 중국 관광객을 유치하고자 파리 상업산업국과 지역 관광국에서는 실용 매뉴얼을 만들어서 프랑스인들에게 간단한 중국어를 가르쳐주고 그들에게 중국 관광객들의 기호를 알도록 했다. 파리의 적지 않은 호텔이나 식당, 박물관의 종업원은 물론 택시 운전기사까지 이 실용 매뉴얼을 가지고 있다. 한국 공항에 내리면 도처에 중국어로 된 광고를 볼 수 있는가 하면, 많은 상가의 종업원들은 간단한 중국말을 할 수 있을 정도이다.

중국공산당 18기 전국대표대회 이후, 시진핑이 중공중앙 총서기 신분으로 베이징을 떠나 첫 현지 조사를 한 곳이 바로 개혁개방을 가장 먼저 실행한 광동이었다. 그때 현지 조사에서 그는 자신이 출국 방문 시에 보고 들은 것들과 세부적인 대조를 통하여 중국의 발전이 세계에 미친 영향을 생동감 있게 이야기하였다. 개혁개방 초기 외국에서 중국인들을 찾아보기 힘들던 상황으로부터 개혁개방 30여 년 후 브뤼셀의 '광장에 중국인이 절반을 차지하는', 중국이 성장했다는 엄청난 상황을 이 같은 생동적인 세부 사항을 가지고 복원하였기에 사람들을 더욱 감동시킬 수 있었다.

시진핑이 중국의 성장이 세계에 미친 영향력을 자신이 직접 겪은 일을 가지고 천명한 것은, 우리가 중국의 길을 견지하고 개혁개방을 추진했기 때문에 세계 제2위 경제대국으로 부상할 수 있었고, 세계인이 주목하는 '중국의 기적'과 '중국이야기'를 창조할 수 있었으며, 전 세계가 '중국의 감동'과 '중국의 진상'을 느낄 수 있었다는 점을 설명하기 위해서였다.

시진핑은 "개혁개방은 우리 당의 역사에서 최초의 위대한 각성이었다. 바로 이 위대한 각성이 이론으로부터 실천이라는 새로운 시기의 위대한 발명을 잉태하였다."고 자주 강조하였다. 새로운 스타트 라인에 선 중국은 이 정확한 길을 따라 확고부동하게 나아가야 할 뿐만 아니라, 새로운 조치를 취하고 새로운 수준에 올라서야 하는 것이다.

'화목'과 '화합'

('和'才能'合')

한 지도부의 성원들은 같은 배를 탄 사람들과 같고, 업무를 전개하는 것은 배를 젓는 것과 같습니다. 모두들 일치하여 목표에 동주공제(同舟共濟, 吳越同舟 - 역자 주)하며 힘을 다 함께 합쳐서 쏟는다면 이 배가 예정한 목표를 향해 쾌속으로 전진할 수 있을 것입니다. 만약 각자가 자기주장을 고집하면서 자기가 주장하는 방향으로 배를 젓는다면, 그 배는 제자리에서 빙빙 돌면서 앞으로 조금도 나가지 못할 것입니다. 더욱 심한 것은 서로 훼방을 놓는다면 배가 뒤집어질 위험도 있습니다. 백년을 수행해야 같은 배를 타고 건너갈 수 있습니다. 지도부의 동지들은 한데 모여 작업을 한다는 자체가 곧 인연이므로 함께 일할 수 있는 시간을 소중히 여기면서 일치단결하여 큰일을 해내야 합니다.

- 「'화목'해야 '화합'할 수 있다」(2007년 1월 19일) 『지강신어』에서 발췌

연설내용의 배경 설명

『손자』는 춘추시대의 유명한 군사가 손무(孫武)가 집필한 병서로써 후세 병법가들의 추앙을 받아 '병학성전(兵學聖典)'이라 불리면서 '무경칠서(武經七書)'에서 으뜸자리를 차지했다. 중국의 이 전통적인 병법은 영어, 프랑스어, 독일어, 일본어 등 언어로 번역되어 세계적인 유명한 병학의 전범(典範)이 되었다.

　『손자·구지(九地)』에는 '어려움 속에서 일심협력'했다는 '동주공제(오월동주)'라는 이야기가 있다.

　"무릇 오나라 사람과 월나라 사람은 서로 미워하나, 배를 같이 타고 가다가 풍랑을 만나면 서로 구함이 좌우의 손과 같다." 누군가 손무를 보고 어떻게 하면 용병에서 실패하지 않을 수 있는가? 하고 묻자 손무는 용병에서 진을 치는 것은 뱀이 사냥꾼을 반격하는 것처럼, 머리를 치면 꼬리가 재빠르게 반격을 해 오고, 꼬리를 치면 머리가 습격해 오며, 한가운데를 치면 머리와 꼬리가 양쪽에서 날아오면서 하나의 총체가 되어야 한다고 답했다.

　손무는, 오나라 사람과 월나라 사람은 불구대천의 원수이기는 하지만 만약 같은 배를 타고 강을 건너다가 풍랑을 만나면 좌우의 손과 같이 서로 협력하는데 하물며 일반 병사들이야? 하고 답했다. 그렇다. 어려움 속에서 일심협력하고 서로 협력해야 만이 배가 파도를 헤쳐 앞으로 나아갈 수 있지만, 각자가 서로 훼방을 놓으면서 제멋대로 한다면 배가 나아가지 못하고 제자리에서 빙빙 돌 수 있다. "한 지도부의 성원들은 같은 배를 탄 사람들과 같고, 업무를 전개하는 것은 배를 젓는 것과 같다.", "한 당위원회 지도부, 몇 개 큰 지도부와 각급 간부들의 지혜를 능숙하게 집중한 다음, 총괄하지만 독점하지 않고, 분담하지만 분할하지 않으며, 손을 떼지만 방치하지 않도록 해야 한다."고 시진핑은 거듭 강조했다. 2016년 초, 시진핑은 『당위원회의 업무 방법』(마오쩌둥 저 - 역자 주)이라는 문장을 학습하는 것에 관하여, 각급 당위원회(당조) 지도부는 이 고전적 저작을 다시 읽어야만 한다는 중요한 지시를 했다.

　중공중앙 조직부는 통지를 발부하여, 『당위원회의 업무 방법』인 "당헌(당 규약)을 학습하고, 지도자의 연설문을 학습하여 참된 공산당원이 되자(두 가지 학습, 한 가지를 실행, 兩學一做)"는 내용을 학습 교육에 넣을 것을 요구했다. 67년 만에 한편의 고전적 문헌이 사람들의 시야에 다시 들어오게 된 것은 이 글을 위인이 집필했기 때문만이 아니라 더욱 중요한 것은 이 글이 명시한 방법론 때문이다. 이 글은 서두에서 "당위원회 서기는 능숙한 '반장'이 되어야 하고", "자신과 위원 간의 관계를 잘 처리해야 한다."고 지적한 다음 "만약 '지도부 성원'들이 일치하여 움직일 수 없다면 수천 수백만 사람들을 이끌고 전투를 하거나 건설을 할 생각을 하지 말아야 한다.", "당위원회 각 위원 간에는 알고 있는 상황을 서로 통지하고 서로 교류해야 한다."고 밝혔다. 3,000자도 되지 않는 이 고전적 문헌은 지도부의 단결을 일이관지(一以貫之, 한 이치로 모든 것을 꿰뚫음 - 역자 주)의 주제로 삼고 있는데, 시진핑이 각급 당위원회에 이 고전을 다시 읽어야 한다고 요구한 깊은 뜻 또한 여기에 있다.

　시진핑은 구체적인 사물을 가지고 추상적인 도리를 상세히 해석했는데, 지도부 성원들이 단결하고 협력해야 한다는 도리를, 같은 배를 타고 함께 강을 건넌다는 '동주공제'라는 고사에 비유하면서 당위원회 지도부가 업무를 잘 수행할 수 있는 중요한 방법이 바로 '화목'과 '화합'이므로, 동심협력하고 단결 협력할 줄 알아야 한다는 도리를 명시했다.

지도부 성원들이 단결하느냐는 지도부가 응집력 있고, 창조력 있고, 전투력이 있느냐를 결정한다. "당위원회 서기는 총괄을 하지만 독점하지 않고, 전체를 통찰하고 핵심을 파악하며 일을 진행하는 것을 배워야 한다.", "훌륭한 지도부는 단결 협력'에 능해야 한다.", "단결은 지도부를 건설하는데 중요한 문제이므로, 단결을 중시한다는 것은 정치를 중시한다는 것이며 전체를 고려한다는 표현이다."

시진핑이 지도부의 단결을 거듭 강조한 목적이 바로 당위원회 지도부 성원들이 서로 의견이 맞지 않아 각자가 제 생각대로 행하는 것을 방지하고, 당 조직이 흩어진 모래알처럼 뿔뿔이 흩어져 무기력해지는 것을 피하며, 당위원회 지도부가 일급 당 조직의 '핵심 팀'이 되어 분담이 명확하면서도 협동할 줄 알고, 각자가 맡은바 소임을 다하면서도 상호 협력하면서 최대의 '지도력'을 방출함으로써, 우리 당이 중국 특색의 사회주의 사업에서 언제나 견고한 지도역량이 될 수 있도록 확실하게 보장하려는데 있었던 것이다.

'두 개의 산'을 잘 조성하자

(造好 '两座山')

　　우리는 인간과 자연이 조화롭고 경제와 사회가 조화로운 것을 추구하고 있습니다. 통속적으로 말하면 '두 개의 산'을 추구하고 있습니다. 즉 금산은산(金山銀山 - 경제적 이익이나 경제성장 - 역자 주)을 추구하고 있을 뿐만 아니라 청산녹수(靑山綠水)도 추구하고 있습니다. 이 '두 개의 산' 사이에는 모순이 되기도 하지만 변증법적 통일을 이룰 수도 있습니다.

　　실천 속에서 '두개의 산' 사이의 관계를 인식하려면 세 가지 단계를 거쳐야 한다고 말할 수 있습니다.

　　첫 번째는, 청산녹수를 가지고 금산은산을 바꾸는 단계인데, 환경의 수용력을 고려하지 않거나 거의 고려하지 않는 상황입니다. 이는 자원을(자연 파괴라는 대가 - 역자 주) 요구한다는 것을 의미합니다. 두 번째는 금산은산을 추구하면서도 청산녹수를 지키는 단계인데, 이때 경제발전과 자원 부족, 환경악화 간의 모순이 부각되기 시작하면서 환경은 우리가 생존하고 발전할 수 있는 바탕이기에 청산을 남겨두어야 만이 땔감을 얻을 수 있다는 점을 깨닫게 됩니다. 세 번째는 청산녹수가 금산은산을 끊임없이 가져다주며, 청산녹수 자체가 곧 금산은산이고 우리가 심은 상록수가 곧 돈이 되는 나무라는 것을 인식하는 단계인데, 생태 우위가 경제 우위로 변하면서 일종의 혼연일체의 관계, 조화통일의 관계가 이루어집니다.

이 단계는 일종의 보다 높은 경지로서 과학적 발전관의 요구를 구현하고 순환경제발전을 구현하며, 자원 절약형 사회와 친환경 사회를 구축한다는 이념을 구현합니다. 이상 세 가지 단계는 경제성장 방식을 전환하는 과정이자 발전 이념을 끊임없이 진보시키는 과정이며, 또한 인간과 자연 간의 관계가 끊임없이 조정하면서 조화로운 관계로 기울어지는 과정이기도 합니다.

– 「'두 개의 산'으로부터 알 수 있는 생태 환경」(2006년 3월 23일)『지강신어』에서 발췌

연설내용의 배경 설명

'청산녹수'와 '금산은산'이라는 평소에 흔히 볼 수 있는 두 어구, 우의(寓意, 우언이 지니고 있는 의미 – 역자 주)가 깊은 두 가지 이미지는 경제발전과 환경보호의 관계를 충분하게 연역(演繹, 어떤 명제에서 논리적 절차를 밟아 결론을 이끌어 내는 것 – 역자 주)하였다. 그리고 이 '두 개의 산'이 의미하는 발전 이념은 저장(浙江)의 발전을 이끌었을 뿐만 아니라 나아가 국가의 발전을 이끄는 지침이 되었다.

2005년 8월, 당시 저장성 당위원회 서기로 있던 시진핑은 저장 안지현(安吉縣) 위촌(余村)을 현지 조사할 때, "청산녹수가 바로 금산은산이다"라는 과학적 논단을 내놓았다. 저장성 안지현은 대나무 숲(竹海)

이 울창한데, 유명한 영화감독 리안(李安)이 찍은 영화 「와룡장호(臥龍藏虎)」의 배경이 되면서 단번에 세상에 알려지게 되었으며, 바다와 같은 대나무 숲을 구경하러 오는 관광객이 끊이지 않으면서 아름다운 향촌을 상징하는 기호로 떠올랐다.

시진핑은 안지현 위촌을 현지 조사할 때, 촌에서 광산을 폐쇄하고 녹색 성장의 길을 걷고 있다는 소식을 듣고 나서 그들의 방법을 높이 평가하였다. 버원거(潘文革) 위촌 촌민위원회 주임(이장)은, 초라한 촌민위원회 회의실에서 열린 좌담회에서 시진핑은 간부와 대중들에게 "과거의 성장방식에 연연해하지 말아야 한다"면서 "청산녹수가 곧 금산은산"이라는 생각을 처음으로 내놓았다며 당시 상황을 회상했다.

현재 위촌의 관광 소득은 1,500만 위안에 달하는데 이는 10여 년 전 광산에서 광물을 판 소득의 5배가 넘는다. 위촌의 녹색 성장으로의 전환은 '청산녹수가 곧 금산은산'이라는 중요한 이념을 가장 생동적으로 입증한 사례이다. 10여 년 동안 '청산녹수가 곧 금산은산'이라는 이념은 저장성의 발전을 이끌었는데, 시진핑이 저장성 당위원회 서기였을 때 제안한 88전략(저장성의 8가지 우위와 그것을 발휘할 수 있는 8가지 조치 – 역자 주)에서 가장 중요한 한 가지가 저장성의 생태적 우위를 발휘하여 '녹색 저장(浙江)'을 구축하는 것이었다.

청산녹수는 저장성을 내세울 수 있는 '귀중한 명함'이 되었을 뿐만 아니라, 저장성이 지속 가능한 발전을 이룩할 수 있는 '보물단지'로 '돈 나무'가 되었다. 시진핑은 중공중앙 총서기로 당선된 후에도 "청산녹수가 곧 금산은산"이라고 여러 장소에서 강조함으로써 전 사회적으로 녹색성장이라는 공감대를 형성하게 했다.

'청산녹수'와 '금산은산'이라는 비유는 경제발전과 환경보호의 관계를 예리하게 해석하였다. 시진핑은 '금산은산'과 '청산녹수'는 조화롭게 통일되는 혼연일체의 관계이지 상호 부정하는 관계가 아니므로 한쪽은 중시하고 한쪽은 소홀히 해서는 안 된다고 생각하였다.

시진핑이 제기한 청산녹수를 가지고 금산은산을 바꾸는 착오적인 단계를 뛰어넘어, 청산녹수와 금산은산을 취사선택하기 어려워 방황하고 갈등하는 단계를 뛰어넘어, 청산녹수가 곧 금산은산이라는 융합적인 경지에 이르러야 한다는 세 가지 단계는 지역마다 발전을 추진할 때 숙고해야 할 명제이다.

나귀와 말에 대한 이론

(驴马理论)

현대 민주정치의 성과는 권력에 대한 상호 규제시스템이라 할 수 있습니다. 이 문제에 관하여 유명한 '나귀와 말'이라는 이야기가 있습니다. 즉 말이 나귀보다 빨리 달려서 비교해보니 말발굽이 나귀발굽보다 보기 좋았습니다. 그리하여 나귀발굽을 말발굽으로 교체했습니다. 그러자 나귀가 전보다 더욱 느리게 달렸습니다. 다시 비교해보니 말 다리가 나귀 다리보다 길었습니다. 그리하여 나귀 다리를 말 다리로 교체했습니다. 그 결과 나귀가 더는 달릴 수 없게 되었습니다. 이어서 계속하여 미루어 추측하다 보니 몸뚱이도 교체하게 되고 내장도 교체하게 되었습니다. 결국 나귀 전체를 말로 교체해서야 나귀가 말처럼 빨리 달릴 수 있었습니다.

이 '나귀와 말' 이야기는 '민주적 선거'가 단지 '말발굽'이고 민주정치를 구축하는 것이 겨우 '말발굽'을 교체하는 작업이라면 아예 교체하지 않는 것이 낫다고 할 수 있습니다. '민주적 관리, 민주적 의사결정, 민주적 감독'은 '민주적 선거'처럼 관건적이고 중요합니다. '절반'의 민주는 '선거 때에는 민주이지만 선거가 끝나면 민주가 사라지면서' 도리어 기존의 질서마저 엉망으로 만들 수 있습니다.

- 「진화시(金華市)를 조사 연구할 때 한 연설」(2005년 6월 17일) 「앞장서서 착실하게 일하자 – 저장의 새로운 발전을 추진함에 있어서의 사고와 실천」에서 발췌

연설내용의 배경 설명

나귀한테 말발굽을 교체해도 나귀는 나귀이지만 달리는 속도가 더욱 느려졌다. 그러자 다리를 교체하고 몸뚱이를 교체하고 내장을 교체하고… 전체를 다 교체해서야 말처럼 빨리 달릴 수 있었다. 하지만 나귀는 더는 나귀가 아니라 말로 변해 있었다. 시진핑이 말한 '나귀와 말' 이야기는 정교한 비유, 생동적인 구체적 내용, 재미있는 스토리를 통하여 사람들을 포복절도하게 함과 동시에 이론문제를 예리하게 해석한데서 심오한 내용을 알기 쉽게 표현하고 적은 힘을 들여 큰 성과를 거둘 수 있는 커뮤니케이션 효과를 거두었다고 할 수 있다.

그때 연설에서 시진핑은 무의현(武義縣)에서 발단하여 진화시에서 한창 보급하고 있던 '허우천촌경험(後陳村經驗)'을 또 사례로 들었다. 허우천촌은 무의 현성 교외에 자리 잡고 있었는데 20세기 말, 공업화와 도시화가 추진됨에 따라 촌의 집단자금이 단시일 내에 급증되자 촌 간부들의 규율 위반 문제가 빈번하게 발생하고 간부와 촌민들의 갈등이 심각해지며 촌민들의 민원이 끊이지 않는 등 문제가 나타났다.

2004년 6월, 허우천촌에서는 '흙냄새'가 물씬 풍기는 기층 민주정치에 대한 혁신이라 할 수 있는 중국 최초의 '촌 사무 감독위원회'를 설립하였

다. 촌 사무 감독위원회는 촌 사무 관리제도의 실시 상황을 감독하고 촌 사무 운영상황을 감독하는 촌 당지부와 촌민위원회와는 독립된 제3자 감독기구로서, 촌 사무에 대한 민주적인 관리를 탐구하고 실천하는 서막을 열어놓았다.

이때부터 허우천촌은 감독을 통해 제도 개선을 추진하고, 감독을 통해 민주 건설을 추진하며 감독을 통해 사회 화합을 보장하고 감독을 통해 촌의 번영을 실현하는 혁신의 길에 들어섬으로써 혼란하던 데로부터 다스리는 데로의 전환을 달성했다.

이후, '촌 사무 감독위원회'라는 명칭과 역할이《촌민위원회 조직법》에 기입되면서 애초의 '촌을 다스리기 위한 궁여지책'이 '나라를 다스리는 정책'으로 업그레이드됨으로써 농촌 민주 건설을 강화한 성공적인 본보기가 되었다.

2005년, 당시 저장성 당위원회 서기였던 시진핑은 진화시를 조사 연구할 때 '나귀와 말' 이야기를 말한 것은, 촌 급 민주 정치를 구축하려면 "민주적 선거, 민주적 의사결정, 민주적 관리, 민주적 감독"을 적극 추진해야 하며, 이러려면 "이 네 가지 방면에 관한 내용을 보다 전면적으로 이해해야 한다"는 도리를 설명하기 위함에서였다.

민주와 간단한 민주적인 선거는 결코 같은 것이 아니므로 민주적 정치를 구축하고 추진하는 작업을 '말발굽'을 교체하는 작업이라고만 생각한다면 그것은 '절반'의 민주밖에 되지 않으므로 선거를 치른다면 무조건 혼란이 조성될 수 있기에 아예 교체하지 않는 것만 못하며, 네 가지 방면을 유기체처럼 완벽하게 해야만이 명실상부한 민주라 할 수 있다고 시진핑은 여겼던 것이다.

'강남에서 자라는 귤나무를 강북에 옮겨 심으면 탱자가 된다(南橘北枳)'

이 말 역시 시진핑이 자주 인용하는 고사이다. 그는 다른 나라의 정치제도를 그대로 답습한다면 기후와 풍토에 맞지 않아 범을 그리려다 오히려 개를 그리는 꼴이 되거나 심지어 나라의 미래와 명운까지 망칠 수 있다고 강조했다.

천자는 나라의 문을 지켜야 한다

(天子守国门)

지도층 간부는 무엇을 하는 사람입니까? 조직에서 우리를 지도층 간부로 발탁한 것은 솔직해 말해서 보초를 서라고 우리를 이곳에 파견한 것입니다. "나라를 지키는 데는 책임이 있다(守土有責)"고 했습니다. 옛날 유방은 「대풍가(大風歌)」에서 "큰바람 일고 구름은 높게 있는데/ 위풍을 해내에 떨치고 고향에 돌아왔네./ 내 어찌 용맹한 인재를 얻어 사방을 지키지 않을 소냐!"라고 읊었습니다. 일진(一陣)의 사람들이 국토를 지키고 보초를 설 책임이 있다는 뜻입니다.

그 당시 명성조가 베이징으로 천도한데는 다른 원인도 있었겠지만, 대외적으로는 "천자가 국문을 지켜야 한다"고 말했습니다. "천자가 국문을 지켜야 한다"는 말은, 황제라면 중간에 앉아 복만 누리지 말고, 국문을 지켜야 한다는 뜻이었습니다. 이는 불변의 진리라 할 수 있습니다.

청나라 때 첸탕강(钱塘江) 댐을 지키는 당관(塘官)은 벼슬이 4품이었는데 지부(知府)와 같은 대우를 누리어 아주 높은 대우를 받았다고 할 수 있습니다. 하지만 한 가지 조건이 있었습니다. 바로 댐을 터지게 해서는 안 된다는 조건이었습니다. 만약 댐이 터질 경우에는 황제가 찾아와 따지기 전에 스스로 첸탕강에 뛰어들어 자결해야 했습니다. 그 당시 봉건 관리들조차 이러했는데 공산당 지도층 간부로서의 우리는 더욱 더 강렬한 책임감을 가지고, 책임을 분명하게 알며, 과감하게 책임지면서 한 지역의 안정을 유지하고, 한 지역 경제를 발전시키고, 한 지역의 백성들을 부유하게 함으로써 나라를 지키는 책임을 확실하게 이행해야 합니다.

– 「지도층 간부는 나라를 지키는 책임을 확실하게 이행해야 한다」(2005년 2월 16일)
『지강신어(之江新語)』에서 발췌

연설내용의 배경 설명

유방은 한 왕조의 개국 황제이자 중국 고대의 걸출한 정치가였다. 그는 본디 페이(沛)현의 사수정장(泗水亭長)이라는 하급관리였는데 당시 리산(驪山)의 황제릉(皇帝陵) 조영 공사에 부역하는 인부의 호송책임을 맡았다. 호송 도중에 도망자가 속출하여 임무수행이 어려워지자 나머지 인부를 해산시키고 자신도 도망하여 망탕산(芒碭山) 중에 은거해 있다가 진승(陳勝)·오광(吳廣)이 반란을 일으키자 그도 군사를 일으켜 호응하였다. 기원전 206년, 유방은 파상(灞上)으로 진군하여 진왕 자영(子嬰)의 항복을 받아내고 진 왕조를 무너뜨렸다. 촉나라와 한나라 전쟁에서 유방은 최종 승리를 거두면서 중국을 통일하고 한(漢) 왕조를 수립하였다.

기원전 196년 화이난(淮南) 왕 영포(英布)의 반란을 평정하고 개선하던 유방은 자기의 고향인 패현(沛縣)에 들려 옛 친구들, 선배들, 후배들을 불러다 함께 즐기며 술을 마셨다. 회식석상에서 그는 감흥이 일어 즉흥적으로 「대풍가」라는 시를 지어 읊음으로써 인재를 모아 적재적소에 배치하겠다는 자기 뜻을 전했다.

명성조 주체(朱棣)는 명 왕조의 개국 황제 주원장(朱元璋)의 넷째 아들이자 명 왕조의 제3대 황제였다. 주체는 명 왕조가 창건될 때 연왕(燕王)에 책봉되어 봉지인 베이핑(현재의 베이징)에 진주한 후 여러 번 어명을 받고 북방에서 군사 활동에 참여했는가 하면, 두 번이나 군대를 거느리고 북벌에 나섰다. 후에 건문제가 즉위하고 나서 제후(藩王)들의 힘을 약화시키는 정책을 펴자 주체는 정난(靖難)의 변을 일으켜 1402년 난징을 함락시키고 제위를 빼앗아 황제에 즉위하였다. 1421년, 주체가 베이징으로 천도한 주요 이유 중 하나가 바로 당시 북방에 원나라의 잔존 세력이 있어서 명 왕조의 안보에 위협을 주고 있었는데, 주체는 국방을 고려하여 "천자가 변방을 지킨다"는 방식을 취한 다음 행정적 수단을 이용하여 전국의 인력과 물력을 북방 변방 쪽으로 집중시켰다.

청 왕조 때, 첸탕강 댐을 지키는 당관(塘官)이라는 자리는 강 연안에 사는 백성들의 목숨과 관련되는 벼슬이어서 막중한 직책이라 하지 않을 수 없었다. 저장의 『해창지(海昌志)』, 『해녕시지(海寧市志)』에 따르면, 오나라와 월나라로부터 청나라 말기에 이르기까지 저장 하이닝에 파견되어 당관 벼슬을 한 관리가 수백 명이나 되었다. 건륭 연간에 첸탕강 해일이 댐을 터지게 한 적이 있었는데 댐을 보수하고 지키는 것을 감독하던 성이 조씨라는 관리는 댐이 터지자 "당관으로서 둑을 지키지 못했으니 폐하를 뵐 면목이 없고 백성들을 대할 면목이 없구나. 오직 죽음으로 잘못을 깊이 뉘우치노라!"하고 통곡하고는 도도히 흐르는 강물에 몸을 던졌다. 그

장면을 목격한 댐 보수공이나 아전들이나 백성들 중에 감동하지 않은 사람이 없었다. 당관이 강에 몸을 투신한 사건은, 자기의 맡은 직책을 성실히 수행하고 죽을 때까지 몸과 마음을 다하는 책임감을 구현한 사례라 할 수 있다.

「대풍가」를 읊은 유방, 국문을 지키려 한 명성조, 댐이 터지는 것을 막지 못하자 자결한 당관 이런 고사들은 서로 다른 좌표점이라는 시간의 축에 분포되어 있기는 하지만 모두가 책임이나 담당한 임무에 관한 사색을 담고 있으면서 '책임을 분명하게 알고 과감히 책임지는' 품성을 강조하고 있다. 시진핑은 봉건 관리들조차 이와 같은 강렬한 책임감을 가지고 있었는데 하물며 공산당 지도층 간부로서 무슨 이유로 책임을 회피하고 담당한 책임을 거절한단 말인가? 하고 고사를 가지고 오늘날 우리 지도층 간부들이 갖춰야 할 책임감을 비유했다.

'책임감'은 시진핑이 자주 사용하는 단어 중의 하나라 할 수 있다. 중국 공산당 총서기라는 신분으로 처음 국내외 기자들과 만났을 때 그는 결단성 있고 단호하게 "책임은 태산보다 무겁다. 업무적 책임은 무겁고 갈 길은 멀다"고 선언했다. 러시아 텔레비전방송의 특별 인터뷰를 받을 때 시진핑은 세계에 "인민을 위해 봉사하며, 담당해야 할 책임은 반드시 담당한다"는 자신의 집권 이념을 밝혔다. 책임감은 그의 명확한 집권 스타일에 대한 생각을 구현한 말이라고 할 수 있다. 지도층 간부마다 시진핑이 강력하게 강조하는 '책임감'이라는 말을 숙고할 필요가 있는 것이다.

나무통 이론

(木桶理论)

저개발 지역에서 샤오캉(小康, 중산층의 사회수준 - 역자 주)을 실현하지 못한다면 전 성의 샤오캉을 운운할 수 없으며, 저개발 지역에서 현대화를 실현하지 못한다면 전 성의 현대화를 운운할 수 없습니다. 이는 경제학에서의 '나무통 법칙(원리)'과 같은 것인데, 하나의 나무통에 담을 수 있는 물의 양은 그 나무통을 이루고 있는 가장 긴 나무판자에 달려 있는 것이 아니라 가장 짧은 나무판자에 달려 있다는 법칙입니다. 즉 우리 성이 전면 샤오캉 사회를 건설하느냐, 현대화의 목표를 앞당겨 기본적으로 실현하느냐는 주로 지역 간의 격차를 어떻게 줄이느냐에 달려 있습니다. 그러려면 발달 지역의 가속적인 발전이 필요할 뿐만 아니라 더욱이는 저개발 지역의 획기적인 발전이 필요합니다.

- 「저개발 지역이라는 '짧은 나무판자'를 늘이자」(2004년 12월 10일) 『지강신어』에서 발췌

연설내용의 배경 설명

'나무통 법칙'은 한 나무통에 물을 얼마나 담을 수 있느냐 하는 것이다. 물을 많이 담으려면 그 나무통을 이루고 있는 가장 긴 나무판자에 달려 있는 것이 아니라 가장 짧은 나무판자에 달려 있다고 주장하고 있다. 한 나무통에 물을 가득 담으려면 모든 나무판자의 길이가 똑같아야 할 뿐만 아니라 파손된 곳이 없어야 한다. 만약 이 나무통의 나무판자 중에 하나라도 길이가 짧거나 혹은 아래쪽에 구멍이 뚫려 있다면 이 통에다 물을 가득 담을 수가 없다. 사람들은 흔히 '나무통 법칙'을 가지고 한 나라의 발전이나 한 지역의 발전을 설명하는데, 각 분야의 발전상황이 고르지 않기 때문에 총체적 발전 수준을 좌우하는 것은 장점분야 뿐만이 아니라 단점분야가 좌우할 때가 많다. 때문에 발전을 추진함에 있어서 장점만 볼 것이 아니라 단점을 더욱 중요시하여 가능한 한 단점을 보완함으로써 전면적이고 지속 가능한, 조화로운 발전(균형발전)을 이룩해야 한다.

2002년 저장성은 전 성 지역 간의 조화로운 발전을 추진하고 현대화를 동시에 실현하기 위해 '산간지역과 연해지역 간의 협력 프로젝트'를 가동하고 연해 발달 지역과 저장 서남의 산간 지역, 해도(海島) 등 저개발 지역이 산업개발, 새농촌 건설, 인력양성과 고용, 사회사업 등 분야에서의 협력을 강화하기로 하였다. 그 목적은 발달지역과 저개발지역 간에 다각도로 협력하고 뚜렷한 목표 하에서 업무 강도를 강화하여 저개발 지역이라는 '짧은 나무판자'의 길이를 늘임으로써 각 지역의 인민들로 하여금 경제와 사회 발전의 성과를 함께 누리도록 하려는데 있었다. 시진핑은 저장성에서 정무를 주관할 때, 단점을 보완하고 조화롭게 발전하는 것을 개혁과 발전의 실천 속에 융합시켰다. 그가 제안한 '88전략' 중에 "도시와 농촌 간에 균형적으로 발전할 수 있는 저장의 장점을 발휘하여 도시와 농촌의 일체화를 가속화해야 한다."는 내용이 앞 순위에 들어 있다. 중공중앙 총서기가 된 후, 시진핑은 전국적인 범위에서의 균형발전 미래상을 숙고하기 시작했다.

2012년 12월 시진핑은 취임한지 얼마 안 되어 눈보라를 무릅쓰고 타이항산 벽지를 찾았다. 도로가 좁고 울퉁불퉁한 그곳은 국가 급 극빈지역이어서 일인당 소득이 900여 위안 밖에 안 되었다. 그는 간부들과, 베이징에서 이곳까지 오는데 3시간 반이 걸렸지만 진짜 가난이 무엇인지를 보고나니 이번 걸음이 헛되지 않았다는 소감을 밝혔다. 도시와 농촌지역 간의 격차를 줄이는 프로젝트에 관한 그의 관심을 엿볼 수 있는 말이었다.

2014년 2월 러시아 텔레비전방송의 특별 인터뷰를 받을 때 시진핑은 균형발전의 의미를 '열손가락으로 피아노를 치는 것'에 비유하면서 생동감 있게 자세히 설명하였다. 그는 중국에서 지도자가 되려면 상황을 파악한 토대 위에서 여러 방면의 일을 통일적으로 계획하고 돌보면서 전체적인 균형을 잡고 중점을 부각시키며 전체 국면을 이끌어야 하는데, 때로는 전체적이고 주요한 것은 장악하고 국부적이고 부차적인 것은 풀어놓으면서 전체적이고 주요한 것에 국부적이고 부차적인 것을 겸하게 하며, 때로는 국부적이고 부차적인 것으로 전체적이고 주요한 것을 이끌면서 국부적이고 부차적인 것에서 전체적이고 주요한 것을 볼 줄 알아야 한다고 밝혔다. 이를 관통한 이념이 바로 조화로운 발전이다.

시진핑은 '나무통 법칙'을 가지고, 전면적인 샤오캉은 발달지역의 샤오캉 만이 아니라 저개발지역과 동시에 이루어지는 샤오캉이며, 물질문명의 풍부함만이 아니라 정신문명의 포만함이라면서 조화로운 발전의 중요성을 깊이 있게 논술하였다.

조화로움을 중시하고 균형을 강조하는 것은 시진핑의 일이관지의 정치적 사고 맥락이었다. 중국공산당 18기 중앙위원회 5차 전원회의에서 제기한 새로운 발전 이념에서 '조화로운 발전'은 주요 내용이 되고 있다. 우리나라 발전에서의 부조화는 장기간 존재한 문제이다. 지역과 지역, 도시와 농촌, 경제와 사회, 물질문명과 정신문명, 경제건설과 국방건설 등 관계에서 두드러지게 드러나고 있다. 만약 경제발전 수준이 뒤떨어진 상황에서 한 시기 동안의 주요 과제가 급성장을 이룩하는 것이라고 할 때, 급성장을 이룩한 다음에는 관계를 조정하는데 주의하면서 발전에서의 전체적 효율을 중시해야 한다.

이 같은 배경에서 시진핑은 "13차 5개년 계획'기간에 국가 경제 전체를 통일적으로 배치하고 계획하고 발전시키는데 있어서 조화로운 발전이 승리할 수 있는 비결이다."라고 강조했다. 바로 구조를 최적화하고 단점을 보완하는데서 획기적인 발전을 이룩하고 발전에서의 조화로움과 균형성을 높이는데 진력함으로써 중국경제 및 사회의 지속 가능한 발전을 촉진케 하는 것이다.

고구마의 이론

(地瓜理论)

 '저장을 벗어나 저장(浙江)을 발전'시키는 현상을 누군가 '고구마 이론'을 가지고 아주 형상적이고 생동적으로 묘사했습니다. 고구마 넝쿨은 사방 팔방으로 뻗는데 더욱 많은 햇빛, 비, 이슬과 양분을 섭취하기 위해서입니다. 그러나 덩이줄기는 시종 뿌리 부분에 있습니다.

 넝쿨이 뻗어 나가는 것은 결국 덩이줄기를 매우 크고 튼튼하게 만들기 위해서입니다. 마찬가지로 우리의 기업들이 밖으로 나아가 주동적으로 상하이와 접목하고 주동적으로 서부 대 개발과 동북지역 등 옛 공업기지 개조에 참여하며, 주동적으로 국제시장의 경쟁에 참여하면서 성외(省外) 와 국외에 우리의 곡물기지, 에너지 원재료기지와 생산 가공기지를 건설 하고 있습니다.

 하지만 자금유출이나 기업 이전을 하지 않고 있습니다. 이는 더욱 큰 범 위에서 자원을 배분하고 더욱 큰 공간(차원)에서 더욱 큰 발전을 이루기 위한 필요에서였으며, '저장을 벗어나 저장을 발전시키고, 전국에 입각하 여 저장을 발전시키는' 필요성 때문이었습니다.

 이를 우리는 반드시 정확하게 인식하고 적극 추진하면서 낙관적인 태도로 일이 잘 되기를 바라야 합니다.

– 「더욱 큰 공간에서 더욱 큰 발전을 이룩하자」(2004년 8월 10일) 『지강신어』에서 발췌

연설내용의 배경 설명

고구마가 사방팔방으로 넝쿨을 뻗는 것은 덩이줄기를 매우 크고 튼튼하게 만들기 위해서이다. 넝쿨을 뻗지 않는다면 덩이줄기는 양분이 부족하게 될 것이고 덩이줄기가 자리를 굳게 지키지 않는다면 넝쿨은 방향을 잃게 될 것이다. 넝쿨이 개방을 확대하는 방법론을 비유하고 있다면 덩이줄기는 입지를 굳힌 목적론을 대표하고 있다.

'고구마 이론'은 '입지를 굳히는 것'과 '개방을 확대하는 것' 간의 변증법적 관계를 제시하고 있다. 시진핑은 저장성에서 정무를 주관할 때 '저장을 벗어나 저장을 발전시키자'는 전략을 내놓았다. '저장을 벗어난다'는 것은 고구마가 사방팔방으로 넝쿨을 뻗는 것이 결국은 햇빛, 비, 이슬과 양분을 섭취하기 위한 것처럼, 기업이 성외로 나아가 산업의 경도 이전(梯度轉移)을 실현하고 변혁과 업그레이드를 추진하는 것도 결국은 '저장을 발전'시키기 위해서라는 것이었다.

시진핑은 '저장을 벗어나가는 것'을 '유출'이 아니라 '대외 확장'이라고 여겼다. 그는 헤아릴 수 없이 많은 원저우(溫州) 사람들이 전국 심지어 세계 각지에 나가 장사를 하며 현지에다 납세까지 하지만, 설이 되어 그들이 고향에 가지고 오는 자금만 해도 300억 위안에 이른다는 사례를 들었

다. 이 사례는 "넝쿨이 뻗어 나가는 것은 결국 덩이줄기를 매우 크고 튼튼하게 만들기 위해서"라는 이치를 잘 설명하고 있다.

시진핑은 중공중앙 총서기가 된 후, '고구마 이론'을 국가 명운과 관련된 사고 중에 인용하여 '중국을 벗어나 중국을 발전시키며, 세계에 입각하여 중국을 발전시켜야 한다'는 전략적인 미래상을 그려냈다. 2013년 9월, 시진핑은 카자흐스탄 나자르바예프 대학교에서 연설할 때 '실크로드 경제 벨트'를 함께 구축하자는 구상을 처음으로 내놓았다.

그해 10월 그가 인도네시아 국회에서 연설할 때 '21세기 해상 실크로드'를 함께 구축하자는 제안을 처음으로 내놓았다. '일대일로(육상·해상 신 실크로드)'는 아시아가 도약하고 중국이 발전하는데 날개를 달아주고 혈관을 소통시켜주려는 전략적 구상이라는 것을 완전하고 여유 있게 펼쳐 보여주었다.

시진핑은 넝쿨과 덩이줄기의 관계를 가지고, 넝쿨이 뻗어 나가는 것은 일종의 개방의 수단이라면 덩이줄기가 더욱 크고 튼튼하게 자라게 하는 것은 개방이 이룩해야 할 목표라면서, '고구마 이론'이 내포하고 있는 철학적 지혜를 생동적이고 상세하게 해석하였다. 개혁을 전면적으로 심화시키고 있는 오늘날, 중국과 세계가 심도 있는 융합이 이루어지고 있는 오늘날, 시진핑이 상세히 해석한 '고구마 이론'을 되새기는 것은 중요한 계발적인 의의가 있다. 시진핑은 중국공산당과 중국 인민은 중국 대지에 뿌리를 내리고, 인류문명의 우수한 성과를 거울로 삼으며, 독립 자주적으로 국가의 발전을 이룩한다는 국정방침을 흔들림 없이 장기적으로 견지해야 한다고 여러 번 강조했다.

사실상 독립자주를 견지하고 입지를 굳힌 토대 위에서 국제와 국내라는 두 개 시장, 국제와 국내라는 두 가지 자원, 국제와 국내라는 두 가지 규칙을 전면적으로 계획, 고려하고 종합적으로 활용했기 때문에, 중국이 독특한 발전의 길을 걸어 세인이 주목하는 성과를 거둘 수 있었다.

경제 뉴노멀(New Normal)이라는 큰 논리에 봉착하고, 전략적 시기라는 새로운 단계에 봉착한 오늘날, 우리는 시진핑의 요구에 따라 "960만 ㎢의 광활한 국토 위에 서서 기나긴 분투로 누적해온 중화민족의 문화 양분을 섭취하며, 13억 중국인민이 취합한 넘치는 힘을 가져야 할" 뿐만 아니라 경제발전에 새로운 동력을 주입하고 새로운 활력을 불어넣으며 새로운 공간을 확장하기 위하여 "개방형 경제 수준을 확고부동하게 향상시켜야 한다."

아르헨티나는 왜 우승을 하지 못했나?

(阿根廷为什么失去冠军)

오늘날 세계 높은 수준의 축국경기에서, 개인기만 논하면서 한 개인의 공 다루는 기술에만 의존하여 득점하려 한다면 시대의 추세에 뒤떨어진 발상이라 할 수 있습니다. 득점은 주로 팀원들 간의 유기적인 협력에 의존해야 하기에 협력의식은 이미 축구장에서 중요한 전술의식이 되었습니다.

한 유명한 축구 평론가는 아르헨티나 축구팀이 제12회 월드컵 축구경기에서 아쉽게도 우승을 놓치자 "축구 스타로서의 마라도나는 경기장에서 개인기에만 주력하고 팀워크를 중시하지 않았습니다. 아르헨티나 축구 스타들의 개인주의 축구 방법은 결국 그들이 이번 월드컵 경기에서 우승과 인연을 맺지 못하게 했다."고 평가했습니다. 축구팬들이 어느 선수가 "너무 드리블한다"고 꾸짖는 이유가 바로 그 선수가 유기적인 협동을 하지 않고 지나치게 자기 개인기를 뽐내다가 득점할 기회까지 놓친 것을 아니꼽게 여겼기 때문입니다.

한 지역의 경제 사업은 상하좌우가 하나의 종합체를 형성해야 합니다. 각 부문은 상대적인 독립성을 가지고 있지만, 모두가 종합체 중의 한 부분이므로 종합체 밖에서 독립해서도 안 될 뿐만 아니라, 다른 부문과 관계를 끊어서도 안 됩니다.

– 「'경제 대 합창'을 제창하자」(1988년 9월) 「빈곤에서 벗어나자」에서 발췌

연설내용의 배경 설명

마라도나는 아르헨티나의 유명한 축구 스타였는데, 정확한 볼 다루는 기교와 능숙한 드리블 기술로 인하여 17세에 아르헨티나 국가대표팀에 선발되었다. 국가대표팀에서든 클럽에서든 그는 언제나 축구팀의 '키맨'이었다. 언젠가 잉글랜드 팀과의 경기에서 마라도나는 연거푸 수비수 5명을 따돌리고 슛을 날려 득점하자 많은 사람들이 "축구사상 가장 위대한 천재"라고 감탄하였다.

하지만 축구는 한 사람의 싸움이 아니기에 선수의 뛰어난 공 다루는 기술만 필요한 것이 아니라 선수들의 팀워크와 협력 의식이 특히 필요한 운동이다. 한 축구팀이 만약 개인기만 중시하고 집단 협력을 경시한다면 보기 좋은 개인기를 보여줄 수는 있어도 경기에서 이기기는 어려울 것이다.

예컨대, 1982년 스페인에서 성대히 개막된 제12회 월드컵축구 경기에 22세 밖에 안 되는 마라도나는 아르헨티나 국가팀의 10번 유니폼을 입고 출전하였다. 아르헨티나 팀이 4대 1로 헝가리 팀을 이긴 경기에서 그는 혼자 두 골을 넣음으로써 슈퍼스타로서의 두각을 드러냈다. 하지만 마라도나가 개인기를 발휘하는 데만 중시하고 팀워크를 경시한데다가 각 팀들

이 밀착 마크를 하자 후에는 골을 더 이상 넣지 못했다. 브라질 팀과의 경기에서 그는 브라질 선수로부터 파울을 당하자 악의적으로 상대방을 보복하는 바람에 심판한테서 레드카드를 받고 퇴장을 당했으며, 따라서 아르헨티나 팀도 결승전에 진출하지 못하였다.

축구장에서의 승부는 축구의 의미를 뛰어넘는 의미를 시사하고 있다. 축구팬으로서의 시진핑은 이에 깊은 인식을 가지고 있었다. 영국의 한 매스컴은 시진핑은 "외교 무대에서의 축구 선수"라고 칭하였다. 2012년 아일랜드를 방문할 때 시진핑이 축구공을 다루는 모습을 담은 사진은 세계 각지 주요 매스컴에 올랐는가 하면, 2014년 독일을 방문할 때 독일에서 훈련하고 있던 중국 소년축구 선수들을 찾아보았고, 2015년 영국을 방문할 때는 맨체스터 시티 FC를 참관하는 등 그의 '축구외교'는 개인 취미를 드러내면서 친화적인 이미지를 부각시켰을 뿐만 아니라 중국과 세계인들 간의 거리를 좁혀주었다.

시진핑이 2014년 신년사를 발표할 때 매스컴은 그가 아일랜드를 방문하면서 축구공을 다루던 모습을 담은 사진을 서가에 비치한데에도 관심을 가졌다. 시진핑은 자기한테는 '중국 축구의 꿈'이 있다고 밝힌 적이 있다. 축구개혁도 개혁을 전면적으로 심화하는 의제에 올랐다.

시진핑은 부분이 유기적으로 융합하면 전체적 힘이 배로 커지지만, 부분 사이에 상호 충돌하면 전체적 힘이 약화된다는, 전체와 부분과의 관계를 축구에 비유하여 상세히 해석하였다. 시진핑은 "낮은 자리에 있어도 전체 국면을 고려해야 한다"며 언제나 전체 국면에 입각하여 문제를 생각해야 한다면서, 국정 운영에서의 협조와 협력을 중요시했다.

사람을 쓰는 일은 그릇을 쓰는 것과 같다

(用人如器)

중국의 역사를 종람(縱覽)하면 무릇 승평(昇平, 나라가 태평함 – 역자 주)하고 번창할 때는 언제나 현인이나 인재들이 대거 나타났으며, 공적을 세운 역사 인물들은 언제나 인재 문제를 아주 중요시했습니다.

소하(蕭何)가 달빛 아래서 한신(韓信)을 뒤쫓았다든가, 유비가 '와룡(臥龍, 초야에 엎드려 세상에 알려지지 않은 인물 – 역자 주)'을 얻으려고 초가집을 세 번 방문했다든가 하는 고사는 사람들이 익숙히 알고 있는 천고의 미담입니다. 여기에서 저는 여러분들의 사색을 불러일으키고자 옛 사람이 현명한 사람을 추천하고 유능한 인재를 등용한 고사를 한 가지 더 예를 들겠습니다.

당태종 이세민은 여러분들이 잘 알고 있다시피 그의 사람을 쓰는 정책은 예로부터 후인들의 찬양을 받았습니다. 그는 황제가 된 후 대신 봉덕이(封德彛)에게 현명한 사람을 추천하고 유능한 인재를 등용하는 일을 맡겼습니다. 하지만 몇 달이 지났는데도 봉덕이는 인재를 한 사람도 추천하지 않았습니다.

그는 인재를 추천하지 않았을 뿐이지 "제가 성심을 다하지 않은 것이 아니라 오늘날 인재가 없어서입니다."하고 답했습니다. 그 말을 들은 당태종은 "군자가 사람을 쓰는 일은 그릇을 쓰는 것과 같아 각자의 장점을 취해야 한다. 자고로 나라를 태평하게 다스린 제왕들은 다른 왕조에 가서 인재를 빌려다 썼단 말이냐? 자기가 인재를 알아보지 못할까봐 걱정해야지, 어찌 오늘날 인재들을 무함하느냐."하고 질책했습니다.

군자는 인재를 등용함에 있어서 그릇처럼 써야 하는데, 사람에 따라 다소 차이가 있기에 각자의 장점에 따라 등용해야 합니다. "다른 왕조에 가 인재를 빌려다 써야 한단 말이냐? 네가 인재를 천거하지 못하는 것은 인재를 알아보지 못한다는 것을 말해줄 뿐인데 어찌 인재가 없다고 하느냐? 이는 천하의 사람들을 너무 얕잡아 보는 것이 아니냐?"하는 뜻입니다.

당태종은 격식에 얽매이지 않고 장애를 물리치며 재능을 발휘할 길을 널리 열어놓고서 새로운 사람을 등용했습니다. 비교적 두드러진 사례가 마주(馬周)를 발견하고 중용한 일이라 할 수 있습니다. 마주는 출신이 비천하고 집안이 가난하여 중랑장(中郎將) 상하(常何)네 집에 문객으로 얹혀 살았습니다.

어느 날 당태종은 대신들과 '극언득실(極言得失)', 즉 대신들에게 의견을 제기하라고 했습니다. 마주는 상하를 대신하여 20여 가지 의견을 진술한 글을 썼습니다. 당태종은 상하가 올린 의견을 보고 크게 기뻐했습니다. 이 글은 마주가 자기를 대신하여 썼다는 상하의 말에 당태종은 즉시 마주를 데려오라며 사람을 보냈습니다. 기다려도 이내 오지 않자 그는 또 사람을 보내 독촉했습니다.

당태종은 당시 29세 밖에 안 되는 마주와 몸소 이야기를 주고받았습니다. 마주가 재능이 많다고 느낀 당태종은 그를 문하성(門下省) 관리로 임용했다가 후에 계속해서 중용했습니다. 당태종이 격식에 얽매이지 않고 재능을 발휘할 길을 널리 열어놓고서 인재들을 중용한데서 그가 통치하던 시대는 중국 봉건사회에서 보기 드문 승평시대가 되었고, 유명한 '정관지치(貞觀之治)'라는 시대를 만들어냈습니다.

– 「인재가 경제성장에서 활약하는 작용은 짐작조차 할 수 없다」(1983년 4월 25일) 『알면 알수록 더욱 절실하게 사랑하게 된다』에서 발췌

연설내용의 배경 설명

당태종 이세민이 집권하던 시대는 인재가 하늘의 별처럼 많이 나타나 찬란하게 빛을 뿌릴 수 있었다. "열심히 나라에 봉사하고 알고서 실행하지 않음이 없는 것은 방현령(房玄齡)[18]만 못하옵니다. 재능이 문무를 겸비하여 나아가면 장수에 못지않고 조정에 들어오면 재상에 못지않음은 신이 이정(李靖)만 못하옵니다. 항상 간쟁을 마음에 두고 군주께서 요임금과

---

18) 방현령 : 제주 린쯔[臨淄] 출신이다. 수대(隋代) 말기에 이세민(李世民)이 웨이수이 강[渭水] 북쪽을 점령했을 때부터 그에게 투신하여 그의 건국사업을 도왔다. 이세민이 당을 세운 후 문치체제 확립을 위해 불러모은 진왕부 18학사는 후에 '정관의 치(治)'를 이끌어간 핵심인물이 되었는데, 18학사 가운데 첫 번째로 지명된 사람이 방현령이었다. 이미 이때부터 그는 인재를 발굴하는 데 노력해 두여회와 같은 인물들을 이세민에게 천거했다. 이세민이 즉위한 후 15년간 재상의 지위에 있으면서 두여회·위징(魏徵) 등과 함께 '정관의 치'라는 황금시대를 만들어냈다. 자식들이 모두 황실과 맺어졌지만 권세가 커질 것을 염려하여 재상 직을 사퇴했다. 71세에 죽을 때까지 계속 중요한 직책을 맡았다. 저수량과 함께 〈진서(晋書)〉를 편찬했다.

순임금에게 미치지 못하는 것을 부끄럽게 생각하는 것은 신이 위정(魏征)
만 못하옵니다. 그러나 탁한 물을 흘려보내고 맑은 물을 끌어들이듯이 악
을 물리치고 선을 권장함에 이르러서는 신(왕규[王珪] - 역자 주)이 서넛 너
덧 신하들 보다는 어느 정도 장점이 있사옵니다."(당태종의 물음에 한 왕규
의 답변 - 역자 주)

사람은 그 재능을 다 발휘하고, 사물은 그 작용을 다하게 했기에 사서에
남을 수 있는 '정관지치'를 이룩할 수 있었다. 이는 한편으로는 사람을 그
릇처럼 사용한 당태종 이세민의 흉금을 반영하고 있으며, 다른 한편으로
는 봉덕이의 "오늘날 인재가 없습니다"라는 황당무계한 논리를 반박하면
서 목마르게 유능한 인재를 구하고, 어진 사람을 예의와 겸손으로 대한 그
의 도량을 반영하고 있다.

시진핑은 또 당태종이 마주를 발견하고 등용한 이야기를 했다. 마주는
출신이 비천하고 집안이 가난해 중랑장(中郞將) 상하(常何)네 집 문객으로
얹혀 살다가 20여 가지 의견을 진술한 글을 올리는 바람에 당태종의 마음
에 들어 중용되었다.

마주가 올린 "예로부터 나라의 흥망은 얼마나 축적했느냐에 달려 있는
것이 아니라 백성들의 고락에 달려 있다"는 명제의 상주문은 역사서를 애
독하는 마오쩌둥도 "가의(賈誼)의 '치안책' 이후 으뜸가는 기문(奇文)"이라
고 높이 평가하였다. 당태종도 "마주를 하루만 보지 못해도 그립다"고 말
한 적이 있었다.

마주가 이세민의 마음속에서 차지하는 위치를 알 수 있는 말이다. 당시
의 재상 잠문본((岑文本)도 마주의 재능이라야 한조의 장량(張良)과 비길
만 하다고 말했다. 644년(정관 18년), 마주는 재상으로 발탁되었을 뿐만 아

니라 황태자 이치의 스승을 겸하게 되었다. 그는 "어떻게 나라를 다스려야 하는가?" 등의 도리를 간곡하게 가르쳤는데, 이는 이치가 황제로 등극한 후 나라를 다스리는데 큰 작용을 하였다.

당태종은 나라에 굉장한 기여를 한 마주를 표창하려고 "난조나 봉황이 높이 날려면 거들어주는 날개가 있어야 하며, 의지할 수 있는 신하는 반드시 충성스럽고 선량한 신하여야 한다"라는 제자(題字)를 친히 썼다. 이는 이름난 신하들이 구름처럼 모여 있고 뛰어난 현인들이 끊임없이 배출되던 당조 초기에도 보기 드물었던 높은 평가라 할 수 있다.

시진핑은 격식에 얽매이지 않고 인재를 등용한 당태종의 이야기를 통하여 재능을 발휘할 길을 널리 열어놓고 현명하고 유능한 인재를 중용하는 것이 건전하고 참된 정치를 하는데 중요한 작용을 한다는 것을 설명하면서, 인재 등용에서 "사람을 쓰는 일은 그릇을 쓰는 것과 같아 각자의 장점을 취해야 한다"는 사고의 방향을 제시하였다.

시진핑은 인재 등용을 일관되게 중시하였다. 그는 "중국의 일을 잘 처리하는데 있어서 관건은 당이고 관건은 사람이며 관건은 인재이다.", "뛰어난 자질을 갖춘 방대한 인재 대오가 없다면 샤오캉(小康) 사회를 전면 구축하려는 분투 목표와 중화민족의 위대한 부흥이라는 '중국의 꿈'을 순조롭게 이룩하기가 어려울 것이다."라고 거듭 강조함으로써 전략적인 전체 국면으로부터 인재의 극단적인 중요성을 설명했는가 하면, "훌륭한 인재들을 더욱 많이 양성하고 더욱 많이 흡입하는 사람이 경쟁에서 우위를 차지할 수 있다." 면서 국제경쟁이라는 각도에서 인재 등용의 중요성을 천명했으며, "뚜렷한 인재 의식을 수립해야 한다."고 했다.

훌륭한 인재를 구함에 있어서 목마른 사람이 물을 찾듯이 해야 하고, 인재를 발견하면 보물을 얻은 듯이 대해야 하며, 인재를 천거함에 있어서 격식에 얽매이지 말고, 인재를 사용함에 있어서 각자 자신의 능력을 다 발휘하도록 해야 한다."면서 인재를 존중하는 시각에서 인재시스템 개혁을 심화할 수 있는 현실적 방법을 명시하였다. 훌륭한 인재를 구함에 있어서 목마른 사람이 물을 찾듯이 해야 한다는 시진핑의 외침(주장)은 각급 지도층 간부에게 보내는 계시이자 온 세상의 뛰어난 인재들에게 보내는 절박한 외침이었다.

5백금을 주고 말뼈를 사다

(五百金买马骨)

　　각급 지도층 간부는 인재 문제를 대함에 있어서 '5백금을 주고 말뼈를 사'는 태도와 정신이 있어야 합니다. 연소왕(燕昭王)은 즉위한 후 제나라가 연나라를 망하게 한 원한을 갚으려고 곽외(郭隗)에게 인재를 천거하라고 합니다. 그러자 곽외는 이런 이야기를 들려주었습니다.

　　"옛날 한 임금이 천리마를 구하려 하자 한 신하가 5백금을 주고 죽은 천리마의 뼈를 가져왔사옵니다. 그러자 임금이 죽은 천리마의 뼈조차 소중하게 여기는데 천리마는 더욱 소중히 여길 것이라는 좋은 소문이 널리 퍼졌습니다. 결국 임금은 얼마 안 되어 천리마 세 필을 얻을 수 있었습니다. 전하께서는 저를 죽은 말의 뼈라 여기시고 예로 대우해 주신다면 천리마(현자)들이 대거 모여들 것이옵니다."

　　연소왕은 일리가 있다고 생각되어 곽외를 위해 행궁을 짓고 곱절로 예우했는가 하면 역수하 변에 높은 대를 축조하고 위에다 황금을 가득 채운 다음 초현대(招賢臺)라고도 하고, 황금대(黃金臺)라고도 했습니다. 극신(劇辛), 소대(蘇代), 추연(鄒衍) 등의 명사들이 잇달아 찾아왔고, 더욱이 악의(樂毅)도 소문을 듣고 찾아왔습니다. 얼마 안 되어 악의는 군사를 거느리고 파죽지세로 제나라를 공격하여 제나라를 대패시키고 연나라를 위해 복수했습니다.

- 「인재가 경제성장을 위해 하는 작용은 짐작조차 할 수 없다」(1983년 4월 25일) 『알면 알수록 더욱 절실하게 사랑한다』에서 발췌

연설내용의 배경 설명

"5백금을 주고 말뼈를 사다"라는 이야기는 중국 고대로부터 전해내려 오는 고사로서, 연소왕이 곽외의 건의를 받아들여 인재를 폭넓게 채용하고 또한 인재를 활용하여 결국 제(齊)나라를 대패시키고 연나라를 부흥시켰다는 이야기이다. 긴 세월을 내려오면서 사람들은 흔히 "5백금을 주고 말뼈를 사다"라는 고사를 인용하여 인재를 존중하고 인재를 갈구하는 가치관을 나타냈다. 연소왕이 즉위하기 전, 연나라는 내란이 발생했는데 제나라는 기회를 틈타 연나라를 침입하였다. 연소왕이 즉위할 때는 그야말로 나라가 엉망이 되어 모든 것을 다시 시작해야 했다. 자세를 낮추고 높은 예의로 인재를 모집하여 나라를 부흥시켜야 하겠다고 마음먹은 연소왕은 곽외에게 현자를 구할 수 있는 계책을 물었다. 그러자 곽외는 연소왕에게 "5백금을 주고 말뼈를 산" 이야기를 들려주었다.

"옛날에 어느 왕이 천금으로 천리마를 구하려고 하였으나 3년 동안이나 구하지 못하고 있었습니다. 그러던 어느 날 잡일을 맡아 보는 하급 관리가 천리마를 구하여 오겠다고 스스로 청하였습니다. 그는 석 달 뒤에 천

리마가 있는 곳으로 갔으나 이미 천리마는 죽은 다음이었다고 말하면서 그는 죽은 말의 뼈를 오백 금을 주고 샀다면서 임금에게 바쳤습니다. 임금은 '아니 살아 있는 말을 사오라고 했지 언제 죽은 말을 사오라고 했느냐?' 면서 임금이 대노했습니다. 그러자 하급 관리는 태연스런 표정으로 답했습니다. 죽은 말의 뼈를 5백금에 사왔는데 하물며 산 말이야 어렵하겠사옵니까? 전하께서 천리마를 이토록 중시한다는 소문이 퍼지기만 한다면 천리마들이 스스로 찾아와 몰려들 것이옵니다! 과연 1년도 안 되어 천리마를 가진 자들이 훨씬 높은 가격을 받기 위해 몰려들었다고 하옵니다."

여기까지 듣고 난 연소왕은 무언가 깨치는 바가 있었다. 곽외가 계속해서 말을 이었다.

"전하께서 진정으로 지혜롭고 우수한 인재를 얻기를 원하신다면 먼저 저부터 대우해 주십시오. 이 곽외 같은 미천한 자도 중용된다면 저보다 훨씬 현량한 인재들이야 말할 나위 있겠사옵니까?" 곽외는 자신을 천리마의 뼈에 비유함으로써 이를 통해 어진 사람에 대해 예의와 겸손으로 대하는 연소왕의 도량을 부각시키려 했다. 그리하여 연소왕은 곽외를 위해 궁을 짓게 한 다음 스승의 예의로써 깍듯이 대했을 뿐만 아니라 유능한 인재를 받아들이려고 '황금대(黃金臺)'까지 축조하였다. 과연 이 같은 말이 퍼져나가자 마자 세상천지가 놀라워하면서 악의, 추연, 극신 등 현사(賢士)들이 몰려들었고, 이들을 통해 연나라는 군사를 일으켜 제나라를 대패시키는 장거를 만들어냈다.

시진핑은 연소왕과 곽외의 고사를 통하여, 지도층 간부들이 뚜렷한 인재 의식을 수립한 다음 진정으로 인재를 존중하고 어진 사람을 예의와 겸손으로 대해야만이 유능한 사람들이 모두 임용되고 각자가 자기 재능을 충분히 발휘할 수 있는 경지에 이를 수 있다면서 방법론적 측면으로부터 인재를 끌어들이는 구체적인 방법을 천명했다. 시진핑은 "인재를 제때에 등용하고 제대로 활용하려면 인재가 움직일 수 있고, 인재를 임용할 수 있고, 인재가 능력을 발휘하는데 장애가 되는 걸림돌을 제거하여 보다 원활한 인재 관리시스템을 구축해야 한다."고 재삼 강조했다. 이는 각급 지도층 간부들이 인재를 갈구하는 사상적 인식을 갖춰야 할 뿐만 아니라 인재를 받아들이는 제도적 시스템을 개선해야 만이 시진핑의 "재능이 있고 덕이 있는 인재 한 사람을 임용하면, 재능이 있고 덕이 있는 많은 인재들이 계속해서 나타날 것이며, 재능이 있고 덕이 있는 사람을 보면 그와 똑 같이 대우하는 양호한 사회적 기풍이 점차 형성되게 해야 한다."는 요구에 도달할 수 있는 것이다.

노인을 공경하는 것을 큰 덕으로 여겨야 한다

(尊老为大德)

'노인을 공경하는 것'은 중화민족의 훌륭한 전통입니다. 2천여 년 전 맹자는 제선왕(齊宣王)과 나라를 다스리는 방법을 논할 때 "내 집 노인(부모)을 공경하듯이 다른 집 노인(부모)을 공경해야 한다"라는 말을 했습니다. 그는 '노인을 공경하는 것'이 나라를 잘 다스리고 온 세상을 평안하게 하는 경지까지 끌어올렸습니다. 역대 봉건 통치계급들을 보면 권세를 잡으려고 서로 배척하고 아버지와 아들이 칼에 피를 묻히는 일이 비일비재하게 일어났습니다. 이른바 '노인을 공경하는 것'은 어둡고 혼란한 상황을 태평한 것처럼 꾸며 민심을 농락하는 수단에 지나지 않았습니다. 하지만 옛날에는 오히려 '노인을 공경하는 것'을 입신 처세하는 큰 덕으로 받드는 관습이 대대로 이어 내려왔습니다. 오늘날 '노인을 공경'하는 이 전통적 미덕은 그중의 봉건적 요소를 버리고 새로운 사회적 내용을 보탬으로써 사회주의 정신문명의 조성 부분이 되게 했던 것입니다. 중년 간부와 청년 간부들은 이를 힘써 실천하는 본보기가 되도록 해야 합니다.

- 「중년과 청년 간부들은 '노인을 공경하자'」, 『인민일보』(1984년 12월 7일)

연설내용의 배경 설명

중화민족은 부모에 대한 장례와 조상들의 제사를 경건하게 예를 다하여 치르는 민족으로서 "노인을 존중하는 것"은 한 사람의 인격을 직접 들여다 볼 수 있는 하나의 감정 기호이자, 사회적 공감대를 형성할 수 있는 가치관이라 할 수 있다. 1984년 31세 밖에 안 되는 시진핑은 『인민일보』에 「중년과 청년 간부들은 '노인을 존경하자'」라는 글을 발표하였다.

그는 글에서 정판교(鄭板橋)의 "새로 난 대는 옛 댓가지보다 높지만, 모두 늙은 줄기의 받쳐줌에 의존한다"는 시구를 인용하여 선임 간부(老幹部)들의 가치를 찬양했다. 그는 글에서 "우리 간부 대오 내부에서 세대교체를 하는 것은 개인이나 대립되는 그룹 간의 권력 이전이거나 권세를 쟁탈하기 위한 싸움이 아니라, 하나의 목표, 하나의 사업을 위해서이다"라고 지적했다.

시진핑은 선배 동지들을 각별히 존경하였다. 정딩현 당위원회 서기로 재임하고 있을 때 그는 현성을 벗어나지만 않으면 자전거를 타고 다니면서 현 당위원회에 한 대 밖에 없는 '212'지프를 선임 간부들이 타고 다니도록 했다. 선임 간부들이 활동할 수 있는 장소가 없는 것을 보고 그는 현 당위원회와 현 정부가 공동 사용하는 큰 회의실을 리모델링하여 선임 간부들이 오락실로 사용하게 내어주었다. 그가 정딩현을 떠나 다른 곳으로 전임 갈 때, 일부 선임 간부들은 눈시울까지 붉혔다. 기영(祁永)이라는 선임 간부는 "우리는 시(習) 서기가 이곳을 떠나는 것을 원치 않는다."며 서운해 했다.

2013년 2월 4일 시진핑(당시 중국공산당 중앙위원회 총서기였음 - 역자 주)은 간쑤성(甘肅省) 란저우시(蘭州市) 청관구(城關區) 쉬니(虛擬) 양로원 식당 홍루이위엔(鴻瑞園) 지점에서 72세 되는 퇴직 종업원 양린타이(楊林太) 노인에게 몸소 음식을 날라다 주었다. 2013년 11월 3일 시진핑은 샹시투자족먀오족자치주(湘西花壇縣) 스파둥촌(18洞村)의 극빈 가정인 후스치(戶施齊) 노인 집을 방문하였다. 시진핑이 후 노인의 손을 잡고 연세가 어떻게 되느냐고 묻자 노인이 64살이라고 하자 그는 "제 누님뻘이시네요."하고 말했다. 2013년 12월 28일 시진핑이 베이징에 위치한 스지칭(四季靑)) 양로원을 찾았을 때는 마침 신문을 읽는 캠페인을 진행하는 중이었다.

그는 노인들이 낭송하는 '양생의 노래(養生歌)'를 열심히 경청하였다. '노인을 공경해야 한다'는 시진핑의 주장은 가풍과 가훈을 중시하는 데서도 나타났다. 2001년 10월 15일 시진핑의 가족인 시중쉰(習仲熏, 시진핑의 아버지 - 역자 주)의 88세 생신 축하연을 선전(深圳)에서 열었다. 시 씨네 가족 삼대, 그리고 친척과 친구들이 모여 노인의 생신을 축하하는 자리에 유독 당시 푸젠성 성장으로 있던 시진핑만 빠졌다.

이는 시진핑이 아버지의 생신 축하연에 참가하기 싫어서가 아니라, 한 개 성의 성장으로서 공무에 너무 바쁘게 지내다보니 시간을 뺄 틈이 없었다. 그리하여 그는 미안한 마음으로 아버지에게 생신 축하 편지를 써서 보냈다. 시진핑은 편지에서 "부모에 대한 인식 역시 부모님의 자식에 대한 정처럼 시간이 흐를수록 더 깊어지면서, 아버지의 소중하고 고상한 품성을 이어받을 수 있기를 희망한다"고 밝혔다.

시간을 뛰어넘은 대화처럼 시진핑은 베이징을 떠나 정딩현에서 근무할 때 "중년 간부와 청년 간부들은 더욱더 몸소 체험하고 힘써 실천하는 본보기가 되어야 한다."면서 노인을 존경할 것을 강조했다면, 수십 년 후

베이징에 돌아와 근무하면서도 노인을 존경하는 마음은 여전하였다. 그는 "전 사회적으로 선배 동지들을 존경하고 선배 동지들을 보살펴주며 선배 동지들을 따라 배우는 훌륭한 사회적 분위기를 폭 넓게 형성토록 해야 한다."고 여러 번 강조했을 뿐만 아니라, "각급 당위원회와 정부는 새로운 형세 하에서 선임 간부들을 보살펴 온 당의 훌륭한 기풍을 계승하고 중화민족의 전통 미덕을 계승하는 차원에서 착실하게 이행해야 한다."고 요구했다.

사회가 전환기에 들어서고 고령화 사회가 도래함에 따라 생활이 풍족해지지 않았는데 먼저 고령화라는 '리스크'가 따르고 있는 요즘, 이럴수록 노인을 존경해온 전통적인 미덕을 거듭 천명하는 것은 고령화 사회의 리스크에 도전하는데도 유리한 것이다. 시진핑이 강조하는 "노인을 존경해야 한다"는 주장은 전통문화의 계승이라는 의미만 가지고 있는 것이 아니라, 개혁과 발전이라는 복잡한 문제와 연관되기에 뚜렷한 시대적 의미를 가지고 있는 것이다.

대외편

1. 인민의 친선에 관한 이야기:
"나라와 나라 간의 교류는 인민과
인민 간의 친선에 달렸다(國之交在于民相親)"

2. 국가 간 교류에 관한 이야기 :
"예의 역할은 사람과 사람 사이의 조화로운
관계를 귀하게 여기도록 하는데 있다(禮之用, 和爲貴.)"

3. 문화의 융합과 소통에 관한 이야기 :
"사물이 천차만별인 것은
자연법칙이다(物之不齊, 物之情也)"

4. 역사적 정감에 관한 이야기 :
"만 리를 떨어져 있어도 여전히 이웃(万里尚爲隣)"

5. 직접 겪은 이야기 :
"변하지 않는 초심(不變的初心)"

1. 인민의 친선에 관한 이야기:

"나라와 나라 간의 교류는 인민과

인민 간의 친선에 달렸다(國之交在于民相親)"

위대한 형제

(伟大的兄弟)

중국과 칠레는 지구 위에서 서로 아주 멀리 떨어진 두 곳에 위치해 있습니다. 그러나 양국 인민은 오랜 세월동안 교류를 이어오면서 서로 떨어질 수 없는 깊은 인연을 맺었습니다.

노벨문학상 수상자이며, 칠레의 유명한 시인인 파블로 네루다(Pablo Neruda)는 중국을 '위대한 형제'라고 불렀습니다. 중국(China)과 칠레(Chile)는 형제와 같은 나라 이름을 가졌을 뿐 아니라 양국 인민은 또 형제와 같은 우정도 나누고 있습니다.

중-칠 양국 인민 사이에는 예로부터 서로 깊이 이해하며 친하게 지내온 전통이 있습니다. 양국 인민은 바다를 사이에 두고 바라보고 있으며, 서로에 대해 좋은 감정을 가지고 있습니다. 네루다 시인은 중국을 여러 차례 방문하였으며 중국을 노래하고 축복하는 내용을 담은 「중국 대지의 노래」 「아시아의 바람」 등의 시를 썼습니다.

칠레의 유명한 화가 벤투렐리(Jose Venturelli)는 수년간 중국에 머물면서 중국 수묵화의 단청(丹青)기법을 빌려 「창장(長江)」 등의 작품을 창작하였습니다. 그 작품들에서는 중국에 대한 화가의 깊은 그리움이 짙게 묻어나고, 이들 시와 그림들에는 중-칠 양국 인민의 두터운 우정이 깃들어 있습니다. 그들은 라틴아메리카 최초로 대(對)중국 친선조직인 칠-중 문화협회를 설립함으로써 갈수록 많은 유지인사들이 중-칠 양국 친선사업에 동참하도록 이끌었습니다.

산티아고에는 '창장초등학교'가 세워져 있습니다. 이는 중-칠 양국의 우정이 창장의 강물처럼 뒤의 물결이 앞 물결을 밀어 꾸준히 앞으로 발전해 나간다는 의미를 담고 있습니다.

- 칠레 언론에 발표된 「중-칠 관계의 더 아름다운 앞날을 함께 열어가자」라는 제목의 서명문장(署名文章)에서 (2016년 11월 22일)

연설내용의 배경 설명

파블로 네루다는 1904년에 칠레의 파랄에서 태어났다. 그는 칠레의 유명한 당대 시인이었다. 그는 13살 때부터 시를 발표하기 시작하여 1923년에 첫 시집 『저녁 무렵』을 출판, 1924년에 『스무 편의 사랑 시와 한편의 절망의 노래』를 발표하면서 유명 시인의 반열에 올랐다.

네루다는 중국과 중국문화에 매우 큰 흥미를 느껴 일생 동안 세 차례나 중국을 방문하였다.

1951년에 그는 송칭링(宋慶齡)에게 레닌국제평화상을 수여하기 위해 중국을 방문하였다. 그 방문길에 그는 또 마오둔(茅盾)·딩링(丁玲)·아이칭(艾青) 등 문학계 유명 인사들을 만나기도 하였다. 방문 과정에서 그는 자신의 이름을 중국어로 음역한 번역명 중에 '네(聶, 섭)'자가 세 개의 귀(耳, 이)로 구성되었다는 사실을 알게 되자 "저에게는 귀가 세 개 있습니다. 세 번째 귀로는 바다의 소리에만 귀를 기울일 것입니다."라고 말하였다.

조세 벤투렐리(Jose Venturelli)는 1924년에 칠레의 산티아고에서 태어나 1988년에 베이징(北京)에서 사망했다. 그는 전 세계적으로 이름난 회화·판화·벽화의 대가이다. 그는 또 중국과 칠레, 중국과 라틴아메리카 간 교류의 '사절'이기도 하다. 1952년에 그는 초청에 응해 아내와 딸을 데리고 베이징을 방문하였다. 그는 새 중국이 창립된 후 중국을 방문한 최초의 라틴아메리카의 유명한 예술가이다.

아시아-태평양평화대회 비서처 부비서장이었던 벤투렐리는 가족들과 함께 중국에서 8년간이나 머물렀다. 그는 저우언라이(周恩來) 총리, 그리고 예술가 쉬베이훙(徐悲鴻)·치바이스(齊白石), 시인 아이칭(艾靑) 등 이들과 두터운 우정을 쌓았다. 그는 중앙미술학원에서 교직을 맡고 있으면서 중국 학생들에게 새로운 예술이념을 전수하였다.

한편 그의 예술창작도 중국의 영향을 받아 정교한 선과 필치, 탁 트인 구도와 색채의 자유로운 활용을 추구하였다.「격분의 가을」,「여산(廬山)」「베이징의 정원」 등 그림들은 모두 중국의 전통 화법을 받아들인 작품들이다. 시진핑이 언급한 「창장」이 바로 전통적인 중국 산수화 구도법을 취하였다.

그의 외손녀 마르와는 "조세 벤투렐리에게 있어서 중국은 너무나도 중요한 존재였다. 중국은 그의 사상과 예술, 그리고 정신을 상징한다."라고 말하였다.

중국과 칠레는 지구 위에서 서로 멀리 떨어진 두 곳에 위치해 있다. 그러나 양국 인민의 친선적인 교류는 오랜 세월동안 꾸준히 이어져 오고 있다. 1952년에 네루다·벤투렐리 그리고 정치가 살바도르 아옌데(Salvador Allende) 등 이들이 제창하여 라틴아메리카 최초의 대중국 민간친선조직인 '칠-중문화협회'를 창설하였다.

오늘날에 이르러 인구가 1600여 만 명도 안 되는 칠레에 공자학원 두 곳과 중국어 교육장이 20여 개나 설치되어 있다. 공자학원의 라틴아메리카 센터가 바로 수도 산티아고에 설치되어 있다. 시진핑이 언급하였던 '창장 초등학교'는 바로 산티아고 큰 구역인 퀸스시에 위치해 있다. 1987년에 정식으로 이름 지었으며 2008년에 칠레 초등학교 중 최초로 중국어 수업을 개설하였다. 시진핑은 2011년 칠레를 방문한 뒤를 이어 2016년에 또 한 번 그 아름다운 땅을 밟으면서 "더없이 친근하고 기대에 가득 찬 느낌"이 들었다. 그가 서명한 글에서 "중국(China)과 칠레(Chile)는 형제와 같은 나라 이름을 가졌을 뿐 아니라 양국 인민은 또 형제와 같은 우정도 나누고 있다."고 밝혔다. 그 글에서 시진핑은 양국관계에서 창조한 수많은 '제일'을 회고하였다.

칠레는 제일 먼저 새 중국과 수교한 라틴아메리카국가이고, 제일 먼저 중국의 세계무역기구(WTO) 가입과 관련해 중국과 양자 협의를 체결한 국가이며, 제일 먼저 중국의 전면적 시장경제 지위를 인정했고, 또 제일 먼저 중국과 양자 자유무역협정을 체결한 라틴아메리카국가이다. 창장의 뒤 물결이 앞 물결을 밀어 꾸준히 앞으로 밀고 나가듯이 양국 인민의 공동 노력으로 중-칠 관계는 가지를 무성하게 뻗고 풍성한 열매를 맺었다.

그 글에서 시진핑은 또 중국건설은행 칠레지점이 라틴아메리카 최초의 위안화 결제은행으로 정식 업무를 개시함으로써 중-칠 관계에서 또 새로운 '1위'를 추가했다고 언급했다. 현재 중국은 칠레의 최대 무역대상국과 구리 · 체리 · 블루베리 · 해산물 · 포도주 등의 최대 수출 대상국이 되었다. 페르난도 레예스 전 주중칠레대사는 시진핑 주석이 종합한 몇 개의 '제일'이 깊은 인상을 남겼다고 말하였다.

중-칠 인민의 친선 교류 관련 '지난 이야기'와 '새로운 이야기'는 시진핑이 칠레를 방문하였을 때 인용하였던 라틴아메리카 속담처럼 "진정한 벗이라면 세계의 저쪽 끝에서도 그대의 마음에 와 닿을 수 있는 것"임을 보여주었다.

아름다운 인연

(金玉良緣)

중국인은 아름다운 인연을 '금옥양연(金玉良緣)'이라고 합니다. 2008년 베이징 올림픽의 금메달은 칠레의 금과 중국의 옥으로 제조된 것입니다. 그 금메달 하나하나가 중-칠 양국 인민의 형제와 같은 인연을 상징합니다.

– 칠레 언론에 발표된 「중-칠 관계의 더 아름다운 앞날을 함께 열어가자」라는 제목의 서명 글에서 (2016년 11월 22일)

연설내용의 배경 설명

중국 4대 명작 중의 하나인 『홍루몽』에서 설보채(薛寶釵)의 '황금 잠금쇠'와 가보옥(賈寶玉)의 '통령보옥(通靈寶玉)'은 '금옥양연'의 상징으로 간주되어 오고 있으며 연분과 감정의 의미를 나타낸다.

2008년 베이징 올림픽 금메달은 '황금에 옥을 박아 넣은' 디자인을 취하였는데, 올림픽정신을 찬양하고 운동선수들을 포상하는 중국인의 마음을 보여주었다. 그 설계방안은 새로운 창의력을 살렸는데, 이전의 올림픽 메달에서 단일 소재를 사용하였던 전통을 깨고 전형적인 중국 문화요소를 융합시켰다.

중국과 칠레는 베이징 올림픽 '황금에 옥을 박아 넣은' 메달을 통해 또 한 번 아름다운 인연을 맺었다. 6천여 매의 금·은·동 메달에 사용된 옥은 '곤륜옥(崑崙玉)'이고 사용된 합금은 모두 세계 최대 광산업의 거두인 오스트레일리아 BHP사의 칠레 입주 광산 업체가 제공하였다. 세계 최대 노천 구리 광산인 에스콘디다(Escondida mine) 구리 광산의 동합금 정광(精鑛, 선광작업으로 불순물이 제거되고 유용 성분이 높아져 순도가 높아진 광물 - 역자 주)이 금메달 제조에 필요한 13.04킬로그램의 황금을 제공하였고, 캐닝턴(Cannington) 납은 광산이 금메달과 은메달 제조에 필요한 1.34톤의 은을 제공하였으며, 또 다른 한 구리 광산인 스펜서(Spencer) 구리 광산이 동메달과 기념메달 제조에 필요한 6.93톤의 구리를 제공하였다.

칠레는 세계 최대 구리 수출국이고, 중국은 칠레 구리의 최대 수입국으로서 중국에서 수입하는 구리의 40%를 칠레에서 수입하고 있다. 칠레 국가구리산업위원회 데이터에 따르면 2014년 중국이 칠레에서 수입한 구리 규모는 220만 톤에 이르며 이는 칠레 구리 수출량의 39%를 차지하는 규모이다.

오늘날 중국과 칠레 간 경제무역교류가 갈수록 밀접해지고 있다. 중국은 칠레의 최대 무역상대국이고 또 칠레의 최대 수출목적지 국가이기도 하다. 한편 칠레는 라틴아메리카국가 중 중국의 3위 무역상대국, 2위 과일 수입 원산지 국가, 3위 포도주 수입국 및 7위 해산물 수입국이다. 2006년 양자 간 자유무역협정이 발효된 후부터 양자 간 무역이 빠른 성장세를 보여 2005년의 80억 달러에서 2015년의 318억 달러로 성장하였는데, 이는 10년 전의 약 4배에 이르는 규모이다. 현재 중국산 자동차의 칠레 시장 점유율이 앞자리를 차지하고, 칠레의 포도주·연어, 그리고 블루베리·체리·식용 포도 등 과일은 중국 소비자들이 선호하는 상품이 되었다.

칠레 언론에 발표한 글에서 시진핑은 베이징 올림픽 메달을 예로 들면서 중-칠 인민의 '금옥양연'에 대해 설명하였다. 칠레의 황금과 중국의 옥으로 제조된 '황금에 옥을 박은' 메달은 시진핑의 깊이 있는 판단을 은유적으로 표현하였다.

즉 중-칠 양국 관계가 장기적이고 안정적인 발전을 이어올 수 있는 것은 양국이 서로 평등하게 대하고 서로 존중하며 서로 신뢰하는 원칙을 이어오고 있기 때문이고, 양국이 장점을 서로 보완하고 서로에게 이로우며 공동으로 번영하는 원칙을 고수하고 있기 때문이며, 더욱이 양국이 시대의 발전에 따라 개척하고 앞으로 나아가는 원칙에 따라 양국 관계를 꾸준히 새로운 차원으로 끌어올리고 있기 때문이다.

지리적 위치를 놓고 보면 칠레는 세계에서 중국과 거리가 가장 많이 떨어져 있는 국가이다. 그러나 시진핑은 "세상에 나를 알아주는 '지기지우(知己之友)'가 있으면, 아무리 멀리 떨어져 있어도 가까이 있는 것과 같다."라고 말하였다.

오늘날 태평양은 중국과 칠레를 갈라놓는 장벽으로 작용하지 않게 된 지가 오래며 오히려 서로를 이어주는 유대와 다리가 되었다. 시진핑이 미첼 바첼레트(Michelle Bachelet) 칠레 대통령과 회담할 때 말했다시피 중-칠 양국은 정치적으로 서로 굳게 신뢰하고 있고, 경제적으로 서로에게 이롭도록 하고 공동 번영하고 있으며, 영국 간 협력이 갈수록 밀접해지고 있어 중-칠 관계는 성숙되고 안정적인 새 단계에 들어섰다. 그 방문 기간에 시진핑과 바첼레트는 중-칠 관계를 전면 전략적 동반자 관계로 승격시키기로 결정하였다. 이는 양국 관계의 전략성과 전국성이 더한층 강화되고 양국 관계가 더욱 전면적으로 깊이 발전하는 새로운 단계에 들어섰음을 의미하는 것이었다.

'중화통혜총국'의 백 년 전 이야기

('中华通惠总局'的百年往事)

페루는 태평양 대안에 위치한 중국의 '이웃'입니다. 400여 년 전부터 중-페 양국 인민은 대양을 뛰어넘어 양국 교류의 서막을 열었습니다. 다년간 페루에 거주하는 화교와 화인(華人, 중국계 외국인, 즉 외국 국적의 중국인 후대 - 역자 주)은 페루 인민들과 함께 동고동락하고 자강불식하며 열심히 창업하면서 현지 경제사회 발전에 중요한 공헌을 하였습니다.

130년 전에 설립된 '중화통혜총국'은 중-페 관계 발전의 추진에 적극 기여했습니다. 현재 페루에 중국 혈통의 화인이 250만 명에 이르는 것으로 알려져 있습니다. 페루에서 스페인어로 '동향인(老鄕)'이라는 단어는 페루에 거주하는 화인을 지칭하는 전문용어입니다. 중국 광동(廣東)지역의 방언에서 '밥을 먹다(吃飯)'는 단어는 중국 음식점의 통칭으로 바뀌었습니다. 중-페 양국 간 한 가족처럼 가까운 우정은 오래전에 이미 양국 인민의 마음속에 깊이 뿌리내리고 싹이 텄던 것입니다.

- 「같은 배를 타고 돛을 올리고 일심협력하여 먼 항해를 떠나자. 중국과 라틴아메리카 관계의 아름다운 앞날을 함께 열어가자 - 페루 국회에서의 연설」(2016년 11월 21일)

연설내용의 배경 설명

'상품교환을 원활하게 하여 기업가들에게 이득을 가져다주고 교민사회를 복되게 하자.' 1884년, 청나라 정부가 광록사경(光祿寺卿) 정조여(鄭藻如)를 미국 · 스페인 · 페루 3국에 외교사절로 파견하였다. 정조여가 페루에 이르러보니 중국인 후대들이 페루에서 40년이나 거주해오고 있었으며, 약 6~7만 명에 이르는 중국인이 페루 여러 지역에 분산되어 살고 있었다. 여러 지역의 화교와 화인들을 서로 단합시켜 그들의 권익을 보호하고 선행을 많이 베풀기 위해 1886년에 정조여는 페루중화통혜총국을 창설하였다. 130년간 온갖 어려움을 이겨내고 현재 중화통혜총국은 페루 경내에서 가장 유구한 역사와 가장 큰 영향력을 자랑하는 전국적인 교민단체조직으로 자리매김하였다.

중화통혜총국은 설립된 후 "사심 없이, 상품교환을 원활하게 하여 기업가들에게 이득을 가져다주고, 의리를 중히 여기며 단합 협력하자"는 3대 신조를 받들어 화인과 화교들을 널리 단합케 하고, 중-페 친선을 발전시키며, 조국 건설을 지원하는 면에서 중요한 기여를 하였다.

19세기 중엽에 푸젠(福建) · 광동(廣東) 등 지역의 중국인들이 바다를 건너 페루로 가 철도 건설, 광산 개발 등 업종에 종사하면서 고된 노동과 생활고에 시달려야 했다. 이때 통혜총국이 나서서 페루에서 성금을 모금해 그들을 도와 어려움을 해결해주었으며, 가난하고 연로한 화교들에게 자금을 지원해 귀국하도록 하였다.

한편 광저우(廣州)에 페루 화교 정착소를 설립하여 연로한 귀국 화교들을 수용할 수 있도록 하였다. 항일전쟁시기에 페루 화교와 화인들의 마음은 멀리 떨어진 조국으로 날아갔다. 중화통혜총국은 페루에 있는 화교와 화인들을 단합시켜 '페루화교항일군자금조달총회'를 설립하고 페루 여러 지역에 분회를 설립하여 페루에 거주하는 화교와 화인들을 동원해 성금 모금, 자선바자회를 조직하여 조국을 지원하였다. 겨우 1년 남짓한 사이에 항일전쟁 성금을 100만 달러 모금하였다.

저우언라이(周恩來)는 "만리 밖에서 6천 화교가 페루 화폐로 200만 솔(Sol)을 모금하였다"면서 이는 "교포의 본보기요, 항일전쟁에서 영광스러운 일"이라고 찬양하였다.

현재 중화통혜총국은 지난 전통을 이어 앞날을 개척해나가면서 계속 '백년 전통을 자랑하는 조직'이라는 간판을 빛내고 있다. 통혜총국은 주 페루 중국대사관 · 페루 국내 화교 관련 단체들의 다양한 좌담회 · 경축회 · 친목회를 조직할 수 있도록 후원하고 협조하고 있을 뿐만 아니라, 현지 경찰에 협조해 경찰과 교민 간의 양호한 관계를 유지하고 있으며, 성금 조달 위원회를 설립하여 매년 중국인의 명의로 페루의 전국적인 텔레비전 모금프로그램에 성금을 기부해오고 있다.

이러한 선행과 의로운 행동은 중-페 친선 교류와 양국 인민 간의 이해를 위한 유대역할을 하고 있어, 중국과 페루 각계의 호평을 받고 있다. 2016년 6월 베이징에서 열린 제8회 세계 화교 화인(華人)사단 친목대회에서 중화통혜총국은 그간의 공헌을 인정받아 '화사지광(華社之光)' 사단이라는 영예를 안게 되었다. 드넓은 태평양도 중-페 양국 인민 간의 두터운 우정을 가로막지 못하였던 것이다.

2016년은 중-페 수교 45주년이 되는 해이다. 이처럼 중요한 시점에 시진핑이 페루 국회에서 중화통혜총국의 지난 역사와 중-페 양국 인민의 백년 우정에 대한 이야기를 한 것은 바로 "중-페 양국이 한 가족처럼 가까워질 수 있는" 두터운 역사적 토양이 존재한다는 사실을 설명하기 위함이었다.

"서로 알아가는 데 거리의 멀고 가까운 구별이 없고, 만리나 떨어져 있어도 이웃이 될 수 있다."

'안데스 산맥의 독수리'로 불리는 페루는 라틴아메리카국가 중에서 중국인이 가장 일찍 발을 들여놓은 국가이고, 중국과 가장 먼저 수교한 국가이며, 중국과 경제무역교류를 가장 먼저 전개한 국가 중 하나이다.

시진핑이 페루를 방문하기 2개월 전에 페루 대통령에 막 취임한 페드로 파블로 쿠친스키 대통령이 중국을 국빈 방문하였다. 이는 그가 대통령에 취임한 뒤 첫 공식 방문이었다. 양국 정상이 짧은 2개월 내에 상호 방문을 실현한 것 또한 양국 교류의 역사에 새로운 기록을 남긴 것이다.

메르세데스 아라오스(Mercedes Araoz) 페루 제2 부통령은 "시진핑 주석의 페루 방문이 중대한 의미를 가진다"며 "페-중 관계를 반드시 새로운 차원으로 끌어올릴 것"이라고 감격해했다. 시진핑은 그 연설을 발표하기에 앞서 페루 국회로부터 최고등급 영예훈장인 '대십자훈장'을 받았다. 이 또한 중-페 양국관계 발전이 '쾌속도로'에 접어들었음을 간접적으로 증명해주는 대목이기도 했다.

페루의 '중국인민의 오랜 벗' 2명

(秘魯兩位 '中国人民的老朋友')

중국에는 "서로의 마음을 아는 것에 인생의 즐거움이 있다."라는 옛말이 있습니다. 중-페 양국 인민은 서로에 대한 정으로 이어져 있고, 마음이 서로 통하고 있습니다. 여기서 두 명의 페루인 벗에 대해 말하고자 합니다. 한 명은 이미 작고한 페루 작가이자 기자인 안토니오 아르체입니다. 그는 1960년대부터 라틴아메리카 민중들에게 진실한 중국을 알리기 위해 여러 차례나 먼 중국으로 와 취재하고 보도하였습니다.

1970년에 그의 딸 메이메이(梅梅)가 베이징에서 태어났는데 불행하게도 패혈증에 걸렸습니다. 그 일을 알게 된 저우언라이 총리는 즉시 의학 전문가에게 그 아이를 치료할 것을 지시하였습니다. 중국인민해방군은 전사들을 조직해 병원으로 가 헌혈하도록 하였습니다. 드디어 메이메이는 위기를 넘기고 완쾌되었다. 메이메이는 어른이 된 뒤 아버지처럼 오래 동안 중-페 친선에 기여했습니다.

다른 한 명은 페루 한학자이자 번역가인 지예모(吉葉墨, 길레르모 다니노[Guillermo Dañino]의 중문 이름) 선생입니다. 그는 1979년부터 1991년까지 중국 난징(南京)대학과 대외경제무역대학에서 스페인어를 가르쳤으며, 『중국에서 온 보도』『이백시선』『중국문화백과전서』등의 저작을 남겼습니다. 이밖에 중국에서 그는 영화배우이기도 합니다.

그는 「대결전」「충칭(重慶)담판」 등 25부의 중국 영화에 출연하였으며 중국 관중들의 사랑을 받았습니다. 현재 지예모 선생은 87세 고령임에도 여전히 매년 한 번씩 중국을 방문하곤 한다고 들었습니다. 그에게 숭고한 경의를 표합니다.

- 「같은 배를 타고 돛을 올리고 일심협력하여 먼 항해를 떠나자. 중국과 라틴아메리카 관계의 아름다운 앞날을 함께 열어가자 - 페루 국회에서의 연설」 (2016년 11월 21일)

연설내용의 배경 설명

'중국 인민의 오랜 벗' 안토니오 아르체는 페루의 기자이며 작가이다. 그는 1931년에 페루 북부 도시 트루히요에서 태어났다. 25세에 페루 전국 기자협회 주석에 당선되었으며, 페루 여러 유명 신문사에서 편집장을 지냈다.

아르체는 장기간 중국의 변화 발전에 주의를 기울였으며, 신문과 잡지에 새 중국 관련 글을 자주 발표하곤 하였다. 1967년에 아르체는 아내를 데리고 중국으로 와 베이징라디오방송국에 취직하였다. 3년 뒤 그의 딸 메이메이가 태어났다. 그런데 얼마 지나지 않아 메이메이가 패혈증에 걸려 위급한 상황이었다. 그 일을 알게 된 저우언라이 총리는 바로 군구병원 여러 명의 전문가들이 함께 메이메이를 공동 진찰할 것을 지시하였다. 메이메이의 병을 치료하려면 대량의 혈액을 수혈해야 하였다. 그런데 병원의 혈액은행에는 메이메이와 혈액형이 맞는 혈액이 많지 않았다. 긴급한 상황에서 의료부서는 베이징주둔 군부대에 지원을 요청하였다. 전사들은 소식을 접한 즉시 잇달아 병원으로 달려와 헌혈하였다. 드디어 메이메이는 위험한 고비를 넘길 수 있었다.

중-페 수교 역사 과정에서 아르체는 '특사' 역할을 하였다. 1970년 전과 후 병이 위중한 아버지를 보살피기 위해 페루로 돌아간 기회에 아르체는 페루와의 교류 확대를 원하는 중국의 의향과 수교 관련 원칙을 페루정부에 전하였다. 그의 주선으로 중-페 양국 간 소통 경로가 빠른 시일 내에 형성되었으며, 1971년 11월 2일 공식 수교하기에 이르렀다. 1983년에 아르체는 또 중국에 와 신화사 국제부 스페인어 전문가로 근무하였다. 그는 중국을 보도하는 수많은 글을 써 라틴아메리카와 스페인 신문과 잡지에 발표하였다.

90세 가까운 고령임에도 중국문화의 전파에 꾸준한 열성을 보인 지예모 선생, 그의 본명은 길레르모 다니노(Guillermo Dañino)이며 칠레의 한학자이다. 그와 중국의 인연은 1979년부터 시작되었다. 그해 페루 산마르코스 국립 대학교에서 문학과 언어학 교수로 재직 중이던 그는 난징(南京)대학의 초청으로 중국에 와서 15명의 스페인어 교사를 위한 교육과정을 개설하였다. 이외에 그는 또 '영화배우'와 '시인'이기도 했다.

중국에서 20여 년간 지내면서 그는 「대결전」 「충칭담판」 「마오쩌둥과 스노우」 등 25부의 중국 영화에 출연하였으며, 9년의 시간을 들여 9권의 당시(唐詩)를 번역하였는데, 라틴아메리카국가 중 가장 많은 당시를 번역한 한학자 중의 한 사람이기도 하다. 그리고 그는 또 『조룡(雕龍) 중국 고

대 시가선』『부지런한 꿀벌 사자성어 · 속담 · 헐후어(歇後語)[19] 1,000
마디』『중국문화백과전서』등 중국 역사와 문화에 대해 소개한 서적
을 여러 권 출판하였다.

시진핑이 페루 국회에서 연설하면서 두 명의 페루 친구와 관련된 감동
적인 이야기에 대해 언급한 것은 "중-페 양국 인민이 역대로 서로 정과 마
음이 통하는" '운명공동체' 임을 설명하기 위해서였다. 나라간 친선의 뿌
리는 인민에게 있으며 원천은 교류에 있다. 1990년대에 시진핑은 페루를
방문한 적이 있었다.

20여 년이 지나 다시 페루의 땅을 밟았을 때 그는 '세 마디의 사이좋은'
이라는 말로 중-페 양국 간의 우정을 요약하였다. 즉 서로 신뢰하는 사이
좋은 형제, 함께 발전하는 사이좋은 동반자, 책임을 나눠지는 사이좋은 친
구라고 말하였다. 연설 중에 시진핑은 또 "진정한 행복은 항상 개척해나가
는 열정을 간직하고 있는 것"이라는 페루 작가 리베로의 명구를 인용하였

---

19) 헐후어 : 앞부분만 말하고 결론을 대담하게 생략하는 일종의 수수께끼 같은 속담이다. 예를
   들면 아래와 같다(앞의 것은 직역이고, 뒤의 것은 의역이다).
   1. 按着牛頭喝水 --- 勉强不得 : 소의 머리를 눌러 물을 먹임 --- 억지로 하면 안 됨
   2. 八九不離十 --- 差不多 : 팔, 구 그리고 십 --- 거기서 거기
   3. 八仙過海 --- 各顯神通 : 팔선이 바다를 건너다. --- 각자 신통력을 드러내다. ; 저마다의
   방법이나 뛰어난 능력, 본성이 있다.
   4. 八仙聚會 --- 又說又笑 : 팔선이 회의를 한다. --- 웃으면서 얘기하다. 즐겁고 유쾌한 모양
   5. 八月十五的月亮 --- 正大光明 : 정월대보름달 --- 크고 밝다- 광명정대하다.
   6. 覇王別姬 --- 無可奈何 : 패왕별희 --- 어쩔 수 없다.
   7. 覇王項羽 --- 不可一世 : 패왕 항우 --- 자신을 최고로 여김 - 안하무인
   8. 白紙黑字 --- 黑白分明 : 흰 종이 검은 글씨 --- 흑백이 분명하다.
   9. 白壁上的微瑕 --- 無傷大雅 : 흰 벽에 생긴 작은 흠 --- 큰 문제는 없음.
   10. 搬起石頭打自己的脚 --- 自討苦吃 : 돌을 들어 자기의 발을 찍음. --- 고생을 사서 함.

다. 그는 그 말을 인용해 양국 인민이 각자의 꿈을 이루는 길에서 한마음 한뜻으로 서로 협력할 수 있기를 바라는 염원을 밝힌 것이다.

페루는 2021년 독립 200주년을 맞이하는 해에 '공정 공평 단합의 페루'를 만든다는 분투목표를 실현한다는 계획이었다. 같은 해에 중국은 샤오캉(小康)사회를 전면적으로 실현하고 '두 개의 백년' 분투목표 중의 첫 번째 목표를 실현한다는 계획이었다. 시진핑은 중-페 양국의 분투목표를 나란히 열거함으로써 양국 인민이 "어깨를 나란히 하며 서로 손잡고 꿈을 이루기를" 희망하였던 것이다.

혁명가요를 부르는 자유의 전사

(唱革命歌曲的自由战士)

중국과 짐바브웨는 비록 천리만리 떨어져 있지만, 양국 인민을 서로 이어주는 전통적인 친선은 두텁고도 돈독합니다. 짐바브웨의 민족해방투쟁 기간에 양국 인민은 어깨를 나란히 하며 싸우면서 잊을 수 없는 전우의 정을 쌓았습니다. 그 시기 중국 국내와 탄자니아 나칭괴아(Nachingwea)[20]캠프에서 중국 측의 훈련을 받은 짐바브웨의 수많은 자유의 전사들이 아직까지도 「3대기율 8항주의(3가지 지켜야 할 기율과 8가지 주의 사항)」 등 가요를 부르고 있다는 말을 전해 듣고 크게 감동했습니다.

- 짐바브웨 언론에 발표된 서명 글 「중-짐 친선의 꽃 더욱 찬란하고 향기롭게 피워가자」 (2015년 11월 30일)

연설내용의 배경 설명

---

20) 나칭괴아 : 탄자니아 남부에 위치한 니켈광산.

「3대기율 8항주의」는 중국의 '유명한 혁명가요'로서 오랜 세월동안 불리어지고 있으며 많은 중대한 자리에서 이 노래를 들을 수 있다. 1927년 10월 '삼만개편(三灣改編)' 시기에 '삼대기율'을 제기해서부터 1947년 10월 「3대기율 8항주의 재차 반포 관련 중국인민해방군총부의 훈령」의 발표에 이르기까지, 가요 중에서 노래한 '3대기율 8항주의'의 형성과 발전은 20년의 시간을 거쳤다.

'3대기율 8항주의'는 당의 노선 · 방침 · 정책을 관철하고, 여러 가지 과업을 완성하는 중요한 보장이며, 군대 전투력의 중요한 요소이다. 따라서 '3대기율 8항주의'는 군대 건설을 강화하고, 군민관계를 밀접히 하며, 관병대오의 단합을 증강시켜 혁명전쟁의 승리를 이루는 데서 중요한 역할을 하였다.

기율을 강화하게 되면 혁명은 반드시 승리할 수 있다. 인민군대의 유명한 군가인 「3대기율 8항주의」는 에드거 스노(Edgar Snow) · 아그네스 스메들리 (Agnes Smedley) · 해리슨 솔즈베리(Harrison Evans Salisbury) 등 3명의 미국인 기자에 의해 잇달아 각자의 작품에 인용되었다. 그 시기 스노는 간쑤성(甘肅省) 위왕현(豫旺縣)에서 취재하면서 쉬하이동(徐海東)과 그가 인솔한 홍15군단(紅十五軍團) 전체가 이 노래를 부르는 소리를 듣고 이것이야말로 국민당군대가 홍군(紅軍)과 싸워 이길 수 없는 중요한 원인이라고 생각하였다.

홍군이 처음 샨베이(陝北)에 들어섰을 때, 현지 백성들 사이에서 공황국면이 나타났다. 그러나 고작 몇 개월 만에 현지 백성들은 이 부대를 '우리네 군대'라고 부르게 되었다. "철 같은 기율, 철 같은 군대, 철 같은 전투력"이 가요와 함께 사람들의 마음에 깊이 새겨졌다.

짐바브웨인에게 이러한 중국 군가가 귀에 익숙하게 된 것은 1960년대에 짐바브웨가 나라의 독립과 민족의 해방을 위해 싸우는 과정에서 중국이 짐바브웨에 사심 없는 도움을 주었던 적이 있었기 때문이다. 짐바브웨 '해방군'의 일부 전사들이 중국의 군사훈련을 받은 적이 있는데 그들이 중국군대의 전략과 전술을 배우는 한편, 중국의 혁명가요도 배우면서 중국 혁명자의 정신에 대해 이해하게 되었던 것이다.

짐바브웨 언어학자 펑웨이니(彭維尼)는 그 시기 군에서 가장 널리 유행했던 혁명가요가 바로 「3대기율 8항주의」라고 하면서, 그 가요가 사기를 북돋우고 응집력을 키우며 대중을 단합케하는 면에서 적지 않은 역할을 발휘하였다고 회억하였다.

1980년 4월 18일 짐바브웨공화국이 독립한 날에 중국과 짐바브웨 양국이 외교관계를 수립하였다. 수교 30여 년 동안 양국은 줄곧 서로를 이해하고 서로를 지지하며 서로를 도움으로써 친선협력관계가 순조롭고 안정적으로 발전할 수 있었으며, 양자 간 실무협력이 풍성한 성과를 이루게 하였다. 중-짐 양국 관계는 중국과 아프리카국가 간 단합 협력의 본보기로 불리고 있다.

2015년 12월 시진핑이 짐바브웨에 대한 국빈방문을 하였다. 이는 그가 최초로 짐바브웨를 방문한 것이다. 방문에 앞서 발표한 상기의 글에서 시진핑은 짐바브웨의 자유전사들이 「3대기율 8항주의」라는 가요를 부를 줄 안다는 것을 예로 들어 짐바브웨 민족해방투쟁시기에 양국 인민이 어깨를 나란히 하며 싸우는 과정에 잊을 수 없는 전우의 정을 쌓을 수 있었다는 사실을 회고하였다.

그는 이로써 중-짐 양국 간의 전통적인 친선이 유구한 역사를 가지고

있다는 사실과 오랜 세월을 거치며 더욱 돈독해졌다는 사실을 설명하고
자 하였으며, 또한 이로써 중국은 오랜 벗을 영원히 잊지 않을 것이라는
뜻을 보여주려고 하였던 것이다.

역사를 돌이켜보는 것은 앞날을 전망하기 위함이다. "중-짐 양국은 정
치적으로 좋은 벗이 되어야 할 뿐만 아니라, 또한 발전 중에 있는 좋은
동반자가 되어야 한다."고 시진핑이 강조했다시피, 중-짐 양국은 진정한
벗으로서 양국 간 친선의 힘을 실무적 협력을 강화할 수 있는 동력으로
더한층 전환시킴으로써 공동 발전과 번영을 추진해야 한다는 것이었다.
즉 중-짐 양국 간 친선관계의 원천은 양국 간의 진정한 우정, 그리고 감정
과 의리를 중히 여기는 문화전통에서 비롯되었고, 양국이 공동으로 따르
고 있는 독립자주, 상호 존중 등 대외관계의 기본원칙에서 비롯되었으며,
경제발전과 민생개선이라는 양국의 공동 사명에서 비롯되었던 것이다.

'아프리카 사랑' 어머니회

('非爱不可'妈妈团体)

중국과 짐바브웨 양국 간의 우정은 양국 인민의 마음속에 깊이 뿌리 내리고 싹을 틔웠습니다. 짐바브웨에 거주하는 화교와 화인 가운데 '아프리카 사랑(非爱不可, Love of Africa)'이라는 어머니회가 있는가 하면, 또 차량 번호까지 현지 어린이들에게 잘 알려진 '청 아빠(Father Cheng)'로 불리는 분들이 있다고 전해 들었습니다. 그들은 다년간 한 결 같이 현지 고아들에게 사랑과 온정을 베풀면서 실제 행동으로 중-짐 양국 간 '현재 진행형' 우정을 써내려가고 있으며, 또 양국 간 '미래 지향형' 우정을 양성하고 있습니다.

- 짐바브웨 언론에 발표된 서명 글 「중-짐 친선의 꽃 더욱 찬란하고 향기롭게 피워가자」(2015년 11월 30일)

연설내용의 배경 설명

"현지에서 고아원에 재물을 기부하고, 고아들을 위해 먼 곳에서 약을 구해다 주고, 고아들에게 정신적으로 관심과 사랑을 주고 있다……"고 잘 알려진 짐바브웨 화교 화인 단체 중에 유명한 '아프리카 사랑'이라는 애심어머니회가 있다. 통계된 바에 따르면 짐바브웨에는 약 180만 명의 고아가 있는 것으로 알려졌다. 그 아이들은 부모에게 버림을 받았거나, 혹은 부모가 일찍 여위어 고아가 된 아이들이다. 그들 중에는 에이즈에 걸린 고아들도 적지 않다. 그들 중 일부 고아는 그나마 다행히도 사회 복지기관에 수용되어 여러 고아원에 배치되어 있기도 하지만, 대부분 많은 아이들은 유랑아가 되어 떠돌고 있는 상황이 경제사회발전 여건의 제한으로 인해 짐바브웨의 대다수 고아원은 자금이 턱없이 부족한 실정이다.

2014년 4월 10일 펑옌(彭艶)을 비롯한 짐바브웨의 일부 화교와 화인 어머니들이 더 많은 고아들을 돕고자 공익단체를 설립하기로 결정했다. 어머니들은 그 단체에 '아프리카 사랑(非愛不可)'이라는 아름다운 이름을 붙였다. '아프리카 사랑(非愛不可)'이라는 단체명의 중문은 '반드시 사랑해야 한다'는 뜻과 '아프리카에 대한 사랑'이라는 두 가지 의미의 뜻이 담겨 있다.

'아프리카 사랑' 애심어머니회는 설립 후 특별히 자금이 부족한 여러 개의 고아원을 선택해 지원하고 있다. 성금과 물품을 기부하는 것 외에도 아이들을 도와 학비를 모금하고 있다. '아프리카 사랑' 애심어머니회의 어머니들은 아프리카대륙에서 알알의 사랑의 씨앗을 뿌려가고 있다.

그녀들은 수고로움을 마다하지 않는 '청 아빠'들과 함께 고아들의 마음을 따뜻하게 어루만져주고 있다. 그들의 선행은 많은 사람들에게 감동을 주고 있다. 카로이고아원의 린디 재무 담당 지배인은 그들의 사심 없는 도움에 크게 감동했다. 그녀는 "그녀들처럼 선량하고 사랑하는 마음을 가진 사람들을 본 적이 없습니다. 한 번도 본 적이 없습니다. 그녀들은 아이들에게 학비를 대주고 아이들에게 새 침대 매트리스를 가져다주었으며 아이들에게 먹을 것을 사다 주었습니다…… 중국인 애심 어머니들의 도움이 없었다면 우리는 지탱할 수 없었을 것입니다."라고 말하였다.

짐바브웨 언론에 발표한 서명문장(署名文章)에서 시진핑은 '아프리카 사랑' 어머니회의 감동 어린 이야기를 언급하였다. 현지의 대표 신문인 『선데이 메일(Sunday Mail)』은 시진핑의 서명 글을 게재하면서 "중국에서 왔다. 사랑을 담고"라고 제목을 달았다. 그 신문 편집장은 훗날 인터뷰에서 그 글을 읽은 뒤 직접적인 느낌으로 제목을 그렇게 단 것이라고 설명하였다.

그 글에서 시진핑은 또 속담을 두 마디 인용하였는데, 한 마디는 짐바브웨의 속담으로 "땔나무 한 가지로 싸자(Sadza, 짐바브웨 통용 언어인 쇼나어로 '흰 옥수수가루'를 뜻하는 말. 싸자는 짐바브웨 인민이 즐겨 먹는 주식)를 익힐 수 없다"라는 말이고, 다른 한 마디는 중국인이 즐겨 쓰는 "여러 사람이 함께 땔나무를 해오면 불길이 높이 타오를 수 있다"라는 말이다.

중국과 아프리카 인민의 우호적인 교류는 중국-아프리카 관계 발전의 튼튼한 초석이라고 할 수 있다. 시진핑은 2012년 제2회 중국-아프리카 민간 포럼 개막식 기조연설에서 "현재 중-아 간 협력과 교류에 직접 참여하는 일반 민중이 갈수록 늘어나고 있다. 중국과 아프리카국가 민중이 중-아 관계 발전에 거는 기대가 갈수록 커가고 있다. 우리는 적극적으로 환경을 조성하여 중-아 양자 간에 더 많은 민중이 갈수록 풍성해지는 중-아 협력 성과를 누릴 수 있도록 해야 하며, 중-아 협력의 여론 토대를 더한층 단단히 다져야 한다."고 밝혔다.

마케레스 교수를 잊을 수 없다

(不忘马克林教授)

　오늘 우리는 그리피스 대학교의 마케레스(Colin Patrick Mackerras) 교수를 이 자리에 모시게 된 것을 매우 기쁘게 생각합니다. 1964년 마케레스 교수는 처음 중국에 와서 교직을 맡았습니다. 반세기 동안 마케레스 교수는 60여 차례 중국을 방문하였는데 중국의 발전을 직접 보고 느끼는 한편 중국의 실제상황을 오스트레일리아와 세계에 꾸준히 소개했습니다. 특히 언급하고 싶은 것은 마케레스 교수의 아들 스티븐은 중화인민공화국이 창립된 후 중국에서 태어난 첫 오스트레일리아 공민이라는 사실입니다.

　마케레스 교수는 자신의 꾸준한 노력과 열정으로 양국 인민이 서로 이해하고 가까워질 수 있는 가교역할을 했습니다. 올해 9월 마케레스 교수는 중국정부가 수여하는 '친선상'을 받는 영예를 안았습니다. 그대와 수많은 오스트레일리아 인사들이 중국-오스트레일리아 양국 간 친선을 위해 기여한 데 대해 진심으로 감사의 뜻을 표하는 바입니다.

– 「손에 손 잡고 중국-오스트레일리아 발전의 꿈을 좇아 어깨를 나란히 하며 지역 번영과 안정을 실현하자 – 오스트레일리아 연방의회에서의 연설」 (2014년 11월 17일)

연설내용의 배경 설명

마케레스는 1939년에 시드니에서 태어났다. 1950~60년대에 마케레스는 한학(漢學)연구에 대한 생애를 시작하였다. 멜버른 대학을 졸업한 뒤그는 영국 케임브리지 대학교에 가서 보다 깊은 연구를 계속하였다. 1964년에 학교를 막 졸업한 마케레스는 아내와 함께 자천하여 중국에 와서 교직을 맡았다. 그때 당시 오스트레일리아와 중국은 수교 전이었다. 1965년2월 마케레스의 장자인 스티븐이 중국에서 태어났다. 그 아이는 중화인민공화국에서 태어난 첫 오스트레일리아인이다.

그때 당시의 청년학자가 이제는 쌓아올린 저작이 키 높이에 이르는 중국문제 전문가가 되었으며, 오스트레일리아 그리피스 대학교 영예 교수, 오스트레일리아 관광공자학원 오스트레일리아 대표, 오스트레일리아 연방인문학원 원사가 되었다. 중국을 사랑하는 마케레스 교수는 중국문화, 중국-오스트레일리아 관계 등을 주요 연구 분야로 삼았다.

그는 중국의 연극(戲劇)에 관심을 갖고『경극의 굴기』『중국연극간사』를 출판하였다.

그는 중국의 소수민족에 대해서도 연구하였는데『중국 소수민족과 글로벌화』『1912년 이후의 중국 소수민족문화, 신분 및 융합』등 저서에서 정확한 인식과 명철한 견해를 밝혔다. 더욱이 그는 중국의 역사에 관심을 기울였는데『뉴 케임브리지 당대 중국 수첩』『내가 본 중국 - 1949년 후서방세계에서 중국의 형상』등의 저작을 남겼다. 마케레스는 "처음 중국에 오기로 결정한 데는 어머니의 영향을 받아서였지만, 그 이후의 생활에서는 중국도 어머니처럼 나에게 영향을 주었다."라고 말했다.

중국-오스트레일리아의 친선 사자로서 마케레스는 60여 차례나 중국을 방문하였다. 어떤 때는 학자의 신분으로 학술회의에 참가하기도 하고, 어떤 때는 관광교류 차 현지답사를 진행하기도 하였으며, 중국인민대학과 베이징외국어대학에서 여러 차례 교직을 담당하기도 하였다. 반세기 동안 그는 오스트레일리아와 중국 사이를 오가면서 지칠 겨를도 없이 오스트레일리아와 국제사회에 중국을 소개하였다.

2013년에 출판된 그의 저작『내가 본 중국 - 1949년 후 서방세계에 비친 중국의 형상』에서 그는 새 중국 창립 후 중국에 대한 서방세계의 견해와 인식에 대해 체계적으로 회고하였으며, 중국 형상에 영향을 준 뒷면에 숨어 있는 정치·경제·문화 등의 요소에 대해 깊이 있게 분석함으로써 한 학자들의 호평을 받았다.

시진핑은 오스트레일리아 연방의회에서 마케레스 교수 이야기를 소개함으로써 "서로 깊이 이해하고 서로 사이좋은 관계는 수많은 국제 우호 인사가 함께 구축해야 한다"는 도리를 생동감 있게 설명해주었다.

"중국 인민은 모든 친구를 영원히 잊지 않을 것이다."시진핑이 외교적인 자리에서 보여준 생동적인 말들이 이 점을 충분히 증명해주고 있다. 중국에 우호적인 일본 각계의 3천여 명 인사가 중국을 방문하였을 때도 시진핑은 몸소 참석하여 친구들과 회포를 풀면서 중-일 우호 관계의 기운을 북돋아주었다.

시진핑은 인도를 방문해서는 특별히 커디화(柯棣華, Kwarkanath S. Kotnis의 중문 이름) 의사의 누이동생을 회견하였다. 이에 그녀는 중국정부와 인민이 커디화와 그의 가족들을 잊지 않고 있다는 사실에 대해 감격해 마지 않았다. 이집트를 방문하였을 때 시진핑은 특히 '중국·아라비아 우호 걸출 공헌상'을 수상한 우호인사를 회견하였는데, 그중에는 갈리 전 유엔사무총장도 포함되었다…… 2014년 6월 시진핑은 '평화 공존 5항 원칙 친선상'을 설립키로 한다는 중국정부의 결정을 선포하였다. 그 상의 설립 목적은 더 많은 우호인사들이 '평화 공존 5항 원칙'의 정신을 발휘하기 위해 솔선수범하는 역할을 할 수 있도록 격려하기 위하는 데 있었다.

중국을 향한 마음을 간직한 브라질인

(有颗中国心的巴西人)

　　한 고령의 브라질 노인 카를로스 타바레스(Carlos Tavares)는 자신을 "중국을 향한 마음을 간직한 브라질인"이라고 말합니다. 40여 년간 그는 지칠 줄 모르고 중국에 관심을 갖고 중국에 대한 연구를 이어오면서 꾸준히 글을 써 중국 관련 서적 8권과 500여 편의 글을 발표했으며, 중국 관련 연설을 수백 차례나 했습니다.

　　수많은 브라질인들은 그의 글을 통해 중국을 인식하고 중국과 가까워질 수 있게 되었습니다. 누군가 그에게 그렇게 하는 동기가 무엇이냐고 묻는 말에 그는 다만 "중국을 소개하고 싶은 것뿐이며, 더 많은 사람들이 중국을 알게 하고 싶은 것뿐이다. 그 외에 달리 바라는 바는 없다."라고 대답했습니다.

　　이 감동적인 이야기는 중국-라틴아메리카 인민 간 친선교류의 긴 강물 위에 피어난 한 떨기의 물보라에 불과합니다. 바로 이처럼 헤아릴 수 없이 많은 중국-라틴아메리카 인사들의 부지런한 노력에 힘입어 중-라틴아메리카 관계는 비로소 장강과 아마존 강처럼 쉼 없이 앞으로 흘러가고 있는 것입니다!

- 「전통적 친선을 널리 알리고 협력의 새 장을 함께 엮어나가자 - 브라질 국회에서의 연설」(2014년 7월 16일)

연설내용의 배경 설명

직무 이행을 위해 브라질을 찾는 중국 기자들은 대다수가 이런 제안을 받곤 한다. 브라질의 과거와 현재에 대해 잘 알지 못하는 일이 있으면 타바레스를 찾아가 가르침을 받으면 되고, 중국의 과거와 현재에 대해서 잘 이해할 수 없는 부분이 있어도, 그 중국문제 전문가를 찾아가 가르침을 받으면 된다는 것이다.

구순을 넘긴 타바레스는 40여 년간 중국에 관심을 갖고 연구해오고 있다. 1971년에 타바레스는 브라질 언론지『오 글로부(O Globo)』에 그의 첫 번째 중국 관련 장편보도를 발표하였다. 1972년에 중국과 브라질 양국 수교 전이고, 또 브라질이 군정부독재의 특수시기에 처해 있는 상황에서 그는 목숨의 위험을 무릅쓰고 중국에서 온 대표단을 접대하였다. 1990년에는 브라질 언론매체에 그에 대한 인터뷰 기사가 실렸는데, 기사에서는 그를 "중국을 향한 마음을 간직한 브라질인"이라고 불렀다.

2010년에 중국-라틴아메리카 우호협회와 브라질 전국연방상업협회가 그에게 '중-라틴아메리카 친선상'을 수여하였다. 브라질 역사상 그 상을 받은 사람은 단 두 명뿐이다. 2014년 7월에 그는『인민일보』에「중국과 라틴아메리카는 서로에 혜택을 주고 서로에 이로운 본보기」라는 제목의 글을 발표했다.

그 글을 통해 그는 "서로 아득히 멀리 떨어져 있는 중국과 라틴아메리카가 친밀한 동반자관계를 맺었다"고 하면서 "이는 세계평화와 균형적인 발전을 추진하는 데 중요한 참고적 의미가 있다"고 주장하였다.

시진핑이 타바레스에 대한 이야기를 언급한 뒤 얼마 지나지 않아 그는 또 중국을 소개한 새 책 『지우마[21]에게 주어진 두 과제: 중국과 항구』를 출판하였다. 책에서는 최근 몇 년간 중국 개혁발전의 성과를 소개하였으며, 중국의 대외개방정책에 대해서도 소개하였다.

그 책 출판 기념식에서 타바레스는 특별히 중국의 전서(篆書)체 글자가 가득 새겨진 넥타이를 매고 참가하였다. 그리고 그는 "현재 중국은 세계에서 가장 중요한 경제체 중의 하나가 되었으며, 또 브라질의 최대 무역 파트너 국가이기도 하다. 그러나 대부분 브라질 사람들은 중국을 잘 알지 못하고 있거나, 혹은 중국에 대한 이해가 매우 단편적이며, 심지어 편견도 적지 않다. 그러나 사실은 중국이 줄곧 빠르게 발전하고 있다는 것이다. 그중에는 브라질이 거울로 삼을 수 있는 경험들이 매우 많다."라고 말하였다.

시진핑이 "중국에 향한 마음을 간직한 브라질인"의 이야기에 대해 언급한 것은 "중국도 세계에 대해 더 많이 알아가야 하고, 또 세계도 중국에 대해 더 많이 알아야 한다"는 도리를 설명하기 위함이었다. "어찌해야만 진정으로 중국을 이해할 수 있을까?"에 대해 시진핑은 "중국을 이해하려면 시간과 노력이 필요하다. 한 두 곳만 봐서는 부족하다."라고 말했다. 개방적이고 포용적인 중국은 자신의 '중국 이야기'를 잘해야 한다. 또한 마찬

---

21) 지우마 : 지우마 호세프(Dilma Rousseff) 전 브라질 대통령

가지로 더 많은 사람이 중국에 다가서고 중국을 이해하고 중국을 설명할 필요가 있다. '내가 이야기해야' 할 뿐 아니라 '너도' 그리고 '그도' 이야기해야 한다. 그래야만 사람들이 색안경을 벗고 진실한 중국을 볼 수 있으며 나라와 인민 사이의 이해를 증진시킬 수 있는 것이다.

이우의 아라비아식당

(义乌的阿拉(伯餐馆)

중국과 아라비아국가 간의 관계가 빠른 발전을 가져옴에 따라 양국 일반인의 운명도 밀접하게 서로 이어졌습니다. 내가 근무하였던 저장(浙江)에는 이런 이야기가 있습니다. 아라비아상인이 대거 모여 사는 이우(義烏)시에 무하마드(Muhamad)라는 요르단 상인이 운영하는 정통적인 아라비아식당이 있습니다.

그 상인은 오리지널 아라비아 음식문화를 이우로 가져왔으며, 이우에서 사업이 번창하여 성공을 거두었습니다. 그는 또 중국인 아가씨와 결혼하여 중국에 뿌리를 내렸습니다. 한 일반 아라비아 젊은이는 자신의 '인생의 꿈'을 행복을 추구하는 중국 국민의 '중국의 꿈' 속에 융합시켜 꾸준히 분투하여 빛나는 인생을 엮어가겠다고 하였는데, 이는 '중국의 꿈'과 '아라비아의 꿈'의 완벽한 결합을 설명해주고 있습니다.

- 「실크로드 정신을 발양하고, 중국-아라비아국가의 협력을 심화시키자 - 중국-아라비아협력포럼 제6회 장관급회의 개막식에서의 연설」 (2014년 6월 5일)

연설내용의 배경 설명

젊은 무하마드는 이우시 외국인 상인업계에서 꽤 유명하다. 그는 요르단 사람이고 그의 아내 류팡(劉芳)은 안훼이(安徽) 출신이다. 2000년에 처음 중국에 온 그는 광저우(廣州)의 한 아라비아식당에서 일을 시작하면서 중국과 인연을 맺었으며, 이 나라를 사랑하게 되었고, 또 같은 식당에서 일하는 성격이 밝고 말재주가 좋은 안훼이 출신의 아가씨 류팡을 사랑하게 되었다.

2001년에 무하마드는 류팡과 결혼하여 진짜 중국 사위가 되었다. 그는 삼촌이 2002년에 이우에서 개업한 아라비아식당을 인수해 경영해오고 있다. 그는 식당 이름을 '꽃'이라고 바꾸어 '행복의 꽃', '평화의 꽃'이라는 의미를 담았으며, 자신이 직접 설계한 흰 꽃 한 송이를 식당의 상징으로 삼기로 하였다. 전 세계에 이름난 국제상업무역도시인 이우는 아라비아국가와 빈번한 무역교류를 하고 있어 아라비아상인들이 이우로 대거 몰려와 상품을 구매해가곤 한다.

2005년에 공안부는 외국인 비자와 체류 허가를 직접 취급할 수 있는 권한을 이우에 부여하였다. 이우에 상주하는 4,000여 명의 아라비아상인 중의 한 사람으로서 현재 무하마드는 자신의 무역회사를 운영하고 있다. 그의 두 아들은 현재 이우에서 초등학교에 다니고 있으며, 중국어가 매우 유창하다. 무하마드는 중국에서의 생활이 매우 즐겁고, 친구도 매우 많다면서 최근 이우에서 집을 사 정착할 계획이라고 말하였다.

이우에 그처럼 많은 아라비아상인이 모여들 수 있는 이유에 대해 한 현지인은 이우가 고대 실크로드의 현대판으로 불리고 있는 것과 이우 인민의 강한 포용성과 열정 때문이라고 말하였다. 이우에 들어서면 국제상업무역성에 가든 황위안(篁園)시장 · 빈왕(賓王)시장에 가든 어디서든 각기 다른 나라의 말을 하고 있는 외국인을 만날 수 있다. 상품의 집산지에서 상인의 집산지로 과도하는 포용적인 성장으로 인해, 이우뿐 아니라 중국 전역이 끊임없이 새로운 성공을 이루고 있는 것이다.

"금 뻐꾸기 은 뻐꾸기 이우로 날아드네." '개방 · 시장 · 포용'을 목표로 삼은 이우는 '닭털로 사탕을 바꿔먹던'데서 시작해, 현재는 물품이 가장 잘 갖춰진 '세계적인 수퍼마켓'으로 부상하였다. '수입상품관'은 누계 기준으로 백여 개 국가와 지역의 5만5천 종의 해외상품을 유치하였다. '전 세계를 팔 수도', 또 '전 세계를 살 수도' 있게 된 것이다…… 2014년부터 아라비아국가로 수출되는 화물의 수출규모가 이우 총수출 규모의 절반 이상을 차지하기에 이르렀다. 매년 10만 명이 넘는 아라비아상인이 이우로 와서 상품을 구매하고 있으며, 수 만 명이 넘는 아라비아인이 이우에 정착하여 자신의 인생 꿈을 이룰 수 있기를 희망하고 있다.

꿈은 장벽이 없는 언어이다. 시진핑은 '중국의 꿈'이 '세계의 꿈', 그리고 세계 여러 나라 '인민의 꿈'과 서로 이어져 있다고 거듭 강조하였다. 그 꿈은 "경제가 더 활기를 띠고, 무역이 더 자유로워지며, 투자가 더 편리해지고, 도로가 더 잘 통하며, 사람과 사람 사이의 교류가 더 밀접해지게 되는 것이며, 인민이 더 편안하고 부유하게 생활하고, 아이들이 더 행복하게 성장하고, 더 즐겁게 일하며 더 잘할 수 있게 되는 것"이다.

중국-아라비아국가 협력포럼 제6회 장관급회의 개막식에서 시진핑이 이우 아라비아식당에 대한 이야기를 언급한 것은 바로 '중국의 꿈'이 세계에 가져다준 것은 혼란이 아니라 평화이며, 위협이 아니라 기회라는 사실을 설명하기 위함이었다.

 '중국의 꿈'을 제기한 것에서부터 '아시아의 꿈'과 '아시아-태평양의 꿈'을 기대하기까지, '중국의 꿈'을 그려내던 데서부터 '미국의 꿈'과 '유럽의 꿈'을 인용하기까지, '중국의 꿈'에 대한 시진핑의 논술은 한 번도 폐쇄적이었거나 단일했던 적이 없었다. '중국의 꿈'은 '미국의 꿈'을 포함한 세계 여러 나라 인민의 '아름다운 꿈'과 언제나 서로 이어져 있다.

 꿈은 "땅에 뿌려진 씨앗처럼 싹이 트고 자라면서 햇빛을 찾아 땅 위로 비집고 올라온다." 무하마드의 중국이야기가 바로 개방하고 포용하며, 서로 배우고 본받으며, 서로에게 이로움을 주고 공동으로 번영하는 과정에서 피어난 서로 이어진 꿈의 꽃인 것이다.

반세기 동안 어머니를 찾아

(半个世纪寻母)

1940년대 말 신장(新疆)에서 근무하던 중국인 젊은이가 현지 병원에서 근무 중이던 이쁜 아가씨 발렌티나(瓦蓮金娜)를 만나 서로 깊이 사랑하게 되었으며 결혼하여 아이들까지 낳았습니다. 그 후 여러 가지 원인으로 인해 발렌티저는 귀국했습니다. 그때 당시 그들의 아들은 겨우 6살이었습니다. 그 아이는 커서 자기 어머니를 찾기 시작했습니다. 온갖 방법을 다 동원하여 찾았으나 소식을 알 수가 없었습니다. 그러다가 2009년에 그 아들은 드디어 자기 어머니인 발렌티나를 찾았습니다.

그의 어머니는 알마티에 살고 있었습니다. 그해 아들은 61세, 발렌티저는 80세였습니다. 후에 그 아들이 어머니를 보러 알마티로 갔으며 어머니를 모시고 중국에 와 여행을 했습니다. 반세기나 늦게 찾아온 그 행복은 중국과 카자흐스탄 양국 인민의 친선에 대한 유력한 증거입니다.

- 「인민의 친선을 발양하고 아름다운 앞날을 함께 개척하자 - 나자르바예프 대학교에서의 연설」(2013년 9월 7일)

연설내용의 배경 설명

그들의 인연은 1940년대 말에 시작되었다. 리위안캉(黎遠康)의 아버지 리화이위(黎懷鈺)는 신장에서 근무할 때 현지 병원에서 근무 중이던 발렌티나를 알게 되었다. 두 젊은이는 바로 사랑에 빠졌고 결혼하여 딸과 아들까지 낳았다. 1954년에 발렌티저는 특별한 역사적인 원인으로 인해 딸을 데리고 귀국하면서 6살 아들 리위안캉을 남겨두고 떠났다.

"엄마 누나, 울지 마. 아빠랑 일곱 밤만 자면 돌아올 거잖아."

헤어질 때의 모습을 50여 년 동안 잊을 수가 없었다. 어렸을 때 어머니가 정성들여 만들어준 빵·우유·소세지의 맛, 그리고 헤어질 때 어머니가 준 낡은 시계와 작은 마차는 리위안캉이 어머니에 대한 그리움을 달랠 수 있는 유일한 것들이었다.

1980년대에 아버지가 세상을 뜬 뒤 어머니에 대한 리위안캉의 그리움은 더 깊어졌다. 매번 러시아나 인근의 독립국가연합국가로 가는 지인이 있으면 리위안캉은 언제나 사람 찾는 자료를 가져가줄 것을 부탁하곤 하였다. 2007년 겨울 그의 친구기 그의 사람 찾는 자료를 러시아 국가텔레비전 방송의 '기다려줘'라는 사람 찾는 프로그램에 보냈다. 프로그램 제작자들은 리위안캉의 자료가 다른 한 카자흐스탄의 사람 찾는 자료와 많이 일치하는 것을 발견하였다. 리위안캉이 어머니를 찾고 있는 것과 동시에 발렌티나도 줄곧 자기 자식을 찾고 있었던 것이다.

2009년 9월 중앙텔레비전방송국 러시아어 국제채널의 '유구한 세월' 프로가 '기다려줘' 프로와 공동으로 국경을 넘어 영상 연결 생방송을 진행하였다. 12월 27일 중앙텔레비전방송국의 배치에 따라 리위안캉은 모스크

바로 가 프로제작에 참가하였다. 카자흐스탄의 알마티시에 거주하는 발렌티나와 그의 딸도 프로에 초청되어 현장에 왔다. 스튜디오에서 리위안캉의 앞에 나타난 어머니는 그 옛날 헤어질 때의 모습이 아니었다. 어머니는 등이 휘었고 얼굴에도 온통 주름투성이었다. 리위안캉은 털썩 무릎을 꿇었다. 어머니의 두 다리를 부둥켜안은 그의 얼굴은 온통 눈물 투성이가 되었다.

반세기 동안 찾아 헤매던 어머니를 찾는데 성공한 것은 중국과 카자흐스탄 간 갈수록 밀접해지고 있는 인문교류에 힘입은 결과이다. 중-카 양국 간 인적 교류의 규모는 연간 50만 명에 이르고 중-카 양국 간에 맺은 자매 성과 주, 자매 도시는 12쌍에 이른다. 민간교류는 마치 '친척나들이'처럼 편리하고 밀접하다.

시진핑이 그의 이야기를 언급한 뒤 리위안캉의 전화기는 불이 날 지경이었다. 그의 친척과 친구들이 잇달아 전화로 축하와 문안인사를 보내왔다. 리위안캉은 시 주석이 그의 이야기를 언급하여 너무 기쁘고 마음이 따스해졌다면서 "나와 카자흐스탄에 있는 어머니·누나 사이의 정은 가족애이면서, 또 두 나라에 있어서는 두 나라 간 친선의 상징이라고도 할 수 있다."고 말했다.

"한 지역의 역사는 바로 그 땅 위에서 살아가는 인민의 역사이다." 나자르바예프 대학교에서 연설하면서 시진핑은 오랜 동안 헤어졌다가 다시 만난 이 이산가족의 이야기를 통해 중국과 카자흐스탄 간의 두터운 우정을 설명하였다. 연설을 들은 현장의 관중들은 중-카 양국 인민 간의 "물보다 진한 피"와 같은 우정과 문화의 혈맥을 느낄 수 있었으며, 양국 인민 간 마음의 거리를 좁혀주었다.

입술과 이의 관계(脣齒關係)처럼 서로 의지하고 사는 친밀한 이웃으로서 고대 실크로드 위의 낙타 방울소리가 들리던 데서부터 현대 '일대일로(一帶一路)'상의 중국-유럽 열차의 경적소리가 들리기까지 중국과 카자흐스탄 간의 교류는 끊이지 않았다. '반세기 동안 어머니를 찾은' 이야기를 하기에 앞서 시진핑은 이렇게 말했다.

"나의 고향 산시(陝西)는 바로 고대 실크로드의 시작점에 위치해 있다. 여기에 서서 역사를 돌이켜보노라면 마치 산속에서 울리는 낙타 방울소리가 들리는 것 같고 넓은 사막에서 모락모락 피어오르는 연기가 보이는 것 같다. 이 모든 것이 나에게는 너무나도 친근하게 느껴진다."

고대 실크로드의 시작점인 고향에 대한 기억과 '반세기 동안 어머니를 찾은' 이야기가 감정적인 공명을 일으키며 역사와 현실 두 측면으로 양국의 친선을 소중히 여기는 시진핑의 진솔하고 참된 정을 전하였다.

중국인 친구에게 '희귀 혈액'을 헌혈하다

(献给中国朋友的'熊猫血')

RH-혈액형은 중국에서 매우 희귀한 혈액형으로서 '판다곰 피'라고도 불립니다. 이런 혈액형을 가진 환자는 혈액 공급원을 찾기가 매우 어렵습니다. 카자흐스탄인 유학생 루슬란은 바로 이런 혈액형을 가진 사람이었습니다. 하이난(海南)대학에서 공부하는 동안 루슬란은 2009년부터 매년 두 번씩 무상 헌혈에 참가하여 중국인 환자들의 고통을 덜어주는 데 기여했습니다. 중국인 친구에게서 칭찬하는 말을 들은 루슬란은 "다른 사람을 돕는 것은 마땅히 해야 할 일입니다. 헌혈은 내가 당연히 해야 할 일입니다."라고 말했습니다.

- 「인민의 친선을 발양하고 아름다운 앞날을 함께 개척하자 – 나자르바예프 대학교에서의 연설」 (2013년 9월 7일)

연설내용의 배경 설명

'판다곰 피'는 RH-혈액형을 가리키는 말로서 희귀 혈액형의 일종이다. 사람의 혈액형은 A·B·O·AB형으로 나뉘는 혈액형체계 이외에 또 다른 체계인 RH 혈액형이 있다. RH 혈액형은 양성과 음성 두 가지로 나뉘는데 절대다수 사람들은 모두 RH+혈액형이다. 구미인 중에는 RH-혈액형의 비중이 15%가량 차지하지만, 아시아인 중에는 RH-혈액형의 비중이 겨우 0.3%~0.4%밖에 안 된다.

이야기 속 주인공인 하이난 대학에 재학 중이던 카자흐스탄인 유학생 루슬란이 바로 그 희소한 혈액형에 속한다. 2009년에 그는 하이난 대학에 입학했다. 루슬란은 나이가 어렸기 때문에 자기 나라에서는 헌혈을 별로 하지 않았는데 중국에 와서야 자신의 혈액형이 그처럼 특별하다는 것을 알게 되었다고 말했다. 중국에 온 뒤 자신의 동급생들이 헌혈하는 것을 보고 그도 헌혈에 동참하였다. 그는 매년 두 번씩 무상 헌혈을 통해 '판다곰의 피'를 헌혈하여 수혈이 필요한 중국인 환자들에게 주곤 하였다. 자신이 중국의 국가주석으로부터 중-카 양국 인민의 친선교류의 사자라는 칭찬을 받은 루슬란은 너무 영광스럽다면서 "앞으로도 계속 중-카 양국 간 친선교류를 위해 기꺼이 기여하겠다."라고 말했다.

루슬란의 이야기는 중-카 양국 친선교류 화폭의 축소판이라고 할 수 있다. 카자흐스탄의 통계에 따르면 현재 중국에 와서 유학하는 카자흐스탄 유학생이 11,200명에 이르는데, 그중 많은 이들이 시진핑이 말한 바와 같이 '중-카 양국 친선의 사자'가 된 것으로 알려졌다. 시안(西安)교통대학에서 유학 중인 카밀라와 나야 자매가 카자흐스탄에서 처음 중국에 왔을 때는 "중국어를 전혀 몰랐다"고 한다. 그런데 이제는 "시안이 고향의 도시보다도 더 익숙한 곳이 되었다. 오히려 고향에 돌아가면 자꾸 길을 물어 다녀야 하는 상황"이라고 했다.

2014년에 카자흐스탄 총리에 임명된 카림 마시모프(Karim Masimov) 역시 유창한 중국어를 구사할 수 있는 '옛 유학생'이다. 한편 갈수록 많은 중국인이 카자흐스탄 땅에 발을 들여놓고 있다. 닝샤(寧夏)에서 카자흐스탄으로 간 기술노동자 왕쿤(王琨)과 란즈쉐(蘭志學)는 어려움을 극복하고 뛰어난 기술과 성실한 태도로 카자흐스탄의 3대 정유 공장 중의 하나인 ATYRAU REFINERY 정유공장의 중대한 기술 난제를 해결해주어 현지에서 미담으로 전해지고 있다. 그들이 귀국할 때 카자흐스탄은 특별히 공항에서 성대한 환송식을 열어주기까지 하였다. 서로 통하고 연결된 세계에서 중-카 양국의 비슷한 '친선 사자'는 서로 이동하는 풍경을 이루었던 것이다.

젊은이들은 인민 친선의 신예부대이다. 젊은이들은 취미가 서로 비슷하고 마음이 서로 잘 맞기 때문에 말이 잘 통해 쉽게 순수한 우정을 맺을 수 있었다. 시진핑이 '판다곰 피' 이야기를 한 것은 중국과 카자흐스탄 양국 인민 간에 서로 마음이 통하는 형제와 같은 우정이 있음을 보여주었을 뿐 아니라, 한편으로는 양국 젊은이들이 친선 사자가 되어 양국이 전면적 전략동반자 관계로서의 발전을 위해 청춘과 힘을 기여하기를 바라서였다.

연설 과정에 시진핑은 카자흐스탄의 위대한 시인이며 사상가인 아바이 쿠난바예프(Abay Kunanbaev)의 "세계는 바다와 같고, 시대는 거센 바람과 같다. 앞 물결은 형이고 뒤 물결은 아우이다. 바람이 뒤 물결을 몰아 앞 물결을 떠밀어 앞으로 나간다. 예로부터 지금까지 다 그렇게 해오고 있다."라는 시구를 인용해 젊은이들을 격려하였다. '반세기 동안 어머니를 찾은'

이야기에서 '판다곰 피'에 이르기까지 시진핑은 중-카 양국 인민의 교류 과정에서 나타난 이 두 가지 감동적인 이야기를 한 것은, 바로 '나라 간의 교류는 인민 간에 서로 사이좋게 지내는 데 달렸다'는 도리를 설명하기 위한 것이었다. 인민 간에 서로 사이가 좋게 지낼 수 있는 관건은 젊은이들 사이의 교류에 달려 있음을 실증적으로 보여주었던 것이다.

금메달을 싹쓸이한 느낌

(包揽金牌的滋味)

저는 축구팬입니다. 중국 축구팀은 계속 노력중이지만 월드컵경기에는 지금까지 단 한 번밖에 참가하지 못했습니다. 중국 팀을 이끌고 그 기록을 창조한 이는 바로 보라 밀루티노비치(Bora Milutinovic) 멕시코 국가 축구팀 감독입니다.

멕시코의 한 체육 관원이 중국 다이빙선수 팀 리더에게 금메달을 싹쓸이한 느낌이 어떠냐고 물은 일이 있다고 들었습니다. 2년 전에 중국 코치의 지도 아래 멕시코 '다이빙 공주' 포라 에스피노사 산체즈(PaolaEspinosaSánchez)와 그의 팀원들이 2011년의 '팬 아메리칸 게임(Pan American Games)' 다이빙 종목에서 총 8개의 금메달을 싹쓸이하였습니다. 멕시코 친구들은 금메달을 싹쓸이하는 느낌을 맛보았습니다. 멕시코 다이빙 팀이 앞으로 더 많은 금메달을 딸 수 있기를 축원합니다! 중국과 멕시코 양국 간 협력이 더 많은 '금메달'을 딸 수 있기를 축원합니다!

- 「공동 발전을 촉진시키고 아름다운 미래를 함께 열어가자 - 멕시코 상원에서의 연설」(2013년 6월 5일)

연설내용의 배경 설명

'신화와 같은 감독' 밀루티노비치의 얘기가 나오면 멕시코와 중국의 축구팬들은 모두 그가 창조한 기적을 잊지 못할 것이다.

1986년 멕시코 월드컵에서 밀루티노비치가 거느린 '밀짚모자 축구단'이 월드컵 8강에 뛰어들었으며, 밀루티노비치의 '86팀'은 멕시코 축구의 권위를 높였다. 2002년 한일 월드컵에서 밀루티노비치의 '02팀' 역시 마찬가지로 중국 축구의 권위를 높였다. 2001년 10월 7일 위건웨이(于根偉)선수의 골 덕에 중국팀은 선양(沈陽)의 우리허(五里河)운동장에서 오만팀을 누르고 처음으로 월드컵에 나갈 수 있는 티켓을 거머쥐게 되었다.

밀루티노비치는 5개의 각기 다른 국가의 축구팀을 이끌고 월드컵 결승권에 뛰어든 유일한 세르비아인으로서 『환구시보(環球時報)』에 의해 중국에 영향을 준 60명의 외국인에 선정되었다. 멕시코인들은 자국에서 이름난 밀루티노비치가 "또 다시 기적을 창조하였다"고 칭찬하였으며, 세계에서 인구가 가장 많은 중국이 월드컵에 나갈 수 있었던 것은 "월드컵 자체에 매우 큰 의미가 있는 일"이라고 생각하였다.

다이빙이라고 하면 중국인들은 아마도 우리의 '드림팀'만 알고 있겠지만 사실 '멕시코 드림팀'도 있다. 2011년 팬 아메리칸 게임에서 멕시코의 다이빙팀이 일거에 8개의 금메달을 따냈다. 그중 '다이빙 공주' 에스피노사 혼자서 4개나 차지하였다.

멕시코인을 인솔해 금메달을 싹쓸이한 느낌을 맛보게 한 이는 중국에서 파견한 마진(馬進) 국가체육 감독이었다. 중국에서 멕시코를 지원한 감독단의 일원으로서 마진은 팀원들의 과외시간 훈련을 맡는 한편 또 기자

재와 경기 순서에 신경 써야 했으며, 심지어 팀원들의 생활까지 관리해야 했다. 에스피노사는 초기에는 마진에게 불복하였지만, 성적이 올라감에 따라 마진을 진심으로 신뢰할 수 있는 사람으로 여기게 되었다. 마진의 생일날 '다이빙 공주'와 그녀의 남자친구가 마진에게 남녀 두 아이가 새겨져 있는 팬던트(pendant)를 선물하였는데, 마진이 그들 둘을 자기 아이처럼 생각해주기 바라는 마음에서였다.

멕시코에서 명인이 된 후 마진은 중-멕을 이어주는 친선대사가 되었다. 멕시코 전 대통령은 여러 차례나 마진을 접견하였으며, 멕시코 정부는 그녀가 다이빙에 대한 공헌과 중-멕 양국 간의 친선관계를 추진한 공을 기려 그녀에게 '아스테카 독수리훈장'을 수여하기도 하였다. 마진은 다이빙이 중-멕 양국 간 체육 분야 교류에 있어서 아주 중요한 포인트가 될 것이라고 생각하였다. 한편 중-멕 관계의 우호적인 발전은 그녀가 멕시코에서 체육 교류활동을 하는데 더 양호한 환경을 마련해주어 그녀가 업무를 진행하는 데 매우 도움이 되게 해주었다.

밀루티노비치가 중국팀을 이끌고 월드컵에 진출한 이야기로부터 중국 다이빙 코치가 멕시코 선수가 금메달을 탈 수 있도록 조력한 이야기까지 시진핑이 이 두 체육이야기를 한 것은 바로 "서로 연합하면 강대해지고 고립되면 약해진다"는 이치를 설명하기 위해서였다. 현 세계에서 그 어느 나라든 서로 의지하지 않고 발전할 수는 없다. 오로지 함께 힘을 합쳐 협력해야만 비로소 서로에게 도움이 되고 공동으로 번영할 수 있는 것이다.

그 이야기를 한 뒤 시진핑은 중국의 옛말을 인용해 "한 떨기의 꽃이 피어났다고 해서 봄이 왔다고 할 수 없으며, 백화가 만발해야만 온 뜰 안에 봄빛이 넘친다"고 말했다. 그는 또 멕시코 시인 일폰소 레예스(Alfonso

Reyes)의 명구를 인용해 "오로지 온 세상에 이로움을 주어야만 자국에 혜택을 가져다줄 수 있다"라고 말하였다. 금메달을 싹쓸이한 느낌이 어떤 것이냐 하는 것은 모두가 협력하여 공동으로 번영을 이루게 되었을 때 모두가 느낄 수 있을 것이다. 시진핑은 스포츠를 실례로 들어 발전을 비유하였다. 그는 "자기 혼자만의 발전은 모두가 함께 발전하는 것에 비할 수 없다"고 말했다. 그가 말한 바와 같이 "서로 이롭게 하며 협력을 강화하게 되면 '1+1> 2'라는 긍정적인 효과"를 거둘 수 있는 것이다.

중국 젊은 부부의 아프리카 신혼여행

(中国小两口的非洲蜜月)

저는 이런 이야기를 들은 적이 있습니다. 한 중국인 젊은 부부가 있었는데, 어렸을 때부터 텔레비전 방송프로를 통해 아프리카에 대해 알게 되면서 아프리카를 크게 동경하게 되었다는 것입니다. 후에 그들은 결혼을 하였고, 신혼여행 목적지로 탄자니아를 선택하게 되었답니다.

결혼 후 처음으로 맞이하는 밸런타인데이에 그들은 배낭을 짊어지고 탄자니아에 당도하여 이곳의 풍토인정과 세렝게티(Serengeti)초원의 장엄한 아름다움을 만끽할 수 있었답니다. 귀국 후 그들은 탄자니아에서 보고 들은 것을 블로그에 올렸는데, 조회 수가 수만 건에 이르고 수백 개의 댓글이 올라왔다고 합니다.

그들은 "우리는 정말 아프리카를 사랑하게 되었다. 이제부터 우리 마음은 이 신비로운 땅을 떠날 수 없게 되었다."라고 말했습니다. 이 이야기는 중국과 아프리카 인민 사이에는 천연적인 친근감이 있기 때문에 교류를 꾸준히 강화한다면 중국과 아프리카 인민 간의 친선은 반드시 깊은 뿌리를 내리고 잎이 무성하게 자라날 것이라는 사실을 설명해주는 것입니다.

- 「영원히 믿음직한 벗과 성실한 동반자가 되자 - 탄자니아 니에레레 국제 컨벤션센터 (Nyerere International Convention Centre)에서의 연설」 (2013년 3월 25일)

연설내용의 배경 설명

국가 최고지도자의 연설문에 등장한 그 한 쌍의 젊은이는 '시와 먼 곳'을 좋아하는 배낭여행객이었다. 두 사람은 여행 중에서 서로 인생의 짝을 찾았다. 아프리카에 발을 들여놓으면서 천(陳) 선생과 리(李) 여사의 신혼생활에는 특별한 색채가 더해졌다. 2010년 2월 14일 중국의 음력 정월 초하룻날, 이날 두 사람은 아프리카에 당도하여 두 번째 아침을 맞았다. 이날은 또 이들이 결혼 후 맞이하는 첫 번째 발렌타인데이였다.

신혼여행지로 왜 아프리카를 선택한 것일까? 리 여사는 어렸을 때부터 중국의 중앙텔레비전방송 프로그램인 「동물세계」를 특히 즐겨보았다고 말하였다. 그녀는 아프리카가 인류와 자연이 조화롭게 지내는 땅, 마음을 정화시키는 정토라는 생각을 늘 해왔다고 한다. 「라이온 킹 (The Lion King」「마다가스카르」「아웃 오브 아프리카 (Out Of Africa)」 등 영화와 BBC의 아프리카 관련 다큐멘터리는 늘 아프리카 대륙에 대한 그녀의 동경을 불러일으키곤 하였다. 그녀의 남편도 아프리카를 동경하고 있었으므로 두 사람은 신혼여행을 탄자니아로 다녀오기로 정했으며 오래 동안 품어오던 소원을 이루게 된 것이다.

리 여사는 언론과의 인터뷰에서 아프리카 여행에서 겪었던 놀라움과 기쁨, 감동에 대해 이야기하였다. 대초원에서 그들은 동물의 대이동을 추적하였고, 화산구에서 사자와 표범을 찾아다녔으며, '아프리카의 지붕'에서 멀리 있는 적도 설산의 아름다운 풍경을 바라보았고, 인도양에서 돌고래와 함께 수영도 하였다……그러나 그들에게 더 깊은 인상을 남긴 것은 여행 중에 사귄 아프리카 친구들이었다.

그들을 태워줬던 택시 기사는 전혀 귀찮아하는 기색이 없이 그들을 태우고 호텔을 찾아다녔으며, 빗속에서 그들을 도와 짐을 나르느라 온몸이 비에 흠뻑 젖기까지 하였다. 그들을 안내하였던 가이드는 야생동물의 영지를 침범하지 않기 위해 아주 먼 길을 돌아서 가까이 접근하면서도 야생동물을 방해하지 않으려고 애썼다. 아프리카 사람들의 순박하고 선량하며 자연을 사랑하는 심성이 양국의 일반인을 서로 이어주는 가장 직접적인 마음의 유대가 되었다.

관광은 나라 간의 친선과 협력을 이루는 중요한 수단이다. 아프리카는 중국의 출국관광시장 성장 폭이 가장 빠른 지역이다. 중국관광연구원이 발표한 「중국 출국관광 발전 연도 보고서 2015」에 따르면 2014년 중국 출국관광시장에서 아프리카가 9.4%를 차지하여 동기 대비 성장 폭이 80.9%에 이르렀으며, 최근 몇 년간 출국관광 성장이 가장 빠른 지역 중의 하나가 되었다. 통계수치에 따르면 매년 8월에서 10월까지 동물의 대이동을 구경하기 위해 케냐로 향하는 중국인 관광객 수량이 구미지역을 추월한 것으로 나타났다.

중국 국가주석에 취임한 후 최초로 아프리카 순방에 나선 시진핑은 첫 번째 순방지로 탄자니아를 선택하였다. 자카야 키크웨테(Jakaya Kikwete) 탄자니아 대통령은 그 소식을 접하고 "자신의 귀를 의심할 지경"이었다고 한다. 연설 중 아프리카에 대한 중국의 '친밀감'에 대해 설명하면서 시진핑은 중국 젊은이가 아프리카를 동경하고 아프리카를 탐방하고 아프리카를 사랑한 이야기를 하였다. 이는 아프리카에 대한 일반 중국인의 소박한 감정을 충분히 설명해주었으며, 중국과 아프리카의 친선교류 서사시에서 당대의 한 부분이라고 할 수 있다.

시진핑 본인도 역시 중국과 아프리카 간 친선의 중요한 견증자이다. 젊었을 때 그는 마오쩌둥(毛澤東) 저우언라이(周恩來) 등 중국의 원로 지도자들과 아프리카의 원로 지도자들 사이의 진정어린 교류에 대해 잘 알고 있었으며, 그 자신도 잇따라 7차례나 아프리카를 방문하였다.

시진핑이 두 젊은이의 이야기를 언급한 것은 바로 중국과 아프리카 인민 간에 천연적인 친근감이 존재하고 있어, 국민들 간의 교류를 꾸준히 강화한다면, 중국과 아프리카의 친선은 반드시 뿌리 깊이 내리고 잎이 무성하게 자라나갈 것이라는 사실을 설명하기 위한 것이었다.

2. 국가 간 교류에 관한 이야기:

"예의 역할은 사람과 사람 사이의 조화로운

관계를 귀하게 여기도록 하는데 있다(禮之用, 和爲貴.)"

실크로드 위에서 중국-이란의 친선

(絲路上的中伊友誼)

  저에게 있어서 이번의 이란 방문은 첫 번째입니다. 그러나 많은 중국인과 마찬가지로 유구한 역사를 가진 아름다운 여러분들의 나라에 오고 보니 저는 전혀 낯설지 않다는 생각이 들었습니다. 그것은 이미 오래전부터 실크로드가 위대한 우리 두 민족을 서로 이어놓았기 때문입니다. 이러한 훌륭한 이야기 하나하나가 모두 역사에 기록되어 있습니다.

  2천여 년 전인 중국 서한(西漢)시기에 중국의 사절인 부사(副史) 장건(張騫)이 이란에 와 융숭한 접대를 받았었습니다. 7세기 후인 중국 당송(唐宋)시기에는 수많은 이란인들이 중국으로 건너와 공부도 하고, 의사로서 환자를 치료해주기도 하고, 장사도 하면서 시안(西安)·광저우(廣州) 등지에 수많은 발자취를 남겼습니다. 13세기에 이란의 유명한 시인인 사디(Sadi)가 중국 신장(新疆)의 카스(喀什)에 와서 겪었던 잊을 수 없는 경험들을 유람기에 기록해 놓았습니다. 15세기에는 중국 명(明)나라의 정화(鄭和)가 7차례나 방대한 규모의 함대를 거느리고 항해에 나섰으며, 그중 3차례나 이란 남부의 호르무즈지역에 당도하기도 했습니다.

  중국의 실크와 이란의 뛰어난 공예가 결합되어 페르시아 실크러그(물세

탁이 가능한 카펫트)의 고귀함을 이룰 수 있었으며, 이란의 소마리청(蘇麻離靑, 이란에서 수입된 코발트 - 역자 주)과 중국의 훌륭한 공예가 결합되어 청화자기의 고아한 운치를 이룰 수도 있었습니다. 중국의 칠기와 도자기, 그리고 제지 · 야금 · 인쇄 · 화약 등의 기술은 이란을 거쳐 아시아주의 서쪽 끝, 나아가 유럽 등 더 먼 곳까지 전해질 수 있었고, 석류 · 포도 · 올리브, 그리고 유리 · 금은 그릇 등은 또 이란과 유럽 등지에서 중국으로 전파되었습니다.

– 이란 언론에 발표된 서명문장(署名文章) 「중국-이란 관계의 아름다운 내일을 함께 열어가자」(2016년 1월 21일)

연설내용의 배경 설명

중국과 마찬가지로 이란도 5천 년의 역사를 자랑하는 고대 문명국가이다. 육상 실크로드나, 해상 실크로드나 모두 고대의 이란지역을 반드시 경유해야 했다. 오늘날 북으로는 카스피 해와 이어지고, 남으로는 페르시아만과 인접해 있는 이 나라는 중동 해상교통의 요충지인 호르무즈 해협을 지키고 있으며, '일대일로'와 서로 교차되는 곳에 위치해 있다.

중-이 양국의 교류역사는 기원전 2세기까지 거슬러 올라간다. 『사기 · 대완열전(史記 · 大宛列傳)』의 기록에 따르면 기원전 138년과 기원전 119년 두 차례에 걸쳐 장건이 외교사절로 서역을 방문하면서 실크로드가 통하기 시작한 것이라고 한다.

두 번째로 외교사절로 서역을 방문할 때 장건은 부사 감영(甘英) 일행을 파견해 구자(龜玆, 오늘날 신장의 쿠처[庫車])를 출발해 조지(條支, 오늘날 이라크)를 경유해 파르티나(오늘날 이란) 등 여러 나라에 이르렀었다. 파르티나 왕은 2만 명의 기마병 대열을 대기시켜 놓고 영접하는 성대한 예의로 이 한(漢)나라 사절을 맞이하였다. 그 뒤 동한(東漢)에서 당나라에 이르는 동안 꾸준히 개척하여 당나라 수도 장안에서 출발해 하서주랑(河西走廊)을 거쳐 서쪽의 양관(陽關)을 지나 이란을 경유한 뒤 유럽 지중해 연안에 이르는 '실크로드'가 형성되었다.

중·이 양국은 서로의 낙타 방울소리를 들으며 오가는 배를 서로 바라보았다. 끊임없이 이어져 있는 육상과 해상 실크로드를 따라 중국과 이란의 2대 문명은 함께 걸어왔으며, 서로를 얼싸안았다. 양국 인민이 서로 만나 사이좋게 교제해왔다. 이란의 시인 사디가 시에서 쓴 "오래되었기 때문에 그리운 법이다."라는 말 그대로였다.

이란에 있어서 사디는 중국의 두보(杜甫)와 같은 인물이다. "페르시아 고전 문단의 가장 위대한 인물"로 불리고 있는 그는 수백 년간 줄곧 페르시아 문학의 본보기가 되어오고 있다. 중국과 이란의 교류를 통해 청화자기와 페르시아 실크러그와 같은 예술품을 탄생시켰으며, 또 시인의 창작을 풍부히 하고 양국의 인문교류를 촉진시켰다.

중동행은 2016년 시진핑의 첫 외국방문으로 당의 18차 전국대표대회가 열린 뒤 시진핑의 전 세계를 아우르고자 하는 외국방문의 시작을 상징했다. 시진핑이 당시 방문한 중동 3국은 모두 중국의 창도하여 건설하는 '일대일로'의 주요 협력 동반자이며 적극적인 지지자들이다. 시진핑이 말한 바와 같이 중국과 중동 국가 간의 관계는 지난 전통을 계승하고 앞날을 개척하는 새로운 기점에 서 있다. 평화와 협력, 개방과 포용, 그리고 서로 배우고 서로 본받으며, 서로에게 이로움을 주고 공동으로 번영하는 것은 양자 관계발전의 중요한 특징이 되었다. 시진핑은 방문을 앞두고 역사이야기를 언급함으로써 중-이 2대 문명이 또 다시 서로를 얼싸안는 분위기를 부각시켰다.

옛날에는 유무상통하면서 역사적 감정을 키웠다면, 현재는 '일대일로'를 함께 건설해나가고자 하는 공동의 염원이 존재한다. 만약 역사상에서 중-이 양국이 실크로드 건설과 동서양 문명교류의 추진에 중대한 기여를 하였다면, 양국 수교 40년간의 친선교류는 바로 실크로드정신에 대한 계승과 해석인 것이다.

하산 로하니(Hassan Rouhani) 이란 대통령은 "시진핑 주석은 이란 핵문제가 해결된 뒤 이란을 방문한 첫 외국정상"이라며, 이는 "이란과 중국 간 적극적인 친선관계의 수준을 반영한다"라고 밝혔다. 시진핑은 연설 중에 이란의 석류가 중국에 뿌리를 내린 실례를 들며, 중-이 관계에 대한 새로운 기대를 드러냈으며, 양국 협력이 더 많은 풍성한 열매를 맺을 수 있기를 희망하였다.

샤오핑 기념비

(小平紀念碑)

세월은 화살 같고 덧없이 흐릅니다. 중국과 싱가포르의 관계 발전의 역사를 돌이켜보면, 중국과 싱가포르의 관계를 창조한 덩샤오핑(鄧小平)·리콴유(Lee Kuan Yew) 두 위인에 대한 그리움이 더욱 깊어짐을 느끼게 됩니다. 5년 전 제가 싱가포르를 방문하였을 때, 리콴유 선생과 함께 싱가포르 강변에서 덩샤오핑 선생 기념비를 제막하였습니다. 이제 그 위대한 분들은 세상을 떠나고 계시지 않지만, 그분들의 위대한 업적은 우리가 영원히 기려야 할 것입니다.

– 「협력 동반자 관계를 심화하여 아시아의 아름다운 삶의 터전을 함께 가꾸어 가자 – 싱가포르국립대학에서의 연설」 (2015년 11월 7일)

연설내용의 배경 설명

싱가포르 강변에는 덩샤오핑 기념비가 세워져 있다. 기념비에는 유명한 조각가 리샹췬(李象群)이 조각한 덩샤오핑 반신상이 놓여 있다. 그 조각상에 새겨진 덩샤오핑은 의연한 눈빛에 자애로운 얼굴을 하고 있으며, 깊은 사색에 빠져 있는 듯, 먼 길을 떠나려는 듯한 모습이다. 기념비 뒷면에는 "발전만이 확실한 도리이다."라는 덩샤오핑의 명구가 새겨져 있다.

90여 년 전에 덩샤오핑은 프랑스 고학 길을 떠날 때, 싱가포르 땅에서 이틀간 머물면서 싱가포르와 인연을 맺게 되었다.

1978년 중국 개혁개방의 물결이 준비단계를 거쳐 뿜어져 나오려는 시점에서 덩샤오핑은 또 한 번 싱가포르 땅을 밟았다. 그 방문기간에 덩샤오핑은 리콴유에게 '싱가포르의 변화'를 축하해주었다. 리콴유는 중국이 실제로 마음만 먹는다면 싱가포르보다 더 잘할 수 있다면서 아무런 문제도 없다고 말하였다.

그는 "어쨌건 우리는 푸젠(福建) 광동(廣東) 등지에서 건너온 땅도 없고 낫 놓고 기역자도 모르는 농민의 후대들이지만, 당신들(중국)에게는 중원에 남아 있는 고위 고관과 문인 학사의 후대들이 있다."고 설명하였다. 그 말을 듣고 덩샤오핑은 침묵하였다. 1992년에 그 유명한 남방연설에서 덩샤오핑은 진일보적으로 "마땅히 싱가포르의 경험을 거울로 삼아야 한다."고 제기하였다.

양국 정부의 비준을 거친 기념비 비문의 내용은 덩샤오핑의 생애, 그와 중국개혁의 관계, 그리고 양국 관계에서 그가 맡은 특별한 역할이 쓰여 있다. 비문에서 "덩샤오핑은 1992년의 유명한 남방연설에서 싱가포르는 잘 관리되었으며, 사회 질서가 정연하다고 언급하였다. 그 뒤 수많은 중국 관원들이 싱가포르에 파견되어 훈련을 받았다. 다년간 양국 고위층간 잦은 상호 방문이 이루어졌고, 경제협력이 꾸준히 강화되었으며, 인문교류가 갈수록 확대되었고, 양자 관계가 더한층 심화되었다."라고 쓰여 있다.

2010년 11월 14일로 렌즈를 돌려보자. 화려한 불빛이 막 들어오기 시작한 저녁 무렵 짙푸르게 무성한 사만나무(학명: Samanea saman [Jacq.] Merr.) 아래서 그때 당시 시진핑 중국 국가 부주석은 리콴유와 회담을 끝내고 강변으로 와 기념비 제막식에 참가하였다.

2015년 11월 7일 시진핑은 중-싱 수교 25주년에 즈음하여 싱가포르를 방문하였다. 싱가포르 국립대학에서 한 연설을 통해 그는 덩샤오핑과 리콴유 두 위인을 추억하고, 5년 전 자신이 덩샤오핑 기념비를 제막하던 정경을 상기하면서 깊은 정을 담아 이야기함으로써, 중국-싱가포르 양국이 걸어온 시대와 함께 발전해온 길을 펼쳐보였다.

"싱가포르의 실천은 중국이 개혁발전 과정에서 직면한 일부 난제를 해결하는 데 소중한 경험을 제공해 주었으며, 중국의 발전 또한 싱가포르에게 거대한 발전의 기회를 가져다주었다."

시진핑은 중-싱 양국 인민의 공동 노력으로 정치적 신뢰를 꾸준히 쌓아가고 실무적인 협력을 더욱 확대해 나간다면, 중-싱 관계는 반드시 더 큰 발전을 맞이할 것이며, 양국은 반드시 발전역사의 새로운 장을 써내려갈 수 있을 것이라고 말하였다.

중국-파키스탄의 친선은 대체 얼마나 두터울까?

(巴铁到底有多铁)

2008년 중국 원촨(汶川)에 엄청난 지진이 일어났을 때 파키스탄은 있는 돈을 다 털어 도와주었습니다. 그들은 모든 전략수송기를 동원시켜 전략비축텐트를 가장 빠른 시간 내에 재해 지역으로 운송해 왔습니다. 수행한 의료팀은 항공기 공간을 절약하기 위해 항공기 좌석을 뜯어내고 바닥에 앉아서 왔습니다. 오늘날 수천 명에 이르는 파키스탄 근로자들이 여러 지역에서 중국 직원들과 함께 밤낮을 이어가며 중국이 맡은 프로젝트를 건설하고 있으며, 그 과정에서 수많은 감동 어린 이야기가 나오고 있습니다.

마찬가지로 파키스탄이 필요로 할 때 중국은 언제나 파키스탄의 든든한 뒷심이 되어주었습니다. 중국은 파키스탄의 주권 독립과 영토 완정을 수호하기 위한 노력을 확고하게 지지합니다. 2010년 파키스탄이 특대 홍수 피해를 입었을 때 중국은 가장 빠른 시간 내에 지원의 손길을 보냈습니다. 육 · 공으로 전면 지원을 폈고, 역사적으로 최대 규모의 의료 구원팀을 파견하였으며, 최초로 대규모의 차량과 헬기를 파견해 구원임무를 수행함으로써 중국의 대외원조 역사를 시작했습니다.

2014년 연말 페샤와르 테러습격사건이 일어난 후, 중국은 부상당한 파키스탄 학생과 가족을 특별히 중국으로 초청해 치료해줌으로써 아이들의 어린 마음이 중국 인민의 진정 어린 정을 느낄 수 있도록 하였습니다.

얼마 전에는 예멘 화교를 철수시키는 과정에서 중국 군함이 176명의 파키스탄 공민을 태우고 아덴 항에서 철수할 때, 파키스탄 군함이 무칼라 항에서 8명의 중국인 유학생을 철수시키는 임무를 수행했습니다. 파키스탄 군함 지휘관은 "중국인 유학생이 도착하기 전에 우리 군함은 항구를 떠나지 않는다."라고 명령했습니다. 그 쩌렁쩌렁한 한 마디가 중-파 양국의 바다보다도 깊은 친선을 다시 한 번 증명해주었습니다.

- 「중국-파키스탄 운명공동체를 구축하여 협력 공영하는 새로운 역사를 열어가자 - 파키스탄 의회에서의 연설」(2015년 4월 21일)

연설내용의 배경 설명

중국과 파키스탄은 지리적으로 가까이 있고, 이익이 서로 연결되어 있으며, 감정적으로도 서로 가까운 사이이다. 파키스탄은 새 중국과 외교관계를 수립한 첫 이슬람 국가로서 1951년 5월 21일에 양국은 외교관계를 수립하였다. 중국 지도자는 "산보다도 높고 바다보다도 깊다"는 말로 중-파 양국의 변함없는 친선관계를 표현한 적이 있으며, 파키스탄의 벗은 또 "꿀보다도 달고 강철보다도 단단하다"고 덧붙였다.

"금덩이를 버릴지언정 중-파 친선은 버리지 않을 것이다."라는 명구가 파키스탄에 있다. 2008년 5월 12일 원촨 특대 지진이 일어난 뒤 그때 당시 페르베즈 무샤라프 (Pervez Musharraf) 파키스탄 대통령은 파키스탄 주재 중국대사관을 직접 방문해 중국 인민에게 따뜻한 위문의 뜻을 표하였으며, "중국의 확고부동한 맹우"로서 할 수 있는 모든 노력을 기울였다. 파키스탄은 "온 나라의 모든 수송기를 동원시켰고", "나라의 모든 전략 비축용 텐트를 날라 왔다." 게다가 시종일관 텐트의 가격을 밝히지 않았다.

"이런 원조는 금전으로 가늠할 일이 아니다. 중국 형제들이 우리를 도와주었을 때 우리에게 돈을 요구하였는가?", "세찬 바람 속에서야 억센 풀을 알 수 있고, 뜨거운 불길 속에서야 순금을 볼 수 있다."

파키스탄이 필요로 할 때 중국도 파키스탄의 든든한 뒷심이 되어주었다. 2010년 7월 역사적인 대 홍수가 파키스탄을 습격하였다. 전국의 5분의 1 지역이 3개월 가까이 홍수 피해로 인해 시달렸으며, 피해를 입은 인구가 2,000만 명에 이르고, 경제적 손실이 100억 달러에 이르렀다.

그때 중국은 최대 규모의 의료팀을 파견해 물길을 헤치며 고온을 무릅쓰고 사람들을 구했다. 그러다 더위를 먹어 링거주사를 맞으면서 주사바늘을 뽑자마자 바로 일에 투입하는 이가 있었는가 하면, 고온 환경에 처해 하루에 물을 15병 마셨음에도 구원 작업에 바쁘다보니 하루 종일 화장실을 다녀오지 않는 이도 있었다. 2014년 12월 파키스탄 탈레반이 페샤와르 육군 공립학교를 습격하는 바람에 141명의 교원과 학생이 조난을 당했다. "가장 작은 관도 어깨에 메니 너무나도 무거웠다."

중국은 가장 빠른 시간 내에 테러습격을 비난하였고, 가장 빠른 시간 내에 원조를 제공하였다. 그리고 부상을 입은 파키스탄 학생과 그 가솔들을 두 차례에 걸쳐 특별히 중국으로 초청해 치료해주었다. 그리고 그들이 베이징(北京)·선전(深圳)·홍콩·광저우(廣州) 등지를 방문하도록 배치하여 그들이 "중국의 역사와 문화·발전을 볼 수 있고 더욱이 파키스탄 인민에 대한 중국 인민의 두터운 정을 느낄 수 있도록"하였다.

중국인들은 확실히 믿을 수 있는 친구를 가리켜 '톄깐(鐵杆, 쇠막대기)' 친구라고 한다. 파키스탄은 영원히 그러한 '톄깐' 친구인 것이다. 파키스탄 지도자가 이런 말을 한 적이 있다. "세계에서 두 나라 사이에 얼마나 우호적인 관계를 가질 수 있느냐 알고 싶다면, 중국과 파키스탄을 보아야 한다." 파키스탄은 "중국은 파키스탄의 확고부동한 맹우이다"라는 말을 초등학교 교과서에 써넣은 나라이다. 한편 중국이 유일하게 "전천후의 전략적 협력동반자"로 여기는 나라 또한 파키스탄이다.

"그대와 처음 만나는 것이지만 마치 오랜 옛 벗이 돌아온 것 같구려."라고 말했던 시진핑의 파키스탄 공식 방문은 그의 첫 파키스탄 방문이었다. 시진핑의 말을 빌린다면 비록 처음 파키스탄에 왔지만 파키스탄이 전혀 낯설지가 않다는 것이었다.

"이 아름다운 땅에 발을 딛는 순간 나와 나의 동료들은 뜨겁고 우호적인 바다에 빠진 것 같았으며, 마치 아주 가까운 형제의 집에 온 것 같았다."

바로 그 방문 기간에 시진핑은 파키스탄의 후세인 대통령, 나와즈 샤리프(Mian Muhammad Nawaz Sharif) 총리와 중-파 관계를 "전천후의 전략적 협력 동반자관계"로 승격시키는 것에 찬성하였다.

파키스탄의회에서 시진핑은 중-파 국가 차원의 교류와 민간 차원의 교류에 대해 정감을 느낄 수 있도록 이야기함으로써 양국 간 "비가 오나 바람이 부나 변함없이 영원히 함께 갈 수 있다"는 유일무이한 우정을 생동적으로 반영하였으며, 양국 간 서로 마음을 터놓고 진심으로 사귀는 신의지교(信義之交)와 동고동락하는 환난지교(患難之交)를 풀이하였다. 그리고 그는 또 중국이 시종일관 전략적 높이와 장기적인 안목으로 중-파 관계를 보고 있다면서 파키스탄을 중국 외교의 우선적 위치에 올려놓고 있다고 밝힌 뒤 5가지 주장을 제기해 중-파 운명공동체의 내용을 더욱 풍부히 하였다. 연설 과정에서 시진핑은 그의 옛 상사였던 껑뱌오(耿飆) 전임 파키스탄 주재 중국 대사의 말을 인용해 앞날을 전망하였다.

"중-파의 전통적인 친선은 필히 카라코람 고속도로처럼 갈수록 넓어질 것이다."

뉴턴의 역학

(牛頓力学)

총리 여사는 물리학 박사이십니다. 저는 '뉴턴의 역학 3법칙'을 통해 중국-독일 관계의 발전을 어떻게 하면 더 잘 추진할 수 있을지를 연상해 보았습니다. 첫 번째는 중-독 협력의 '관성'을 확실하게 파악해야 한다는 것입니다. 협력은 중-독 관계의 주선율이며 큰 방향으로서 양국은 흔들림 없이 해나가야 합니다.

고위층 교류를 계속 강화하여 정부 간 협상 · 전략적 대화 등의 체제를 잘 이용하며, 전략적 상호간 신뢰를 꾸준히 늘려야 합니다. 두 번째는 실무적 협력을 강화하는 것을 통해 중-독 관계의 '가속도'를 높여야 합니다. 중국은 개혁을 통해 조정을 촉진하고, 조정을 통해 발전을 촉진하고 있습니다. 우리는 경제의 지속적이고 건강한 발전을 실현하여 중-독 협력을 위한 더 많은 기회를 마련할 수 있다고 자신하고 있습니다.

양국은 동반자의식과 기회의식을 강화하여 서로에게 이로움을 주고, 공영을 이루며 공동 발전하는 정신에 따라, 이익의 교집합을 꾸준히 확대시키고 실무적 협력을 전면적으로 심화시켜야 합니다. 세 번째는 양국관계 발전의 '반작용력'을 줄여야 합니다. 양국은 공동 이익에 착안점을 두고 큰 틀에서 공통점을 찾고, 작은 차이점은 보류하면서 양국관계 발전의 저항력을 줄여야 합니다.

– 상트페테르부르크에서 메르켈 독일 총리와의 회담에서 (2013년 9월 6일)

연설내용의 배경 설명

뉴턴은 1643년에 태어났으며, 영국의 유명한 물리학자이고, '백과전서' 형 천재이다. 1687년에 그가 출판한 『자연철학의 수학원리』라는 제목의 책은 1차 과학혁명을 집대성한 역작이다. 그중에서 만유인력과 운동 3법칙에 대한 서술은 그 뒤 세 개의 세기를 거치는 동안 물리학계의 과학적인 관점을 위한 토대를 마련해주었으며, 현대공학의 토대가 되었다.

뉴턴의 역학 3법칙은 또 '뉴턴의 운동 3법칙'이라고도 불리며, 뉴턴 제1운동법칙, 뉴턴 제2운동법칙, 뉴턴 제3운동법칙이 여기에 포함된다. 제1법칙에서는 힘의 의미에 대해, 즉 힘은 물체의 운동 상태를 변화시키는 원인이라고 설명하였다. 제2법칙에서는 힘의 작용 효과에 대해, 즉 힘의 작용으로 물체는 가속도를 얻을 수 있다고 지적하였다. 제3법칙에서는 힘의 본질에 대해, 즉 힘은 물체 사이의 상호 작용력이라고 명시하였다.

뉴턴의 운동 3법칙은 고전물리학의 토대이며, 심지어 근대 과학의 토대가 되었다. 아인슈타인은 "뉴턴의 역학은 물리학의 토대인 동시에 근대 과학의 토대이기도 하다. 만약 뉴턴의 역학이 없었다면 현대 과학도 있을 수 없다."라고 평가하였다. 이로부터 뉴턴의 역학이 물리학에서 각별한 위치를 차지함을 알 수 있으며, 뉴턴의 운동 3법칙은 고전역학의 3대 지주라는 것을 알 수 있다. 고전역학에서 거의 모든 정리 혹은 법칙은 모두 반드시 뉴턴의 운동 3법칙을 토대로 하기 때문이다.

누군가 현대 과학에 대한 뉴턴의 공헌을 '뉴턴의 혁명'이라고 불렀다. 뉴턴은 코페르니쿠스(Nicolaus Copernicus)·요하네스 케플러(Johannes Kepler)·갈릴레이·르네 데카르트(RenéDescartes)·로버트 훅(Robert Hooke)·호이겐스(Huygens) 등의 연구 성과를 깊이 연구하면서 가치가 있는 사상을 신중하게 선택하여 변혁을 일으켜 정확한 과학의 탄생을 상징하는 혁명을 완성하였다. 그렇기 때문에 뉴턴은 "만약 내가 다른 사람보다 조금 더 멀리 볼 수 있었다고 한다면, 그것은 내가 거인의 어깨 위에 올라섰기 때문이다."라고 말하였던 것이다.

2013년 9월 시진핑은 러시아 상트페테르부르크를 방문, 제8차 G20 정상회담에 참가하였다. 회의 기간에 메르켈 독일 총리와 회담하는 자리에서 그는 '뉴턴의 역학 3법칙'을 인용해 중-독 관계의 큰 방향과 새로운 기회, 그리고 직면하게 될 문제에 대해 설명하였다. 메르켈은 라이프치히 대학교 물리학 박사로서 정치에 참여하기 전까지는 줄곧 과학연구에 종사하였다.

뉴턴의 역학을 인용해 설명한 것은 서양문화의 방식을 취해 합리적으로 양국관계의 발전을 위한 지혜를 발휘한 것이기도 하고, 또 메르켈의 학문과 수양에 대해 존중의 의미를 나타낸 것이기도 했다. 시진핑은 또 다음과 같이 비유하였다. "중-독 관계를 발전시키는 것은 자동차를 운전하는 것과 같다. 반드시 멀리 내다보아야만 안전하고 순조로울 것이다. 우리 양자가 충분한 연료를 가지고 있고, 핸들만 잘 잡고 있다면 중-독 협

력의 차량은 반드시 빠르고도 안정적으로 달려 밝은 앞날을 향해 달려갈
수 있을 것이다."

더욱 거시적이고 장원한 안목으로 양국 관계 발전을 위한 설계도를 계
획해야만 중-독 협력의 타이어가 갈수록 더 빨리 더 잘 돌아갈 수 있다는
것을 말했던 것이다.

'원천이 있는 강물이어야만 깊은 법'

(河有源泉水才深)

아프리카에는 '원천이 있는 강물이어야만 깊은 법이다.'라는 속담이 있습니다. 중국과 아프리카 국가 간의 교류는 유구한 역사를 가지고 있습니다. 1950~1960년대에 마오쩌둥 · 저우언라이 등 새 중국의 제1세대 지도자와 아프리카의 오랜 세대 정치가가 함께 중국-아프리카 관계의 새 기원을 열었습니다. 그때부터 중국-아프리카 인민은 반식민지 반제국주의 투쟁과 민족독립 해방을 쟁취하는 투쟁에서, 발전과 진흥의 길에서 서로 지지하고 성실하게 협력하면서 함께 숨 쉬고 운명을 함께 하는 마음과 마음이 서로 이어진 형제의 우정을 맺어왔습니다.

– 「영원히 믿음직한 벗과 성실한 동반자가 되자 – 탄자니아 니에레레 국제 컨벤션센터 (Nyerere International Convention Centre)에서의 연설」 (2013년 3월 25일)

연설내용의 배경 설명

중국과 아프리카는 비록 수없이 많은 산과 강을 사이에 두고 멀리 떨어져 있지만, 중-아 인민 간의 친선교류는 강력한 동력과 유구한 역사를 가지고 있다. 중국과 아프리카는 비슷한 역사적 처지에 처해 있으면서 민족해방을 쟁취하는 투쟁에서, 줄곧 서로 동정하고 서로 지지해오는 과정에서, 두터운 친선을 맺고 동고동락하는 좋은 친구 사이가 되었다.

1950~1960년대 아프리카 인민이 민족독립을 위해 싸우던 시기에 중국은 확고부동하게 아프리카 인민의 편에 서서 아프리카 여러 나라 인민의 반제국주의 반식민지 투쟁과 민족독립을 쟁취하는 정의로운 투쟁을 전력으로 지지하였다. 마오쩌동은 "우리가 업무를 전개하고 벗을 사귐에 있어서의" 중점은 "마땅히 3대 주에 두어야 한다. 그것은 즉 아시아와 아프리카 그리고 라틴아메리카"라고 명확하게 지적하였다.

1963년 12월부터 1965년 2월까지 저우언라이는 잇따라 세 차례 방문단을 이끌고 아프리카 10개국을 방문하였는데, 이는 새 중국 외교역사에서 중-아 신형 관계를 수립하는 '첫 걸음을 뗀 방문'으로, 중-아 간의 50년 역사 속에 쓰여 진 '친구들'의 서언이 되는 셈이다. 이집트와 알제리를 방문하는 기간에 저우언라이가 중국과 아프리카 · 아라비아와의 관계발전 '5항 원칙'을 제기하였다.

그 원칙은 중-아 교류의 토대가 되었으며, 양자 간에 서로 이해하고, 서로 지지하는 신형관계가 형성되었다. 중-아 교류는 평등하고 성실하게 이루어졌으며, 이는 국제관계 역사에서 전례 없는 것이었다.

아프리카 인민도 중국 인민에 대대적인 지지와 사심 없는 도움을 주었다. 1971년 10월 제26회 유엔대회에서 결의를 통과시켜 유엔에서 중화인민공화국의 합법적인 지위를 회복시켜주었다.

23개 제안 국 중에는 11개 국이 아프리카국가였으며, 표결에서 찬성 76 표 중 26표가 아프리카 국가가 투표한 것이었다. '중국 인권 상황' 반(反) 중국의안과 '대만의 유엔 가입' 제안을 무산시키고, 중국의 세계무역기구 (WTO) 가입과 올림픽대회 개최 신청을 지지하는 등 일련의 중대한 문제 에서, 아프리카의 절대다수 국가들은 모두 중국을 지지하였던 것이다. 반 세기가 넘는 동안 중-아 간 우호적인 협력관계는 세월의 시련을 견뎌내 면서 꾸준히 공고해지고 발전하였다. 현재 아프리카의 54개 국가 중 52개 국가가 중국과 외교관계를 수립하였다.

2013년 3월 24일 시진핑 일행이 탄자니아 다르에스살람시 국제공항에 도착하여 그 동아프리카 국가에 대한 26시간의 방문을 행하였다. 이는 시 진핑이 중국 국가주석을 맡은 후 첫 아프리카 방문이며, 또 여섯 번째로 아프리카 대륙에 발을 내디딘 것이기도 했다.

탄자니아 니에레레 국제 컨벤션센터에서 한 중요한 연설을 통해 시진 핑이 중-아 친선의 유구한 역사에 대해 이야기한 것은 바로 중-아 관계가 하루아침에 발전된 것이 아니며, 더욱이 누군가 하사한 것이 아니라 서로 가 역경을 함께 헤쳐 나가고 동고동락하면서 한걸음 한걸음씩 걸어온 것 임을 설명하기 위해서였다.

"친교를 맺을 때 한 약속이기에 천리 밖에 있어도 약속 장소로 나갈 것" 이라고 하면서 이번의 중요한 연설에서도 시진핑은 대 아프리카 관계발 전 관련 중국의 '4자 주장'을 제기하였다. 그 '4자 주장'이란, 즉 아프리카 벗들을 대함에 참된 마음으로 대해야 한다는 '진(眞)', 대 아프리카 협력을 전개함에 있어서는 내실을 다져야 한다 '실(實)', 중-아 친선을 강화하여 친하게 지내야 한다는 '친(親)', 협력과정에 나타나는 문제를 해결함에 있어서는 성심을 다해야 한다는 '성(誠)'이다.

  시진핑의 '4자 주장'은 중-아 관계의 본질적 특성 – 성실하고 우호적인
것, 서로 존중하는 것, 평등함과 서로에게 이로움을 주는 것, 공동 발전하
는 것 등의 특성을 생동적으로 설명하였다. 중국과 아프리카는 비록 바다
를 사이에 두고 멀리 떨어져 있지만 서로의 마음은 서로 이어져 있는 것
이다.

친선으로 이어진 탄잠철도[22]

(友谊铸就的坦赞铁路)

　　40여 년 전에 5만여 명의 중화의 아들딸이 아프리카 인민에 대한 진심 어린 우정을 안고 아프리카로 와 형제와 같은 탄자니아와 잠비아 인민들과 함께 어깨를 나란히 하며 분투하였습니다. 그들은 망망한 아프리카 초원에서 가시덤불을 헤치고 헤아릴 수 없는 어려움과 위험을 극복하며, 피와 땀 심지어 목숨까지 바쳐가며 친선의 길이요 자유의 길로 불리는 탄잠철도를 건설하였습니다.

　　그들 중 60여 명이 소중한 목숨을 바쳤으며, 그들은 고향에서 멀리 떨어진 이 땅에 영원히 잠들어 있습니다. 그들은 목숨으로 위대한 국제주의정신을 보여주었으며, 중국-탄자니아 간, 중국-아프리카 간 친선의 위대한 공적을 쌓은 영웅들입니다. 그들의 이름은 탄잠철도와 마찬가지로 중국인민과 탄·잠 양국 인민의 마음속에 영원히 새겨질 것입니다.

— 탄자니아 지원 중국 전문가의 묘지에서 그들을 추모하면서 (2013년 3월 25일)

---

22) 탄잠철도 : 탄자니아와 잠비아 구간을 잇는 철도

연설내용의 배경 설명

'평화의 항구' 다르에스살람 서남쪽 교외의 한 묘지에는 탄자니아 건설 사업을 지원하고 그 사업을 위해 목숨을 바친 69명의 중국동포가 영원히 잠들어 있다. 묘지는 푸른 잔디가 융단처럼 깔려 있고, 푸른 소나무와 봉황나무가 우뚝 솟아 있다. 거대한 비석 위에는 "영광스럽게 희생된 탄자니아 지원 중국 전문가의 묘"라는 크고 붉은 글자가 중문과 영문 두 줄로 새겨져 있다.

1960년대부터 중국은 탄자니아에 수만 명에 이르는 전문가를 파견하여 여러 영역에서 아프리카 국가의 경제건설을 위해 사심 없는 공헌을 하였다. 그 69명의 동포 중에는 탄자니아 인민을 도와 탄광을 건설한 이도 있고, 농업 발전을 도운 이도 있으며, 수리건설을 도운 이도 있었다. 그러나 절대다수는 탄-잠철도 건설을 위해 목숨을 바친 이들이다.

탄-잠철도는 중-아 친선의 뚜렷한 상징이다. 1968년 5월에 제1진 중국 답사팀이 풀이 무성한 드넓은 들판을 답사하며 철도의 선로를 결정하면서부터 1976년 7월 탄-잠철도가 정식으로 개통하기까지 총 5만여 명의 중국인 공사 기술자들이 약 2,000Km에 이르는 건설현장에서 악전고투하며 싸웠다. 중국 · 탄자니아 · 잠비아 등 3국의 기술자들은 온갖 어려움을 극복하고 고산준령을 뚫으며 총 길이 1,860Km에 이르는 철도수송선을 개척하였다.

그 철도는 탄-잠 양국 나아가서 아프리카의 다른 나라를 잇는 경제 동맥이 되어 탄-잠 양국의 경제발전에 유리한 조건을 마련해주었을 뿐만 아니라, 또 남부 아프리카의 민족해방투쟁도 지지해주었다. 양국 인민은 그

철도를 '자유의 길' '해방의 길'이라고 부르고 있다.

탄자니아 지원 중국 전문가 공동묘지에 영원히 잠든 수리전문가 장민차이(張敏才)는 탄자니아 지원 중국인 전문가 중 제일 첫 번째 희생자였다. 현지 인민들을 위해 식용 가능한 수원을 찾기 위해 장민차이는 1967년 10월 야외 관목 숲에서 탐사하던 중 하늘땅을 뒤덮으며 덮쳐드는 야생벌에게 쏘여 온 몸이 중독되었다. 소식을 접한 저우언라이 총리가 즉시 중국에서 의사를 파견해 구급치료를 하였지만 결국 35세라는 젊은 나이에 목숨을 잃었다.

시진핑은 탄자니아를 지원하는 과정에서 희생된 중국 전문가를 추모하고 중-아 간 우호 협력에 깃들어 있는 이야기를 깊은 정을 담아 이야기함으로써 탄-잠철도 정신을 널리 알리고, 보배로운 중-아 간의 전통적인 친선을 소중히 여기며, 영원히 보호해 나가길 바라는 아름다운 염원을 표현하였다.

시진핑이 국가주석 직을 맡은 뒤 첫 외국 방문 행선지 가운데는 '희망에 넘치는 대륙' 아프리카가 포함되었다. 이는 개발도상국가에 대한 중국의 변함없는 형제의 정을 반영한 것이었다. "중-아 친선을 강화함에 있어서 우리는 친할 '친(親)' 자를 강조한다." 이야기를 통해 시진핑은 중-아 친선 관계가 어떤 조건을 토대로 하는 것이 아니라 비바람의 시련을 이겨낸 친선이 버팀목이 되고 있음을 세계에 알린 것이다.

찰스 상가(査尔斯·桑嘎) 전임 주중 탄자니아 대사는 "아프리카 대륙의 꾸준한 발전에 고무되어 기뻐하는 시진핑 주석의 모습은 너무나도 진실 되어서 감동을 받았다. 그것은 마음속에서 우러나오는 사랑이었다."고 평가하였다.

머스카틴 카운티 시로부터 받은 선물 '금열쇠'

(马斯卡廷市赠送的 '金钥匙')

오늘 오후 저는 아이오와 주(州) 방문길에 오르게 됩니다. 이는 2년 전에 방문한 적이 있는 아이오와 주를 다시 방문하는 것입니다. 저는 아이오와 주의 오랜 친구들에게 이런 사실을 알리고자 합니다. 그해 머스카틴 카운티(Muscatine County) 시청의 대표가 우리에게 선물한 '금열쇠'는 중미 양국 지방 간 교류와 협력의 대문을 여는 상징이라고 말입니다.

현재 중미 양국은 38쌍의 자매 성(省)과 주(州), 176쌍의 자매도시를 맺었습니다. 미국의 총 50개 주 중 47개 주의 지난 10년간 대(對) 중국 수출 규모는 몇 배 심지어 수십 배 성장하였습니다. 이는 중미 지방 간 교류와 협력의 문이 열린 뒤 그 문을 도로 닫을 수 있는 힘은 어디에도 없을 것이라는 사실과 반대로 그 문은 점점 더 크게 열릴 뿐이라는 사실을 설명해 주는 것입니다.

– 「중미 협력동반자관계의 아름다운 내일을 함께 열어가자 – 미국 우호단체 환영 오찬회에서의 연설」(2012년 2월 15일)

연설내용의 배경 설명

머스카틴 카운티시는 미국 아이오와 주 머스카틴 카운티 현의 수부(首府)이다. 미시시피 강변에 위치한 시의 지방경제 기둥은 농업과 목축업이다. 이 시에서 나는 수박과 진주가 특히 유명하다.

1985년에 그때 당시 허베이(河北) 정딩(正定) 현위서기로 있던 시진핑이 대표단을 이끌고 아이오와 주를 방문하였으며, 머스카틴 카운티시를 방문해 현지 농업과 목축업을 답사하였다. 그는 농장에 들어선 뒤 농장주에게 온실 내 고구마 모종을 어떻게 육성하는지 시범을 보여줄 것을 청하였다. 그는 일반 민중의 집에 투숙하면서 모든 기회를 이용해 미국에 대해 알고자 하였다.

그는 귀국 후 상세한 보고서를 작성하였는데 그 보고서 내용 중에 미국 현지인의 말을 인용한 부분이 매우 많으며 정딩현 농업과 목축업의 발전에 참고가 되도록 제공하였다. 현지 사람들 눈에 비친 시진핑은 "매우 능력 있는 리더로서 자신이 알고자 하는 내용에 대해 매우 분명하게 알고 있었고, 매번 시간을 정확하게 지켰으며, 차림새가 말끔하였을 뿐 아니라 언제나 호기심에 가득 차 있었다" 면서 어디를 가든 항상 가르침을 청하고 물어보곤 하는 모습이 인상적이었다고 하였다.

2012년 2월 그때 당시 시진핑 중국 국가 부주석은 미국 방문기간에 그곳을 다시 찾았다. 아이오와 주 테리 브랜스테드(Terry Edward Branstad) 주지사 부부와 레이놀즈(Reynolds) 부주지사, 머스카틴 카운티 시장, 그리고 예전에 시진핑을 접대하였던 민박집 주인인 드바체크 부부 및 현지 고등학생 대표 등이 시진핑 일행을 뜨겁게 맞아주었다. 이들 오랜 벗들은 모두 시진핑의 이번 방문이 "과거와 미래를 잇는 다리역할을 하였으며, 27년 전에 맺은 특별한 연분과 우정을 계속 써내려갈 수 있게 하였을 뿐 아니라, 또한 중미 양국 인민들 사이에서 친선교류의 본보기를 보였다"면서 시진핑의 방문이 미중 양국 간의 양호한 협력 동반자관계를 더욱 깊이하고 더욱 나아갈 수 있기를 희망하는 한편, 또 그렇기 되리라고 믿는다고 밝혔다. 그런 뒤 머스카틴 카운티 시장이 시진핑에게 그 시의 '금열쇠'를 또 다시 선물하였다. 그리하여 머스카틴 카운티 역사에서 시진핑은 두 개의 '금열쇠'를 받은 첫 사람이 되었다.

"나에게는 그대들이야 말로 미국 그 자체이다"라고 평가한 시진핑의 말을 머스카틴 카운티 사람들은 아직까지도 잊지 않고 있다. 2015년 9월 17일 데번 홉킨스 머스카틴 카운티 시장은 30년 전에 시진핑이 묵었던 민가를 '중미 친선의 집'이라고 이름 지음으로써 중미 지방협력과 민간친선의 증거로 삼았으며, 대중에게 무료로 개방한다고 선포하였다.

"이 주택은 중미 양국 친선의 상징"이라고 드바체크 부부의 아들 그레이 드바체크가 말했다. '중미 친선의 집'에 들어서면 아늑한 방안에서 짙은 '중국 풍'을 느낄 수가 있다. 왜냐하면 벽이며 벽난로 위에는 시진핑과 머스카틴 카운티의 친구들이 함께 찍은 사진이 가득 걸려 있기 때문이다.

"옷은 새 옷이 좋고 사람은 옛 친구가 좋다." 2012년 2월 15일 머스카틴 카운티시를 재차 방문한 시진핑은 이런 중국 옛말을 인용해 그 옛날 민박 주인 드바체크 부부와의 우정을 표현하였다. 그는 "미국 인민은 중국 인민과 마찬가지로 순박하고 부지런하며 열정적이고 우호적이며, 양국 인민 사이에는 공동 언어가 매우 많아 얼마든지 서로에게 이로움을 주며 협력하는 좋은 친구요, 좋은 동반자가 될 수 있다"고 했다. 그는 그를 위해 마련된 환영 오찬에서 '금열쇠'이야기를 함으로써 옛 정을 생각하고, 오랜 친구를 중히 여기며, 새로운 우정을 이어가는, 벗을 사귀는 도리를 보여주었을 뿐 아니라, 중미 양국의 지방 간 교류협력의 중요한 의의를 부각시켰다.

기층에서 성장한 시진핑은 외국의 지방과 협력 교류를 하는 것을 특별히 중시했다. 2015년 9월 22일 미국 시애틀에서 제3회 중미 성장 · 주지사 포럼에 참가하였을 때, 그는 "나라와 나라의 관계는 결국 인민의 지지를 필요로 하고 종국적으로는 또 인민을 위해 봉사하는 것"이라고 하면서 "지방은 국민과 가장 가까이 있다"고 재차 강조하였다.

3. 문화 소통 이야기:

"사물이 천차만별인 것은 자연법칙이다"

(物之不齊, 物之情也)

체코에서 온 꼬마 두더지

(来自捷克的小鼹鼠)

체코는 새 중국을 인정하고 중국과 수교한 최초의 국가 중의 하나입니다. 수교 67년간 중국과 체코 양국과 양 국민 간의 전통적 친선은 끊임없이 두터워졌습니다. 1950년대에 체코의 유명한 화가 즈데네이크 스크레이나(Zdeněk Sklená)가 중국을 방문해 우쳐런(吳作人)·치바이스(齊白石) 등 중국 미술 거장들과 우정을 맺었습니다. 체코로 돌아간 뒤 스크레이나는 수많은 「미후왕(美猴王, 원숭이의 왕 - 역자 주)」의 미술작품을 창작하였는데 손오공의 73번째 변화로 불리고 있습니다.

「두더지의 이야기」는 최초로 중국에 들어온 만화영화입니다. 귀여움이 넘치고 착하면서도 용감한 꼬마 두더지의 만화는 중국의 수많은 소년들의 사랑을 받았습니다. 음악 거장 베드르지흐 스메타나(Bedrich Smetana)가 창작한 교향시 모음곡 「나의 조국」과 문학가 야로슬라프 하셰크(Jaroslav Hašek)의 저작 『착한 병사 슈베이크』는 중국인들에게 널리 알려졌습니다.

- 체코 언론매체에 발표한 서명문장인 「중국-체코 관계의 우렁찬 시대적 소리를 연주하자」 (2016년 3월 26일)

연설내용의 배경 설명

유명한 화가 즈데네이크 스크레이나(Zdeněk Sklená)는 1910년에 태어났다. 1950년대에 스크레이저는 중국에 와서 그림전시회를 열게 되었는데 그때 중국의 미후왕 손오공의 이야기에 깊이 빠져버렸다. 그 뒤로 그는 화필을 이용해 미후왕과『서유기』이야기를 체코 인민들에게 소개하였다. 스크레이나가 창작한 체코판 '미후왕'은 중국 전통문화의 요소와 체코의 민족 특색을 유기적으로 결합시켜 색채의 변화가 강렬하고 형상이 다양했다. 그는『서유기』에 등장하는 500여 명의 인물을 새롭게 디자인하였으며, 손오공의 72가지 재주를 73가지로 만들었다. 이에 따라 스크레이나도 '체코의 미후왕'으로 불리게 되었다.

'꼬마 두더지'는 체코의 국가 보물급 만화영화이다. 「두더지의 이야기」는 체코의 유명한 삽화화가이며, 영화감독 즈데네이크 미르의 권위적인 저작이다. '꼬마 두더지'가 국경과 언어의 장벽을 뛰어넘을 수 있게 하기 위해 미르는 만화영화의 창작과정에서 풍부한 액션, 표정과 간단한 음성을 결부시켜 뜻을 전하면서 언어 표현은 가급적 피했다.

1980년대에 「두더지의 이야기」가 중국에 도입되어 한 세대 사람들의 전형적인 추억이 되었다. 2016년 3월 중국과 체코 양국이 공동 제작한 만화 영화 「판다곰과 두더지」가 방송되었다. 중국 요소가 융합된 '두더지의 이야기'를 통해 꼬마 두더지는 계속하여 양국 어린이들의 마음속에 친선의 씨앗을 뿌려나갔다.

1824년에 태어난 베드르지흐 스메타나는 체코 고전음악의 창시자이고, 체코 민족 오페라의 선구자이며, 체코 민족 악파의 창시자이다. 1874년에 스메타나는 귀가 안 들리게 되는 불행을 당했지만 여전히 창작을 계속하여 대량의 작품을 발표하였다. 시진핑이 언급한 교향시 모음곡 「나의 조국」은 스메타나의 대표작이다. 1883년에 태어난 체코의 유명한 작가 하셰크의 작품은 유머와 풍자가 장점이다.

그의 대표작 『착한 병사 슈베이크』는 제1차 세계대전에 참전한 한 평범한 체코 병사 슈베이크의 경력을 줄거리로 하여 오스트리아·헝가리 제국 통치자의 흉악함과 독단, 군대의 부패와 타락을 심각하게 폭로하였다. 많은 평론가들은 슈베이크를 세르반테스가 만들어낸 돈키호테에 비유하곤 했다. 『착한 병사 슈베이크』는 중문을 포함 약 30여 언어로 번역되어 세계 여러 나라 인민의 사랑을 받고 있다.

2016년 3월 시진핑의 체코 방문은 그가 국가주석에 취임한 뒤 첫 중동부 지역의 유럽 방문이다. 중국과 체코 간 인문교류에 대한 이야기를 하기에 앞서 시진핑은 특별히 체코를 "영험한 땅이기에 인재가 많이 배출되었고, 수려한 강산은 두터운 인문역사 소양이 갖춰져 있네"라고 평가하였다. 그는 1990년대에 체코를 방문한 적이 있는데 부지런하고 지혜로운 체코 인민, 융성 발전하는 체코의 경제사회건설, 블타바 강이 길러낸 보헤미안 문명, 이 모든 것이 그에게 깊은 인상을 남겨주었다.

체코의 화가가 손오공의 형상에 근거하여 그린 「미후왕」 미술작품을 창작하였고, 「두더지의 이야기」가 중국 소년들에게 큰 환영을 받았다고 언급한 시진핑의 서명문장은 중국과 체코사이에 역사적으로 쌓아온 정을 형상적으로 표현하였을 뿐 아니라, 문화교류의 중요한 의미를 생동적으로 지적하고 있다.

이로써 그는 중국과 체코의 양국 인민은 예로부터 상대방의 문명과 문화를 서로 좋아하고 있었으며, 최근 몇 년간은 교류의 붐을 꾸준히 일으키고 있음을 설명해 주었으며, "인문교류를 강화하고 시대적 내용을 부여할 수 있기"를 희망하였다.

싱가포르 대학생이 본 중국

(新加坡大学生看中国)

올해 7월 싱가포르의 '覺허우(後)'대학생 몇이 2015 '내가 본 중국·외국 청년 영상계획'에 참가하였습니다. 그들은 중국의 서북지역에 와서 현대 중국을 렌즈에 담고, 진강(秦腔. 중국 서북 지방에 유행하는 지방 전통극 - 역자 주)·란저우(蘭州)의 우육면(牛肉面, 소고기 국수)·양피뗏목(羊皮筏子) 등의 체험을 통해 중화문화를 이해하고 전파하였습니다.

한편 중국에서 싱가포르 국립대학으로 유학을 간 2명의 대학생은 1년간 50명의 싱가포르 현지인의 꿈 이야기를 촬영하였습니다. 이 자리에 앉은 학생들 주변에도 이러한 사례가 아주 많을 줄로 압니다.

- 「협력 동반자 관계를 심화시켜 아시아의 아름다운 삶의 터전을 함께 가꾸어 가자 - 싱 가포르 국립대학에서의 연설」(2015년 11월 7일)

연설내용의 배경 설명

'내가 본 중국 · 외국청년 영상계획'은 베이징 사범대학 중국문화국제전파연구원과 훼이린(會林)문화기금이 공동 개최한 행사로서 외국청년이 자신의 독특한 시각으로 중국을 관찰하고, 자주적 촬영을 통해 중국을 이야기하고, 중국의 모습을 기록하며, 중국정신을 펼쳐 보이는 문화체험활동을 말한다. 2015년의 '내가 본 중국'행사에는 세계 20개 나라의 100여 명 청년대학생이 참가하였다.

그들은 '사람 ·가정 ·나라'를 테마로 100부에 이르는 미니 다큐를 촬영하였다. 그중에는 '젓가락'을 통해 중국의 음양균형문화를 탐구한 「젓가락 : 칭다오(青島)의 음과 양」도 있었고, 우육면을 주제로 삼아 '가정'문화에 대한 사고를 보여준 「란저우 우육면 한 그릇 주세요」도 있었고, 또 수년간 대학교에서 물자관리 직원으로 일해 온 노부부에게 초점을 맞춘 「언제나 함께입니다」…… 등을 밀착 촬영하고, 지속적으로 추적하여 그들은 "다양한 중국을 보여주었다." 그중 한 참가자는 간쑤(甘肅)성의 란저우에서 17일간 촬영을 한 뒤 "중국 서부 도시에 대한 옛 인상이 바뀌었다"면서 "전통과 현대가 어우러진 새 중국 서북지역의 도시를 보았다"고 말하였다.

마찬가지로 '제3자의 시각'으로 2명의 중국 대학생은 50명의 싱가포르 현지인의 이야기를 렌즈에 담았으며, 마찬가지로 "꿈의 거대한 힘을 느낄 수 있었다."고 했다. 그 50명의 싱가포르 현지인 중 가장 어린 아이는 이제 막 태어난 지 며칠이 되지 않았고, 나이가 가장 많은 사람은 97세나 되었다. 그들의 이야기를 한데 이어놓으면 싱가포르의 알록달록한 시대의 화폭이 펼쳐진다. 최초의 촬영전은 상가 내에서 열렸으며, 관람자는 거의 모두 그곳을 지나가던 현지 관중이었다. 촬영 전을 관람한 관중들은 감탄을 금치 못하였다. 원래 사자의 도시에는 일본에 맞서 싸운 '플라잉 타이거스(공군 중 · 미 혼합단 - 역자 주)'의 대원이 있는가 하면, 수십 년 동안 하루같이 꾸준히 조각에 매달려 헤아릴 수도 없이 많은 작품을 조각한 목조 예술가도 있으며, 풀뿌리서점으로 울창한 '문화 보호림'을 조성한 파수꾼도 있었다…… 그들은 그처럼 많은 감동적인 이야기가 있다는 사실에 감동하였고, 이들 이야기가 바로 자신의 신변에 있음에도 전혀 발견하지 못했다는 사실에 한탄했던 것이다.

"남이 자기를 알아주지 않음을 걱정하지 말고, 자기가 남을 알지 못함을 걱정하여라."

2015년 11월 7일 시진핑은 싱가포르 국립대학에서 한 연설에서 중-싱 양국 대학생이 상대 국가의 이야기를 서로 탐색하고 발견했다는 이야기를 함으로써 양국 친선의 바통이 양국의 젊은 세대들에게 전해져 계속해서 앞으로 달려 나가야 한다는 것을 보여주었으며, 더욱이 오직 깊이 이해하고 서로 배우고 서로 본받는 과정에서만 친선을 증진시킬 수 있다는 이치를 설명하였던 것이다.

문명 탐구를 위한 방문이나, 깊은 교류를 위한 방문은 모두가 마음의 장벽을 허물 수 있는 기회가 된다. 시진핑은 세계 여러 나라 인민들에게 거듭해서 초청장을 보내 그들이 중국에 와서 중국을 느끼고 알아가는 것을 진심으로 뜨겁게 환영한다고 밝히면서, 또 "중국을 알려면 어느 한 점, 어느 한 면만 보아서는 안 된다"며 "소경이 코끼리를 만지는 식을 삼갈 것"을 강조하였다. 그는 "시간이 여러 가지 편견과 오해를 제거해주기를 기대하며, 중국을 객관적으로, 역사적으로, 다각적으로 바라볼 수 있는 더 많은 외부의 시각을 기대하며, 그래서 전면적이고 진실되며 입체적으로 진실한 중국을 인식할 수 있기를 기대한다"고 강조하였다. 그는 "만약 정치 · 경제 · 안보 면에서의 협력이 나라 간의 관계 발전을 추진하는 강인한 힘이라면, 인문교류는 민중의 감정 강화와 마음의 소통을 이루는 유연한 힘이다. 오직 이 두 힘이 서로 결합되어야만 나라 간에 서로 진심으로 대하고 서로 융합될 수 있도록 더 잘 추진할 수 있다"고 주장하였다.

셰익스피어를 찾아서

(寻找莎士比亚)

"사느냐 죽느냐, 이것이 문제로다(To be or not to be that is question)."

햄릿이 한 이 말은 저에게 너무나 깊은 인상을 남겨주었습니다. 저는 16살이 채 되기 전에 베이징에서 중국 산뻬이(陝北)의 한 작은 마을에 온 뒤, 그 곳에서 농민으로 7년간의 젊은 시절을 보냈습니다. 그 시절에 저는 온갖 방법을 다 써서 셰익스피어의 작품을 찾아 헤맸으며, 『한 여름 밤의 꿈』『베니스의 상인』『열두 밤』『로미오와 줄리엣』『햄릿』『오셀로』『리어왕』『맥베스』 등의 극본을 읽었습니다. 셰익스피어의 펜 끝에서 굴곡적인 줄거리, 생생하게 살아 움직이는 인물, 흐느끼듯 하소연하듯 애절한 감정, 이 모든 것에 저는 깊이 빠져 들었습니다.

그 시기 젊었던 저는 산뻬이의 메마른 황토 대지 위에서 "사느냐 죽느냐" 하는 문제에 대해 생각하고 또 하였습니다. 생각 끝에 저는 조국과 인민을 위해 자신을 바칠 것이라는 신념을 굳히게 되었습니다. 셰익스피어의 작품을 읽어본 사람이라면, 그의 뛰어난 재능을 느낄 수 있는 한편 인생에 대한 깊은 깨우침을 얻을 수 있을 줄로 믿습니다.

중국 명(明)나라 시기 극작가인 탕현조(湯顯祖)는 '동양의 셰익스피어'로 불리고 있습니다. 그가 창작한 『목단정(牧丹亭)』 『자채기(紫釵記)』 『남가기(南柯記)』 『한단기(邯鄲記)』 등 희곡은 세계적으로 유명합니다. 탕현조와 셰익스피어는 같은 시대의 사람이며, 그 두 사람은 모두 1616년에 세상을 떠났습니다. 내년이면 그 두 분의 서거 400주년이 됩니다. 중-영 양국은 두 분의 문학 거장을 공동으로 기념할 수 있습니다. 이로써 양국 인민의 교류를 추진하고 서로간의 이해가 더욱 깊어지게 할 수 있을 것입니다.

- 「개방과 포용을 함께 창도하고 평화 발전을 함께 추진하자 - 런던 금융성 시장 만찬에서의 연설」(2015년 10월 21일)

연설내용의 배경 설명

탕현조와 셰익스피어는 동 시대 동·서양의 희곡 대가인데, 두 대가는 모두 1616년에 사망하였으며, 또 2000년에 유네스코에 의해 세계 100대 역사문화명인에 동시 수록되었다.

유럽 문예부흥시기 영국의 가장 중요한 작가인 셰익스피어는 수많은 극본과 14행시를 써냈으며, '인류문학 올림프스 산의 제우스'로 불린다. 그는 작품에서 절묘하고 뛰어난 언어예술을 펼쳐보였을 뿐 아니라, 특히 의미심장한 구상과 주제를 다루었다. 그의 필 끝에서 우울한 왕자 햄릿, 사악하고 냉혹한 음모가 맥베스, 독단적인 장군 오셀로, 아둔하고도 포악한 리어왕 등의 인물들은 한 번만 읽어도 잊을 수가 없을 정도로 잘 표현되었다. 사랑과 용서, 복수와 배신, 죽음과 훼멸, '인간의 희로애락과 삶의 빛', 작품의 주제는 폭넓으면서도 깊이가 있다. 아르헨티나의 작가 호르헤 루이스 보르헤스(Jorge Luis Borges)는 "매 한 갈래 의식의 강물이 셰익스피어에게로 통한다. 낮과 밤이 모두 끊임없이 셰익스피어에게로 향한다."라고 감탄한 바 있다. 셰익스피어의 막역한 친구였던 시인 벤 존슨은 "그는 한 시대에만 속하는 것이 아니라 모든 세기에 속한다!"라고 단언하였다.

그의 대표작에는 『햄릿』『오셀로』『리어왕』『맥베스』등의 4대 비극을 제외하고도 『로미오와 줄리엣』『한 여름 밤의 꿈』『베니스의 상인』『열두 밤』『뜻대로 하세요』등 영향력 있는 작품들이 있다.

탕현조는 중국 명나라의 희곡가이며 문학가이다. 그는 일생동안 수많은 저작을 남겼다. 그의 희곡 작품인 『목단정(牧丹亭)』(『환혼기[還魂記]』라고도 함) 『자채기(紫釵記)』『남가기(南柯記)』『한단기(邯鄲記)』를 통틀어 '임천사몽(臨川四夢)'이라고 부른다. 셰익스피어의 거작들과 마찬가지로 이 작품들도 매우 풍부하고 폭넓은 인생관을 보여주었다. 그중의 수많은 명구와 형상들은 오래 전에 이미 모르는 사람이 없을 정도로 오랜 세월동안 전해지고 있다. "나도 모르는 사이에 정이 들었으며, 날이 갈수록 점점 깊어졌다"는 두여랑(杜麗娘), 좁쌀 밥이 익는 동안 꾼 꿈속에서 부귀영화와 치욕을 다 겪은 선비 노생(盧生), 꿈에 땅강아지와 개미가 사는 괴안국(槐安國)에 가서 남가군(南柯郡) 태수가 된 협객 순우분(淳于棼)…… 탕현조는 꿈속의 광경으로 인생을 썼으며, 비현실적인 것으로 현실을 묘사하였다. 그의 낭만적인 문학적 상상, 아름다운 예술적 필치, 심오한 인문정신이 그때 당시 희곡계에서는 따를 자가 없을 만큼 뛰어났다. 탕현조와 같은 시기의 곡론가(曲論家)였던 왕기덕(王驥德)은 그의 희곡 작품을 두고 "아름답고 요사스러우면서 언어표현이 뼈에 사무친다"라고 찬양하였다.

셰익스피어와 탕현조는 모두 '거인시대'의 '시대의 거인'으로서 인간의 존엄과, 가치, 힘에 대해 노래함으로써 서양 문예부흥과 동양 인문계몽의 '시대의 영혼'이 되었다. 그들은 예술적 매력으로 인해 한 나라에 속할 뿐 아니라 전 세계에 속하게 되었다.

시진핑이 영국을 방문한 뒤 중국의 푸저우(撫州)시는 셰익스피어의 출생지 기금회에 셰익스피어와 탕현조가 함께 있는 청동조각상을 선물하였다. 현재 그 조각상은 셰익스피어 생가에 진열되어 있고, 다른 하나의 꼭 같은 조각상은 푸저우시 탕현조기념관에 소장되어, 중-영 양국 문화교류의 증표가 되고 있다.

2015년 10월 21일 시진핑은 런던 금융성 시장 만찬에서 연설을 통해 자신과 셰익스피어 간시공간을 뛰어넘은 대화, 셰익스피어와 탕현조의 주파수가 같음으로 일어나는 공진(共振)을 예로 들어 우리 세계는 "개방과 포용, 다원화와 서로 본받기가 주요 기조"라는 그의 생각을 생동적으로 설명하였다. 그는 이야기하는 방식으로 인문교류를 통해 중-영 양국의 '문화적 거리'를 좁힘으로써 "중-영 양국 문화의 정수"가 "양국 인민의 사고방식과 생활방식에 대해" 기묘한 "화학반응"을 일으킬 수 있기를 희망하고 있음을 표명하였던 것이다.

헤밍웨이의 '모히토' 한 잔 주세요

(来一杯海明威的'莫希托')

중국 인민은 미국 인민의 진취적인 정신과 창조적인 정신에 늘 탄복하곤 합니다. 저는 젊은 시절에 『연방주의자 논집』, 토마스 페인의 『상식』 등 저작을 읽으며 워싱턴, 링컨, 루스벨트 등 미국 정치가의 일생과 사상에 대해 공부하는 것을 즐거워했습니다. 저는 또 소로, 휘트먼, 마크 트웨인, 잭 런던 등의 작품도 읽었습니다. 헤밍웨이의 『노인과 바다』에서 폭풍과 폭우, 거센 파도와 작은 배, 노인과 상어에 대한 묘사는 저에게 깊은 인상을 남겨주었습니다.

제가 처음 쿠바에 갔을 때 헤밍웨이가 『노인과 바다』를 썼던 그 잔교(棧橋)를 특별히 찾아가 보기도 했습니다. 두 번째로 쿠바에 갔을 때는 헤밍웨이가 늘 다녔던 술집에 가서 헤밍웨이가 즐겨 마셨던 박하엽과 얼음을 띄운 럼주(rum)를 주문해서 마시기도 했습니다. 그 시기 헤밍웨이가 그 이야기들을 써낼 때 당시의 정신세계와 그곳의 실제 분위기를 느껴보고 싶었습니다. 어찌됐건 우리는 서로 다른 문화와 문명에 대해 깊이 이해할 필요가 있다고 저는 생각합니다.

연설내용의 배경 설명

'문단의 굳센 사나이'로 불리는 헤밍웨이는 1899년에 태어났으며, 미국의 유명한 작가로서 아메리카민족의 정신적 이정표로 칭송받고 있다. 제1차 세계대전이 일어나자 그는 적십자회 운전기사의 신분으로 이탈리아전장에 뛰어들었다. 그곳에서 그는 중위 계급과 3개의 훈장을 받음과 동시에 237곳의 상처와 악몽과도 같은 기억을 얻게 되었다. 회복된 후 헤밍웨이는 파리에서 기자로 근무하는 한편 소설을 쓰기 시작하였다. 1926년에 헤밍웨이의 첫 장편소설 『태양은 다시 떠오른다』가 출판되었다. 소설에서는 전쟁이 젊은 한 세대의 몸과 마음에 가져다준 막대한 피해를 진실하게 보여주었다. 이 때문에 헤밍웨이와 그가 대표하는 일부 작가들은 '잃어버린 세대'로 불리고 있다.

1952년에 발표된 중편소설 『노인과 바다』는 가장 유명하고 영향력이 가장 큰 작품 중의 하나이다. 그 소설에서는 산티아고라는 한 늙은 어부가 바다에서 거대한 청새치와 상어 떼와 싸우는 이야기를 통해 어려움이 닥쳤을 때 인류가 보여준 강인하고 굴할 줄 모르는 정신적인 힘을 칭송하였다. "인간은 태어나서 패배하지 않는다. 인간은 파멸할 수는 있어도 패배하지는 않는다." 늘 사람들에게 인용되곤 하는 이 명언의 출처가 바로 『노인과 바다』이다. 이들 작품 외에도 62년간의 인생 여정에서 그는 또 『무기야 잘 있거라』 『킬리만자로의 눈』 『강 건너 숲속으로』 등 수많은 불후의 명작들을 창작하였다. 1954년에 헤밍웨이는 노벨문학상을 수상하였다.

헤밍웨이는 일생에서 3분의 1이 넘는 시간을 쿠바의 아바나에서 보냈다. 그는 "나는 이 나라를 사랑한다. 마치 내 집에 있는 것 같다. 사람에게 내 집에 있는 것 같은 느낌을 주는 곳은 태어난 고향을 제외하면 운명의 귀속지일 것이다."라고 서술한 바 있다. 그곳에는 '거리의 작은 술집'이 하나 있다. 그 술집에서 가장 이름난 술이 쿠바 특산 럼주에 박하엽과 레몬을 섞어 만든 칵테일인데 '모히토'라고 부른다. 이는 헤밍웨이가 가장 즐겨 마셨던 술이었다.

헤밍웨이와 마찬가지로 알렉산더 해밀턴, 존 제이, 제임스 매디슨 등 세 사람의 필명으로 낸 『연방주의자 논집』에서도 강한 미국정신을 느낄 수 있다. 1787년 5월 미국 연방 국회의 초청을 받은 이들 세 사람은 조지 워싱턴의 주재로 필라델피아에서 전국대표회의가 열렸다. 회의에서는 낡은 「연방조례」를 부정하고 그를 대체할 새 헌법을 새롭게 제정하였는데, 이 새 헌법을 두고 미국 여러 주에서 찬성과 반대라는 서로 상반되는 두 가지 의견이 나타났다. 그래서 미국 역사상 가장 치열한 논전이 일어났다. 『연방주의자 논집』은 바로 그 논전의 결과이다. 즉 알렉산더 해밀턴, 존 제이, 제임스 매디슨 세 사람이 새 헌법의 비준을 쟁취하고자 모두 '퍼블리우스(Publius)'라는 필명으로 뉴욕 신문에 발표한 일련의 논문을 묶은 문집인 것이다.

토마스 페인은 미국의 개국 원수 중의 한 사람으로 알려져 있으며, 아메리카합중국이라는 나라 명도 페인이 지은 것이다. 미국독립전쟁 기간에 널리 전해졌던 『상식』이라는 작은 책자를 써서 북아메리카 민중들이 독립을 쟁취하고 공화정을 수립할 수 있도록 사기를 북돋아주었다.

"천지간에 같은 것이 없음은 자연의 이치이다." 모든 문화는 그 자체로서의 가치를 가지고 있다. 시진핑이 자신이 읽은 미국의 고전작품과 헤밍웨이가 즐겨 다녔던 술집을 방문한 경력에 대해 상세하게 언급한 것은 바로 "문명은 다채로운 것이고 평등한 것이며 포용적인 것"으로서 "서로 다른 문화와 문명에 대해 깊이 이해할 필요가 있다"는 도리를 밝히기 위해서였다.

그 연설에서 시진핑은 웅위롭게 우뚝 솟은 레이니어 산과 물결이 넘실대는 워싱턴 호수에 대해 언급하였을 뿐 아니라, 영화 「시애틀의 잠 못 이루는 밤」이 중국 민중들 속에서 일으킨 영향에 대해서도 언급하였다. 사랑하고 사랑받는 이야기를 다룬 그 대표적인 영화가 중국 관중에게 시애틀에 대한 최초의 인상 - 낭만의 도시라는 인상을 심어주었다.

오늘날에 이르러서도 영화 포스터 위에 적혀 있던 그 말이 여전히 사람들의 입에 오르내리곤 한다.

"만약 그대가 한 번도 만난 적도, 본 적도 없고 전혀 알지도 못하는 사람이 그대에게 속하는 유일한 사람이라면 그대는 어떻게 할 것인가? 여기는 시애틀, 이 도시는 사람과 사람 사이의 뜻밖의 만남을 믿는다."

시진핑은 이를 예로 들어 "문명의 교류를 추진하고 서로 본보기로 삼으면 인류문명의 색채를 더 풍부해지게 할 수 있으며, 여러 나라 인민이 더욱 풍부한 내용을 포함한 정신생활을 누릴 수 있고, 더욱 선택적인 미래를 개척할 수 있다"는 도리를 설명하였던 것이다.

백마에 경서를 싣고, 그리고 현장의 서역행

(白马驮经与玄奘西行)

　　서기 67년 천축의 고승 가섭마등(迦葉摩騰)과 축법란(竺法蘭)이 중국 낙양으로 와 경서 번역에 종사하였습니다. 그들이 번역한 『사십이장경(四十二章經)』은 중국 불교역사상 최초의 불경 역서입니다. 백마가 경서를 실어오고 현장이 서쪽 나라를 다녀오면서 인도의 문화가 중국에 전파되었습니다. 그리고 중국의 대항해가 정화(鄭和)가 7차례나 원양항해 길을 떠나 6차례나 인도를 방문하는 과정에서 중국의 우정을 전하였습니다.

　　인도의 가무, 천문, 역산, 문학, 건축, 제당기술 등이 중국에 전파되었고, 중국의 제지, 잠사, 자기, 차, 음악 등이 인도에 전파되면서 양국 인민이 서로 연결하고 서로 소통하며 서로 배우고 본받아온 역사적 증거가 되었습니다.

－「손에 손 잡고 민족부흥의 꿈을 이루자 – 인도 세계사무위원회에서의 연설」(2014년 9월 18일)

　　일주일여 전, 인도 총리 모디 선생이 나의 고향인 산시성(陝西省)을 방문하셨을 때, 저는 시안(西安)에서 그와 함께 중국과 인도 간 고대문화교류의 역사를 돌이켜보았습니다. 수당(隋唐) 시기에 시안은 중국과 일본 간 우호적인 왕래가 이루어졌던 중요한 관문이었습니다. 그 시기 수많은 일본의 사절과 유학생, 승려들이 시안에서 공부하고 생활했었습니다. 그들 중 대표 인물이었던 아베 나카마루(阿倍仲麻呂)가 중국 당나라시기의 대시인 이백ㆍ왕유와 두터운 우정을 맺은 사실은 감동적인 미담으로 남아 있습니다.

– 「중일 우호교류대회에서의 연설」(2015년 5월 23일)

연설내용의 배경 설명

불교는 서양에서 흥기하여 불법이 중국에 전파되었다. 동한(東漢) 시기에 한 명제(漢明帝)가 서역으로 사절을 파견해 불법을 구해오게 하였다. 사자가 서쪽으로 가다가 대월씨(大月氏, 오늘날 아프가니스탄 경내에서 중앙아시아에 이르는 일대 – 역자 주)에 이르렀을 때, 그 곳에서 불법을 전파하고 있는 천축국의 고승 가섭마등과 축법란을 만나 한나라로 와서 불법을 전파해주기를 요청하였다.

서기 67년에 고승은 사자를 따라 백마에 경서를 싣고 함께 낙양으로 왔다. 역사상에서는 이를 가리켜 "백마에 경서를 싣고 오다"라고 말한다. 한 명제는 특별히 낙양성에 백마사(白馬寺)라는 사찰을 지어 두 고승이 그 곳에서 유명한 『사십이장경(四十二章經)』을 번역하게 하였다. 남북조시기의 불교서적『낙양가람기(洛陽伽藍記)』에는 "백마사는 한 명제가 지은 것이며, 불교가 중국에 전파되기 시작한 시점이다."라고 기록되어 있다.

백마에 경서를 싣고 온 것에 비해 현장의 서역행이 어쩌면 지명도가 더 높을 것이다. 모르는 이가 없는 중국 4대 명작 중의 하나인『서유기』는 바로 현장이 불경을 얻어온 역사사실을 바탕으로 창작한 것이다. 문헌의 기록에 따르면, 당나라 때 고승 현장이 장안을 출발해 서역을 향해 가면서 온갖 어려움과 위험을 겪은 끝에 인도에 당도하였다.

인도에서 공부를 마친 뒤 현장은 경서를 가지고 장안으로 돌아와 잇따라 대자은사(大慈恩寺) · 홍복사(弘福寺) · 서명사(西明寺) 등에서 불경을 번역하였다. 현장은 그에게 환속하여 재상 직을 맡아 조정의 정사를 보좌할 것을 바라는 당태종(唐太宗)의 요구를 사절하며 "촌각을 다투어 번역에 전념할 것"이라는 의사를 밝혔다. 그가 번역 저본으로 삼고 있던 인도의 범본(梵本)이 후에 상당히 많은 부분이 산실되는 바람에 현장의 역본도 '제2 범본', '예비범본'으로 되었다.

경서를 번역하는 외에도 현장은 인도에서 자신의 경력을 문자로 기록하여『대당서역기(大唐西域記)』를 써냈다. 이 책은 인도의 풍토와 인정을 생생하게 기록하여 중국에서 서역에 이르는 교통, 불교의 역사를 연구하는 중요한 문헌이 되었다. 더욱이 언급할 가치가 있는 것은『구당서(舊唐書)』의 기록에 따르면 현장이 노자의『도덕경』을 산스크리트문으로 번역하여 인도에 전파한 것이다.

아베 나카마루는 일본 나라(奈良)시대에 당나라에 파견되었던 유학생이다. 개원(開元) 연간에 그는 과거시험에 참가하여 진사(進士)에 급제하였다. 아베 나카마루는 학식이 깊고도 넓으며 재능이 뛰어났을 뿐 아니라,

감정이 풍부하고 성격이 활달하였다. 그는 천재시인으로서 중국의 시인 이백·왕유 등과 교제가 깊었다. 귀국을 앞두고 그는 「함명환국작(衘命還 國作-환국의 명을 받고 짓다)」이란 시를 지어 친구들에게 선물하였다. 훗날 이 시는 송나라 사람이 편집한 우수시문집 『문원영화(文苑英華)』에 수록 되었는데, 그 문집에 수록된 유일한 외국인 작품이다.

왕유 또한 「송비서조감환일본국(送秘書晁監還日本國 - 일본으로 귀국하는 비서 조감을 전송하며)」이란 시를 지어 "이번 이별로 진정으로 타향이 되고 말 것인가, 소식은 어찌 전한단 말인가(別離方異域, 音信若爲通)"라는 시구 로 그들 사이의 깊은 우정을 표현하였다.

역사상에서 서로 연결하고 서로 소통하며 서로 배우고 서로 본받는 하 나하나의 이야기는 바로 중국과 주변 국가의 관계를 이어주는 하나하나 의 다리가 된다. 시진핑이 백마에 경서를 싣고 온 이야기, 현장의 서역행 이야기, 아베 나카마루와 중국 당나라 대시인 간에 맺어진 두터운 우정 이 야기 등에 대해 언급한 것은, 중국과 주변 국가 간에 떼어놓을 수 없는 문 화적 근원과 역사적 연결이 있음을 설명하려는데 목적이 있었다.

이웃 국가에 대해 시진핑은 다음과 같이 말한 바 있다. "이웃은 옮길 수 없다. 사람은 이웃을 가려 옮겨가며 살 수 있어도 나라는 옮길 수 없다. 그 렇기 때문에 선택은 오직 하나 즉 이웃 국가와 화목하게 지내는 것뿐이 다."

중국은 주변 이웃 국가와 옛날에는 서로 왕래하며 서로 본보기로 삼아 온 정이 있고, 근대에는 동고동락하며 서로 교제해왔으며, 현재는 공동으 로 부흥을 이루는 대업을 앞두고 있다. 지리적으로 서로 인접해 있고, 문 화적으로 서로 접근해 있으며, 역사적으로 서로 친밀하고, 이웃 사이에 서로 화목하고, 우호적으로 지내는 것이 최선의 선택이다. 시진핑이 강조했다시피 중국은 "성심성의를 다해 이웃을 대하고 한마음 한뜻으로 공동의 발전을 모색하며, 손잡고 협력의 케이크를 크게 만들어 발전의 성과를 함께 누릴" 것이다.

타고르의 중국 고향

(泰戈尔的中国故乡)

90년 전에 중국인민이 좋아하는 인도의 위대한 시인 타고르가 중국을 방문하여 중국인민의 뜨거운 환영을 받았습니다. 중국 땅에 발을 딛자마자 타고르는 "어찌 된 영문인지는 모르겠으나 중국에 오니 마치 고향에 돌아온 것 같다."라고 말했고, 중국을 떠나면서는 "나는 마음을 이곳에 두고 간다"라고 말했답니다.

– 「손에 손잡고 민족부흥의 꿈을 이루자 – 인도 세계사무위원회에서의 연설」 (2014년 9월 18일)

인도문명에 대해 저는 어렸을 때부터 큰 흥미를 느꼈습니다. 저는 인도의 파란만장한 역사에 깊이 빠져들었습니다. 갠지스문명, 베다 시대, 마우리아 왕조, 쿠샨 왕조, 굽타 왕조, 무굴제국 등과 관련된 역사 서적을 저는 두루 섭렵하였습니다.

특히 인도의 식민지역사 및 인도 인민이 민족의 독립을 실현하기 위해 굳세게 싸운 투쟁사에 관심이 많았습니다. 그리고 또 마하트마 간디의 사상과 생애에도 큰 관심을 가졌으며, 이를 통해 위대한 민족의 발전과정과 정신세계를 깊이 깨달을 수 있기를 희망하였습니다. 타고르의 『기탄잘리』『길 잃은 새』『원정』『초승달』등의 시집을 저는 모두 읽었으며, 그중 많은 시구는 여전히 기억에 생생합니다.

그는 시에 이렇게 썼습니다. "그대가 태양을 잃었다고 눈물을 흘리고 있다면 수많은 별들마저 잃어버리게 되리라", "우리가 더없이 겸손해지는 순간이 곧 우리가 위대함에 가장 접근한 순간이다", "그릇됨은 실패에 견딜 수 없지만, 진리는 실패를 두려워하지 않는다", "우리가 세상을 잘못 보았으면서 오히려 세상이 우리를 속이고 있다고 말한다", "살아서는 여름에 피는 꽃처럼 찬란하고, 죽어서는 가을에 지는 잎처럼 조용하고 아름다워야 한다." 이처럼 아름다움으로 가득찬 시구들은 나에게 인생에 대한 깊은 깨우침을 주었습니다.

-「손에 손 잡고 민족부흥의 꿈을 이루자 - 인도 세계사무위원회에서의 연설」(2014년 9월 18일)

연설내용의 배경 설명

타고르는 아시아 최초의 노벨문학상 수상자이며, 국제적으로 인도 문명의 '대변인'으로도 간주되고 있다. 그는 60여 년이라는 긴긴 문학 생애에서 『기탄잘리』『초승달』『원정』『길 잃은 새』등 명작을 포함한 50여 부의 시집, 12부의 중·장편소설, 약 100부의 단편소설, 20여 부의 극본을 창작하였다. 인도에서 타고르는 막대한 영향력을 가졌으며, 같은 시기 인도의 위인 간디와 함께 인도문학과 정치 영역의 2대 성현으로 불리고 있다. 간디의 '성웅' 칭호는 바로 타고르가 붙여준 것이다. 한편 타고르는 간디로부터 '큰 지혜를 가진 자'로 불렸다.

타고르와 중국 간의 정은 오랜 역사를 가지고 있다. 중국의 신문화운동 기간에 타고르의 많은 저작이 중국에 소개되었으며, 몇 세대 중국 독자들에게 꾸준히 영향을 주었다. 1924년 3월 량치차오(梁啓超)와 차이위안페이(蔡元培)의 초청을 받고 타고르 일행 6명으로 구성된 방문단이 중국에 왔다. 항저우(杭州)를 참관 방문할 때 타고르가 저장(浙江) 교육청에서 「우애를 통한 광명의 길을 찾자」라는 제목으로 연설을 발표하였는데, 청중이 3,000명이 넘었다.

타고르는 항저우의 아름다움에 감명을 받아 현장에서 다음과 같은 시를 한 수 지었다.

"저 곳에 서있는 산은 구름 위로 우뚝 솟았고, 물은 그의 발밑에서 바람 따라 출렁이네. 마치 그에게 간청이라도 하는 듯하네. 그러나 그는 도도하게 서서 꿈쩍도 않네."

타고르가 중국을 방문하는 기간에 마침 그의 64세 생일을 맞게 되었다. 량치차오가 그의 생일을 축하하면서 중국에서 인도를 부르던 옛 명칭인 천축(天竺)과 인도에서 중국을 부르던 옛 명칭인 진단(震旦)을 합쳐 타고르에게 '축진단'이라는 중국이름을 선물하였다. 타고르는 그 이름을 흔연히 받아들였다. 이처럼 진주가 한데 꿰이고 옥이 한데 모인 것 같은 이름은 중국과 인도의 문화교류에서 타고르가 거대한 역할을 발휘해줄 것을 바라는 중국 친구들의 기대를 드러낸 것이기도 하다.

그 후 타고르는 자신의 꾸준한 노력으로 그 아름다운 이름에 응답하였다. 1937년 그는 인도국제대학에 중국학원을 설립하고 인도에서 중국에 대해 연구하는 첫 걸음을 떼었다. 중국의 작가 쉬디산(許地山), 화가 쉬베이홍(徐悲鴻), 교육학자 타오싱즈(陶行知) 등은 모두 그 학원에 가서 강의를 하였다. 오늘날 우리가 흔히 볼 수 있는 타고르의 초상화는 쉬베이홍이 인도에 가서 강의할 때 그린 것이다.

1941년에 타고르는 자신의 마지막 생일에 「저는 중국 땅에 발을 들여놓은 적이 있다」는 시를 읊으면서 중국에서 보냈던 아름다운 시간들을 정답게 돌이켜보았다. 문학 고전은 한 민족 문화의 진귀한 보물이며, 더욱이는 대외교류에서의 효과적인 매개체이다. 명 단락, 철학적 사고가 담긴 언어는 흔히 서로 다른 문화 배경에 처한 사람들 속에서 감정의 공명을 불러일으키게 할 수 있다.

2014년 9월 18일 시진핑이 인도 세계사무위원회에서의 연설을 통해 자신이 타고르의 작품을 읽은 이야기를 하면서 타고르의 명구를 인용함으로써 마음의 거리를 좁혀놓았다. 세인들에게 인도문명에 대해 "어렸을 때부터 큰 흥미를 느꼈다"고 알려주고, 인도의 역사에 대해 손금 보듯 환히 꿰뚫고 있듯이 이야기하였으며, 또 타고르의 명구를 맑고 우렁찬 목소리로 읊기까지 시진핑의 감칠맛 나는 연설은 마치 오랜 친구 사이의 대화처럼 의미심장하였다.

1990년에 시진핑이 푸저우(福州) 시위서기로 발령이 나서 약 2년간 근무해오던 닝더(寧德)를 떠나게 되었을 때, 그는 타고르가 중국 방문을 마치고 귀국하면서 했던 이야기를 인용해 현지 지도간부들에게 작별 인사를 하였다. 어느 한 친구가 타고르에게 중국에 가서 무엇을 잃어버리고 왔느냐고 묻는 말에, 그는 "아무것도 잃은 건 없고, 다만 마음을 하나 두고 왔을 뿐"이라고 대답하였다. 시진핑은 그 이야기를 인용하며 "비록 몸은 민동(閩東)을 떠나지만 민동을 사랑하는 진실한 마음만은 두고 갑니다."라고 말했다. 사람은 다 같다. 모두 서로 알게 되어서 서로 소중히 여기게 되고, 서로의 마음을 알기 때문에 마음의 따스함을 느끼게 되는 것이다. 정으로 마음을 따스하게 하고 진심으로 사람을 감동시키면, 감정의 온도가 서서히 오르게 되는 것이다.

법문사의 유리 그릇

(法门寺的琉璃器)

1987년 중국 산시성의 법문사 지하궁 안에서 20건의 절묘하게 아름다운 유리그릇이 출토되었습니다. 그것은 당나라 때 중국에 전해져 들어온 동로마와 이슬람의 유리그릇이었습니다. 그 이역의 문물을 감상하면서 저는 계속 한 가지 문제에 대해 사고하였습니다.

즉 서로 다른 문명을 대함에 있어서 오직 그들이 만들어낸 정교하고 아름다운 물건을 감상하는 데만 그칠 것이 아니라, 거기에 깃들어 있는 인문 정신을 감지해야 한다는 것, 그 물품들이 드러내는 옛날 사람들의 생활에 대한 예술적인 표현을 음미하는 데만 그칠 것이 아니라, 거기에 숨어 있는 정신이 생생하게 살아나도록 해야 한다고 말입니다.

– 「유네스코 본부에서의 연설」 (2014년 3월 27일)

연설내용의 배경 설명

법문사는 산시성 바오지(寶雞)시 푸펑(扶風)현 현도에서 북쪽으로 10㎞ 떨어진 파먼진(法門鎭) 경내에 위치해 있다. 동한 말기에 건설된 법문사는 '관중(關中)지역의 탑과 절의 시조'로 불리고 있다. 사찰 내에 있는 법문사탑은 탑 안에 석가모니의 손가락뼈(指骨) 사리가 매장되어 있다고 하여 '진신보탑'으로 불린다. 당나라 정관(貞觀) 연간에 법문사탑은 4급 목조탑으로 개축하였으나 명(明)나라 융경(隆慶)3년(1569년)에 지진으로 인해 무너졌다. 그 뒤 다시 13층 팔각 벽돌탑으로 개축되었는데 높이가 47미터에 이르며 모습이 장관을 이루었다.

탑은 몸체가 너무 무거운데다 탑기(塔基) 아래에 또 지하궁(地宮)까지 있어 상체가 무겁고 하체가 부실해 개축된 지 54년 만에 한 차례 지진을 겪은 뒤 탑신이 서남쪽으로 기울기 시작하였다. 1981년에 비바람의 세례를 받아 법문사탑은 서쪽 절반 몸체가 갑자기 무너져 내리면서 잇따라 탑찰(塔刹)이 순식간에 무너져 내렸다. 1987년에 새로이 탑을 개축하고 탑기를 정리하면서 뜻밖에 지궁이 발견되었다. 거기서 4개의 사리와 121건의 금은 그릇, 12건의 비색(翡色)자기를 제외하고도 지궁에서는 또 20여 개의 유리그릇이 출토되었다.

유리그릇은 3세기부터 중국에 전해져 들어오기 시작하여 오랫동안 금은으로 된 그릇보다 더 진귀한 물품으로 간주되어 왔다. 그때 당시 출토한 유리 그릇 중에는 유리병도 있고, 유리 접시도 있었으며, 찻잔과 찻잔 받침도 있었다. 이슬람 양식이 많았으며, 각각 동로마ㆍ서아시아ㆍ중국이 제조한 것이었다. 이는 중국과 서양 간 교통과 문화교류의 중요한 증거로서 유물로서의 가치가 매우 높다.

유리그릇은 비록 역외에서 전해져 들어온 것이지만, 오래 전에 이미 당나라 사람들의 일상생활 속에 녹아들어 당나라인 물질문화의 중요한 부분이 되어 있었다. 당나라 시인 위응물(韋應物)은 "유리를 읊다(咏琉璃)"라는 제목으로 시를 지어 유리를 극찬했다.

"색채를 띠었으나 겨울 얼음처럼 투명하고, 투명하여 아무 것도 없는 것같으나 실제로 존재하여 먼지가 들어오는 것을 막아준다네. 호화로운 연회석 상에서 유리가 보이지 않으면 어찌 아리따운 사람을 대하리오.(有色同寒冰, 無物隔纖塵。象筵看不見, 堪將對玉人。)"

'시귀(詩鬼. 시의 귀신)'라는 별명을 갖고 있는 이하(李賀)도 시에서 "말쑥한 유리찻잔에 호박색의 향기로운 술을 철철 넘치게 부으니 붉은 빛깔의 술이 넘쳐흐르는 것이 마치 빨간 불구슬 같아라.(琉璃鐘, 琥珀濃, 小槽酒滴真珠紅。)"라고 썼다.

문명과 문명이 서로 교류하고 서로 본받으면서 중국문화가 세계로 널리 전파되고 또 세계 각국의 문화와 물품이 중국으로 전해져 들어왔다. 시진핑이 법문사에서 유리 그릇을 감상한 이야기를 한 것은 "교류가 이루어졌기에 문명이 더 다채로울 수 있고, 서로 본받음으로써 문명이 더 풍부해질 수 있다"는 도리를 설명하기 위해서였다.

이는 중국 지도자가 처음으로 유엔 강단에서 세계문명의 전파와 발전법칙에 대한 깊은 인식에 대해 전면적으로 설명한 것이었으며, 처음으로 "문명의 교류와 서로 본받기"가 여러 나라 인민 간의 우정을 증진하는 다리요, 인류사회의 발전을 추진하는 동력이요, 세계의 평화를 수호하는 유대라는 도리를 체계적으로 제기한 것이다. 그 연설에서 시진핑은 "문명교류와 서로 본받기 사상"을 제기하였다. 그 사상에는 다음과 같은 세 개 부분의 내용이 포함된다.

첫째, 문명은 다채로운 것이다. 인류 문명은 그 다양함으로 인해 서로 교류하고 서로 본받을 가치가 있는 것이다. 둘째, 문명은 평등한 것이다. 인류 문명은 평등함으로 인해 교류와 서로 본받을 수 있는 전제가 되는 것이다. 셋째, 문명은 포용적인 것이다. 인류문명은 그 포용성으로 인해 서로 교류하고 서로 본받을 수 있는 동력이 생기는 것이다. 시진핑은 다음과 같이 매우 절묘한 비유를 한 적이 있다.

"마치 중국인은 차를 좋아하고 벨기에인은 맥주를 즐기는 것과 마찬가지이다. 차의 함축적이고 내향적인 특성과 술의 뜨겁고 자유분방한 특성이 삶을 맛보고 세계를 해석하는 두 가지 서로 다른 방식을 대표한다. 그러나 차와 술은 서로 겸용할 수 없는 것이 아니다. 오랜 만에 지기를 만나 천 잔 술이 적다 할 정도로 흠씬 마실 수도 있고, 차를 마시며 차의 맛을 느끼고 인생을 느낄 수도 있는 것이다." 그가 이 연설에서 강조했듯이 포용 정신만 이어간다면 '문명의 충돌'같은 것은 존재하지 않을 것이다.

실크로드 위의 중국과 서역의 교류사

(丝路上的中西交流史)

기원전 100여 년부터 중국은 서역으로 통하는 실크로드를 개척하기 시작하였습니다. 한나라 때 장건(張騫)은 기원전 138년과 기원전 119년 두 차례에 걸쳐 외교 사절로 서역을 방문하여 서역에 중화문화를 전파함과 아울러 포도 · 개자리 · 석류 · 검은 깨 · 참깨 등 서역문화의 성과를 도입하였습니다. 서한(西漢)시기에 중국의 함대가 인도와 스리랑카에 이르러 중국의 실크로 유리 · 진주 등의 물품을 교환하였습니다. 중국의 당나라 시기는 중국역사에서 대외교류가 활발했던 시기였습니다.

역사자료의 기록에 의하면 당나라 때 중국이 외교사절을 파견하여 양호한 교류를 해왔던 나라가 70여 개에 달하였으며, 그 시기 수도 장안에는 여러 나라의 사신 · 상인 · 유학생이 대대적으로 운집하였던 것으로 알려져 있습니다. 그 시기 대규모의 교류로 인해 중화문화의 세계 전파를 촉진시켰으며, 아울러 여러 나라 문화와 물품의 중국 전파도 촉진시켰습니다.

15세기 초에 명나라의 유명한 항해가 정화는 7차례나 먼 거리 항해에 나서 동남아의 수많은 나라를 방문하였으며, 아프리카 동해안의 케냐에까지 이르는 과정에서 중국과 여러 나라와 우호적인 교류를 진행했던 미담을 남겼습니다. 명나라 말기에서 청(淸)나라 초기에 이르는 시기에 중국인들이 현대의 과학지식을 적극적으로 배우기 시작하면서 유럽의 천문학·의학·수학·기하학·지리학 등의 지식이 잇따라 중국으로 전해져 들어와 중국인의 지식에 대한 시야를 넓혀주었습니다. 그 뒤로부터는 중외와의 문명교류와 서로를 본받는 행위가 더욱 빈번하게 전개되었습니다. 그 과정에서 충돌·모순·의혹·거부 등도 있었지만, 학습·소화·융합·혁신이 더욱 많은 비중을 차지하였습니다.

- 「유네스코 본부에서의 연설」 (2014년 3월 27일)

연설내용의 배경 설명

"실크로드 고도에서 낙타의 방울소리 들려오는 듯 하고, 북방 소수민족들의 말 울음소리 에서 당·한나라 시기 사람들로 들끓는 번화한 모습이 펼쳐지누나.(駝鈴古道絲綢路, 胡馬猶聞唐漢風。)" 서한시기부터 중국·중앙아시아·서아시아·유럽을 잇는 무역 대통로가 유라시아대륙을 가로지르기 시작했다.

실크와 도자기는 서쪽으로 가고, 좋은 말과 보석은 동쪽으로 오는 통로가 개척되어, 중국과 서역 간 교류사에서 화려한 한 페이지를 써내려왔다. 19세기 말 독일의 지리학자 페르디난트 폰 리히트호펜(Ferdinand von Richthofen)이 그의 저서 『중국』에서 이 통로를 '실크로드'라고 칭하면서 널리 인정을 받았다.

"거대한 돛을 높이 올리고 밤과 낮을 이어 앞으로 내달리네. 거센 파도가 일렁이는 바다에서 마치 탄탄대로를 걷는 듯하네.(雲帆高張, 晝夜星馳, 涉彼狂瀾, 若履通衢。)" 또 다른 한 갈래의 해상을 통한 경제무역과 문화교류의 대통로가 있었다. 중국 동남부의 연해지역에서 인도지나반도와 남해의 여러 나라를 경유해 인도양을 거쳐 홍해에 들어선 뒤, 동아프리카와 유럽에 이르는 대통로로서 프랑스 한학자 에두아르 샤반느(Édouard Emmanuel Chavannes)에 의해 '해상 실크로드'라는 이름이 붙여졌다.

송(宋)나라 이후 도자기가 실크를 대체해 중국 수출의 주요 상품이 되었다. 그래서 해상 실크로드는 또 '도자기의 길'로도 불리고 있다. 육상 실크로드와 해상 실크로드에서 뛰어난 공헌을 한 두 명의 중국인이 있다. 한 사람은 서한시기의 장건이다. 기원전 138년과 기원전 119년에 한무제(漢武帝)는 장건을 두 차례나 외교사절로 서역에 파견하여 장안(長安. 오늘날의 시안[西安])을 시작점으로 하서주랑(河西走廊)을 거쳐 서역의 여러 나라에 이르는 통로를 개척함으로써 육상 실크로드의 기본 간선을 형성하게 했다.

장건은 서역에 중화문화를 전파하는 한편 또 포도·개자리·석류·검은깨·참깨 등 서역문화의 성과를 중국에 들여왔다. 그가 경유한 곳은 모두 한인(漢人)의 발길이 닿지 않은 곳으로 역사적으로 '장건이 메운 공백'으로 불리고 있다. 다른 한 사람은 명나라의 정화이다. 그는 황명을 받고 200여 척의 해선(海船)과 2만 7천여 명의 인원을 거느리고 서태평양과 인도양을 항해하며 30여 개의 나라와 지역을 방문하였다.

그가 도착한 가장 먼 곳은 동아프리카와 홍해였다. 정화의 서양 항해는 중국 고대에 최대 규모, 최다 선박, 최다 선원, 최장 시간의 해상 항해로서 유럽 국가의 항해보다 반세기 남짓이나 먼저 이루어졌다. 이는 명나라의 강성함을 직접적으로 보여주는 대목이다.

인류 문명사상 위대한 시도로써 육상 실크로드와 해상 실크로드는 고대 동·서양을 잇는 최장의 국제교통노선이었다. 그 노선은 연도의 수많은 민족이 공동으로 창조한 것으로서 명실상부한 교류의 길, 우정의 길이다. 육상 실크로드와 해상 실크로드는 경제 연결의 유대일 뿐 아니라 문명 융합의 혈관으로서 과학기술의 발전과 문화의 전파, 식물 품종의 도입을 추진하였으며, 여러 민족의 사상과 감정, 정치 교류 및 인류의 새로운 문명을 창조하는 데서 중대한 기여를 하였다.

천년의 역사를 뛰어넘는 실크로드는 상통의 길이고 민심이 통하는 길이며 더욱이 문명을 서로 본받는 길이었다. 시진핑이 실크로드 위에서 중국과 고대 서역의 여러 나라 간 교류의 이야기를 한 것은 사람들에게 "중화문명은 중국 대지에서 생겨난 문명인 한편 다른 문명과 꾸준히 교류하고 서로 본받는 과정에서 형성된 문명"이라는 사실을 알려주기 위함이며, 더욱이 "교류와 서로 본받는 과정을 거쳐야만 한 문명이 비로소 왕성한 생명력을 가질 수 있다"는 도리를 강조하기 위함에서였다.

역사를 돌이켜보는 것은 앞으로 더 잘 걸어 나가기 위한 것이다. 연설 과정에서 시진핑은 서양의 유명한 구절 두 마디를 인용하였다. 한 마디는 유고가 한 말로서 "세상에서 가장 넓은 것은 바다이고, 바다보다 더 넓은 것은 하늘이며, 하늘보다 더 넓은 것은 사람의 포부이다."라는 말이고, 다른 한 마디는 나폴레옹이 한 말로서 "세상에는 두 가지 힘이 존재한다. 그것은 바로 예리한 검과 사상이다. 장기적인 관점으로 볼 때 예리한 검은 언제나 사상에게 패하게 된다."라는 말이다.

그는 이로써 한편으로는 서로 다른 문명을 대함에 있어서 하늘보다 더 넓은 흉금을 가져야 한다는 도리와, 다른 한편으로는 서로 다른 문명에서 지혜를 찾고 영양을 섭취하여 사람들에게 정신적 버팀목과 마음의 위안을 주고 서로 손잡고 인류가 공동으로 직면한 여러 가지 시련을 해결해나가야 한다는 도리를 알려주고자 하였던 것이다.

전 인도네시아 대통령 수실로가 지은 노래

(苏西洛写歌)

　　이야기를 하다 보니 수실로 대통령이 창작한 「평온」이라는 제목의 노래 한 수가 떠오릅니다. 그것은 2006년 10월의 일이었습니다. 수실로 대통령이 중국-아세안 대화관계 구축 15주년 기념 정상회담에 참가하기 위해 중국 광시(廣西)로 오셨습니다. 회의기간 잠깐 쉬는 시간에 그는 리장(漓江)에서 창작 영감이 떠올라 펜을 들어 아름다운 가사를 한 수 지었습니다. 그 가사는 이러합니다.

　　"즐거운 나날들이 생명 속에서 끊임없이 순환되고, 저는 친구들과 함께 그 아름다운 시간들을 보내고 있네."

　　수실로 대통령은 중국 산천의 경치를 보면서 감정이 북받쳐 자신의 어린 시절과 자신의 고향을 떠올렸던 것입니다. 이로부터 양국 인민은 서로 마음이 통하고 서로 가까운 정을 느끼고 있음을 알 수 있습니다.

- 「중국-아세안 운명공동체를 함께 건설하자 - 인도네시아 국회에서의 연설」 (2013년 10월 3일)

연설내용의 배경 설명

수실로 밤방 유도요노(Susilo Bambang Yudhoyono)는 인도네시아 제6대 대통령이다. 1949년에 수실로는 인도네시아 자와티무르 주 파시탄 시의 한 가난한 군인가정에서 태어났다. 2004년에 그는 인도네시아 대통령 대선에서 승리를 거둬 대통령에 당선되었다. 대통령 재임 기간에 그는 '친민중'과 '청렴결백'을 구호로 삼아 인도네시아 전역을 휩쓴 부패척결운동을 일으켜 부패 관원을 대대적으로 징벌함으로써 민중들로부터 '청렴선생'으로 불리었다.

수실로는 정계에서 공적을 이루었을 뿐 아니라 음악 분야에서도 성과를 올렸다. 그는 2007년에서 2010년까지 음악앨범을 총 3장이나 출판하였는데 모두 본인이 창작한 작품이었다. 그는 그 노래들을 통해 자신의 애국 감정을 토로하는 한편 전국 인민이 일제히 단합하여 조국을 사랑하고 인도네시아의 더 아름다운 미래를 창조할 수 있기를 희망하였다.

2006년 10월 29일 수실로는 중국-아세안 대화관계 구축 15주년 기념 정상회담에 참가하는 틈틈이 꿰이린(桂林)을 방문하여 리장과 루디앤(蘆笛岩)을 유람하였다. 시월의 꿰이린은 계수나무가 향기를 뿜어내고 있었으며, 가을의 리장은 마치 푸른 비단 띠가 뭇 봉우리들 사이를 감돌아 흐르는 것 같았다. 배를 타고 강 위를 자유로이 떠다니노라니 마치 아름다운 병풍 속에 몸담은 것 같았다.

수실로는 리장의 아름다움에 빠져들어 시와 같은 언어로 그 아름다움을 찬미하였다. 그는 "하느님이 리장에 세상에 둘도 없는 아름다운 경치를 내리셔서 나는 그 아름다움을 만끽할 수 있는 것이다. 적절한 시기에 나는 모든 친인들을 데리고 이곳에 와 이 천하의 아름다운 경치를 느낄 수 있게 할 것이다."라고 말하였다. 리장의 산과 강의 풍경은 또 수실로 대통령에게 자신의 어린 시절과 자신의 고향을 떠올리게 하였다. 그는 경물을 보고 감정이 북받쳤으며 창작 영감이 떠올라 「평온」이라는 노래를 지었던 것이다.

"평온한 밤, 아름다운 마을 밖에서 나는 홀로 생각에 빠져드네. 거듭 거듭 생각하네. 즐거운 나날들이 생명 속에서 끊임없이 순환되고 나는 친구들과 함께 그 아름다운 시간들을 보내고 있네. 마을은 고요하고도 적막하고 사랑의 꽃이 떨기떨기 피어나네. 나는 쉼 없이 농사짓고 천을 짜네. 쉼 없이 농사짓고 천을 짠다네. 마음속으로 묵묵히 기도한다네. 주여! 우리 민족이 영원히 안녕하고 영원히 행복하게 살아가게 해주십시오."

시진핑은 인도네시아 국회 연설 과정에서 수실로가 노래를 지은 이 이야기를 언급함으로써 "바로 한 명 한 명의 이러한 친선의 사자가 있어, 하나하나의 친선의 다리를 놓고, 하나하나의 마음의 창문을 열어놓음으로 인해, 양국 인민의 친선이 기나긴 역사의 강을 지나고, 드넓은 바다를 뛰어넘어, 세월이 갈수록 더욱 두터워지고, 더욱 새로워질 수 있는 것"이라고 설명하였다.

그 연설에서 시진핑은 "금전은 얻기 쉬워도 친구는 얻기 어렵다"라는 인도네시아의 속담을 인용하였다. 한 부의 세계문명사는 아주 큰 정도에서 한 부의 민간교류와 융합의 역사이다. 사람을 감동시키는 인문 교류는 나라 간의 관계를 유지하고 발전시키는 가장 소박하면서도 가장 단단한 감정의 유대이다. 나라 간의 친선은 서로 간의 이해와 지지, 공동 협력이 필요하며, 특히 양국 유지인사들이 참여하여 성실하고 진지하게 가꿔가 야 하는 것이다.

셴싱하이 대로

(冼星海大路)

　　고대 실크로드 위의 옛 도시 알마티시에는 셴싱하이 대로가 있습니다. 그 대로에는 이런 이야기가 전해져 내려오고 있습니다. 1941년에 위대한 국가보위전쟁이 일어났을 때, 중국의 이름난 음악가 셴싱하이가 여러 지역을 전전하다가 알마티로 오게 되었습니다. 사고무친한 이역 땅에서 가난과 병으로 시달리고 있을 때, 카자흐스탄의 음악가 베카다모브가 그를 받아주고, 그에게 따스한 집이 되어 주었답니다.

　　알마티에서 셴싱하이는 「민족해방」「성스러운 전투」「만강홍(滿江紅)」 등 이름난 음악 작품들을 창작하였습니다. 그리고 또 그가 카자흐스탄의 민족영웅인 아만 가드(Amangaard, 阿曼盖尔德)의 사적을 바탕으로 창작한 교향시 「아만 가드」는, 파시스트에 저항해서 싸우도록 사람들을 격려해 줌으로써 현지 인민들 속에서 광범위하게 환영을 받았습니다.

－「인민의 친선을 널리 발양하고 함께 아름다운 미래를 창조하자 － 나자르바예프 대학에서의 연설」(2013년 9월 7일)

연설내용의 배경 설명

수천 수백 년간 오래된 실크로드 위에서 여러 나라 인민들은 함께 천고에 길이 전해질 친선의 역사를 써내려왔다. 중국의 음악가 셴싱하이의 이야기가 바로 그중의 한 페이지이다.

1940년에 셴싱하이는 상급 기관의 명령을 받고 옌안(延安)에서 소련으로 가 대형 다큐멘터리 「옌안과 팔로군(八路軍)」 후기 제작과 음악 더빙작업을 진행하게 되었다. 그런데 1941년에 소-독 전쟁이 발발하는 바람에 영화제작이 중단되었을 뿐 아니라 전쟁으로 인해 셴싱하이의 귀국길까지 막혀버렸다.

그 뒤 그는 여러 지역을 전전하다가 알마티에 이르게 되었다. 사고무친한 이역에서 거주할 곳도 없는데다 가난과 병에 시달리고 있을 때, 카자흐스탄 음악가 베카다모브가 그를 받아주고 그에게 따스한 집이 되어주었다. 두 음악가는 그 어려운 나날에도 음악을 향한 이상을 잃지 않고 서로 격려하면서 음악을 창작하는 과정에서 두터운 우정을 쌓았다.

베카다모브는 셴싱하이의 음악적 재능을 높이 사 북부 도시 코스타나이에 개설된 음악관에 가서 음악지도를 맡도록 그를 추천해 주었다. 코스타나이에서 셴싱하이는 수고도 마다하지 않고 음악으로 현지 대중들의 사기를 북돋우어 주었다. 그의 노력으로 코스타나이 음악관이 순조롭게 문을 열 수 있었으며 국가보위전쟁이 발발한 뒤 첫 음악회를 열 수 있었다. 셴싱하이는 지휘를 맡았을 뿐 아니라 직접 연주에 참가하기도 하였다. 그래서 그는 현지 언어로 된 이름까지 얻게 되었다.

그 이름 '황스'는 즐겁다는 뜻이다. 그는 또 늘 동료들과 함께 산골마을을 돌며 순회공연도 하였다. 그 과정에서 카자흐스탄의 민간 음악에 대해 점차 알아가기 시작하였다. 돔부라(dombra. 카자흐족의 현악기)를 연주하는 법을 배웠을 뿐 아니라 현지 풍격을 띤 수많은 작품을 수집, 편곡, 창작하였다.

카자흐스탄에서 셴싱하이는 「민족해방」 「성스러운 전투」 그리고 관현악 묶음곡인 「만강홍」 등 이름난 음악작품들을 창작하였다. 그중에서 그가 카자흐스탄 민족영웅 아만 가드의 사적을 바탕으로 창작한 교향시 「아만 가드」는 파시스트에 저항해 싸우도록 사람들을 격려해주었기 때문에, 현지 인민의 엄청난 환영을 받았다.

셴싱하이가 세상을 떠난 뒤 알마티시에서는 베카다모브의 집 근처의 한 거리를 '셴싱하이 대로'라고 이름 지었으며 그를 위해 기념비도 세워주었다.

서로 다른 문화가 실크로드 위에서 서로 감동을 주며 소리 없이 스며들어 촉촉이 젖어드는 정신적인 유대를 형성하여 실크로드 연선 인민들 간의 이해가 깊어지게 하여 서로 마음이 통하도록 하였다. 실크로드의 역사를 돌이켜보면, 연선의 여러 나라가 상통하고 서로 배우고 본받았기 때문에 비로소 인류문명의 발전을 추진할 수 있었던 것이다. 시진핑이 나자르바예프 대학에서 한 연설에서 셴싱하이의 이야기를 한 것은 바로 이에 대해 설명하기 위해서였다.

여러 나라 인민들은 함께 천고에 길이 전해질 교류와 서로 본받으며 우호적으로 왕래하는 역사를 써내려오고 있다. 셴싱하이의 이야기는 다만 그중의 한 페이지일 뿐이다.

단 그 한 페이지도 "단합하고 서로 신뢰하며, 평등하고 서로에 이로우며, 포용하고 서로 본받으며, 협력하고 공동 번영하는 원칙을 고수한다면 서로 다른 종족, 다른 신앙, 다른 문화배경을 가진 국가가 얼마든지 평화를 공유할 수 있고 공동 발전할 수 있다"는 사실을 반박할 여지도 없이 증명해주고 있다. 시진핑이 한 상기의 말은 바로 '셴싱하이 대로'가 우리에게 알려주는 귀중한 깨우침이다.

4. 역사적 정감에 관한 이야기:

"만 리를 떨어져 있어도 여전히 이웃"

(万里尚爲隣)

싱가포르에 있는 정화의 보물선

(新加坡的郑和宝船)

15세기 초, 중국의 유명한 항해가 정화가 원양항해에 나서 여러 차례 싱가포르를 방문하였습니다. 싱가포르의 해사박물관에는 정화의 보물선이 원래의 크기로 복제되어 진열되어 있습니다. 이는 그 위대한 사건을 기념하기 위한 목적에서입니다. 명나라 말기에서 청나라 초기에 이르는 사이 중국 광동 · 푸젠의 수많은 민중들이 살길을 찾아 대대적으로 바다를 건너 남양(南洋)으로 왔습니다. 그 과정에서 중화 문화와 기술을 가져왔으며, 또 중국과 싱가포르 간 친선의 씨앗을 뿌렸습니다.

– 「협력 동반자관계를 심화하고 아시아 아름다운 삶의 터전을 함께 건설하자 – 싱가포르 국립대학에서의 연설」 (2015년 11월 7일)

연설내용의 배경 설명

지금으로부터 600여 년 전인 15세기 초, 명나라 '삼보태감(三寶太監)' 정

433

화가 거느린 방대한 선대가 중국 태창(太倉)의 유가항(劉家港)을 출발해 28년간 잇따라 7차례나 바닷길을 따라 아시아와 아프리카 30여 개 국가와 지역을 방문하였다. 이것이 바로 세계에 이름난 '정화가 서양을 간 역사'이다. 정화의 이 장거는 콜롬보스가 신대륙을 발견한 것보다도 반세기 남짓이나 더 이른 시간에 이루어진 것으로 '대항해 시대'의 서곡으로 불리고 있다.

정화의 일곱 차례 원양 항해사에서 '방대한 크기'의 보물선이 사람들의 관심을 끄는 초점이었다. "정화의 뒤를 이을 제2의 정화는 없다"라고 칭찬하였던 근대의 저명한 학자 량치차오(梁啓超)는 정화의 원양 항해에서 "크게 주의를 기울여야 할 일이 두 가지"라면서 그중 한 가지가 바로 명나라 "항해 수단이 발달한 것"이라고 지적한 바 있다.

역사자료의 기록에 따르면 정화의 보물선은 "길이가 44길 4척이고 너비가 18길"에 이르는데, 환산하면 선박 길이가 125미터, 너비가 50미터, 홀수가 9미터, 배수량이 1만 7천여 톤에 이른다. 이처럼 '방대한 거물'에 비하면 콜롬보스 함대의 기함(길이 25.9미터)은 겨우 '일엽편주'에 불과할 뿐이다. 그로부터 4세기 뒤에 영국이 거국적인 역량을 동원하여 6년간의 재정예산을 쏟아 부어 목제전투함 '빅토리아'호를 제조하였으나 그 위풍이 정화의 보물선에는 견줄 수 없었다. 명나라 시기 흥성하였던 국력이 엿보이는 대목이다.

그때 당시 세계 최대의 선대를 소유하였음에도 정화가 원양 항해를 떠난 것은 다른 나라를 침략하고 약탈하기 위해서가 아니며, '해상 패왕'으로 군림하려는 시도는 더욱이 없었다. 오히려 반대로 정화는 동·서양 교류의 '평화의 사자' 역할을 하였다. 그가 매번 한 나라에 이를 때마다 제일 처음으로 한 일은 황제의 조서를 선독하여 태평천하의 복을 누리고자 하는 기대를 전한 것이고, 두 번째로 한 일은 국왕과 관원에게 선물을 증송하여 친선 왕래 관계를 수립하고 발전시키려는 의향을 전한 것이며, 세 번째로 한 일은 바로 무역 상담이었다.

정화는 일곱 차례나 서양 항해에 나섰지만, 다른 나라의 영토를 단 한 치도 점령하지 않았고, 다른 나라의 재물을 하나도 약탈하지 않았으며, 모든 나라의 민족을 대함에 예의를 다하였으며, 평등하게 교류하였다. 게다가 방문한 나라의 인민들에게 실크와 도자기 등 정교한 물품을 대량 가져다주었다. 그렇기 때문에 수많은 나라와 지역에서는 현재까지도 정화의 보물선을 '평화' '친선' '교류'의 상징으로 간주하고 있다.

싱가포르 센토사 섬에 위치한 해사박물관에는 원래 크기로 복제한 정화의 보물선 한 척이 진열되어 있다. 보물선은 3층집 높이는 족히 되며 굉장히 웅장하다. 보물선의 뱃머리는 박물관의 개방식 극장으로 설계되어 있어 참관자들은 대형 스크린을 통해 방영되는 미니 애니메이션영화를 관람하며 정화가 서양으로 원양항해를 한 역사이야기를 돌이켜볼 수 있다.

시진핑이 싱가포르를 방문하였을 때, 친할 '친(親)' 자와 새로울 '신(新)' 자가 중국과 싱가포르 양국의 여러 언론매체에 자주 등장하였다. 그가 연설 과정에 싱가포르가 정화의 보물선을 복제한 이야기를 언급한 것은 양국 간 '인연적으로 서로 가까운' 우정을 표현한 것이며, 또 '역사의 새로운 페이지'를 함께 써내려갈 것이라는 기대를 한 것이기도 하다.

시진핑이 싱가포르를 방문하였을 때, 싱가포르 각계는 '친척'이 집에 온 것 같은 느낌이었다. 현지인들은 시진핑이 푸젠에서 여러 해를 근무하였는데, 싱가포르의 중국인들 절대다수는 푸젠과 광둥에서 온 이들이라면서 시진핑에게 특별한 친근감을 느낀다고 감개무량해서 말하였다. 기실 오래 전인 1980~1990년대에 시진핑은 세 차례 싱가포르를 방문했었다. 그는 토니 탄 켕 얌(Tony Tan Keng Yam) 대통령, 리셴룽 총리와도 여러 차례 회담을 가졌으며 그들과 오랜 친구가 되었다.

시진핑은 중국과 싱가포르 양국 친선의 산 증인일 뿐 아니라 더욱이 그 추진자이다. 시진핑은 싱가포르 연설 마지막 부분에서 다음과 같이 무게 있고 진심 어린 말을 하였다.

"앞날을 내다보면 아시아는 또 한 번 역사의 발전을 이끄는 선두에 서 있다. 이곳에서 나고 자란 우리의 앞날과 운명도 이곳에 달려있다."

마음에서 우러나오는 말이 더욱 사람의 마음을 깊이 파고드는 법이다. 이 또한 시진핑이 외국 방문 때마다 '중국 돌풍'을 일으킬 수 있는 중요한 원인 중의 하나이기도 하다.

중미 간 '우호적인 지난 일들'

(中美的 '友好往事')

230여 년 전 미국 상선 '중국황후호(中國皇后號)'가 바다를 건너 첫 출항해 중국으로 왔습니다. 150년 전에는 1만을 헤아리는 중국인 노동자가 미국 인민과 함께 동서를 가로지르는 미국 태평양철도를 건설하였습니다. 70년 전 중미 양국은 제2차 세계대전 동맹국으로 어깨를 나란히 하고 싸워 세계의 평화와 정의를 함께 수호하였습니다. 그 전쟁에서 1천을 헤아리는 미국 전사가 중국 인민의 정의로운 사업을 위해 소중한 목숨을 바쳤습니다. 우리는 침략에 저항하고 자유와 독립을 쟁취하기 위해 싸우는 중국 인민을 위해 도의적 지지와 귀중한 원조의 손길을 보내준 미국 인민을 잊지 않을 것입니다.

- 「워싱턴 주 현지 정부와 미국 우호단체 연합 환영연에서의 연설」 (2015년 9월 22일)

연설내용의 배경 설명

1784년 2월 22일 적재량 360톤급 화물선이 미국 뉴욕을 출항해 중국 광저우를 향해 출발하였다. 그때 당시 독립 초기인데다 영국으로부터 무역봉쇄의 어려움을 겪을 대로 겪은 미국은 외부세계와의 교류가 절박한 시점이었다. 미국 상인들은 태평양 대안에 위치한 중국으로 눈길을 돌렸으며, 상선에 '중국 황후호'라는 감미로운 이름을 붙여주었다.

1785년 5월 11일 '중국 황후호'는 중미 양국 간 최초의 통항에 성공하여 성과를 가득 싣고 돌아갔다. 상선에는 도기와 자기, 실크, 단향목 부채 등 대량의 중국 상품을 실었다. 미국의 국부(國父)이며 초대 대통령인 워싱턴은 소식을 듣고 '중국 황후호'가 싣고 온 자기를 감상한 뒤 한꺼번에 300여 건이나 구매하였다. 이들 두 세기 더 이전의 골동품들은 아직도 워싱턴의 생가인 마운트 버넌과 펜실베이니아 주 박물관에 소장되어 있다.

미국의 한 '중국통'이 이렇게 평가한 적이 있다.

"목적 없이 항행하는 배에 대해서는 바람의 방향이 어떠하든 모두 역풍이다. 기꺼운 것은 '중국 황후호'는 맹목적으로 항행하지 않았다는 점이 찬란한 중국문화를 가져왔으며, 아메리카에 적잖은 이익을 가져다주었다."

미국 동서를 가로지르는 대동맥인 태평양 철도에는 마찬가지로 깊은 '중국의 흔적'이 남아 있다. 1863년 태평양 철도공사가 착공하였다. 평원이 널리 분포된 철도 동부구간에 비해 서부구간은 지형이 복잡하고 시공조건이 열악하였다. 그러나 중국인 노동자들은 "다른 사람들이 해내기 어려운 것을 해냈던 것"이다. 그때 당시 캘리포니아 주지사가 존슨 미국 대통령에게 보고하면서 "그들은 침착하면서 차분하다. 그리고 그들은 매우 부지런하고 평화를 사랑하고 있으며, 인내심도 다른 민족에 비해 훨씬 강하다. 그들 중국인은 학습능력이 놀라울 정도로 강하다. 그들은 앞으로 철도건설 업무에서 갖춰야 할 필요한 전문지식을 매우 빨리 배워냈으며, 게다가 그 어떤 업무든 간에 최단 시간 내에 숙지할 수 있다."라고 감탄하였다. 그래서 중국인 노동자들은 아주 빨리 서부구간 철도를 건설하는 주력군이 되었다. 인원수가 가장 많을 때는 6천 명이 넘는 중국인 노동자가 태평양 철도를 건설하는 제1선에서 분투하였던 적이 있었다.

70여 년 전 중미 양국의 인민은 어깨를 나란히 하며 함께 파시스트에 저항하였고, 특히 "잊을 수 없는 나라의 기억"을 가지고 있다. 미국의 비행사 클레어 리 셰놀트(Claire Lee Chennault)가 지휘하는 '플라잉 타이거스'는 중국 전장에 80만 톤에 이르는 전시 대비 비축물자를 실어 날랐으며, 적군 전투기 2,600대를 격추하고 격파하여 수많은 혁혁한 공훈을 세웠다.

특히 험프루트(駝峰航線)를 개척함으로써 버마 로드(滇緬公路)가 끊겼던 위급한 시기에 중국 전략 물자의 운송을 보장할 수 있었다. 함께 싸웠던 나날에 중국에 온 미국인 조종사들은 언제나 "중국에 와서 전투를 지원하는 외국인(미국)은 군민이 한 몸이 되어 구원한다"라는 '피의 쪽지'를 지니고 있었다. 그 '피의 쪽지'를 지니고 있는 부상을 입은 조종사를 발견하면 중국의 대중들은 모두 전력으로 구원해주었다.

2015년 시진핑이 미국을 국빈 방문하였을 때, 첫 행선지가 바로 워싱턴주의 시애틀이었다. 한자리에 즐겁게 모인 새로운 벗과 오랜 벗들 앞에서 시진핑은 미국 상선 '중국 황후호'에 대한 이야기, 중미 양국 인민이 합심해 태평양 철도를 건설한 이야기, 그리고 양국이 공동으로 파시스트에 저항한 이야기를 함으로써 의문을 갖고 있던 일부 사람들에게 다음과 같은 답변을 해주었다.

즉 드넓은 태평양은 중미 두 대국을 수용할 수 있는 충분한 공간을 가지고 있다는 것과 신형 대국관계의 구축을 위한 두터운 민의적 토대와 역사적 근원이 있다는 것이었다.

그 연설에서 시진핑은 새 기점에서 중미 양국의 신형 대국관계를 추진함에 있어서 몇 가지 사항을 특히 잘해나가야 한다고 강조하였다. 즉 서로의 전략적 의도를 정확하게 판단하고, 협력과 공영을 확고하게 추진하며, 분쟁을 타당성 있게 효과적으로 통제하고, 인민의 우정을 폭넓게 키워가야 한다는 것이다.

'중국 황후호'를 비롯한 세 개의 이야기는 시진핑이 마지막 한 가지 잘해나가야 할 사항에 대해 말할 때 언급한 것이다. 그 취지는 "중미 양국이 비록 서로 멀리 떨어져 있지만 양국 인민의 우호적인 교류는 그 역사가 유구하다"라는 사실을 강조하기 위함에 있었다.

항일전장에서의 '외국인 팔로군'

(抗日战场上的 '外国八路')

중국인민은 전 세계의 평화와 정의를 사랑하는 나라와 인민 그리고 국제조직이 중국인민의 항일전쟁에 보내준 소중한 지지를 영원히 잊지 않을 것입니다. 소련은 중국의 항일전쟁에 물자 면에서 유력하게 지지하였고, 미국의 '플라잉 타이거스'는 위험을 무릅쓰고 험프루트를 개척하였으며, 조선 · 베트남 · 캐나다 · 인도 · 뉴질랜드 · 폴란드 · 덴마크 및 독일 · 오스트리아 · 루마니아 · 불가리아 · 일본 등 여러 나라의 수많은 반(反)파시스트 전사들이 직접 중국의 항일전쟁에 참가하였습니다.

캐나다의 베쑨(헨리 노먼 베쑨. Henry Norman Bethune) 의사, 인도의 커디화(Kotnis) 의사는 불원천리하고 중국으로 달려와 죽음에 처한 사람들을 구조하고 부상자를 돌보았으며, 프랑스의 의사 뷔시에르(Jean Jérome Augustin BUSSIERE)는 약품 수송을 위한 자전거 '험프루트'를 개척하였고, 독일의 라베(Wilhelm Raabe) · 덴마크의 신드버그(Bernhard Arp Sindborg)는 난징(南京) 대학살 속에서 중국의 난민을 보호하기 위해 온갖 방법을 다 강구했으며, 영국의 마이클 린지(MichaelLindsay) · 국제주의 전사 한스 시페(Hans Shippe) 등 기자들은 중국 항일전쟁의 장거를 적극 보도하고 선전하였습니다. 전쟁 후기에 소련 홍군이 중국의 동북 전장으로 출동하여 중국의 군민과 함께 일본에 맞서 싸움으로써 일본 침략자를 무너뜨리는 속도를 가속시켰습니다. 이런 사적들은 현재까지도 중국 인민들 가운데서 널리 전해지고 칭송되고 있습니다.

－「중국인민 항일전쟁 및 세계 반 파시스트 전쟁 승리 70주년 기념 초대 모임에서의 연설」(2015년 9월 3일)

연설내용의 배경 설명

70여 년 전 있었던 전쟁에서 정의로운 힘이 서로 손잡고 같은 참호에 뛰어들었다. 오늘날에 이르러서도 그 감동적인 이야기들은 여전히 널리 전해지고 있다.

베쑨은 캐나다 의사로 1938년 1월 한 의료팀을 거느리고 바다를 넘어 중국으로 왔다. 그때부터 약 2년간 그는 최전선에서 죽음에 처한 사람을 구조하고 부상자를 돌보았다.

유명한 치후이(齊會)전투에서 베쑨은 수술대를 최전선에서 7리 거리인 절 안에 설치하였다. 적의 폭격으로 담장이 무너져 내렸지만 그는 여전히 수술을 계속하였다. 69시간이나 꼬박 수술대 옆에 서서 115명의 부상자를 수술하였다.

그때 당시 그의 나이가 거의 50세에 가까웠다. 게다가 부상자를 위해 매번 300CC씩 두 차례나 헌혈하였다. 그는 항상 "나를 기관총으로 써 달라."

라고 말하곤 하였다. 베쑨은 어느 한 부상자를 위해 응급수술을 하는 과정에서 감염되어 1939년 11월 12일 허베이성(河北省) 탕현(唐縣) 황스커우(黃石口)마을에서 불행히도 49세를 일기로 세상을 떠났다.

커디화(柯棣華)는 인도 의사로 '커디(柯棣)'는 그의 성이다. 그는 중국에 온 뒤 이곳에서 분투하려는 결심을 다지며 성씨 뒤에 '화(華)'자를 붙인 것이다. 제2차 세계대전이 발발한 뒤 그는 5명으로 구성된 중국 지원 의료팀의 일원으로 중국으로 왔다.

1939년 2월에 옌안에서 팔로군 의료팀에 참가하였으며, 1942년 7월에 중국공산당에 가입하였다. 진찰기변구(晉察冀邊區)에서 지낸 2년 남짓한 시간 동안 그는 언제나 베쑨을 본보기로 삼아 일본군과의 작전에서 부상을 입은 부상자들을 구급하는 데 전력하였다. 자신이 중병을 앓고 있었으면서도 그는 "전투 중인 근무지를 단 1분도 떠나고 싶지 않다"고 밝혔다. 1942년 12월 커디화는 불행하게도 간질병이 발작해 전선에서 세상을 떠났다. 그때 그의 나이가 겨우 32세였다.

뷔시에르는 프랑스 의사이다. 항일전쟁시기 팔로군 항일근거지에는 의사와 의약품이 턱없이 부족하였다. 뷔시에르는 외국 의사라는 신분을 이용하여 일본군의 봉쇄선을 넘나들면서 팔로군에 약품과 붕대 등 의료용품을 운송하는 임무를 맡았다. 처음에 그는 자동차로 운송하였으나 그 뒤 일본군이 휘발유에 대한 배정액 공급정책을 실시하게 되자 뷔시에르는 자전거로 바꿔 운송하기 시작했는데, 이를 위해 의료용품 수송의 자전거 '험프 루트'를 개척하였다.

영국인 우호인사 마이클 린지는 팔로군 통신기술고문직을 맡고 있는 기간에 혁명근거지를 위한 무선전(無線戰) 인재를 양성하였을 뿐 아니라 팔로군을 위한 안테나와 발송기를 설계하고 건설하여 '옌안의 목소리'를 해외로 전송하였다.

독일인 우호인사 한스 시페는 항일전쟁이 일어난 뒤 어려움과 위험을 무릅쓰고 잇따라 옌안과 완난(皖南)·쑤베이(蘇北) 등지를 다니며 팔로군과 신사군을 취재한 뒤 대대적으로 보도함으로써 중국인민의 용감한 항일전쟁의 진실한 상황을 전 세계에 소개하여 '외국인 팔로군'으로 불렸다.

9월 3일은 세계 인민에게 있어서 영원히 기념해야 할 날이다. 1945년의 이날 중국인민은 장장 14년간의 지극히 힘들고 어려운 투쟁을 거쳐 항일전쟁의 위대한 승리를 이루어냄으로써 세계 반파시스트 전쟁의 전면 승리를 선고하였으며, 평화의 햇살이 또 다시 대지를 비출 수 있게 되었다. 이러한 특별한 날 시진핑이 외국인 친구와 중국인민이 함께 어깨를 나란히 하고 싸운 이야기를 한 것은, 바로 쉽지 않게 얻은 평화이기 때문에 반드시 지켜야 함을 강조하기 위해서였다.

오직 역사를 바로 인식해야만 앞날을 더욱 잘 개척해나갈 수 있다. 연설 과정에서 시진핑은 긍정적·부정적인 두 방면으로 중국인민의 역사관에 대해 설명하였다.

부정적인 면에서는 "역사를 잊는 것은 배신을 의미하는 것이다. 침략 역사를 부정하는 것은 역사에 대한 조롱이고, 인류 양심에 대한 모욕으로서 필연적으로 세계 인민에게 신의를 잃게 된다."고 했고, 긍정적인 면에서는 "역사의 깨우침과 교훈은 인류 공동의 정신적 재산으로서 마땅히 역사를 통해 지혜와 힘을 얻어야 하며, 평화적 발전을 이어가고 세계 평화의 희망찬 앞날을 함께 개척해야 한다는 것"이었다.

같은 날 열린 중국 인민 항일전쟁 및 세계 반파시스트 전쟁 승리 70주년 기념대회에서 시진핑은 "영원히 패권을 누리지 않고 영원히 대외 확장을 하지 않을 것"이라는 중국의 외교이념을 재차 강조하였을 뿐 아니라, 또 30만 명 규모의 감군조치를 실행할 것임을 선포함으로써 실제 행동으로써 평화를 수호하려는 중국의 확고한 결심을 보여주었다.

수용소에서의 원수의 딸

(集中营里的元帅女儿)

　　중국과 벨라루스 양국 인민은 공동의 적에 대하여 적개심을 불태우며 어깨를 나란히 하며 함께 싸워, 세계 반파시스트 전쟁의 최후의 승리를 위해 막대한 희생을 치렀으며, 역사에 길이 빛날 위대한 공헌을 하였습니다. 민스크의 나치스 수용소에서 새 중국의 개국공신 주더(朱德) 원수의 딸 주민(朱敏)은 벨라루스의 꼬마 친구와 함께 독일 파시스트에 저항해 싸웠으며, 탕둬(唐鐸) 장군은 전투기 조종사로 민스크를 해방시키는 전투에 참가하였습니다. 그리고 소련홍군 중 벨라루스인 장병들이 먼 중국까지 달려와 일본침략자와 싸우는 공중전과 중국 동북을 해방시키는 중요한 전투에 참가하였습니다. '소련 영웅' 블라고베시첸스키 공군 중장, 니콜라이옌코 공군 중장, 츠다노비치 소장 등이 바로 그들 중 뛰어난 대표자입니다.

– 벨라루스 언론매체에 발표한 서명문장(署名文章)「중국–벨라루스 친선 협력의 악장이 더 드높고 우렁차게 울려 퍼지도록」(2015년 5월 8일)

연설내용의 배경 설명

주민은 주더 원수의 외동딸이다. 1941년 2월 주민은 소련 모스크바 제 1국제아동원에 보내져 공부하게 되었다. 신분을 숨기기 위해 그녀는 '츠잉(赤英)'이라는 가명을 썼다. 성씨 붉을 '츠(赤)'자는 곧 붉을 '주(朱)'를 의미한다. 주민은 어렸을 때부터 천식을 앓고 있었는데 모스크바의 한랭 기후까지 겹쳐 지병이 도졌다. 아동원에서는 그녀를 벨라루스의 수도인 민스크 교외에 위치한 한 소선대(少先隊) 여름 캠프로 보내 요양하도록 하였다. 그런데 공교롭게도 주민이 숙영지에 당도한 그날 밤 소-독 전쟁이 발발하였다.

여름 캠프의 아이들이 미처 퇴각할 사이도 없이 적군은 민스크를 점령하였다. 그 뒤 그들은 나치스 수용소로 보내졌다. 수용소에서 주민과 꼬마 친구들은 갖은 시달림을 받으면서도 파시스트와 '맞서 싸우는 것'을 잊지 않았다. 그들은 적들이 주의하지 않는 틈을 타서 탄약박스에 물을 부어 탄약에 습기가 차게 하기도 하고, 탄약을 담을 때 화약에 침을 뱉거나 모래를 섞기도 하였다. 그렇게 1945년 초에 이르러서야 소련홍군의 도움을 받아 주민 등 이들은 비로소 나치스 수용소에서 도주할 수 있었다.

'비행장군'탕둬는 소련·폴란드·독일 경내에서 나치스 독일 공군과 공중에서 싸운 유일한 중국인이다. 국가보위전쟁 기간에 그는 공군 공격단에 참가해 공군사격견습단 부단장을 맡았다. 그는 4대의 공격기를 인솔해 초저공비행에 나서 적군 전투기 수십 대를 격추시켰다.

한 차례 전투로 이름을 날려 소련 국가보위전쟁에서 '중국 독수리'로 불리게 되었다. 탕둬는 또 1945년 봄 동프로이센 해방 전투에서 하루 6차례나 비행하는 기록을 세웠다. 혁혁한 전공을 세운 탕둬에게 소련정부는 레닌 훈장, 붉은기 훈장, 붉은별 훈장, 소련의 국가보위전쟁 훈장 등의 영예를 수여하였다.

중국인민은 마찬가지로 '오랜 벗'의 도움을 잊지 않는다. 항일전쟁이 일어난 뒤 수많은 소련 비행사들이 중국 지원 소련항공대를 결성해 중국으로 왔다. 블라고베시첸스키 공군 중장은 1937~1938년 기간 동안 중국에서 중국과 소련 비행사들로 구성된 전투기대대를 지휘하여 여러 차례 공중전에 참가하였다.

1938년 5월 우한(武漢)이 일본군 전투기의 공습을 받았을 때 그 중-소 전투기대대가 적군 전투기 총 36대를 격추시켰다. 그중 7대는 블라고베시첸스키가 격추시킨 것이다. 그리고 니콜라이옌코 공군 중장은 비행사들을 인솔해 적군이 3배의 병력 우세를 갖춘 상황에서도 한커우(漢口)에 대한 일본군의 집중폭격계획을 파괴하는 데 성공하였다. 4년여의 시간 동안 지원항공대의 14명 대원은 '소련영웅'이라는 칭호를 받았다.

시진핑이 벨라루스 언론매체에 발표한 그 서명문장에서 주더 원수의 딸 주민의 이야기와 양국 비행사가 중국과 어깨를 나란히 하며 함께 싸운 이야기를 언급하면서 중국과 벨라루스 간의 친선을 회고하였고, 양국의 역사적 우정을 지면을 통해 남김없이 보여줌으로써 한 번 보면 잊을 수 없을 만큼 깊은 인상을 남겼다.

중국의 독자들은 주민이 주더 원수의 딸이라는 사실은 알 수 있어도, 그녀가 벨라루스에서 꼬마 친구들과 함께 독일 파시스트에 저항해 싸운 사실에 대해서는 알지 못할 수도 있다. 벨라루스의 독자들 또한 블라고베시첸스키 공군 중장에 대해서 들어봤을 수는 있어도, 그가 먼 중국에 와서 일본 침략자에 맞서 싸우는 공중전에 참가한 사실과 중국인민들에 의해 '장비(張飛)대대장'으로 친절하게 불렸다는 사실에 대해서는 알지 못할 수가 있다. 벨라루스 국가보위전쟁 역사박물관 스코벨레프 관장은 "시 주석이 글에서 벨라루스와 중국 양국 인민이 제2차 세계대전에서 어깨를 나란히 하고 함께 싸우면서 두터운 우정을 쌓은 이야기를 언급한 것은 벨라루스 인민이 중국의 항일전쟁사에 대해 이해하는 데 매우 이롭다"면서 감개무량해 했다.

어둠을 밝게 비추는 인도주의의 빛

(集中营里的元帅女儿)

　1937년 7월 7일 일본침략자가 공공연히 전면적인 중국침략 전쟁을 발동하여 중국인민에게 전례 없는 막대한 재난을 가져다주었습니다. 중국 전역에 전쟁의 포화가 끊이지 않고 포연이 자욱한 가운데 중국 인민은 도탄에 빠져 허덕였으며, 막심한 고통 속에 빠졌습니다. 중국 대지는 피바다가 되었으며 굶어죽은 시신이 온 들에 널리게 되었습니다.

　1937년 12월 13일 중국을 침략한 일본군이 야만적으로 난징에 침입해 전대미문의 난징대학살 참상을 빚어냈습니다. 이때 30만 명의 동포가 처참하게 살육 당했습니다. 헤아릴 수도 없이 많은 여성이 유린당하고 살해당했으며, 헤아릴 수도 없이 많은 아동이 비명에 죽어갔습니다. 3분의 1에 해당하는 건물이 파괴되었으며 대량의 재물이 약탈당했습니다. 중국을 침략한 일본군이 빚어낸 비인간적인 대학살 참사는 제2차 세계대전사에서 '3대 참사'중 하나에 속하며, 소름 끼치게 끔찍한 반(反)인륜적 만행이었으며, 인류역사에서 가장 어두운 한 페이지였습니다.

　그런 상황에서도 감동적인 일은 난징대학살이 발생했던 그 피비린 내나는 기간에 우리 동포들이 서로 감시해 주고 서로 협조하며 서로 지지한 것과 수많은 국제 우호인사들이 위험을 무릅쓰고 여러 가지 방식으로 난징의 민중을 보호해주고 일본침략자의 잔학한 만행을 기록한 것입니다. 그들 중에는 독일의 존 라베(John Rabe), 덴마크의 베른하르트 아르프 신드버그(Bernhard Arp Sindberg), 미국의 존 마지(John Magee) 등이 있었습니다. 그들의 인도주의정신과 두려움 모르는 의거를 중국인민은 영원히 잊지 않을 것입니다.

– 「난징대학살 조난자 국가추모행사에서의 연설」 (2014년 12월 13일)

연설내용의 배경 설명

아무리 어두운 깊은 밤일지라도 밝은 빛은 막을 수 없는 법이다. 1937년 12월 13일 일본침략군은 난징을 점령하고 전대미문의 난징대학살 참사를 빚어냈다. 진링(金陵) 고성(古城)이 '죽음의 바다'로 전락하게 된 위급한 시점에 독일의 우호인사 존 라베는 그때 당시 중국에 있던 다른 십 수 명의 외국 인사들에게 연락하여 '난징 안전구역'을 설립하고 20여 만 명의 중국인을 위한 '생명방어선'을 구축하였다. 그래서 누군가 라베를 '중국의 쉰들러'라고 부르기도 하였다.

일본군의 폭격소리가 이어지고 있는 가운데 라베는 의연히 난징에 남아 맨주먹인 중국 민중들을 보호했을 뿐 아니라, 2,400여 쪽이나 되는 『라베의 일기』를 써서 일본군의 여러 가지 만행을 진실되게 기록하였다. 그 일기는 난징대학살의 가장 중요하고 가장 상세한 역사자료 중의 하나가 되었다.

마찬가지로 난징이 점령당한 기간에 덴마크의 베른하르트 신드버그는 자신이 거주하는 난징의 장난(江南)시멘트공장을 진지로 삼아 중국 민중을 위한 피난처를 마련하였다. 일본군이 공장 안으로 들어오는 것을 막기 위해 신드버그는 특별히 시멘트공장 주변에 덴마크와 독일의 국기를 빙 둘러 꽂았다.

그는 또 사람을 시켜 공장 건물 지붕 위에 페인트로 면적이 1,350㎡에 이르는 크기의 덴마크 국기를 그려놓게 했다. 이는 "중국에 게양된 최대의 덴마크 국기"였다. 1938년 2월 중순부터 3월 중순까지 신드버그가 보호한 민중은 1만 5천 명 이상에 이르렀다.

중국을 '나의 집'으로 간주한 미국인 친구 존 마지는 난징에 있는 기간에 가정용 카메라를 이용해 일본군의 만행을 몰래 촬영하였다. 그는 총 4릴, 길이가 105분에 이르는 필름을 촬영해 일본군의 만행을 기록하였다. 1946년 도쿄에서 열린 일본전범을 재판하는 국제법정에서 그는 또 용감하게 증인석에 나와 현장에서 일본군이 난징에서 저지른 피비린 내 나는 만행을 고발하였다.

오늘날 중국 침략 일본군 난징대학살 조난동포 기념관 내에는 존 마지가 촬영한 그 소중한 영상자료가 매일 순환하며 방영되고 있다. 정의는 영원히 잊혀 지지 않을 것이다. 인간성의 밝은 빛은 어둠 속에서 사그라지지 않을 것이다. 이는 인류의 영원불변한 희망이다.

시진핑이 첫 번째로 맞이한 난징대학살 조난자 국가추모일 연설에서 중국 인민과 국제 우호인사들이 서로 감시해 주고 서로 도우면서 침략에 함께 저항한 이야기를 회고한 것은, 바로 중국 인민은 평화와 정의를 사

랑하는 세계의 모든 국가와 인민, 국제조직이 중국 인민의 항일전쟁에 보
내준 소중한 지지를 영원히 잊지 않을 것이며, 더욱이 그들의 몸에서 반
짝반짝 빛나는 인간성의 빛을 잊지 않을 것임을 세계인들에게 알리기 위
해서였다.

국가추모행사에서 시진핑은 난징대학살 생존자 대표인 85세의 샤슈친
(夏淑琴), 대학살 조난자의 후대인 13세의 위안저위(袁澤宇)와 함께 추모대
위에 올라서서 난징대학살 조난자 국가추모정(鼎)을 제막하였다. 이로써
"지난 일을 명확하게 기억하고 후세사람들이 이에 대한 경계를 유지할
것"과 "영원히 명심하고 세계평화를 기원할 것"이라는 염원을 세상 사람
들에게 알리고자 하는 데 그 의미가 있었던 것이다. 역사의 순간을 마음에
새기는 것은 원한을 이어가기 위한 것이 아니라, 선량한 사람들에게 평화
를 굳게 지킬 것을 환기시키기 위한 것이다.

브라질의 '중국차 인연'

(巴西的 '中国茶缘')

"세상에 나를 알아주는 이가 있으면, 아무리 멀리 떨어져 있어도 가까이 있는 것과 같다."는 중국 옛 시의 시구는 중국과 브라질의 관계에 대해 가장 적절한 표현이라고 할 수 있을 것입니다. 중국과 브라질은 바다를 사이에 두고 멀리 떨어져 있지만, 망망한 태평양도 양국 인민의 친선 교류의 발전을 막지는 못했습니다.

200년 전에 최초의 중국 차를 재배하는 농민들이 산을 넘고 물을 건너 브라질에 와서 현지인들에게 차 재배법과 다도를 전수해주었습니다. 1873년 비엔나 세계박람회에서 브라질산 찻잎이 많은 찬사를 받았습니다. 중-브 양국 인민이 긴긴 세월 동안 쌓아온 진지한 우정은 마치 중국 차농의 부지런한 경작과도 같아 희망의 씨앗을 뿌려 기쁨을 수확하고 우정을 맛보는 것이라고 할 수 있겠습니다.

중국화의 대가인 장다첸(張大千)은 브라질에 17년간 거주하면서 자신이 거주하던 팔덕원(八德園)에서 「장강만리도」「황산도」「사향도」 등 후세에 길이 전해질 진귀한 작품을 그려냈습니다.

- 「전통적인 친선을 널리 알리고 협력의 새 페이지를 함께 써나가자 – 브라질국회에서의 연설」(2014년 7월 16일)

연설내용의 배경 설명

'삼바의 나라' 브라질 하면 많은 사람들이 커피를 떠올릴 것이다. 그런데 그 '세계 최대 커피생산국' 최초의 대표 음료가 커피와 마찬가지로 박래품인 중국차였다는 사실은 널리 알려져 있지 않다.

브라질이 찻잎과 인연을 맺은 것은 매우 오래 전의 일이다. 1812년에서 1819년까지 기간에 중국 내륙지역의 풍부한 차 재배 경험을 갖춘 일부 차농들이 마카오를 거쳐 브라질 리우데자네이루로 와서 차 재배를 시작하였다. 중국의 차농들은 리우데자네이루의 티주카(Tijuca)에서 특별히 권한을 부여받은 토지를 얻어 중국 차 재배를 시작하였다. 그들은 브라질에서 차 재배 실험에 성공하였을 뿐 아니라 차 재배와 차 제조 기술까지 브라질 인민들에게 전수하였다. 이로써 브라질은 그때 당시 세계에서 중국과 일본을 제외한 제3위 차 재배국으로 일약 부상하였다. 2016년 리우데자네이루 올림픽 개막식에서 브라질에 온 중국 차농에 대한 이야기가 공연되었는데, 위에서 말한 역사가 바로 그 공연의 원형이었다.

중국 차농의 도움으로 브라질 차 재배업이 번창하기 시작하였으며, 차 재배 범위도 리우데자네이루에서 여러 지역으로 확대되어 재배된 찻잎이 브라질 국내 소비 수요를 만족시켰을 뿐 아니라 국제시장의 진출에도 성공하였다. 그때 당시 브라질의 상류사회에서는 차 마시기가 유행이었으며, 차는 한때 브라질의 대표 음료가 되기도 하였다. 1873년 비엔나박람회에서 브라질산 차가 중국차 버금으로 2위를 차지하기까지 하였다.

오늘날 리우데자네이루의 티주카 국가삼림공원 내에는 '중국정(中國亭)'이라는 현지에서 이름난 경관대가 있는데, 바로 그 곳에서 차 재배에 종사했던 중국의 차농들을 기념하기 위해 건축한 것으로 알려져 있다. 세계를 휩쓸었던 영화 「리오(Rio)」에도 '중국정'이 등장한다.

중국의 유명한 화가 장다첸은 브라질에 17년간 거주하면서 상파울루 시 교외에 팔덕원이라는 정원을 조성하였다. 1953년에 처음 브라질에 간 장다첸은 임시 거처인 친구의 집 근처 산비탈을 산책하다가 고향인 청두(成都)평원과 경치가 흡사한 곳을 발견하고 그 땅을 사들여 3년간의 시간을 들여 총면적이 145,200㎡에 이르는 중국식 정원 구조를 갖춘 원림을 조성하였다.

정원 이름을 '팔덕원'이라고 한 것은 원내에 감나무가 많은 것과 관련이 있다. 당나라의 문인 단성식(段成式)이 쓴 소설 「유양잡조(酉陽雜俎)」에는 감이 7가지 덕목을 갖추었다고 썼다.

그 첫 번째가 수명이 긴 것이고, 두 번째가 많은 그늘을 제공할 수 있는 것이며, 세 번째가 새가 둥지를 틀지 않는 것, 네 번째가 벌레가 끼지 않는 것, 다섯 번째가 단풍을 구경할 수 있는 것, 여섯 번째가 귀한 손님을 접대할 수 있는 것, 일곱 번째가 잎이 크고 두터워 그 위에 글을 쓸 수 있는 것, 그리고 장다첸이 말한 바와 같이 감나무 잎을 우려 마시면 위병을 치료할 수 있다는 것(또 다른 설은 그림으로 그려 넣을 수 있다는 것)까지 합치면 총 여덟 가지 덕목이 된다 하여 그 정원을 '팔덕원'으로 이름을 지었다.

브라질에는 "우정은 포도주와 같아 시간이 오랠수록 좋은 것"이라는 속담이 있다. 중-브 양국의 친선교류가 바로 그 말을 증명해준다. 시진핑은 양국 인민이 사이좋게 교제해온 역사를 돌이키면서 중국 차농의 부지런한 노동으로 중-브 양국 인민이 오랜 세월 속에서 쌓아온 진지한 우정을 비유함으로써 "서로 뜻이 맞는다면, 산과 바다를 사이에 두고 멀리 떨어져 있어도 서로 가까이 있는 것과 같다"는 도리를 형상적으로 설명하였던 것이다.

역사를 돌이켜보는 것은 앞날을 향해 더 잘 나아가기 위함이다. 다음과 같은 사소한 부분에서 중-브 양국 관계가 꾸준히 뜨거워지고 있음을 충분히 보여주고 있다. 시진핑이 브라질에 당도하였을 때, 브라질 정부는 시진핑이 기마병 대오의 호위를 받으며 환영식에 참가하도록 배려하였는데, 이는 브라질에서 다년간 없었던 일이었다.

2014년 시진핑의 라틴아메리카 순방은 그가 국가주석에 취임한 뒤 "라틴아메리카와 카리브 해 지역에 대한 두 번째 방문"이었다. 그 순방의 첫 행선지가 바로 브라질로서 브라질에 대한 중국의 중시가 어느 정도인가를 충분히 보여주었다. 한편 연설에서 시진핑의 감동 어린 이야기, 진심 어린 연설로 그는 브라질국회에서 현재까지 '가장 많은 박수갈채'를 받은 외국 정상이 되었다.

5. 직접 겪은 이야기:

변함없는 '초심'

(不變的 '初心')

'가장 기억에 남는 항저우'

('最忆是杭州')

항저우는 중국의 중요한 역사문화도시이며 상업무역 중심지입니다. 수천 수백 년간 백거이(白居易)에서 소동파(蘇東坡)에 이르기까지, 시후(西湖)에서 대운하에 이르기까지 항저우의 유구한 역사와 문화전설은 사람을 황홀한 경지로 이끌곤 합니다. 항저우는 창조적 활력이 넘치는 도시로서 전자상거래가 줄기차게 발전하고 있습니다.

항저우에서 마우스를 클릭하면 전 세계와 연결됩니다. 항저우는 또 생태문명도시로써 산이 좋고 물이 맑아 경치가 언제나 수려하며, 강남의 운치를 다분히 품고 있으면서 대대로 내려오는 장인 정신이 깃들어 있는 곳입니다.

저는 저장(浙江)에서 6년간 근무했었기 때문에, 이곳의 산과 강, 풀과 나무, 풍토와 인정에 대해 잘 알고 있으며, 이곳의 발전에 참여했고 또 그 과정을 목격했습니다. 중국에는 항저우와 같은 도시가 매우 많습니다.

지난 수십 년간 대대적인 발전과 대대적인 변화를 겪으면서 수많은 일반 가정들에서 부지런히 두 손을 움직이며 자신들의 삶을 바꿔왔습니다. 그 하나하나의 변화가 합쳐져서 방대한 힘을 이루었고, 이를 토대로 중국의 발전을 떠밀었으며, 중국 개혁개방의 위대한 발전과정을 보여주었습니다.

- 「중국 발전의 새 기점, 글로벌 성장의 새 설계도 — 'B20서밋'개막식 기조연설에서」
(2016년 9월 3일)

연설내용의 배경 설명

"동남지역에 위치해 지리적 형세가 우월하고, 삼오(三吳)의 도회지로서 전당(錢塘. 오늘날의 항저우를 지칭함 - 역자 주)은 자고로 번화하였다.(東南形勝, 三吳都會, 錢塘自古繁華。)" 항저우는 중국 6대 옛 도시 중의 하나이며 5대10국 시기에 오월국(吳越國)의 도읍이었다. 양저(良渚)문화·오월문화·남송(南宋)문화·명청(明淸)문화가 이곳에서 완벽한 문화발전체계를 형성하여 무수히 많은 명승고적을 남겨놓았을 뿐만 아니라 수많은 문인묵객들을 배출해냈다. 백거이는 평생 동안 3,600여 수의 시를 지었는데, 그중 시후의 산수에 대해 쓴 시가 200여 수에나 달한다.

그는 시후에 대한 준설작업과 제방공사를 진행했고, 6개의 우물의 물길을 다시 뚫어 시민들이 호수 가까이에 거주하면서 즐겁게 일하고 편안하게 살 수 있도록 하였으며, "3면이 산에 둘러싸이고, 한 면이 도시와 이어진" 서호의 구도를 이룰 수 있는 기반을 마련해주었다. 소동파는 '동파육(東坡肉)'이라는 맛있는 요리를 남기고 "만약 아름다운 서호를 미인 서시(西施)에게 비유한다면, 단아한 화장이든 짙은 화장이든 그녀의

타고난 아름다움과 매혹적인 기품에 한 결 같이 잘 어울리네(欲把西湖比
西子, 淡妝濃抹總相宜)"라는 유명한 시구를 남겼을 뿐 아니라, 풀뿌리와 진
흙을 잘 이용해 남북을 가로지르는 긴 둑을 쌓았다. 둑 위에다가는 6개의
다리와 9개의 정자를 건설하고 복숭아나무와 버드나무 그리고 연꽃을 많
이 심어 시후의 아름다움을 이루 다 말할 수 없을 정도로 조성해 놓았다.
항저우의 역사는 시후로 인해 이름나게 되었으며, 또한 경항(京杭)대운하
로 인해 흥성한 역사이다.

해운과 내하 항운이 편리한 위치에 처한 항저우는 자고로 상업무역거
래가 번영하여 남송시기에 이미 인구가 백만 명이 넘는 특대 도시로 발
전하였다. 오늘날에 이르러서는 더욱이 창장(長江)삼각주의 중심 도시 중
의 하나가 되었으며, 저장성의 경제중심과 문화중심, 과학교육중심이 되
었다.

2002년부터 시진핑은 저장성의 정무를 주관하기 시작하여 그 뒤 약 5년
간 항저우와 떼어놓을 수 없는 인연을 맺었다. 시진핑은 항저우의 변화를
낱낱이 직접 목격한 증인이라고 할 수 있으며, 항저우의 대대적인 발전의
추진자라고도 할 수 있다. 2003년에 시진핑이 성위 서기를 맡은 지 얼마
되지 않아 항저우를 특별 방문해 상황을 알아보고 문화대성(文化大省) 건
설을 추진할 것을 요구하였다. 이어 그는 『저장일보』의 특별 난인 '지강신
어(之江新語)'에다 '저신(哲欣)'이라는 필명으로 「서호문화에 대한 보호를
강화해야 한다」는 제목으로 글을 발표하였다.

글에서 그는 "서호의 주변에는 이르는 곳마다 역사가 있고, 걸음마다 문
화가 있다"면서 "항저우는 마땅히 문화 유물을 보호하고 도시의 문맥을
이어가며 역사문화를 널리 알리는 면에서 선두적 역할을 발휘하여 더 잘

해야 한다"고 강조하였다. 서호를 무료 개방한 뒤 그는 또 세 차례나 서호 관리당국에다 제안하였다. 첫 번째 제안은 서호 주변 공중화장실을 24시간 무료 개방할 것, 두 번째는 유람선 뱃머리에 고무타이어를 대어 유람선이 지나다니면서 다리를 손상시키는 것을 피하게 할 것, 세 번째는 관광지 내 벤치 배치 시 일정한 간격을 유지해야 한다고 강조하였다.

그는 "서호 호숫가에 연인들이 많은데 의자 간격이 너무 가까우면 연인들이 불편해할 것"이라는 점을 생각하였던 것이다. 이로부터 시진핑이 항저우에서 조사연구를 진행하면서 얼마나 자세하고 구체적이었는지 엿볼 수 있다.

마치 "질병을 잘 치료하는 사람은 반드시 그 질병의 뿌리를 찾아내며, 폐단을 잘 바로잡는 사람은 반드시 그 폐단의 근원을 찾아낸다.(善治病者, 必醫其受病之處; 善救弊者, 必塞其起弊之原。)"는 말 그대로의 실천이었다.

세계 경제가 "새로운 평범"(new mediocre : 2014년 10월 크리스틴 라가르드 IMF 총재가 워싱턴 조지타운대 연설에서 경제성장률이 장기적으로 평균 이하의 저성장 국면에 돌입했다는 의미로 사용한 신조어 - 역자 주) 시대에 들어선 상황에서 어떻게 해야 이 '일지춘수(一池春水, 봄 바람이 잔잔한 물결을 일으키는 것 - 역자 주)'를 다시 활성화시킬 수 있을까?

'B20서미트' 개막식에서 시진핑은 항저우를 예로 들어 중국의 대 발전, 대변화에 대해 설명함으로써 세계에 '안정제'를 먹이는 한편, G20그룹에 "아주 작은 변화가 합쳐져서 방대한 힘을 이룰 수 있다는 것", 오직 서로 힘을 모아야만 "모든 국가와 인민이 성장과 발전의 혜택을 누릴 수 있을 것"이라는 메시지를 방출하였던 것이다.

2015년 안탈리아 G20그룹 정상회담이 세계경제에 대한 진맥이었다면,

2016년 항저우 정상회담은 세계경제를 위한 지엽적인 것과 근본적인 것을 함께 다스릴 수 있는 종합적인 약 처방이었다고 할 수 있다. 이와 관련해 시진핑은 창조 · 개방 · 연동 · 포용 네 개의 핵심 키워드를 제기하였다.

중국 개혁개방의 실천에 근원을 둔 이 '중국 방안'이 세계경제의 신심을 북돋우고, 국제사회의 광범위한 공동인식을 이끌어낼 수 있었던 원인은 시진핑이 지적한 바와 같이 중국이 창도하는 새로운 체제, 새로운 창의는 "자신의 후원(後苑)을 가꾸기 위한 것이 아니라 여러 나라가 함께 누릴 수 있는 백화원(白花苑)을 건설하기 위한 것"이라는 데 있는 것이다.

량자허 마을의 변화

(梁家河的变化)

1960년대 말 고작 열 몇 살이었던 저는 베이징에서 중국 산시성 옌안시의 량자허라는 작은 마을에 내려가 농민이 되었으며, 그곳에서 7년의 세월을 보냈습니다. 그때 당시 나와 마을 사람들 모두가 토굴집에 살았으며, 흙을 발라 만든 온돌에서 잠을 잤습니다.

마을 사람들은 매우 가난하게 살고 있었으며, 몇 개월씩 고기 한 점 먹지 못하곤 했습니다. 저는 마을사람들에게 가장 필요한 것이 무엇인지 알고 있었습니다. 그 뒤 그 마을 당지부 서기에 당선된 저는 마을 사람들을 이끌고 생산을 발전시키기 시작했습니다. 저는 백성들에게 필요한 것이 무엇인지 알고 있었습니다. 내가 가장 기대했던 일은 바로 마을 사람들이 고기를 한 끼 배불리 먹을 수 있게 되는 것, 그리고 늘 고기를 먹을 수 있게 되는 것이었습니다. 그러나 그 소원이 그때 당시에는 실현하기가 너무나 어려운 일이었습니다.

올해 음력설에 저는 그 마을로 다시 가보았습니다. 량자허 마을은 포장도로가 건설되어 있었고, 마을 사람들은 모두 기와집에 살고 있었으며, 인터넷 접속이 가능하게 되어있었습니다. 노인들은 양로보험금을 받고 있었고, 마을주민들은 의료보험의 혜택을 누리고 있었으며, 아이들은 양호한 교육을 받고 있었습니다. 당연히 고기 먹는 것도 더 이상 문제가 되지 않았습니다. 그런 모습을 보면서 저는 '중국의 꿈'은 인민의 꿈으로서 반드시 아름다운 생활에 대한 중국인민의 꿈과 결합시켜야만 성공을 거둘 수 있다는 도리를 더욱 깊이 인식하게 되었습니다.

– 「워싱턴 주 현지 정부와 미국 우호단체 연합환영회에서의 연설」 (2015년 9월 22일)

연설내용의 배경 설명

산시성 옌안에서 60여 km 떨어진 산뻬이 고원의 산비탈 아래에 량자허라고 하는 한 작은 마을이 있다. 1960년 초 작은 마을에 특별한 대오가 찾아왔다. 16살 미만이었던 시진핑이 14명의 베이징 8.1중학교 지식청년과 함께 걸어서 량자허에 찾아왔던 것이다. 그 곳에서 그는 7년간 생산대 생활을 시작하였다. 황토대지에서의 생활은 너무나도 어려웠다. 그때 당시 량자허에는 전기가 들어오지 않았다.

시진핑은 다른 5명의 지식청년과 함께 토굴집에서 지냈으며 흙을 발라 만든 구들에서 잠을 잤다. 빈대가 득실거리는 토굴집에서 그는 온몸이 항상 빈대에 물려 두드러기 투성이가 되곤 하였다. 그래서 자리 밑에 농약가루를 뿌려 빈대를 없애야만 그나마 잠을 잘 수 있었다.

처음에 그는 땅을 파는 것도, 옥수수를 심는 것도, 밀을 수확하는 것도, 할 줄 아는 것이 하나도 없었다. 하나하나씩 다 배워야 하였다. 그는 마을의 농민들이 하는 대로 따라 했다. 농사일에서부터 석탄을 나르는 일까지, 제방을 쌓는 일에서부터 인분을 져 나르는 일까지 생산대 일을 하는 동안 시진핑은 쉬는 날이 거의 없었으며, 무슨 일이나 안 해본 일이 없었다. 마을의 농민 장웨이팡(張衛龐)은 "시진핑은 고생을 많이 하였다. 우리와 같이 고생하였다."라고 회억하였다.

황토대지에서의 생활은 매우 충실하였다. 량자허에서 생산대 생활을 하는 과정에서 시진핑은 "무게가 1~2백 근에 달하는 밀을 담은 주머니를 둘러메고 10리 산길을 가면서도 바꾸어 메지 않는" 의지를 키울 수 있었으며, "밀가루 반죽을 만들어서 국수를 뽑고 빵을 찌고 쏸차이(酸菜)를 절이는 등 못하는 일이 없는" 기능을 익혔을 뿐 아니라, 그의 재능을 마음껏 펼 수 있는 무대를 얻을 수 있었다.

량자허에서 시진핑은 "일할 때 몸을 사리지 않으며", "알게 된 지식이 많고, 아이디어가 많으며", "고달픔을 참고 힘든 일을 견디는 훌륭한 젊은이"로 평판이 나게 되었다. 그래서 점차 마을 사람들의 믿음을 얻게 되었으며, 잇따라 중국공청단에 가입하고, 중국공산당에 가입하였으며, 대대당지부 서기를 맡기까지 하였다.

어느 날 시진핑은 신문에서 쓰촨(四川)의 일부 농촌에서 메탄가스를 생산한다는 보도를 보고는 사비를 털어 경험을 배워오려고 쓰촨으로 갔다. 마을로 돌아온 뒤 그는 촌민들을 이끌고 산베이 최초로 메탄가스 탱크를 건설하여 촌민들이 밥을 짓고 조명을 밝히는 어려움을 해결하였다.

농경지 면적을 늘리기 위해 그는 엄동설한에 마을 사람들과 함께 진흙땅을 보호하기 위한 제방을 쌓아올리곤 하였는데, 매번 자발적으로 제일 앞장서서 얼음물에 맨 발을 담그고 얼음을 깨고 제방 기반을 청소하곤 하였다. 그밖에도 시진핑은 마을 집체를 위해 방앗간, 봉제소, 철공소 등의 건설을 도와 마을 사람들의 생활을 개선하는데 노력하였다.

1975년에 시진핑은 량자허 마을을 떠나 칭화(淸華)대학으로 공부를 하러 가게 되었다. 그가 떠나는 날 마을 사람들은 길에 줄지어 서서 그를 배웅하였으며, 많은 사람들이 아쉬워하며 눈물을 흘렸다. 마을 사람들은 그에게 "빈하중농(貧下中農)의 훌륭한 서기"라는 글을 새긴 액자를 선물하여 그에 대한 경의를 표하였다.

2015년 2월 음력설을 앞두고 이미 13억 중국인민의 지도자가 된 시진핑이 량자허를 다시 찾았다. 그 옛날 함께 생활하고 함께 분투하였던 마을 사람들을 보자 시진핑은 "그때 저는 몸은 떠났지만 마음은 이곳에 남겨두었다"면서 정에 겨워 말하였다.

한 대국의 국가주석이 세계무대의 한가운데 서서 세상 사람들에게 중국에 대해 설명하면서 거대한 장면에 대해 묘사한 것도 아니고, 통계숫자를 인용한 것도 아니라, 그 개인에게 가장 의미가 큰 마을을 선택해서 말했던 것이다. 이러한 선택은 시진핑의 변함없는 '초심'에서 비롯된 것이며, 량자허의 현재와 과거의 변화 또한 세상 사람들에게 중국의 발전변화를 보여준 것이었다.

초심을 잊지 말아야 유종의 미를 거둘 수 있다. 7년 농촌생활, 7년의 동고동락으로 인해 시진핑은 성장할 수 있었고, 더욱이 확고한 신념을 가질 수 있었다. 어느 한 편의 글에서 그는 이렇게 회고하였다. 15살에 황토대지에 왔을 때 나는 어쩔 줄 몰랐으며 방황하였다. 22살에 황토대지를 떠날 때 나는 이미 확고한 인생목표를 세웠으며 자신감에 가득 차 있었다. 어쩔 줄 모르던 데서 확고해졌고, 방황하던 데서 자신감을 갖게 된 변화는 산베이 고원이 그에게 불변의 신념을 심어주었기 때문이었다. 즉 인민을 위해 실제적인 일을 하고, 인민과 한 마음이 되어 함께 고생하고 함께 일할 것이라는 신념 때문이었던 것이다. '인민'이라는 두 글자에 대해 그가 최초로 깨닫게 된 것은 바로 량자허에서 비롯되었으며, 시진핑이 오매불망 그리워하고 있는 마을 사람들에게서 비롯된 것이었다.

잉타이야화

(瀛臺夜話)

오늘의 중국을 이해하고 내일의 중국을 전망하려면 반드시 중국의 과거에 대해 알아야 하고, 중국 문화를 이해해야 합니다. 당시 중국인의 사고방식, 중국정부의 치국 방략에는 중국 전통문화의 유전자가 침투되어 있습니다. 중국인민은 자고로 나라의 독립과 통일·존엄을 소중하게 여겨왔습니다. 중국정부는 반드시 민의에 순응하여 나라의 주권과 안전 및 영토의 완정을 확고부동하게 수호해야 하며, 평화적 발전의 길을 확고부동하게 걸어야 합니다. 중국과 미국은 국정이 서로 다르며, 역사문화와 발전의 길, 그리고 발전단계가 서로 다르기 때문에, 마땅히 서로 이해하고 서로 존중하면서 서로 같은 관점을 모으고 분쟁을 해소하며, 화목하고 사이좋게 지내되 덮어놓고 영합하지는 말아야 합니다. 양국 간에 일부 견해차가 존재하는 것은 불가피한 일입니다. 그러나 이는 양국관계의 주류가 아닙니다. 양국 정부는 안정기 역할을 하여 견해차를 타당성 있게 처리하여야 할 것입니다.

- 중난하이(中南海)에서 가진 오바마와의 회담에서 (2014년 11월 11일)

연설내용의 배경 설명

초겨울의 베이징 중난하이는 나무그림자가 비쳐진 수면에는 잔잔한 물결이 일렁인다. 시진핑은 잉타이(瀛臺) 앞에서 그때 당시 오바마 미국 대통령을 맞이하였다. 양국 정상은 친절하게 악수를 나누며 서로 인사를 주고받았다. 잉타이 다리 위에서 두 사람은 난간에 기대서서 먼 곳을 바라보았다.

운치가 있게 들어앉은 정자와 누각, 저녁 무렵이어서 조명등이 들어와 밝은 빛을 뿌리는 가운데 유구한 역사를 자랑하는 잉타이가 수백 년간 중국의 변화를 증명하고 있었다. 시진핑이 오바마에게 잉타이의 역사에 대해 소개하였다. 그는 중국의 근대 이후의 역사를 이해하는 것은 오늘날 중국인민의 이상과 발전의 길에 대해 이해하는 데 매우 중요하다고 말하였다.

시진핑은 잉타이가 명나라 시기에 건설된 것으로 청나라 시기에는 황제가 공문서를 처리하고, 손님을 접대하며 피서하는 곳이었다고 소개하였다. 그는 또 청나라 강희황제가 이곳에서 내란을 평정하고, 대만을 수복할 국가 방략을 연구 제정했었다고 말하였다. 이어 그는 훗날 광서황제 통치시기에 이르러 국운이 기울어졌다면서 '백일유신(百日維新)' 운동이 실패한 뒤 광서제는 자희태후(慈禧太后)에 의해 이곳에 유폐되었다고 설명하였다.

오바마가 바로 말을 받으며 중-미 양국의 역사에서 한 가지 비슷한 점이 있다고 운을 뗀 뒤, 개혁에는 저항이 따르기 마련이며 이는 불변의 법칙이라면서 그렇기 때문에 용기가 필요하다고 말하였다.

잊을 수 없는 밤이었다. 밝은 달이 하늘에 걸려 있고, 두 사람은 달빛을 밟으면서 이야기를 나누었다. 참으로 훌륭하고 깊이 있는 대화였다. 모든 부분에서 시간이 크게 연장되었다. 원래 90분간으로 정했던 연회는 약 두 시간 가까이 지속되었고, 원래 30분간으로 정했던 다과모임은 약 한 시간 가까이 지속되었다. 시진핑이 손님을 시장하게 해서야 되겠냐며 식사하러 가자고 말했으나 오바마는 몇 가지 문제를 더 얘기하고 싶다고 말하였다.

너무나도 멋진 대화가 이어지고 있었으므로 오바마의 공식 촬영사 피터는 추워서 연신 코를 훌쩍거리면서도 방안으로 돌아가기를 아쉬워하였다. 눈 깜짝할 사이에 5시간이 흘러갔다. 밤 11시가 넘어서야 두 대국 정상은 비로소 작별 인사를 하였다. 헤어질 때 오바마는 크게 흥분해서 "오늘 밤 저는 중국공산당의 역사와 집권 이념, 그리고 당신의 사상에 대해 일생에서 가장 전면적이고 깊이 있게 이해할 수 있었습니다."라고 한 마디로 자신의 느낌을 개괄하였다.

서니랜드에 이어 잉타이 야화는 중미 양국 정상이 제2차로 넥타이를 매지 않고 진행한 회담이었다. 찬바람을 맞으며 추위를 무릅쓰고 시진핑이 왜 오바마에게 역사를 이야기하였을까?

중국이 근대 들어 낙후하여 침략을 받았고, 침략에 맞서 애써 싸웠으며, 결국 '일어선' 운명에 대해 이해해야만 중화민족이 왜 민족부흥을 실현하는 것을 백년의 꿈으로 삼아 꾸준히 추구해오고 있는지에 대해 비로소 이해할 수 있을 것이고, 근대 들어 중화민족이 세계 민족들 속에 우뚝 설 수 있도록 하기 위한 중국의 탐색과 분투, 선택에 대해 이해해야만 중국인민이 왜 마르크스주의를 선택하였고, 왜 중국공산당을 선택하였으며, 왜 중국 특색의 사회주의 길을 선택하였는지에 대해 비로소 이해할 수 있기 때문이다. 한 마디로 "중국의 근대 이래의 역사를 이해하는 것은 오늘날 중국인민의 이상과 발전의 길에 대해 이해하는 데 매우 중요하다." 잉타이야화에서는 꼭 역사에 대해 이야기하기 위함이 아니었다. 그 대화에서 지향하는 것은 현재이며, 중미 신형 대국관계를 건설하는 것이었다. '서니랜드 회담'에서 '잉타이 야화'에 이르고, 또 '백악관에서의 가을철 만남'에 이르기까지 양국 정상은 꾸준한 소통과 대화, 신뢰 증진 속에서 국제관계 역사의 새로운 한 페이지를 써내려갔던 것이다.

APEC의 푸르름

(APEC 藍)

요즘 내가 매일 아침 일어나서 제일 먼저 하는 일은 바로 베이징의 대기 질이 어떤지 살피는 것입니다. 스모그가 조금이라도 줄어들어 멀리서 오는 손님들이 베이징에 와서 조금이라도 편안하게 지낼 수 있기를 바라는 마음에서였습니다. 다행히도 사람이 노력하면 하늘은 돕는다는 것입니다. 요즘 베이징의 대기 질이 많이 양호해졌습니다. 그러나 말이 앞설까봐 걱정이 되기도 합니다. 그저 내일도 날씨가 좋기를 바라는 마음뿐입니다.

요즘 베이징의 대기 질이 양호한 것은 우리의 관련 지역과 관련 당국이 공동으로 노력한 결과입니다. 쉽게 이루어진 것은 아닙니다. 여러분들에게 감사드립니다. 또한 이번 회의에도 감사합니다.

이번 회의 개최로 우리는 더 큰 결심을 내리고, 생태환경을 보호할 수 있었으며, 앞으로 생태환경 보호 작업을 더 잘할 수 있는 데 이로움을 주었습니다. 어떤 사람은 요즘 베이징의 푸른 하늘은 APEC의 푸르름이기 때문에 아름답지만 짧은 순간일 것이라면서 며칠이 지나면 사라질 것이라고 말하기도 합니다. 저는 꾸준한 노력을 거쳐 APEC의 푸르름이 계속 유지될 수 있기를 희망하며, 또한 그렇게 되리라고 믿습니다.

- 「APEC 환영연회 환영사」 (2014년 11월 10일)

연설내용의 배경 설명

'시간들은 다 어디로 갔을까?(時間都去哪兒了)'에서부터 '매우 열심히 한다(蠻拼的)', 그리고 'APEC의 푸르름'에 이르기까지 최근 몇 년간 시진핑은 적잖은 신조어를 인기어로 만들었다. 이들 인기어 하나하나가 슈퍼 링크가 되어 그중 임의의 하나를 클릭해도 생동적인 이야기가 펼쳐진다.

2014년 10월 여러 차례 '스모그의 습격'을 당한 베이징이 11월 초에 들어서 푸른 하늘을 맞이했다. 감측 데이터에 따르면 11월 1일부터 12일까지 11월 4일 동안 하루 만 경미한 오염이 발생한 것 외에 다른 며칠 간은 베이징의 대기 질이 모두 양호한 수준이었다. 그 며칠은 마침 APEC회의가 베이징에서 열리고 있던 기간이었다. 그래서 사람들은 그 푸른 하늘을 가리켜 'APEC의 푸르름'이라고 부르게 되었던 것이다. 비록 다소 농담조를 띠긴 하지만 푸른 하늘에 대한 기대를 여실히 드러낸 말이었다.

실제로 APEC회의의 순조로운 개최를 보장하기 위해 11월 초부터 화베이(華北) 및 주변 지역 공장들에 대해 생산 중단, 생산 제한, 현장공사 중단 조치를 취하였고, 일부 도시들에서는 차량 운행 홀짝제를 실행하였으며, 베이징 시 사업기관은 휴무조치를 취하고 이를 감시하기 위한 고강도 감독조사를 병행했…… 모종의 의미에서 보면 특수 시기 특수 조치가 베이징의 'APEC의 푸르름'을 이루었다고 할 수 있다. 이에 대해 일부 네티즌들은 공장에서 생산을 중단하고, 보일러를 폐쇄하고, 또 휴무조치를 내란 것이 형식주의가 아니냐는 질의를 제기하기도 하였다. 그러나 시진핑은 이를 위해 심사숙고한 후 내린 조치였다. 그는 "실제로는 APEC회의 개최의 동풍을 빌어 협동관리 추진조치를 시도해본 것이다. 여러 성과 시에서 공동으로 행동을 개시한 결과 오염 방출량이 30%이상 줄었다. 이는 우리가 앞으로 산업구조 조정과 산업 배치를 진행하는 데 유익한 경험을 마련한 것이다. 이는 실제적인 노력이며 회의를 열기 위한 것만은 아니다." 라고 말했다.

APEC회의에 이어 시진핑은 숨 돌릴 사이도 없이 G20정상회담에 참가하기 위해 브리즈번으로 향하였다. 비행기 내에서 수행기자가 시진핑에게 인기어 'APEC의 푸르름'에 대해 언급하자 시진핑은 나쁜 일이 좋은 일로 된 것이라고 변증법적으로 말하였다. 그는 "모두가 스모그의 악영향에 대해 인식하게 되었다면서 공동인식을 형성한 뒤 자발적으로 스모그를 다스리고자 노력하고, 환경보호의식을 불러일으키고 제고하게 되었으니 좋지 않은가요?"하고 대답하였다.

루쉰(魯迅) 선생은 "반드시 대담하게 똑바로 보아야 한다. 그래야만 대담하게 생각할 수 있고, 대담하게 말할 수 있으며, 대담하게 행하고, 대담하게 책임을 질 수 있다."고 말한 바 있다. 시진핑이 APEC회의가 열리는 중요한 자리에서 자발적으로 'APEC의 푸르름'에 대해 언급함으로써 그의 "모순을 회피하지 않고 문제를 덮어 감추지 않는" 집권지로서의 풍격을 충분히 반영해 냈을 뿐만 아니라, 인민의 기대에 적극적으로 호응하여 당심(党心)과 민의가 공진(共振)을 일으키는 가운데 환경오염을 다스리고자 하는 중국의 결심을 세상 사람들에게 보여주었던 것이다.

2014년 초 베이징에 대해 고찰하면서 시진핑은 스모그를 다스릴 것을 특별히 제기한 바 있다. 그는 다음과 같이 지적하였다.

"대기오염 퇴치의 강도를 높여야 한다. 스모그 오염에 대처하고, 대기의 질을 개선하는 데서 가장 중요한 임무는 PM2.5의 수치를 통제하는 것이다. 석탄 연소를 줄이고 차량 운행을 엄격히 통제하며, 산업구조를 조정하고 관리를 강화하며, 공동으로 예방하고 통제하며, 법에 따라 다스리는 면에서 중대한 조치를 취해야 한다. 중점 영역에 초점을 두고 목표 심사를 엄격히 실행하며, 환경에 대해 법을 집행하는 감독 관리를 강화하고, 책임에 대한 추궁을 착실하게 진행해야 한다."

마음속의 꾸링

(心中的鼓岭)

1992년 봄 제가 중국 푸젠(福建) 성 푸저우(福州) 시에서 근무할 때, 신문에서 「아, 꾸링이여!」라는 제목으로 쓴 글을 읽은 적이 있습니다. 그 글에서는 한 미국인 부부가 중국의 '꾸링'이라는 곳을 사무치게 그리워하여 그 곳에 다시 가고 싶어 했으나 결국 이루지 못한 이야기를 서술하였습니다. 남편인 밀턴 가드너 씨는 생전에 미국 캘리포니아 대학 물리학 교수였습니다.

그는 1901년에 부모를 따라 중국에 왔으며, 푸저우에서 즐거운 어린 시절을 보냈습니다. 특히 푸저우의 꾸링이 그에게 잊을 수 없는 인상을 남겨주었습니다. 1911년에 그들 일가는 미국 캘리포니아 주로 이주하였습니다. 그 뒤 수십 년간 그의 가장 큰 소원은 어린 시절을 보낸 중국에서 살던 곳에 돌아와 보는 것이었습니다. 그런데 애석하게도 가드너 씨는 그가 세상을 떠날 때까지도 소원을 이루지 못했습니다.

임종을 앞두고 그는 "Kuling, Kuling"을 계속 되뇌었다고 합니다. 가드너 부인은 남편이 말하는 'Kuling'이라는 곳이 어떤 곳인지 알지 못했지만, 오매불망 그리워하던 남편의 평생소원을 이뤄주기 위해 여러 차례 중국에 와서 찾아보았습니다. 그러나 결국 번번이 아무 성과도 없이 돌아가곤 했습니다. 후에 그녀는 미국에 유학을 간 중국인 학생의 도움을 받아서 가드너 씨가 말한 곳이 바로 푸젠성 푸저우시의 꾸링이라는 사실을 알아냈습니다. 저는 신문을 내려놓는 즉시 관련당국을 통해 가드너 부인과 연락을 취해 그녀를 꾸링으로 특별 초청하였습니다. 1992년 8월 저는 가드너 부인을 만났으며, 그녀가 남편이 생전에 그리워하던 꾸링을 방문할 수 있도록 조치하였습니다.

그날 꾸링에서 가드너 씨의 어린 시절 친구였던 현재 90고령의 주민 9명이 가드너 부인과 함께 모여 앉아 지난 이야기를 마음껏 이야기하였습니다. 이에 가드너 부인은 기쁨을 금치 못했습니다. 가드너 부인은 남편 생전의 소원을 드디어 이루었다면서 아름다운 꾸링과 열정적인 중국 인민 덕분에 가드너가 왜 중국을 그처럼 사무치게 그리워하였는지를 더 잘 이해할 수 있게 되었다고 감동에 겨워 말했습니다.

그녀는 그 감정을 영원히 이어나가겠다고 밝혔습니다. 이처럼 감동적인 이야기가 중미 양국 인민들 속에는 아직도 많고도 많을 것이라고 믿고 있습니다. 우리는 마땅히 중-미 양국 인민의 교류를 더 한층 강화하여 중-미 양국 간 서로에 이로움을 주고 협력하는 가장 튼튼한 민의적 토대를 탄탄하게 다져야 할 것입니다.

—「중-미 협력 동반자 관계의 아름다운 내일을 함께 열어가자 – 미국 우호단체 환영 오찬모임에서의 연설」(2012년 2월 15일)

연설내용의 배경 설명

1992년 4월 8일 『인민일보』 7면에 「아, 꾸링이여!」라는 제목으로 된 글이 한편 게재되었다. 작자는 종한(鐘翰)이라는 미국 유학 중인 중국인 유학생이었다. 종한이 가드너 부인을 알게 된 것은 가드너 씨가 세상을 떠난 지 2년이 지난 뒤였다. 가드너 부인을 통해 종한은 가드너의 부모가 예전에 중국에 거주한 적이 있다는 사실과 그가 태어난 지 10개월 되었을 때 온집 식구가 중국으로 이주하였다는 사실을 알게 되었다. 그는 중국에서 몇 해를 살았으며 그 후 미국으로 돌아갔다.

어린 시절의 생활이 가드너에게 깊은 '중국 인상'을 남겨주었다. 종한의 글에는 이렇게 적고 있다. "가드너 씨의 거실에는 너무 많은 '중국 요소'가 있었다. 당인(唐寅)의 「사녀도(仕女圖)」가 있는가 하면 작은 목조 성황(城隍, 서낭신)[23]도 있고, 철제 소열제(昭烈帝) 유현덕(劉玄德)의 전신상도 있었다…… 무엇보다도 가드너 씨는 '중국을 향한 마음'을 간직하고 있었다. 그의 가장 큰 소원은 어렸을 때 중국에 살았던 곳에 한 번 가보는 것이었다. 그러나

---

23) 성황(城隍) : 약 중국 신화에서 전해지는 영혼의 판결관이며 마을의 수호신으로 죽은 사람의 혼령은 그의 판결에 따라 신에게 자신의 선행과 악행을 보고해야 한다고 알려졌기 때문에, 믿음이 깊은 사람들은 성황묘(城隍廟)에 제물을 바치면 후히 보답 받는다고 믿었다. 성황숭배 의식이 일반에 널리 퍼진 이유는 나라에서 그것을 장려했기 때문이며, 1382년에 나라는 성황묘의 관리를 맡으면서 수호신에게 제물을 바치라고 명령했다. 전통적으로 지방 관리들은 부임하러 갈 때 성황묘에서 하룻밤을 지내며 그의 인도를 구했다. 또한 어려운 법률상의 문제가 발생했을 때에도 성황이 꿈에 나타나 해결책을 주리라고 기대하며 이곳에서 밤을 지냈다. 사람이 죽었을 때에는 친척이나 친구가 성황묘에 찾아가 그 사실이 제날짜에 기록되도록 성황자에게 보고했다. 또한 1년에 1~2번 신상(神像)을 밖으로 내어와 성황이 마을을 감시할 수 있도록 거리를 순례하게 했다. 이때 그의 보좌관들이 앞에 서게 되는데 밤과 낮으로 마을을 수호하는 키 큰 흑노야(黑老爺)와 키 작은 백노야(白老爺)도 그중에 있었다. 당(唐 : 618~907)의 관리들은 성황과 다른 신들의 위상을 높이기 위해 오래된 신들의 족보

그때 당시는 중미가 수교 전이었으므로 어찌할 도리가 없었다.

중미관계가 호전되었을 때는 불행하게도 노인이 반신불수가 된 데다 암에 걸린 뒤였다. 임종을 앞두고 노인은 "Kuling, Kuling"이라는 말을 되뇌었다고 한다. 남편의 소원을 이뤄주기 위해 가드너 부인은 1988년 초여름에 중국을 방문하였으나 아무런 성과도 없이 돌아갔다.

1990년 봄 그녀는 가드너 씨의 유품을 정리하던 중 어린 시절 소장했던 책과 숙제책 속에 11장의 우표가 끼어있는 것을 발견하게 되었다. 그 우표들 중 여러 장에 '푸저우 · 꾸링(福州 · 鼓嶺)'이라는 글자가 있는 것을 보고서야 비로소 'Kuling'이 바로 '꾸링(鼓嶺)'이라는 사실을 알게 되었다. 1992년 봄, 푸젠 성 푸저우 시위 서기를 맡은 시진핑이 신문 보도를 읽고는 바로 관련당국에 지시해 가드너 부인과 연락을 취하도록 하였으며, 그녀를 꾸링으로 초청케하였다.

그 뒤 가드너 부인은 샌프란시스코에서 베이징을 거쳐 푸저우에 당도하였다. 시진핑의 배려로 가드너 부인은 남편이 생전에 자나 깨나 그리워하던 꾸링에 와서 그 아름다운 곳을 직접 돌아다니면서 남편이 어렸을 때 한가로이 노닐었던 안개가 자욱하게 낀 푸른 산을 보았다. 중국에 머무르는

를 만들어냈다. 그 결과 성황은 선사시대에 요(堯) 임금이 제사지냈다는 8신 가운데 하나인 수용(水庸)과 동일하게 여겨졌다. 그러나 실제 중국문학에서 성황에 대해 언급한 글귀는 6세기까지는 찾아볼 수 없다. 사실상 지난 날 선정을 편 지방관이 죽으면 그를 신격화하여 성황으로 삼은 경우가 종종 있었다. 어떤 도시에서는 원래의 성황은 없애버리고 새로운 수호신을 성황묘에 모셔 다시 성황으로 받드는 일도 얼마든지 있었다. 한국에서도 성황을 모셨는데 서낭이라고도 했다. 한국의 서낭은 본래의 마을수호신 신격이 여타의 신격과 결합되어 복합적 신앙대상으로 변화된 신격이라 할 수 있다. 서낭은 마을수호신·풍요신·조상숭배 신앙을 함께 다루는 데 있어 중요한 신앙형태로 여겨지고 있다.

사이 가드너 부인은 남편의 생전에 소장했던 탈태칠(脫胎漆)[24]한 꽃병 한 쌍을 푸저우 인민들에게 선물하였다. 오늘날 그 한 쌍의 꽃병은 여전히 푸저우 시 박물관에 소장되어 있다.

마음속의 지명, 우정에 대한 미담. 수만 리 떨어져 있는 꾸링과 머스카틴은 그 봄날에 바다를 사이 두고 서로 만났다. 시진핑이 언급한 꾸링의 인연은 뿌리를 깊이 내리고 가지가 무성하게 뻗어나간 중·미 친선 역사의 하나의 가지와 같다. 20년이 지난 오늘 시진핑이 그 감동적인 이야기로써 "인민의 참여와 지지는 언제나 나라 간 친선의 근본이 된다"라는 도리를 세계에 알리고자 한 것이다.

시진핑은 다음과 같은 두 마디 말로써 중·미 인문교류와 지방 간 협력을 심화할 수 있기를 바라는 간절한 기대를 분명하게 표현하였다. 한 마디는 가드너 부인의 꾸링 방문이 성공한 뒤 시진핑이 그녀에게 보낸 축하편지에서 한 말로서 "『인민일보』에 게재된 종한 선생의 「아, 꾸링이여!」라는 제목의 글이 끌어낸 감동적인 이야기가 푸저우 나아가 더 넓은 범위에서 널리 전해질 것이며, 더 많은 사람들이 중·미 양국 인민의 친선을 증진하기 위해 노력할 수 있도록 고무 격려할 것이라고 믿어 의심치 않는다."라고 한 것이다. 다른 한 마디는 시진핑이 2012년에 머스카틴 시를 방문하여 오랜 벗에게 한 말로써 "중·미 관계의 발전은 양국 인민의 열정적인 참여와 대대적인 지지를 떠날 수 없다. 중·미 양국의 16억 인민 간의 상호 이해와 친선을 진일보 증진시키게 되면 양국 관계의 미래를 결정할 수 있다."라고 한 것이다.

---

24) 탈태칠 : 삼베나 무명으로 나무를 감싼 뒤 그 위에 칠을 하는 것

후기

훌륭한 중국 이야기 '강연자'가 되자

루신닝(盧新寧)

어느 한 학자이며 정치가는 감성 정치와 이성 정치로 나뉜다고 주장하였다. 대외 교류건 저작연설이건 '이야기하는 것'은 관념을 설명하고 사고를 불러일으킬 수 있을 뿐 아니라, 청중들을 감화시키고 거리를 좁힐 수 있어, 최종적으로는 청중들의 두뇌와 마음의 이중 공명을 이끌어낼 수 있어 이성과 감성의 결합이라고 말할 수 있다.

"심각한 이치를 얘기할 때는 이야기를 통해 사람을 감동시키고 설득시켜야 한다." 시진핑 총서기의 중요 연설 시리즈를 학습하면서 한 가지 분명하게 느낀 것은, 바로 "성현의 도를 논할 수 있다는 것"이었다. 즉 심각한 사상과 추상적인 이치를 살아 움직이는 이야기와 생동적인 예를 들어 실제에 부합하면서도 문장의 기세를 갖추었을 뿐 아니라, 특히 시야와 수준을 돋보이게 하였다.

그런 점에서 시진핑이 이야기를 하는 오묘함에 대해 살펴보고자 하는 것이다. 인민일보사 양전우(楊振武) 사장이 필자에게 평론부 인원들을 이끌고 『시진핑 주석이 연설 속에 인용한 이야기』라는 책을 편찬할 것을 당부한 뒤, 직접 문장을 구상하고 이 책의 서언까지 썼다. 서언을 통해 그는 시진핑이 이야기를 하는 방법과 의미에 대해 종합적으로 서술하였으며, 그중의 개혁발전의 도리, 대국외교(大國外交)의 도리, 수신하여 인간됨의 도리에 대해 사고하였다.

중국 이야기의 '제1 강연자'로서 시진핑이 하는 이야기는 풍부한 내용을 담고 있을 뿐 아니라 뛰어난 기교도 갖추었다. 우리는 그 이야기들에 대해 '연설내용의 배경 설명'을 첨부하였다.

첫째, 이야기 정보를 풍부히 하고, 이야기 내용에 대해 보충하여 시진핑이 하는 이야기 속의 사람과 사건에 대해 상세하게 소개하였다. 둘째, 이야기 환경을 복원하여 언제 이야기한 것이며, 누구에게 이야기한 것인지를 밝히고, 위의 글과 아래 글 속에서, 시대적 배경 속에서 이야기를 이해할 수 있게 하였다.

우리는 이 두 측면을 통해 독자들이 '시진핑 주석이 연설 속에 인용한 이야기'에 대해 더 전면적이고, 더 다각적이며, 더 깊이 이해할 수 있기를 기대한다.

조셉 나이(Joseph S.Nye) 하버드대학 교수는 "중국 지도자들은 이야기 고수"라고 감탄한 바 있다. 이야기를 잘하는 것도 중요한 소프트파워 중의 하나이다. 시진핑이 하는 이야기에 대해 해석하는 것은 더욱 많은 사람이 중국이야기의 '강연자'가 될 수 있기를 바라는 마음에서이다.

인터넷 시대에서 모든 사람은 '가치 수출자'이며, 지구촌 시대에서 모든 사람은 '나라의 명함'이다. 더 중요한 것은 대 시대 대 변천으로 인해 중국인은 더없이 풍부한 생명의 가능성을 갖추었으며, 더욱 다채로운 생활

체험을 할 수 있게 되었다. 꿈과 분투, 성공과 좌절, 기쁨과 눈물, 이런 것이 바로 가장 감동적인 이야기이다. 이야기를 발견하고 이야기를 서술하는 방법을 배우며, 자신의 이야기와 주변의 이야기를 서술할 줄 알게 되면, 우리는 진실하고 다원적이며 생생한 중국을 세계에 더 잘 펼쳐 보일 수 있다.

"사람을 감동시키고 설득시키는 것"은 당 기관지 논설위원의 업무이기도 하다. 이야기를 할 줄 알고, 이야기를 잘하는 것이, 바로 이 책 편집자들이 익혀야 할 재능과 추구해야 할 목표이다. 인민일보 평론부 장톄(張鐵)·판정웨이(范正偉)·차오펑청(曹鵬程)·리정(李拯)·리빈(李斌)·전링(陳凌) 등은 '연설내용의 배경 설명'을 정성들여 편찬하였다. 인민출판사 리춘셩(李春生) 부사장이 이 책의 편집디자인을 주도하였다. 이 책이 사상과 표현 면에서 독자들에게 깨우침을 줄 수 있기를 바라며, '교류와 이해'가 특히 필요한 현 시대에 독자들이 마음과 마음이 서로 소통하고, 감정을 서로 통하게 하며, 중외를 융합할 수 있는 '황금열쇠'를 찾을 수 있기를 바란다.

인민일보사 부총편집